ハヤカワ文庫NV
〈NV1463〉

# 狙撃手リーパー
# ゴースト・ターゲット

ニコラス・アーヴィング＆A・J・テイタ
公手成幸訳



早川書房
*8492*

REAPER
GHOST TARGET
by
Nicholas Irving with A. J. Tata

Translated by
Shigeyuki Kude
First published 2020 in Japan by
HAYAKAWA PUBLISHING, INC.
This book is published in Japan by
arrangement with
TRIDENT MEDIA GROUP, LLC
through THE ENGLISH AGENCY (JAPAN) LTD.

これまで支援してくれたすべてのひとびと、人生が一変したひとびと、わが国の過去、現在、未来の軍に所属する男女、そしてもはや戦争に相まみえることはないひとびとに。そして、なにより重要なわが家族に。

RLTW！（Rangers Lead The Way の略語。「レンジャーが道を拓く」の意味で、陸軍特殊部隊レンジャーのモットー）

ニコラス・アーヴィング

わが最愛の友、マイケルおよびドクター・ハンナ・ハスケットに。

A・J・テイタ

# 謝辞

ニューヨークタイムズ紙でベストセラーとして紹介された自伝『ザ・リーパー』の著者、ニック・アーヴィングとともに、新たなフィクション・シリーズを産み出す仕事をさせてもらえるのは光栄なことだ。最初の対談から、そしてその後の継続的な共同作業を通じ、執筆のパートナーとして、ヴィック・ハーウッドの視点から物語を読む機会を与えられたことに対し、彼に謝意を表したい。彼の自伝に基づく創作のアイデアを初めて論議したとき、われわれはさまざまなアイデア、プロット、キャラクター造りを、さらには戦闘を経験した兵士どうしという共通の絆《きずな》までを、話し合いが二時間にもおよんだことに気づきもせず、ぶつけあっていた。ニックはアメリカのヒーローであり、わたしは彼とチームを組んでこの営為に励んだことを誇りに思っている。

この共同作業は、共通のエージェント、スコット・ミラーの、そして彼のすばらしいチーム、トライデント・メディア・グループのハードワークがなくては不可能であったろう。スコットとトライデントは、この業界でベストであることをつねに示してくれた。彼らは著者たちのため、そしてそのキャリア形成のために、時間とエネルギーを投入してくれる。まさしくベストなひとびとだ。

この物語を推進してくれたのはわれわれの編集者、マーク・レズニックであり、彼は当初から〈ザ・リーパー〉シリーズに大きな情熱を示してくれた。マークの揺るぎない支援、尽きることのない情熱、そして入念な吟味は、本書をさらにすぐれた小説にしただけでなく、わたしをさらにすぐれた文筆家にしてくれた。

本書の編集においてすばらしい仕事をしてくれた、ジェイム・コインに。彼女は時間を惜しまず、彼女のチームは本書が可能なかぎりベストになるように力を注ぎこんでくれた。彼女もマークと同様、過酷な締め切りの要求を前向きな表情で隠し通し、それによってあらゆることがうまく運ぶように——それはつねによい結果を生むものだ——していてくれた。

もし本書のなかにミスや誤りがあれば、それはわたしの責任であり、わたしはそのことを受けいれる。本書を楽しんでくれた読者諸氏は、ニック、スコット、マーク、そしてジェイム（さらにはそのつながりに属するほかのひとびと）に謝意を表していただきたい。

A・J・テイタ

# 狙撃手リーパー　ゴースト・ターゲット

登場人物

ヴィック・ハーウッド………〝死に神《ザ・リーパー》〟の異名を持つ米陸軍狙撃手《スナイパー》
サミー・サミュエルソン……ヴィックの観的手《スポッター》
ジャッキー・コルト…………女子エアライフル競技の金メダリスト
ハサン・バサエフ……………チェチェン人の国際的テロリスト
ニーナ・モロー………………ハサンの妻。対外治安総局《DGSE》の要員
ディーク・ブロンソン………ＦＢＩ特別捜査班の黒人指揮官
マックス・コレント…………同班の弾道学エキスパート
ランディ・ホワイト…………同班の情報エキスパート
エンジェル・ロハス…………同班の捜査官
フェイ・ワイルド……………同班の女性捜査官
スタイン………………………ＦＢＩ副長官
フランク・ハーヴェイ………警察署長
モニシャ………………………14歳の黒人娼婦
サンプソン……………………ＪＦＫ特殊戦センター司令官。少将
マイク・ディルマン…………民間軍事会社ＭＬＱＭのＣＥＯ
ダーウッド・グリフィン……同社社長
バズ・マーカム………………ＣＬＥＶＥＲ取締役会議長。退役大将
ラムジー・ザナドゥ…………マーカムの部下。元ＣＩＡ工作員
タイラー・クラフト…………ジョージア州選出の上院議員
フランク・ビショップ………フォートベニング基地司令官。少将
ロジャーズ……………………レンジャー連隊指揮官。大佐
ジョン・マードック…………同連隊最先任上級曹長

# プロローグ

## 二〇一〇年九月十二日

チェチェンの兵士ハサン・バサエフが、ジョージア州サヴァンナまでわずか十二マイルの上空三万五千フィートを飛行するロシア軍試作機、PAK－DAステルス爆撃機の、ハッチが開け放たれた爆弾倉に立っている。その体の前側にあるパラシュート・ハーネスにはブリーフケース・サイズの核爆弾がストラップ留めされ、背中には基本的な備品を収納した小さなリュックサックがあった。

ロシア軍から監視役として派遣された三名の兵士が、それぞれの爆弾倉から彼を見張っている。つごう四名の兵士はみな防弾《バリスティック》ヘルメットをかぶり、顔を黒く塗り、酸素マスクとタンクを装備し、ノーメックスのジャンプスーツに身を包み、七マイル近い降下時間のあいだ命を守るための高高度スカイダイビング・パラシュートを装着していた。

爆弾倉のライトがグリーンからレッドに変わり、まずバサエフが、アメリカのB-1爆撃機によく似たハイテク試作機から真っ逆さまに飛びだした。

バサエフは自分のGPSウォッチと高度計を見て、ジョージアの東岸までの滑空飛行の姿勢を安定させた。高度二万五千フィートに達したところでパラシュートを操作すると、パラシュートが開いて、降下速度が緩んだ。パラシュートのトグルが顔の前に降りてきたので、彼はそれを使って風をつかみ、できるだけ西寄りへと滑空した。目的地は、ハンター陸軍飛行場の南にある小さな入り江だ。

三マイル眼下を流れるサヴァンナ川に臨《のぞ》むサヴァンナ市の川岸は、すでにまばゆい光に照らされていた。そのすぐ南にあるハンター陸軍飛行場の滑走路ライトが、水面となる降下ゾーンまで滑空するのに必要な誘導ビーコンになってくれている。そこに降り立ち、もしあの三名がついてこられるようなら、彼が変電所へと彼らを導き、この任務を完遂することになるだろう。

しぶきをあげながら、彼は入り江に着水した。水は温かく、そこに身が没した短い時間、癒《いや》しをもたらしてくれた。パラシュートのライザーを引くと、ナイロン製の傘《キャノピー》が両手のなかにおさまったので、横泳ぎで岸へ向かい、岸辺の下生えを踏み分けていくと、ようやく地面が乾いた場所にたどり着いた。パラシュートのハーネスをはずし、その装備一式とキャノピーをもつれあった松葉の茂みの上に置く。バサエフはハーネスからRA-115核爆弾のケースを取りはずし、その封印を点検した。しっかりと封じられているように見えた。着水の衝撃でケースに重大な隙間ができてしまうことがないよう、降下速度をじゅうぶんに落としていたのだ。

バサエフはハーネスから小さなリュックサックをはずし、そのあと濡れたジャンプスーツを脱いで、乾いた衣類に着替えた。黒のカーゴパンツに戦闘シャツ、そしてブーツという姿だ。ジャンプスーツとパラシュートをリュックサックに押しこんでから、そのリュックを肩にかつぐ。背後から、この任務を監視する兵士たちが入り江に柔らかく着水する音が聞こえてきた。時間をむだにできないので、彼はスーツケース・サイズの爆弾を手に取り、朝の散歩をするビジネスマンのような調子で歩きだした。監視の兵士たちは数分遅れであとにつづく。このようにしたほうがよい。変電所への道筋を見つけるすべを知るのは彼であり、核爆弾をつねに活性化させておき、爆発させられるようにするやりかたを知っているのは、彼なのだ。

バサエフはアメリカを憎んではいない。というより、戦闘の興奮を味わえるのが楽しみで、それに加え、金持ちになりたいと思っていた。この仕事が成功したときには五千万ドルがもらえることになっていて、すでにそのうちの五百万を前金で受けとっている。この規模の作戦では、報酬の十パーセントを前金でもらうのが彼の相場だった。

サヴァンナ港とハンター陸軍飛行場のそば、すなわちアメリカ合衆国陸軍特殊作戦航空連隊の第一レンジャー大隊および第三大隊の本拠地のそばで、爆弾を爆発させれば、残りの四千五百万ドルを受けとることになる。

それだけでなく、ふたたび本物の戦闘の味を楽しめることにもなるだろう。こんどはシリアかアフガニスタンで。アラブの春が各地に波及したいま、戦闘の機会はたっぷりとあるのだ。

# 1

## 現在

ヴィック・ハーウッドの任務はあるチェチェン人の殺害だったが、彼らが身をひそめている場所の上方にあたる尾根にタリバンの二名のライフルマンが出現したせいで、状況がにわかに複雑化した。

タリバンという要素がなくても、これはかなりタフな狙撃だった。ハーウッドと彼の観的手《スポッター》は砂地に身をひそめていた。上方にそびえたつ、タン色と黒からなるカンダハルの山並みが、暑苦しくてくさく、居丈高で不機嫌な訓練担当軍曹であるかのように感じられた。くだんのチェチェン人が潜伏しているのは、八百メートルほど向こうの地点だ。ハーウッドの下方では、ケシ栽培の農夫たちが樹脂を採取して黄麻布の袋に詰めこんでいる。茶色い水をたたえたヘルマンド川の流域に沿って、赤と白のケシの花々が咲き乱れ、その先の地平線に夕陽が没しようとしていた。ハーウッドとスポッターはどちらも、一週間ほど洗濯をせずに放置されたジム用ソックスのような悪臭を放っている。

それでも、ハーウッドならこの狙撃をやってのけられるだろう。こういうことは前にもやった。正確に言えば、この三ヵ月間で三十三度。ハーウッドはスナイパーだ。たんなるスナイパーではなく、合衆国陸軍最強のスナイパーなのだ。つねに狙撃地点にいる男であるように思われた。潜伏場所を見つけだす。友軍のだれかを殺そうとしているやつを撃ち倒す。携行式ロケット弾を発射しようとしているムジャヒディン（アフガニスタン・イランのイスラム過激派ゲリラ）を狙い撃つ。つねに狙撃地点にいる。仲間たちは彼に〝ザ・リーパー〟――〝死に神〟――というニックネームをつけた。戦士のなかでは誉《ほま》れ高い渾名《あだな》と言っていい。〝リーパー〟というニックネームは、ハーウッドの特殊能力を余すところなく物語るものだ。敵を殺害するという能力を。

ハーウッドとスポッターのサミー・サミュエルソンは――まだ新参とあってレンジャーとしてのニックネームはない――さらなる狙撃を成功させようという思いをいだいて、そのチェチェン人の潜伏場所をめざしてきたのだ。

「まだ尾根に動きがあります」サミュエルソンがささやきかけた。「二百メートルほど向こう。ムジャだ。いまもこちらに向かっている。AK-47を持ってる。別の方向、一マイルほど先のサンギン村に車列が近づいている」

サンギンというのは、ヘルマンド川に面した、日干し煉瓦《れんが》の小屋が並ぶ小さな村で、アフガニスタンのケシ取り引きの中枢地点となっている。

「ムジャがわれわれのことを知ってるはずはない。われわれは安全だ」押し殺した声でハーウッドは言った。

それは断定のことばだった。ここに侵入してから二日のあいだに、羊飼いやぶらぶら歩きの連中が五十メートルと離れていないところを通りかかったが、ふたりはほとんど目に見えない態勢をとっていた。ぼろを寄せ集めたようなギリースーツを着ているので、ただの岩のように見えるのだ。

「あんたがボス」サミュエルソンがうめくように言った。

「その車列はどんなものだ？」

「ハイラックスのピックアップトラックが三台。たぶん、タリバンのケシ担当者どもが荷のチェックにやってきたんでしょう」

遠い尾根にごそごそと足音が響く。ブーツが頁岩《けつがん》をこする音だ。岩が剝がれ、切り立った断崖を数百フィート下方へ転がり落ちていく。タリバンが近づいてきていたが、いま殺害すべき相手はただひとり――あのチェチェン人――であり、タリバンのライフルマン二名でもなければ、小型ピックアップトラック車列のなかにいる連中でもなかった。日射しがチェチェン人の潜伏地点――岩がU字状を成しているところ――を照らし、絶好のスポットライトとなっていた。

「ムジャが迫ってくる、ボス。あの尾根だ」

「ラジャー」ハーウッドは言った。

短いひげの生えたチェチェン人の顔が、ハーウッドのSR‐25スナイパー・ライフルにマウントされたリューポルド製スコープの十字線《クロスヘア》につかのま現われ、すぐに消え失せる。

ハーウッドは、血縁はないが同じ母に育てられた姉の名にちなんで、自分のライフルに〝リンジー〟というニックネームをつけていた。年上のリンジーはいつも、彼にやさしくしてくれた。料理をつくってくれた。アドヴァイスをしてくれた。彼の、そしてほかのみんなの面倒を見てくれた。しかるべきときには――農場の状況が悪くなったときには――できるだけ遠くへ逃げるようにと教えてくれた。だが、彼は逃げなかった。踏みとどまって、戦った。リンジーを守るために。彼女も逃げのびられるようにするために。だが、彼女を救うことはできなかった。

いま彼は、どこへ行くにもリンジーを携行している。ハーウッドにとって、それは記憶を残しておくためにできるすべてだった。幼少時からお宝と言えるものはろくになかったが、リンジーは姉にまつわるたいせつなものであり、彼は終生、それを守ろうとするだろう。リンジーは――このライフルは――いまも、それなりのやりかたで彼の面倒を見てくれているのだ。〝彼女〟には、銃声を抑えるためのサプレッサーが銃口に装着されていた。サプレッサーは完全に銃声を消すわけではなく、そもそもそのようにはできていないが、ほかのどんな装置よりも役に立つ。さらに重要なのは、リンジーが有能であることだ。

九十日で三十三名を殺せたほどに。

陽が沈んでいき、ガスストーブの火が消えるように、気温が急激にさがりだす。ものの数分のうちに、凍えるほどの寒さになるだろう。これまで役に立っていた汗が、身を冷やす水気に変じ、いらだちのもとになる。だが、彼らはレンジャーの隊員だ。状況は問題ではない。問題は任務のみ。

「友軍のクリアを確認せよ」ハーウッドは言った。「日射しがやつの潜伏場所を照らしている。やつが出てくる時を予測する役に立つかもしれない」

「ラジャー、ボス。AOに友軍なし。だが、あの二名のムジャがいまも百メートルほど向こうでごそごそしている」サミュエルソンがつぶやいた。AOとは、〝作戦地帯〟を意味する軍事用語だ。

「チェチェン人が忙しく動いている。影のようすからして、無線交信をしているんだろう」ハーウッドは言った。

「ラジャー。監視する」サミュエルソンが応じた。

サミュエルソンはハーウッドから五フィートと離れていない場所にいて、スポッター・スコープを通して監視をしている。つねに相棒に手が届く距離にいるのがレンジャーの基本なのだ。三週間前、ハーウッドの前のスポッター、ジョー・ラブーフがその至近距離に身を置いていた時、チェチェンのスナイパーの銃弾をひたいに浴びた。ラブーフの脳みそが大量にハーウッドの顔に飛び散ってきた。

「ラジャー。いまはムジャのことは無視しろ。バサエフに集中するんだ」ハーウッドは命じた。

ラブーフの死後、レンジャー部隊の情報将校が、あのチェチェン人にまつわる資料をどっさりと持ちこんできた。名はハサン・バサエフ。路上爆弾を別にすれば、合衆国の兵士にとってもっとも危険な存在であると考えられる。バサエフは傭兵だ。報告書によれば、タリバンとパキスタン情報部が大金を支払い、ヘルマンド州でアメリカ兵たちを殺させたという。バサエフの主要な仕事は、イランとパキスタンを行き交う貨物列車の護衛だ。レンジャーの作戦将校がハーウッドとサミュエルソンにブリーフィングをおこない、彼らの任務はそのチェチェン人を殺し、レンジャーが貨物列車を襲撃して、武器や麻薬の輸送ができないようにすることだと告げた。

そしていま、リーパーとそのチェチェン人が対決する時が訪れたのだ。

ハーウッドはスコープの向きを変え、チェチェン人の居場所から半マイル足らず先にあるサンギンの村に目をやった。サミュエルソンが言った、三台のタン色をしたハイラックスのピックアップトラックとおぼしき、荷物を積みこんだ車列が見えた。車列が、とある日干し煉瓦の住居群――カラートと呼ばれる――の前で停止する。バサエフの潜伏場所のほうへスコープを戻したハーウッドは、バサエフの影のようすに注目した。チェチェン人が興奮したように両手を大きく動かしている。

「なにがやつをあんなに狼狽《ろうばい》させているのかをチェックしてくれ、サミー」ハーウッドはスポッターに指示した。

サミュエルソンはまだ十九歳で、レンジャーとしてはかなり新米にあたる。レンジャーの訓練に合格し、実習スナイパーになったばかりだ。この伍長がレンジャー・スクールを卒業したということは、この伍長にはそれなりの気概があったからにちがいない。さらに言えば、レンジャーの部隊最先任上級曹長、マードックがスナイパーへの道をお膳立てしたのであれば、彼はなにかを持ちあわせているはずなのだ。

「ラジャー。三名の男がいまトラックを降りて……あ、くそ」

「なんだ？」

「やつら、あそこの住居の一軒から、ブルカ（イスラム教徒の女性が着用する全身を覆う服）を着た女を三人、ひきずりだしてきた。女たちは手錠をかけられてる。その三人目の女のようすが見えてきた。バンシー（恐ろしい泣き声で死者が出ることを知らせるという、アイルランドの妖精）みたいな悲鳴をあげて、抵抗してる」

「チェチェン人はそいつらのことを知ってるのかもしれない」集中を解かず、ハーウッドは言った。チェチェン人の体の輪郭が、カーキ色の岩に映る影絵のように動きまわっている。

彼はバサエフを撃とうとはせず、サミュエルソンが知らせた動きのほうへスコープの向きを変えた。オリーブ色と黒からなる手袋の先に突きだしている指で焦点リングをまわす。烏の濡《ぬ》れ羽《ば》色のような長い黒髪が目に入った。あの女はブルカを着ていないのだ。

男たちは、胴体と脚をゆったりと包むアフガンの伝統的な服に、ペシャワール風のターバンという姿で、髪の毛がポニーテールのように垂れてくるのを防ぐために、汗でよごれた白い布をターバンに二、三重に巻きつけていた。女を拉致した男たちのひげは、ヘンナで染めているようで、黒い。ふたりの男がそれぞれ、ひとりの女をかかえあげて、トラックに乗せる。三人目の男が、ブルカを着ていない長い黒髪の女をかかえあげた。ふたりが揉みあう。男が女を強くたたいた。女の顔がハーウッドのほうへ向けられる。そのさまは、前途に拷問が待ち受けていることを知り、自分のためにこの男を撃ってほしいと願いつつ、一マイルの遠方からこのスコープを見つめているかのように見えた。

日干し煉瓦の小屋が並ぶ小さな村に夕陽がオレンジ色の光を投げかけ、マカロニ・ウェスタンの主要な舞台のような光景を生みだしている。ハーウッドはバサエフのほうへスコープを戻した。影のようすから、そいつは村をながめながら、携帯無線機か携帯電話に叫びかけているように見えた。

傭兵の行動原理に忠誠心というものはない。国のためでもなんのためでもなく、カネのために戦う。感情抜きの、純然たるカネのやりとりだ。バサエフに関して得られた乏しい情報によれば、やつはフランス女と結婚したようだ。レンジャーの情報将校のターゲット・フォルダーにたった一枚、あのチェチェン人が黒い髪をした筋肉質の魅力的な女といっしょに写っている写真があった。その写真の女は黒のノースリーブ・ドレスを着ていて、チェチェン人のほうはグレイのピンストライプ・スーツに白の開襟シャツという姿だった。背景に、どこかのホテルのカジノが見えていた。

あの村にバサエフの妻がいるのか？　ハーウッドは考えこんだ。

一瞬、チェチェン人が潜伏場所から頭を突きだし、アイスブルーの目がぎらっと光る。どこに目を向ければよいのか、わかっていないように見えた。

サミュエルソンもそれに気づいたようだ。

「やつはわれわれを見つけたんでしょうか？」

「ありえない」ハーウッドは言った。「われわれは岩も同然だ。尾根になにかの動きが見えるか？」

「やつらはあちこちに目をやってます。いまも姿をさらしてる。われわれはだいじょうぶだと思います」

「そいつらの動きは村で起こっているできごとに関係しているのか？」

「わかりません。もし関係しているとしたら、おかしな行動でしょう」

この隠れ場所から見るケシ畑の光景は、ハーウッドが里子として育てられ、働いた、メリーランド州の農場となにも変わるところがなかった。勤勉な子と評価されたおかげで、幼いハーウッドはつぎつぎに別の家庭へ里子としてまわされることにならずにすんだ。あの牛牧場の主は、ハーウッドがブリーフケースを持って毎朝、職場へ通勤する男のように両手にそれぞれひと束の干し草を、ぶらさげて運ぶさまを目にしていたのだ。

「なにを考えてるんです？」サミュエルソンが問いかけた。「あの慰問協会《USO》の若い女のことを思いだしてるとか？」

「見張ってろ、サミー」とハーウッドは応じた。唇が乾いていて、しゃべると埃がまみれついてくる。あの〝USOのベイビー〟がいい気分にさせてくれたのは真実だ。数週間前に慰問に来てくれた、オリンピックのエアライフル競技の金メダリスト、ジャッキー・コルトのブロンドヘアとそばかすを目にして、男たちのほとんどが陶然となったのだ。

「忘れちゃだめですよ。〝女より友を優先《ブラズ・ビフォア・ホーズ》〟」サミュエルソンが言った。「それがわれわれの掟でしょう」

ハーウッドはほほえんだ。なによりも戦友を優先するというのは、すべてのレンジャー隊員の心に深く染みこんだ非公式の掟なのだ。つねに、最終的にはその掟に心が至る。レンジャーの僚友が永遠に第一だ。ハーウッドが鼻をすすると、自分のにおいがした。いや、サミュエルソンのにおいだろうか。いまはもう、そんなことはどうでもいい。どちらも悪臭を放っているはずだ。戦闘服に汗が染みこんで乾き、そこにへばりついた白い塩が前進作戦基地に帰還したときの勲章になるだろう。

「トラックが荷造りをしています。拉致チームかなにかみたいな調子で。チェチェン人を仕留めたあと、このできごとを通知しましょう」サミュエルソンが伝えてきた。「尾根のムジャが五十メートルほど先のあたりにやってきた。こちらを見ている。こちらへ向かってる」

ささやきかけることばの一語一語が、アドレナリンの放出によって震えていた。

ハーウッドはスコープとライフルの向きを変えた。三台のトラックがぞろぞろと村を出ていく。

「やつらはなにをものにしたんだ？　三人の女たちだけか？」

「そうでしょう。チェチェン人のほうへ注意を戻しましょう。動静をチェックしてください」サミュエルソンが言った。

ハーウッドがスコープを動かす前、男たちのなかの助手席に乗ったひとりが双眼鏡を取りだし、あたり一帯のようすをうかがうのが見えた。

彼はチェチェン人のほうへ目を戻した。

「やつが見える。もろにこちらを見てる。だれかがやつに知らせないかぎり、われわれがここにいることを知るのは不可能なはずだ」ハーウッドは言った。「尾根の動きはどうなってる？」

「やつらもいもろにこちらを見てます」サミュエルソンが言った。

村にいる男たちと、チェチェン人と、尾根のタリバンたちが、そろってこちらを見ているのだ。これはまずい。

バサエフはSV－98ライフルを携行していた。精度と、増強された銃弾の貫通力で名を馳せるライフルだが、射程の長さはそうではない。ハーウッドのSR－25と同様、融通性と、短い射程における精度の高さはよく知られていた。喧伝《けんでん》されているあのライフルの最大有効射程はせいぜいが一マイルほどで、あのスナイパーにとってはそれでじゅうぶんなことをハーウッドは心得ていた。レンジャー連隊の部隊最先任上級曹長がいつもこう言っている。

〝肝心なのは射手であって、銃じゃない〟。

「やつが来ます」サミュエルソンが言った。

「やつを捉えた」とハーウッドは応じた。指を引き金《トリガー》にしっかりとかけ、チェチェン人バサエフがラブーフにやったのと同じことをやってのける準備をする。ハーウッドは狙撃ゾーンに踏みとどまって、いつでも撃てるようにしたのだ。スコープの鏡内像《サイト・ピクチャー》は良好だった。スコープのレンズに多少の埃の筋がついているが、射撃の深刻な妨げになるものはなにもなかった。

チェチェン人が民用のハンドヘルド無線機に向かってなにかを叫んでいる。後方の潜伏場所に身を隠そうとはせず、完全に注意をほかへ移して、立ちあがり、村のほうへと走りだした。三台のトラックが方向を転じ、地面から砂埃を舞いあげて発進すると、バサエフは立ちどまって、そこを見つめた。

完全に静止している。

ハーウッドはライフルをしっかりと構え、男の頭部をクロスヘアに重ね、その顔に表われた表情をうかがい見た。あの男になにか恐ろしいことが降りかかったようだ。こちらの知ったことではない。標的がそこにいる。

彼は発砲した。

バサエフが岩塊の背後へ身を躍《おど》らせる。銃弾は当たらず、頁岩の岩塊を無意味に撃って、砂埃を舞いあげた。バサエフにとって、これ以上の警告はなかっただろう。たぶん、やつは最初から、自分が監視されていることを知っていたのだ。

「くそ」ハーウッドは言った。

「いま、やつはどうしてるんです？」サミュエルソンが問いかけた。

縦横二フィートほどの、軍用糧食箱《レーションボックス》サイズの厚紙が、岩陰から突きだされてくる。

あれはなにかのメッセージだ、とハーウッドは思った。黒の迷彩用スティックでなにかが書き記されている。

**彼女を取りもどす！　取り引き？**


「なになに」ハーウッドは言った。「たぶらかそうというのか。彼女を取りもどす？　取り引き？　なんだというんだ《WTF》？」

　頭上から、砲弾が飛翔する高周波の音が聞こえてきた。妙なことに、その砲弾発射に特有の音があがっているのは、チェチェン人がいるところでも、尾根にいる男たちのところでも、サンギン村にあるタリバンの隠れ家でもなかった。バサエフが間接射撃（無線などの指示によって直接見えない目標を撃つ射撃）チームを近辺にひそませていたのにちがいない。飛翔音から判断すると、砲弾は後方、ほんのわずかしか離れていないところから発射されているようだ。

　爆発が、ハーウッドたちのいる場所を揺るがせた。砲弾片と岩屑がいたるところに飛び散る。大量の破片が怒れるスズメバチのように彼らをかすめていった。ハーウッドは動こうとしたが、周囲で耳を聾《ろう》する着弾の轟音があがり、彼を凍りつかせた。

「サミー！」ハーウッドは叫んだ。片手をのばしてみたが、超音速で飛び交う砲弾片と岩屑が手をかすめていくだけだった。そこにサミュエルソンはいなかった。地面が揺れ、下の頁岩が、豪雨に見舞われて泥流と化したカリフォルニアの大地のように浮きあがって、前方に構えていた愛用のスナイパー・ライフル、リンジーが跳ねあがる。体が岩塊に打ちつけられ、その痛みは、あらゆるスナイパーの最悪の恐怖——自分のスポッターを失うこと——によって、さらにひどいものになった。

どこかに体が落下したが、どこになのか、ハーウッドには見当もつかなかった。岩屑が、マイク・タイソンのボディブローのように、容赦なく身をたたいてくる。

〝彼女を取りもどす！　取り引き？〟——頭のなかに渦が巻き、心が暗黒へ呑みこまれていく。暗くなっていく意識のなかで、ソナーのように最後の思考がこだました。〝だれを取りもどす？　そして、やつは取り引きでなにを持ちかけようとしていたのか？〟

## 2

ハサン・バサエフは、ふたりの男が接近してくると、自分の狙撃用潜伏場所のなかで立ちあがった。彼の前の地面に、ふたりの男が負傷した男とライフルを置く。一瞥しただけで、それがハーウッドではないことがわかった。バサエフは目をあげて、首をふった。

「あちらへひきかえして、リーパーを運んでこい」二名のタリバン・スポッターに向かって、彼は言った。「これはあの男じゃない」

ちょっと間を置いて、リーダーの男が言う。

「いくらくれるんだ？」

彼らは、まもなくアメリカ軍のヘリコプターが飛来するおそれがあることを知っていた。負傷したアメリカ兵を一名とそのライフルを確保できたのは、ひとえに彼らの近辺で迫撃砲火があったからこそなのだ。

「おまえたちのそれぞれに、一千ドル」バサエフは請けあった。それは白々しい約束だった。どのみち、この男たちは今夜のうちに死ぬのだ。

ふたりの男がうなずき、山の尾根から半マイルほど先にあるアメリカ兵の潜伏場所までつづく、山羊飼いが山羊を歩かせる道を走りだす。バサエフは、どんな任務の遂行においてもあらかじめするように、今回も事前に二日をかけて、潜在的な敵の偵察地点を見つけだし、敵が自分を監視するであろう場所から見た角度での、鉛筆によるスケッチをしておいた。レンジャーの黒人スナイパー、ヴィック・ハーウッドのことは念入りに調べ、その男の隠密行動能力に感服してはいた。だが、あとは、自分の体がわずかに見えるぐらいに少しかたむいた岩がひとつあるだけでよかった。もっとも、これほどの準備をしてはいても、バサエフ自身がハーウッドとそのスポッターを撃ったわけではなかった。

そしていま、彼の手先になっている二名の男がふたたびその地点に近づいたとき、捜索および救出のヘリコプターが――医療救助用のUH‐60ブラックホークとAH‐64アパッチ・ガンシップが――飛来し、宵闇の訪れに伴う気温の変化から明らかに予測された強風を受けて、苦闘していた。手先のふたりが身を隠す場所を見つけだし、ヘリコプターを狙って発砲する。ライフルの銃声がヘルマンド渓谷に響きわたった。アパッチ・ガンシップに搭載された機関砲、ヒューーズM230チェーンガンの砲弾がふたりの男へ浴びせられる。あのふたりは、もう死んだだろう。捕虜になるより、そのほうがいい。

ブラックホークの医療救助ヘリが、リーパーの潜伏場所に隣接する深い峡谷の上空にホヴァリングする。ワイヤケーブルにつながれたT字状のバーに落下傘救助衛生兵がすわると、クルーがホイストを使って衛生兵をその細い谷間へ降ろしていった。一分後、衛生兵が、胸の前にひとつの人体をくくりつけた格好で出現する。その人体はおそらくハーウッドだろう。

それから三十分ほど、捜索および救出のヘリコプターはハーウッドのスポッターを探すという実りのない作業を継続した。ヘルマンド渓谷にさらなるライフルの銃声が響きわたり、防備の弱い二機のヘリコプターを追いはらおうとする。

　ヘリコプターがでたらめな砲撃を浴びせかえすのをよそに、バサエフはあのふたりが運んできたアメリカ兵とそのライフルに目を向けた。その兵士は、砲弾片か飛んできた岩屑によって頭部に重傷を負っていたが、まだかろうじて命を取りとめていた。

　バサエフは即席で担架をつくって、新たに確保した捕虜をそれに載せ、リュックサックをかつぐと、重い戦利品をひきずって動きだした。でこぼこした山道に足を踏み入れ、一マイル先に駐めておいた自分の車のほうへ急ぐ。

　二機のヘリコプターは離脱したが、バサエフとしては、プレデター・ドローンがいまも上空にあって、このエリアの捜索をしているものと想定しなくてはならなかった。ドローンは執拗《しつよう》で致命的だが、特定のエリアしか観察できないという欠陥がある。そいつらの任務は、ふたつめの人体を求めてこのエリアの捜索をすることと、タリバン側の戦闘被害状況を評価することだろう。

　局面が変わった。

　まもなくレンジャーの一個部隊がラシュカルガー（ヘルマンド州の州都）から送りこまれて、捜索の輪をどこまでも広くひろげていき、ついにはバサエフの隠れ家を見つけだすだろう。

　バサエフは、頭部を負傷した捕虜を生かしておくことに最善を尽くしながら、岩だらけの山道を急いで歩いていった。十重二十重《とえはたえ》に折れ曲がる急勾配の道をくだっていくのは、筋骨たくましく、体調万全な彼にしても難業だったが、それでもようやく谷底にたどり着いた。この任務に着手する前に、自分のハイラックスを小さな洞穴のなかに隠しておいたのだ。それはフォードア・ヴァージョンのハイラックスで、彼はそのバックドアを開き、負傷した男を慎重に持ちあげてバックシートに寝かせた。脈があるのがわかって、よかった。この男はでこぼこの下り坂を生きのびたのだ。バサエフはピックアップトラックのフロアから高度医療キットを取りあげ、負傷したアメリカ兵の手当てをした。負傷のぐあいを明確に見極めるため、ルームライトは点《つ》けず、医療用のヘッドランプを装着しておこなった。

洞穴の床の、もろくなっている表面が、バサエフのブーツに踏まれて、じゃりじゃりと音を立てる。アメリカ兵の頭蓋は右半分がひどく損傷していた。彼は水筒の水で負傷箇所をぬぐってから、消毒剤のベタジンできれいにした。皮膚の一片がめくれて、白い骨がむきだしになっている。頭骨が損傷して、ひびが入っているように見えたが、脳みそはかろうじて無傷だった。さらに消毒を施し、滅菌処置をしてから、周辺の出血をとめるために包帯をきつく巻いた。もっとも重い負傷箇所の処置をすませたところで、体のほかの部分を点検すると、顔面が砲弾片を浴び、膿《うみ》をにじませ始めたにきびに覆われているように見えた。清潔な布に消毒剤を染みこませて、その傷口をきれいにしてから、抗生剤クリームを塗った。バサエフは体のほかの部分に裂傷や刺傷ができていないだろうかと、スナイパーが山中で身を隠すために着用している、タン色と黒からなるつぎはぎのギリースーツの内側を点検してみる。どこにも深刻な負傷は見当たらなかったので、これ以上時間を浪費するのはやめることにした。男の目を見ると、瞳孔が開いていた。これは脳震盪《のうしんとう》のたしかな徴候であり、ことによると昏睡に陥《おち》っているのかもしれない。

バサエフは男の体に毛布を掛けてから、バックシートにあおむけに寝かせ、慎重にベルトで固定した。首と頭部を安定させておきたかったので、丸めた毛布を頭部の下に置き、シートベルトをひたいのところにあてがって強く締めておく。すませた作業のぐあいを調べると、カンダハルへのでこぼこ道をもちこたえさせるにじゅうぶんなまでに男の体がしっかりと固定されているのがわかった。

バサエフは、あのふたりの男が負傷兵といっしょに運んできたライフルを取りあげ、分解した。分解した銃をリュックサックに詰め、そのなかからシグ・ザウエル拳銃とウージー短機関銃を取りだす。これらのほうが、いまからするドライヴのあいだ、役に立ってくれるだろう。

できるかぎりのことはやったと確信したところで、彼はカンダハルへの三時間がかりのドライヴに取りかかった。この負傷兵をちゃんと免許を持つ医師のところへ運んでいく必要がある。この日、しばらく前にあの村で起こったことを思いかえすと、拉致チームに連れ去られた女たちの悲鳴が頭のなかによみがえってきた。いま考えれば、あれはいつかは起こるであろうできごとであり、バサエフは、妻のニーナ・モローをあの村に連れてきたのは自分の失策だったと思い知った。

細いベルトでトラックのバックシートに固定されて、かろうじて生きながらえている男に目をやってから、バサエフはカンダハルをめざして、荒れた道に車を走らせていった。自分にはまだ取り引き材料がある、いまはこの捕虜が交渉の最良の切り札なのだと考えながら。アスファルト舗装が施された道路に出て、カンダハルの医師のもとへとスピードをあげて車を走らせ始めたとき、バサエフは確信した。ニーナの居どころを突きとめることが、わが人生のもっとも重要な任務だとわかったのだ。

その夜、ハーウッドは緊急治療室に運びこまれ、その周囲に医師たちが群がって、あれこれと指示をわめきたてていた。全身の血管にモルヒネがまわっていた。妙ななりゆきだ、と彼は思った。おれはもう、アヘンをやってハイになる人生とは手を切っていたはずなのに。カンダハルのベニヤ板張りの手術室に足音が響いて、だれかが入ってくる。三つの人影が、手術台のまわりにめぐらされた薄緑色のカーテンの向こう側にある光を受けて、黒く浮かびあがった。ハーウッドは目を左右に動かして、サミュエルソンの姿を探したが、三つの黒い人影の輪郭と、こちらに身をのりだしている医師や看護師の一群が見えただけだった。

「目を閉じて」看護師のひとりが諭した。

彼は目を閉じ、医師たちの話し声と、心臓モニターのビープ音に耳を澄ました。

「すべての棺《ひつぎ》が積みこまれたのか？」カーテンの向こう側にいる男のひとりが言った。

「棺ではなく搬送ケースと呼ばれていますが、はい、たしかに、すべてが積みこまれました」別の声が答えた。

「彼は生きのびられるだろうか？」

「わからない。危険な容態だ。頭部を負傷している」また別の声が言った。

まもなく、ハーウッドには人声も機械のビープ音も聞こえなくなった。心がひとりでに平穏な場所へさまよっていき、自分がオリンピック・チャンピオンのジャッキー・コルトとしゃれたレストランで食事をしている光景が見えてくる。彼はシャワーを浴び、ひげを剃っていて、その手がテーブルの向こうへのびて彼女の手を握り、ふたりがグラスを打ちあわせて、彼がカンダハルでやった射撃の賭けに勝ったことを祝って、乾杯する。

「それにしても、棺が」夢のなかで彼女が言う。「なぜそんなにたくさんの棺が？」

そのとき、彼はまた意識を失った。一日のうちに二度、そうなったのだ。

# 3

アフガニスタンから医療後送された一週間後、ヴィック・ハーウッドはぱりっとした白いシーツを掛けられてベッドの上に寝かされていた。当直の看護師たちがいそいそと動きまわっている。彼は病院のなかにいるのだが、どこの病院なのか、そしてなぜなのか、はっきりとはわからなかった。

自分の頭のなかから抜けだすのが困難だった。彼は捕らわれた獣のように縛られていた。まだ考える力がじゅうぶんに戻っていない。

それでも、彼は考えた。サミュエルソンのことを。チェチェン人を殺す任務のことを考えた。あの村にやってきたピックアップトラックのことを。尾根にいた二名の男たちのことを。チェチェン人が狂ったように、無線か電話に向かって叫びたてていた。そして、迫撃砲。そして、サミュエルソンがいなくなった。サミュエルソンが、その前にはラブーフが。いなくなった。永遠に。

里子として同じ母親に育てられた、リンジーと同じく。永遠にいなくなった。

自分はだれかの面倒を見てやることができただろうか？　後悔の念が、あてもなく、いつまでも跳ねかえるゴムボールのように、心のなかを飛び跳ねる。

そのとき、別の考えが浮かんできた。自分にはふさわしくないことが。オリンピック・チャンピオンのジャッキー・コルトのことが。カンダハルの飛行場にあるレンジャーの施設で開かれた射撃コンテストのことが思いだされた。

オリンピック・チャンピオンのグループとエンタテイナーたちがアフガニスタンに派遣され、各地の部隊を訪問していた。そのひとりが、女子エアライフル競技で金メダルを獲ったジャクソン・〝ジャッキー〟・コルトだった。ハーウッドは彼女と親密になり、射撃の角度や弾道の偏差、スコープの照準調整のためのクリック数のことなどを話しあったが、そのうち彼がむずかしい議論をふっかけると、彼女がこう言った。

「オーライ、カウボーイ。あなたの銃を使ってみましょう。敗者は、あなたがいずれこの片田舎から帰還したときに、ディナーをおごるってことで」

ジャッキーがほほえんで、金髪を肩のほうへふり分け、そばかすだらけの鼻をすぼめた。もしあのとき、ハーウッドが汗まみれで、体がくさく、見るからにきたならしい状態でなければ、彼女はこちらの気を引こうとしているのではないかと思っただろう。ふたりは射撃を競い、最後の一発で、ハーウッドが髪の毛ひと筋の差で勝利した。彼女がわざとはずしたのかどうか、そこのところはわからない。彼女が名手であることは認めざるをえなかった。

「あらら、オリンピックの金メダリストに勝っちゃうなんて」ジャッキーが言った。「きっと、だからこそ、みんながあなたをリーパーと呼ぶのね」

　彼女が身をかがめ、ポケットから金メダルを取りだして掲げると、彼のそばに顔を寄せ、ふたりの顎の下に金メダルをかざして、自撮りをした。彼女はほほえんでいた。ほかの連中は、彼女が呆然とした表情になっていたと言うだろう。

　ハーウッドは顔を赤らめていた。美人であるうえにオリンピック・チャンピオンでもある女性が、自分のニックネームを知っていたとは。

「どうして、おれのことを知ってるんだ？」彼は問いかけた。

「あなたはレジェンドよ」と彼女が言って、肩をぶつけてきた。そのあと、ふたりは、その射撃レンジへついてきていた小集団のほうへ足を向けた。「でも、レジェンドもお風呂に入る必要はあるわ」彼女がハーウッドの耳元でささやき、鼻にしわを寄せて、息を吸った。「だから、あなたが帰還して、わたしがディナーに誘ったときは、きれいにしてきてね」

　あれがいつのことだったか思いだせなかったが、その光景は鮮明に残っていた。そして、彼女のソフトな声、あのほほえみに完璧に調和する、歌うようなハスキーなささやき声も、記憶に残っていた。

「リーパー」と彼女が言った。

　彼はほほえんだ。心の奥の安らかなところに、彼女の姿が見えていた。

「リーパー、目を覚まして」ふたたび彼女が言った。

　一週間ぶりに、ハーウッドは目を開いた。ジャッキー・コルトの笑顔が見えていた。その背後に、薄緑色のカーテンを背にして、二名の医師が立っている。彼女がハーウッドの手を握った。白い手で茶色の手を。その手は温かかった。ハーウッドが想像していた、彼女のほかの部分と同じく。

「リーパー、もうだいじょうぶ」彼女が言った。「わたしがそばにいるから」

医師たちが彼女をまわりこんでこようとしたが、彼女は動かなかった。事情を心得たような笑みを浮かべて、彼を見つめていた。彼女が部屋の向こう側にあるなにかを指さしたが、ハーウッドは首をめぐらせることができなかった。

「わたしはずっとあそこにいるわ」彼女が言った。

彼女があとずさって、医師たちを前に行かせる。ひとりが彼の目にフラッシュライトの光を当てた。もうひとりがなにかを言ったが、ハーウッドはまだジャッキーのことしか考えられなかった。彼女が来てくれたのだ。自分のために。

「まだ回復しきっていない」医師のひとりが言った。

「ヴィック、これを感じるかね？」

医師が彼の足になにかを押しつけてくる。ハーウッドはイエスと言いたかったが、そのことばを発することができなかった。うなずいてみせたかったが、首を動かすことができなかった。力をこめ、ひたいにあてがわれている拘束ベルトを押す。首の筋肉に焼けるような激痛が走った。

「動こうとしてはいけない。これが感じられたら、まばたきを二回するように、ヴィック」

彼はまばたきをしてみた。それはできた。陸軍レンジャーのスナイパーで、ハイスクール時代はアスリートだった男が、まばたきしかできないとは、なんともいまいましい。

「それはいい徴候だね」医師が言った。

医師たちがクリップボードにはさんだ紙になにかを書きつけ、目を見合わせてから、ベッドの向こう側に目を向ける。おそらくは、ジャッキーに。

「彼は改善してるよ」

三人が病室を出ていき、彼はいまのほんのちょっとした行動だけで疲れ果て、めまいがして、眠りに落ちこんでいった。

リーパーがワシントンDCの病室で目を開いたころ、ハサン・バサエフはスマートフォンをながめ、インスタグラムの投稿を調べて、落胆していた。まだ、なにもない。目をあげて、捕虜のことに考えを向ける。彼らはいま、カンダハルの郊外にいた。モハメド・ナイラビ医師のおかげで、その男の容態は改善している。幅が広めのシングルのマットレスに寝かせてあるその男は、いまも身動きしていなかった。

バサエフは、おのれの出自であるチェチェン人とチェルケス人（非インド・ヨーロッパ語族に属する白人種族）の伝統に倣《なら》って、その男に〝アブレク〟なる名を与えていた。使用を禁じられた祖国の言語では、その語は〝戦士〟もしくは〝勇者〟を意味する。つまるところ、この男は兵士だ。戦士だ。アメリカ陸軍のレンジャーだ。スキルを持ちあわせている。この若い男が回復してきたいま、バサエフとしてはこの男の順応性をテストする必要があった。

「できることはすべてやった」ナイラビ医師は言った。「彼は生きのびるだろうが、心的能力がどうなるかは定かでない」

ナイラビは、身を包む長い白の服に茶色のヴェストという、アフガンの典型的な身なりだった。聴診器を首にかけ、それのイヤピースとダイアフラムが長い黒の顎ひげのすぐ下で出会うかたちになっていた。消毒剤と石鹼のにおいがしていた。

「それは、身体能力が健全なら、それほどまずいことではない」バサエフは言った。

間を置いて、医師が問いかけた。

「どういう計画をいだいてるのかね?」

「いつものように、あんたは知らないに越したことはない。報酬はたっぷりはずんだだろう」

「わたしはひとつの誓いを立てている」ナイラビが言った。「けっして害はなさないという」

「そして、あんたはなにひとつ害はなしていない。その正反対だ。あんたは奇跡をやってのけた。おれは、彼が生きのびられるとは考えていなかったんだ」

「あんたが損傷をうまく守ったからだ。わたしは頭皮の縫合をやっただけでね。まだ頭骨のひびは残っていて、それはいずれ治癒するだろうが、ゆがんだ形状で治癒することになる。あんたが彼の髪の毛をすべて剃ってしまいたいのかどうかわからないので、残りの髪の毛はそのままにしておいたんだ」

医師はその男の右頭部の髪の毛を剃り、傷口を何度も洗浄してから、頭皮を元どおりに縫いあわせた。それから一週間が過ぎたいま、縫合の線に沿って短い髪の毛が生えだしてきて、男の頭皮に長い黒のムカデが埋めこまれたように見えていた。

「もう感染は免《まぬが》れる状態になっているから、彼を病人としてあんたに委ねていいと断言しよう」と医師が言い、ひと呼吸置いて、ささやいた。「ニーナのことは気の毒に」

バサエフはうなずいた。この医師は、バサエフがヘルマンド州における任務に着手する直前、ニーナに会っていたのだ。

「ありがとう」バサエフは言った。「あんたの旅が安全でありますように」

「インシャラー」――神の御心のままに。

医師が出ていくと、バサエフはドアを閉じて、ロックをかけた。あの医師は最高の名医ではないが、信用でき、頼りになる。どちらかを諦める必要があったのだ。

彼のいまの住居は、ナジーム・グールの所有する、葡萄《ぶどう》畑と飲料水瓶詰め工場からなる敷地に建つ小さな離れ家だった。バサエフが自由に出入りできるように、タリバンがグールにたっぷりとカネを払っていて、グールはバサエフにはなにも訊かないのがよいことを心得ている。バサエフとグールは、遠方からたがいの姿を見ることはあっても、顔を合わせることはめったにない。この住居は西ヒマラヤの樅《もみ》の高木に囲まれていて、じゅうぶんに安全だった。さらに好都合なことに、グールの息子がカンダハル飛行場の軍事施設でアメリカ人の通訳をしていた。バサエフは一度ならず、グールの息子、タリクのピックアップトラックの底部に偽装された隙間に身を押しこんで、その基地に入りこんだことがあるのだ。

前は自分とニーナのためにくっつけてあったが、いまは離してあるツインベッドのひとつに、バサエフは腰をおろした。もうひとつのベッドに、彼がアブレクと名づけた男が寝かされている。男の呼吸は安定し、灰色のウールの毛布の下にある胸がリズミカルに上下していた。顔にできた傷が治癒しかけている。十五個かそこらの傷が、顔面にショットガンの弾を浴びた跡のように、瘢痕《はんこん》として残るだろう。バサエフが最初におこなった負傷の検分はほぼ正確だった。打撲傷はあちこちにあるが、この兵士は頭部以外には重大な損傷はなにひとつこうむっていなかったのだ。

宵闇が落ち、窓の開口部から、ヨーロッパからアジアにかけて生息するワシミミズクの聞きちがえようのない高らかな狩りの声が聞こえてきた。あの声は、二羽のワシミミズクが夜の餌を狩る優先権を競って出しているものだ。ミミズクどものお気に入りは、葡萄畑を這いまわるハリネズミだ。四角い窓の開口部を通して入りこむ涼しい夜風が、木々の甘ったるい樹脂のにおいを運んでくる。常緑樹の木々のはるか上方で、まばゆい星ぼしが渦巻いていた。室内では、戸外の美しい光景や静寂とは対照的に、音声を消したテレビの画面がちらちらする光を投げかけている。

「と、鳥」

一瞬、バサエフにはそのことばがなにを意味するのかわからなかった。夜の闇に静寂が落ち、聞こえるのはミミズクどもの獰猛《どうもう》な鳴き声しかない。

彼はアブレクのほうへふりむき、負傷したその兵士を見つめた。

「そうだ」バサエフは言った。「鳥がどうかしたか？」

アブレクが目を開き、声がしたほうへ目を向ける。

「それは、おれが生きてるということか？」

バサエフはこれまでの一週間、この瞬間のことを考えてきた。兵士が目覚めたとき、自分は彼にどのようにアプローチすればよいのか？　なにを言おうか？　いろいろな案を検討したのち、彼はひとつの計画を立案していた。

「そうだ。おれがおまえを救ったんだ、アブレク」

「アブレク」新しい靴の履きぐあいを試すような感じで、男が言った。

バサエフは間をとり、損傷した脳にその名が染み入るのを待った。

「そ、それがおれの名前？」

「いまはそうだ、友よ」

「ア、アブレク」

長い沈黙がつづき、それを断ち切るのは、ミミズクの羽ばたく音とその鉤爪《かぎつめ》が獲物の肉を嚙み裂く音だけだった。

「あ、あんたはおれの友？」

「おまえにとって唯一の友だ、アブレク」

「お、思いだせない」兵士が言った。

「おまえは負傷した。アメリカ軍はおまえを見棄てた」バサエフは言った。

ここがむずかしい部分だった。この住居に戻ってきたとき、彼は兵士の制服を切り刻んで、焼いていた。いまアブレクが着ているのは、黒のズボンにシャツ、そして無地の戦闘ヴェストという、典型的なムジャヒディンの戦闘服だった。

「おれを棄てた？」

「おまえは拉致チームの一員で、待ち伏せにあったんだ」

「ら、拉致チーム？」

「そうだ。おまえのチーム仲間はおまえを見棄てた。おのれが生きのびるために。おれがおまえを救いに行ったんだ」

アブレクが頭をあげ、体に掛けられている毛布を見つめる。バサエフはすばやくそのそばへ移動した。

「気をつけろ、ブラザー。おまえは重傷を負ってるんだ」

アブレクの目が、知った人間かどうかを探るように、バサエフをながめる。バサエフはその視線を受けとめ、自分の顔をアブレクの記憶に刻みつけようとした。ハードディスクやクラウドに写真を永久的に保存するようなものだ。それはつねにそこに残る。最初に見たものが。それがもっとも永続するのだ。

バサエフは水とスープを兵士に運んできた。兵士は最初、おずおずと飲み、食べていたが、バサエフの助けを借りて、水とスープのほとんどを胃の腑におさめた。

「ブ、ブラザー」アブレクが言った。

また、ふたりの視線が合う。兵士の顔に生えかけている顎ひげにスープの滓《かす》がへばりついていた。バサエフは、アブレクが目をそらすまで、その視線を受けとめていた。

「おれたちはブラザー？」兵士が問いかけた。

「ブラザーのようなもんだ。戦闘のブラザー」バサエフは言った。「おまえはアメリカ軍の攻撃で重傷を負った」バサエルはアブレクの手を取って、髪の毛が剃られた頭皮に置いた。

「軽く触れるように。その傷は真新しいんだ」

アブレクの手が縫合部に触れて、さっと離れる。

長い沈黙のあと、兵士が問いかけた。

「ここはどこだ？」

ここもまた、バサエフにとってむずかしい部分だった。アフガニスタンにいることにするか、それとも別のどこかがよいか？　別の国にいるのだと思わせようとするのは、リスクが大きすぎるだろう。そこでバサエフは、真実を告げることに決めていた。

「カンダハル。われわれは隠れ家にいる」

「隠れ家」

「危険な状況だ。アメリカ軍がおまえを探している。彼らはおまえが女たちを拉致しようとしたことを知ってるんだ」

沈黙。

「女たち？」

「そうだ」バサエフは、兵士の心が乱れるに任せた。アブレクの顔がいらだちでねじ曲がる。そして、ようやく――

「トラックに乗せられた女たち」

それは独白であり、問いかけではなかった。

「そうだ。トラックに乗せられた女たち」バサエフは間をとった。この兵士の心はつぎにどこへ向かうだろう？

「ブルカ」アブレクが言った。

「そうだ。アフガンの女たちはブルカを着ている。おまえはチームの一員だった」

捕虜の兵士がうなずく。バサエフの視線を受けとめた目が潤《うる》んでいた。

「ブラザー？」

バサエフは、その発言パターンに興味を覚えた。ことばが詰まることもあれば、そうではないこともある。これはなにを意味するのだろう。たぶん、あの医師なら答えを教えてくれるだろう。

「そうだ。戦闘におけるブラザー。おれはおまえを救った。アメリカ軍はおまえを負傷させた」この反復が記憶をつくりあげていく。基礎を形成するように。

「うん。ロケット弾。ば、爆弾」

「おれはできるだけ早く、おまえのもとへ行った。そして、おまえをここに、医師のもとに、運んできたんだ」彼は兵士の記憶を試すために、あの攻撃から始めて、それよりはるかに個人的なことに至るまで、迅速に話を進めていった。「おまえの名がなにを意味するかはわかるか？」

「意味？」よくわからないといった感じで、兵士が問いかけた。「あんたが、おれの名はアブレクだと教えたんだが」

「そうだ。アブレクは勇敢な戦士を意味する」

男がかすかにうなずいて、ささやく。

「戦士。アブレク。負傷した」

「そうだ。そして、おまえはいま疲れている。休まなくてはならない。おれがおまえの面倒を見る。アメリカ軍はおまえを棄てたんだ」

「おれを棄てた？　なぜ？　だれが？　そ、それは正しくないだろう？」

アブレクの心の状態が正常に復してきていた。

「そうだ。正しくない。休んでくれ、ブラザー。戦士よ」

「うん。疲れてる」ひと呼吸置いて、捕虜が言った。「ありがとう、ブラザー」

バサエフはアブレクの首のところまで毛布をひっぱりあげてから、窓辺へ足を運んだ。ミミズクどもが静かになっていた。今夜の殺しをすませたのだろう。

彼は向きを変えて、テレビのほうへ歩いた。数分後、ＣＮＮのインターナショナル・チャンネルに、魅力的な若いブロンド女が黒人男のすわる車椅子を押す光景が映しだされた。カメラのフラッシュがつぎつぎに光り、記者たちが質問を叫ぶ声があがる。女は赤と白と青からなるジャケットを着ていて、それには重なりあう五個のリングが描かれていた。オリンピックのシンボルだ。バサエフはテレビの消音を解き、アブレクの目を覚まさせない……というか、好ましくない記憶を呼び起こさない程度のボリュームにして、耳を澄ました。ダークスーツ姿の男性記者がカメラに向かってしゃべっている。

「……オリンピック金メダリストのジャッキー・コルトが、負傷した陸軍レンジャーのスナイパー、ヴィック・ハーウッド軍曹を見舞うために、ワシントンDCのウォルター・リード国立米軍医療センターを訪れていて……ローリングストーン誌の最新号がハーウッドの経歴を特集記事にしています。彼は〝ザ・リーパー〟と呼ばれています。ひとりの射撃の名手がもうひとりの射撃の名手の面倒を見ているわけです。オリンピックのチャンピオンが戦闘のヒーローの面倒を。ハリウッド向きのストーリーがひとつ……」

映像がその記者から、ローリングストーン誌の表紙に切り替わる。〝ザ・リーパー〟のタイトルが記され、その下にハーウッドの写真があった。写真がすぐにぼやけ、テレビ・コマーシャルに変わる。バサエフはテレビの画面を見つめたが、そこには信じられないようなものが映しだされていた。車椅子を押していたのと同じ女が、こんどはオリンピック競技の服を着て、汗をかきながら、赤い色をしたスポーツドリンクを飲んでいる。女がほほえみ、金メダルを掲げたところで、コマーシャルは終わった。

彼はスマートフォンを取りあげた。まだインスタグラムにはなんの投稿もない。彼は窓辺へ歩き、遠方にあるナジーム・グールの飲料水瓶詰め工場の角張った建物をながめた。それから身を転じて、いまは眠りにつき、快方へ向かいつつある捕虜を見つめた。部屋の隅に置かれている、傷んだ銃をちらっと見やる。そのあと彼は、二〇一〇年にやった、高高度落下傘降下のことを考えた。事実として、おれには取り引きのためのいい材料があるのだ。

バサエフはほほえんだ。またひとつ頼みごとをするために、ナイラビ医師を呼ぶ。メッセージを受領するころには、こちらの準備ができているだろう。

# 4

アフガニスタンの岩塊のあいだから救出されて三ヵ月後、ヴィック・ハーウッドはノースカロライナ州フォートブラッグ陸軍基地の下士官用宿泊施設の外でストレッチをしていた。治療は、ワシントンDCの米軍医療センターから、テキサス州サンアントニオのブルック陸軍病院へ転院して継続された。そして最後に、スナイパーのトレイナーとしてやっていくための体力を回復するためのリハビリ段階に入り、きょうがその最終日となっていた。

いまはジャッキー・コルトがCMに出演しているスポーツドリンクを、ぐびぐびと飲む。彼女がそれを二ケース進呈してくれたのだ。ノースカロライナは蒸し暑く、ひたいに玉の汗が浮かんでいるのが感じられた。彼は、体にフィットするアンダーアーマーのスポーツウェアにナイキのランニングシューズという身なりになり、砲弾片によって負傷し、人事不省に陥ったために硬くなっていた体をほぐそうとしているところだった。あの日以後の記憶がほとんどなく、いまも日常的に記憶の欠落を埋めようと苦闘していた。

それでも、意識が戻ってからこれまでのあいだに、衝撃を覚えたできごとがふたつあった。ひとつは、陸軍がスポッターのサミュエルソンをDUSTWUN――軍事略語で、〝負傷の程度および所在不明〟を意味する――リストに掲載したこと。サミュエルソンはタリバンの捕虜となってパキスタンのどこかにある独房に押しこまれているのか、それとも、だれも知らない墓地に葬られたのか。ふたつめは、ハーウッドの小隊付き軍曹から伝えられたところでは、捜索および救出《SAR》チームは彼がいた場所でスナイパー・ライフルを発見できなかったこと。彼らが回収した唯一の武器は、ハーウッドがヒップ・ホルスターに携行していた九ミリ口径ベレッタのみだった。どうやら、瓦礫《がれき》の下に埋もれていたらしい。SARチームのクルー・チーフは、救出をおこなっているときに敵の攻撃が激しくなったので、捜索は途中で切りあげざるをえなかったと認めていた。

リンジーが失われたのだ。

たくましい筋肉のストレッチをやりきると、体のあちこちのこわばりがほぐれた。ハーウッドは身長は六フィート二インチで、肩幅が広く、みっしりと筋肉がついている。ジムびたりを公言しているだけあって、負傷したあとも、さらに筋肉がついて体重が増えていた。もっとも重い負傷は背中と顔面に浴びた砲弾片によるもので、ギリースーツを着用していたおかげでほかの部分は守られていた。医師たちの話では、谷への転落もまた砲弾片と同様の損傷をもたらしたとのことだ。左腕の骨折はうまく治癒してくれた。右肩の回旋筋腱板（肩関節を覆い、上腕骨と肩甲骨をつなぐ部分）はいまも懸垂をするたびにちょっと痛みが走るが、それでも彼は毎日、懸垂をしていた。負傷を乗り越えて力を増強し、自分のスキルをアメリカ陸軍特殊部隊と全国の前哨狙撃兵《スカウト・スナイパー》の訓練に活用するつもりだった。

ここでの五日目、そして最後の夜となった、八月のフォートブラッグは暑く、すでに汗ばんでいたが、立ちあがって、リュックサックをかつぐ。ハーウッドはつねに飲料と医療キットそしておそらくは携行すべきではないあれこれの物品を黒のリュックサックにぎっしりと詰めこむようにしていた。とにかく、自分は国のために任務に従事して砲弾片を浴びたのだし、すべてのルールに従う気分にはなれなかった。国に戻ってきたとはいえ、ここでも生きのびるためには、あらゆる予防策を講じる必要があるのだ。

自分の歩調になり、いつものルートをたどっていく。ゴルフ・コースに沿って、将校宿舎の敷地をつっきり、司令部の前を通りすぎ、将軍たちの真新しい邸宅群のあいだをつっきって、懸垂や、ディップ・エクササイズ、腹筋運動《シットアップ》や、ロープ・エクササイズ、そしてピラティス・エクササイズをするための鍛錬場へ入りこむ。反対の方向へ走っていく魅力的な女性兵士とすれちがったとき、ハーウッドは彼女が背負っているリュックサックのサイズに敬意を表して、会釈を送った。彼女は挨拶を返しただけで、ランニングをつづけた。ハーウッドが立ちどまって、リュックサックをおろし、向きを変えると、JFK特殊戦センターの司令官、サンプソン少将が、四分の一マイルほど先にある彼の邸宅の車寄せに車を乗り入れるのが見えた。

「くそったれめ」ハーウッドはつぶやいた。サンプソンは善人づらをした、ろくでなし野郎だ。将軍たちのことはよく知らず、ろくに気にかけてもいないが、あの男は特殊作戦スナイパーたちの訓練を始めたその当日に、自分を叱責したのだ。ハーウッドはさっと立ちあがり、へとへとになるまで懸垂をやった。そのあいだじゅう、負傷した箇所が悲鳴をあげていた。

サンプソンめ。五日前、職務に出頭して、特殊部隊スクールのスナイパーたちの訓練を開始したときの記憶がよみがえってくる。

「情けは無用だ、ハーウッド」サンプソンが言った。

「そんなつもりはまったくありません、サー」ハーウッドが〝サー〟を付けるのが、音符がひとつ遅くなったように、ちょっぴり遅れた。将軍はすぐさまそれに気がついた。

「上官に文句があるのか、兵隊？」

〝いや、あんたのような能なしにだけさ〟と言ってやりたかったが、ハーウッドは安全な道を選び、「ノー、サー」と応じた。こんどの〝サー〟は〝ノー〟にしっかりとつながっていた。

「わたしはおまえを凌《しの》ぐほどすぐれた狙撃手《シューター》を何人もかかえているんだ、ハーウッド。陸軍はおまえのリハビリをしようとしているが、ここには故障者リストに載せられた兵士のための時間や場所はない。ここはメジャーリーグ・プレイヤーのための場所なんだ。それと、あのリーパーなどというたわけたニックネームはここでは無用だ。わかったな？」

将軍は十五分にもわたってつべこべとことばを並べたて、そのあいだ、ハーウッドは肩と腕と首がひとつの金属塊と化したように、気をつけの姿勢をとっていた。やがて将軍に放免されて、気をつけの姿勢を解くと、全身の筋肉から力が抜けて、どう動いても傷痕に痛みが走る状態になり、体がよろめいた。そのとき、将軍が、「リーパー、くだらん」とつぶやくのが聞こえた。将軍は事務補佐官、副官、補佐下士官、そしてほかの一団の兵士たちのいる広大な応接室へ足を踏み入れようとするところだった。ひとりの将軍の世話をするのに、いったい何人の人間が必要なのか？　ハーウッドはいぶかしんだ。

　なにかの記憶を深く探ろうとするとたいていはそうなるのだが、また頭がぐらぐらしてきた。めまいがする。ほかのあれこれの記憶が入りこんできて、探ろうしていた記憶を押しやってしまった。脳みそのなかで、眠っていたさまざまなイメージが炸裂し、感情が燃えあがる。彼は懸垂をしていたディップ・バー（ぶらさがって懸垂などのトレーニングをするためのエクササイズ器具）から飛びおりた。呼吸が激しくなって、息が切れそうになり、膝に両手をついて身をかがめる。

　自分のリュックサックに目を移したとき、心が渦巻き始めた。回転しながら穴をくだっていき、奈落へ滑り落ちていく感触があった。これは、エクササイズをしたせいか？　サンプソン将軍を目にしたせいか？　かもしれない。なにが刺激になったのか、さっぱりわからなかったが、こうなったのはたしかであり……心の渦巻きは、いったん始まると、とめるのは困難だった。

　ハーウッドはセラピストにさまざまなエピソードを語ったが、彼女は意味を理解したようには見えなかった。

「心が渦巻きだしたとき、あなたはなにを考えていますか？」と彼女は問いかけた。

　ハーウッドはいらだって、「なにも考えられない！」と言った。だが、それが嘘であることは自分でもわかっていた。そういうときは、チェチェン人のことを、そしてあの敵にしてやられたことを考えていたのだ。ハーウッドは高慢な男ではないが――というより、控えめすぎるほどだが――あのチェチェン人に負けたことが、彼になにかの影響を与えていた。変化をもたらしていた。脳の回路が変わっていた。彼は、全員が観ている国際的な檜《ひのき》舞台で歴史的戦いに敗北を喫したのと同然だった。

あのチェチェン人。宿敵。ハーウッドの〝闘うか逃げるか反応〟が、四時間ずっとテレビゲームをしていた子どものように燃えあがる。髪の毛が逆立っていた。

いまいましいチェチェン人め。

チェチェン人のことを忘れる必要があるのはわかっていたが、どうすればそれができるのか？ なにか選択肢があるのか？ ふたたび自分の能力を証明することはできるのか？ サンプソン将軍が自分をばかにしたのは、あのチェチェン人との一騎打ちに負けたことが原因であるにちがいないのだ。

レンジャーはけっして退かない。負けることもけっしてない。

自分になにができるのか？ 彼は考えた。渦巻きが心をその奥底にあるもっとも大きな恐怖と感情へ突き落とし、それらの感情のなかには、自分に宿っているとは思いもよらなかったものもあった。極悪な感情。殺害を欲する感情。心的外傷後ストレス障害《PTSD》に陥った生存者にはよくあることだが、死の願望もあるかのかもしれなかった。

チェチェン人。渦巻き。それらはひとつのもの、同じものだ。

彼は立ちあがって、ディップ・バーに身をもたせかけた。自分はなにか筋力トレーニング《ディップ》をやったのだろうか？　回旋筋腱板に痛みがあるのを感じながら、ハーウッドはサンプソンのほうを見つめた。

そのとき、リュックサックのほうへ目がいった。そしてまた、将軍のほうへ。

頭がくらくらして、気が遠くなる。意識が薄れてきたが、完全に気を失ってはいなかった。

ハーウッドは鍛錬場の地面に膝をつき、バランスを取りもどそうとあがいた。


ひとりのスナイパーが、フォートブラッグ基地で歩兵のトレーニングやテストのために使われている樹木の茂ったエリアから、スナイパー・ライフルのスコープを通してサンプソン将軍をながめている。

熟練のスナイパーは、ライフルを入手したあとの最初の夜に、この地点に来て、偵察をすませていた。このライフルがすべての鍵だった。それは、あるべきところにちゃんとあった。

過去五日間、スナイパーは日々、潜伏所の微妙な調整をおこなってきたのだが、やはりこの任務にはこの場所が最良だと考えて満足していた。ここは、歩兵の訓練がおこなわれるだけでなく、二十メートルほど離れたところに小規模のワークアウト施設がある。十五分ほど、ロープをのぼり、傾斜したベンチで腕立て伏せ《プッシュアップ》をし、懸垂バーを使い、最後にちょっと筋トレをやっておくのに、絶好の場所だ。

スナイパーにとって、問題はタイミングだった。

スナイパーはライフル・スコープの向きを少し変えて、サンプソン将軍邸の車寄せに目をやった。陽が沈みかけていて、陸軍基地の生活パターンが夜のものに変わろうとしていた。親たちが子どもを家に入れ、兵士たちが装備の清掃をし、まだそこここに数人、身体トレーニングをつづけている者がいるが、条件はほぼ整っている。スナイパーが絶好の地点を見つけだしていたからだ。

サンプソン将軍は、車寄せに駐めた二〇一八年型の真新しいダークグリーンのメルセデス・ベンツのシートにすわっていた。暖かな八月の夜とあって、将軍は頭ごなしの選択で、ドライヴに出かけていたのだ。いまはメッセージを打っているところのように見えた。顔をうつむかせ、両手で小さなデバイス、おそらくはスマートフォンを操作している。サンプソンは命令を伝えようとしているのか、それとも家に入って妻とキスをする前に、愛人とのつながりを強めておこうとしているのか。

車までの距離は約四百メートル。容易な狙撃だ。

スナイパーは将軍の頭部にクロスヘアを重ね、その白髪がスコープの視野を埋めたところで、トリガーを絞り始めた。横風はなく、トリガーのスプリングに圧力を円滑に加えていくだけでよかった。このライフルはあちこちにぶつかって損傷を受けていたので、スナイパーは必要なあらゆる修理を施して、ふたたび完璧に作動するようにした。そのあと何度も試射をして、このライフルがすばらしい性能を完全に発揮するようになったのを確認しておいたのだ。

将軍はまだうつむいたまま、両手をリズミカルに動かしてテキスト・メッセージの文字を打っていたが、スナイパーにとって重要なのは、クロスヘアに重なった将軍の頭部が完全に静止していることだった。

スナイパーの指で圧力を加えられたトリガーが解放され、かすかな音を発して、ライフルの撃発機構を作動させる。スナイパーはスコープを通して、将軍の頭部が破裂し、車のフロントグラスへ飛び散るのを観察した。周辺視野に見えている小さな木立は、いまも静止したままだった。ライフルの銃声はかろうじて聞こえる程度のものだったので、だれも気づかなかったように思われたが、ほどなく、サンプソン将軍の脳みそがフロントグラスに飛び散っているのをその妻か副官が発見するだろう。

逃走に取りかかる時だ！

スナイパーはそれを二分ほど遅らせた。空薬莢《から》を見つけ、それは落ちたところにそのまま残し、ライフルを分解して、静かにリュックサックに押しこむと、しばらく這ってから、立ちあがって、歩きだし、そのあと夜の闇のなかへ走りこんでいった。

ハーウッドは、かつてなかった最悪の記憶の消失から回復し、ふたたび走りだしていた。必死に水面に浮かびあがろうとするスイマーのようだった。息ができず、新鮮な空気を吸おうとあがいていた。湿度が高く、咳きこみながら闇のなかを走っていくと、やがて幹線道路まで十ヤードほどのところに行き着いた。

憲兵のパトカーがあらゆる方角から彼のほうへ突進してくる。パトカーの群れは彼のそばを通りすぎ、フォートブラッグ基地の将軍たちが暮らしている、美しい煉瓦《れんが》造りの邸宅群のほうへ走っていった。あらゆるところでパトカーの青いライトが揺れ動いていた。彼の右手には松の木々、左手にはゴルフ・コースと、不揃いに並ぶ倉庫群、そして司令部の建物群があった。彼の前方、空挺兵の記念像の近辺で、一台の憲兵パトカーが停止して、封鎖をする。彼は歩道に飛びあがり、なにが起こったのかもわからないまま、走りつづけた。

ヴィック・ハーウッドは戦闘を生きのびた。だが、TBIという略語で知られる、外傷性脳損傷をこうむってもいた。潜伏地点で迫撃砲弾が爆発し、それが生みだした岩崩れによって、彼の体は、無防備な頭部もろとも押しつぶされそうになった。スナイパーである彼は、狙撃をおこなうさいにヘルメットを装着することはめったにないのだ。

ハーウッドは、里子として育ったメリーランドの家庭や、里子として労働させられた農場の試練を耐えぬき、アメリカ陸軍レンジャー・スクールのもっとも過酷なテストを耐えぬいた。湿度の高い空気を吸い、一歩ごとに憤懣《ふんまん》を吐きだして、走りながら、彼はオリンピック・チャンピオンのジャッキーとともにすごしたこの三カ月のことを思いかえしていた。ウォルター・リードの医療センターにいるときも、ブルックの陸軍病院にいるときも、彼女は見舞いに来てくれた。リハビリをしているあいだも見舞ってくれ、彼女の名声を利用するためのテレビ・コマーシャルの仕事がないときは、リハビリのあらゆる段階に手を貸してくれた。

そしていま、ハーウッドが特殊部隊や空挺部隊のスナイパーたちを訓練するためにあちこちに移動すると、その先々で彼女が出迎えてくれるようになっていた。ジャッキーは自分によくしてくれているんだ、と彼は思った。しばらくすると、青いライトを回転させているパトカーまで百メートルほどのところにたどり着いた。憲兵が彼のほうへスポットライトを向けてくる。左手にゴルフ・コースがひろがっているので、彼は完全に敷かれた道路封鎖を避けて、ゴルフ・カートの通り道を走った。やがてアスファルトの道路に出たとき、憲兵がなにかを叫んだが、たぶんハーウッドに声をかけたのではないだろう。

思考がめぐり、オリンピック・チャンピオンのジャッキーから、スポッターのサミュエルソンのことに移っていく。戦闘で生き残った者に特有の罪悪感が日々、彼を苛《さいな》んでいた。サミュエルソンの身になにが降りかかったのかも、軍がそれにどう対応したのかも、わからなかった。あの若い伍長は新参者ではあったが、レンジャーの仲間であり、レンジャー隊員はすべて、だれも置き去りにしないという信念によって生かされている。だが、ハーウッドは彼を見つけられず、そのもとへ行けず、救うことができず、なによりも、そのことがハーウッドの心をむしばんでいるのだった。

それだけでなく、頭部が岩にぶつかったせいで、レコードの針が飛ぶような、記憶の欠落が生じていた。思考が突然、それまでの論理の道筋をはずれて、別のことに切りかわってしまう。オリンピック・チャンピオンのジャッキー。スポッターのサミュエルソン。つぎはなんだ？　サミュエルソンを救う機会はあったのか、自分はそれをやってみたのか、それができたのか？　思いだせなかった。ときには、真ん前にあることしかわからないこともあった。

ちょうどいまのように。憲兵。

青いライトがさらに明るくなり、二名の憲兵がこちらに叫びかけてくる。

「動くな《フリーズ》!」

だが、そのときには、彼はすでに道路を二百ヤードほど先まで走っていた。フリーズもせず、スピードも落とさず、さらに足取りを速める。憲兵がなにをしていようが、自分はそれには無関係なので、走っていくだけのことだ。

遠方からスポットライトが彼に向けられていたが、その強力な光のビームは、彼が駆け足で遠ざかるにつれて薄れていった。進む方角がちょっとずれていると感じ、向きを変えて森のなかへ入ると、小道が見つかったので、懲罰を与えるかのように顔に打ちつけてくる小枝を押しわけながら、走っていく。

自分の下士官宿舎にひきかえして、ジャッキーに会いたいという思いしかなかった。汗ばみながら、ゴルフ・コースを奥までつっきって、そこを出ると、自分の宿舎が見え、そのあと、パーキングロットにジャッキーの姿が見えた。丘へ駆けのぼって、舗道に出ると、ひとつの防犯灯から離れたところに駐まっている車のなかになにかの動きが見てとれた。野球帽をかぶった顎ひげの男がこちらを見ている。おそらくは、またどこかのだれかがジャッキーのサインをもらおうとして来ているのだろう。彼はスナイパーなので、周囲を観察し、状況を呑みこむことが習性になっている。長射程ライフルの男が至近距離で撃ちあうはめにはなりたくないので、彼のレーダーは休みなくまわっていた。そのとき、彼女が建物の横手エントランスのそばに駐めた車のトランクに黒いバッグを入れている光景が見えて、顎ひげ男のことが念頭から消し飛んだ。

「ヘイ」彼は呼びかけた。

彼女がふりかえり、凍りついたような笑みを浮かべる。作り笑いのような。彼女のあんな顔を見たのはこれが初めてだった。

「ヘイ。こっちもね」彼女が急いでトランクのリッドを閉じ、こちらに足を踏みだして、ハグをした。

「汗ばんでるね」笑みを浮かべて、ハーウッドは言った。

「たっぷりワークアウトをしたから。あなたも汗ばんでるわ。それが大好き」彼女が言った。たしかに、ジャッキーはワークアウト用の身なりをしていた。スポーツブラとスパンデックスのランニングパンツに、小枝や木の葉がまみれついている。

「あらかじめわかってたらな。そしたら、きみを待ってたのに」

「つねに知らせておくなんてわけにはいかないでしょ、リーパー。わたしはたまたま、体をシェイプアップしておこうと思っただけのこと。あなたもレンジャーのコンディションを取りもどしつつあるし」彼女がハーウッドと腕を組んで、下士官宿舎の裏手のエントランスへ導いていく。

「裏口へ？」

「今夜はだれかにサインをしてあげる気分じゃないの」彼女が言った。

オリンピックで金メダルを獲って以来、彼女は全米ライフル協会や武器製造業界のさまざまな後援者たちにサインをしてきた。ジャッキーは、軍事コミュニティにおけるロックスターになったのだ。

「それだけじゃなく、わたしたちはこれからいっしょに、またひと汗かけたらと思ってるし」彼女がこのうえなく誘惑的な笑みを浮かべ、熱烈なキスをする。その唇は甘く、塩辛さが混じっていた。

ジャッキーは注目を浴びることをつねに歓迎し、ファンたちをしっかりともてなす。だが、今夜の彼女は、なにか別のことを一心に考えているように見えた。

ふたりは裏口から忍び入り、ハーウッドの部屋へと姿を消した。なにかがジャッキーの心をときめかせているようだった。彼女がハーウッドの上に体を重ねて、アクロバティックの動きのようにのけぞり、その長いブロンドの髪が淡い光を浴びて、幾千もの黄金の細い鞭のようにきらめきながら、彼の顔を撫でたり、胸をくすぐったり、足首にかぶさってきたりした。

事後、ふたりは喘ぎながら、ベッドの上に身を横たえた。彼女の北欧人のように白い肌が、彼の黒檀《こくたん》色の体に押しつけられてくる。

「せずにはいられなかったの」彼女が言った。「そのたびに、よくなってきてる」

「同感」息を切らしながら、彼はつぶやいた。

ジャッキーが鼻をすりつけてくる。ふたりの汗と体液が完全に混じりあって、刺激的なに《ア》おい《ロマ》を生みだしていた。くっきりと八つに割れた彼の腹筋を、彼女の指が撫でさする。

「あなたはみごとな人体標本ね、リーパー」彼女が言った。

ハーウッドは彼女の背中へ手を走らせ、臀裂《でんれつ》のすぐ上に彫られた標的《ブルズアイ》のタトゥーのまわりを撫でた。

「いい気持ち」ジャッキーがハーウッドの胸にささやきかける。

「うん。気分がいい。きみはおれを平常に近い気分にさせてくれるんだ」彼は言った。

「そういう計画」彼女が言った。「あなたに健康を完全に取りもどしてほしいから」

ハーウッドは彼女をさらに抱き寄せて、言った。

「きみがやってくれたすべてに感謝してるよ」

「わたしが、四カ月前にアフガニスタンで会ったばかりの男に人生をあずけたと言いたいの？」

「うん。基本的にはそうだね」

「まあ、あなたはそれにふさわしいひとだし」

ハーウッドは、そのことばを聞いて胸が震えたのを感じながら、うなずき、さらに彼女を強く抱き寄せた。

「リハビリをやり終えたら、きみといっしょに長期的戦略を話しあいたいな」彼は言った。

「戦争の計画を立てるみたいな言いかたじゃない？」彼女がからかった。

「いや、それはその……おれはそんな言いかたしかできないんだ。そういうのしか知らないんでね」と彼は応じた。

「わかってる。わたしの恋人、リーパーには感嘆せずにはいられない点がたくさんあって、それもそのひとつ。わたしたちがちっちゃな射撃の名手を授かったらと思ってるの」

ハーウッドの胸がまた震えた。

「妊娠したいということ？」

「うん。はらませてよ。気持ちの準備はできてるわ」彼女が言った。

「その前に、きみのお父さんと話をしておきたいね。彼に頼まなくては。すぐにそうしよう。きみの結婚の日取りを決めよう。いや、おれたちの結婚の日取りを。おれはまだ指輪の用意ができてない。正直言うと、その問題を本気で考えたことがなかったんだ」彼は、計画も立てず、装備の準備もせずに戦闘任務へ赴こうとするレンジャー隊員のような気分になっていた。

「わかってるわ、ヴィック。いっしょに進めましょ。あなたを愛してるってことを言いたかっただけ。それと、わたしは準備ができてるから、あとはあなたがいつその気になるかにかかってるってことを。わたしはあなたを誇りに思ってる。わたしたちのことを誇りに思ってる。わたしたちはいま、たいせつなものを手に入れたんだと思ってるの」

ハーウッドはことばを失った。彼はベッドに深く身をうずめ、彼女を引き寄せて、言った。

「うん、そのとおりだね。ただ、同意できない点がひとつだけある。感嘆せずにはいられない人間は、おれじゃなく、きみなんだ」

# 5

翌朝、ハーウッドが目覚めて、身を転がすと、かたわらにはぬくもりが残っているだけで、だれもいなかった。たいていの夜がそうであるように、昨夜も数かずの夢が襲ってきた。にやにや笑うジャック・オー・ランタン（ハロウィーンのカボチャの提灯の元型）のようなサミュエルソンが頭のなかで踊り、こう言ってきた。〝兵士を置き去りにしない？　そうだよな、レンジャーのバディ。あんたはバディだよな。バディ《B》のファッカー《F》だ。あんたをブラヴォー・フォックストロット（B・Fを意味する無線略語）と呼んでやろう〟。

だが、実際にそのことばを言っていたのは、自分の声だった。迫撃砲が襲いかかってきたとき、彼にはサミュエルソンの状況がろくにつかめていなかったのだから、サミュエルソンが負傷の程度および所在不明《DUSTWUN》の状態になったことの責任を彼になすりつけるのは筋が通らない。そのとき、ハーウッドはすでに意識を失っていたからだ。その直前、彼らが五フィートほどの距離を置いて身を伏せ、チェチェン人を狙撃しようとしていたとき、砲弾が飛翔する音が聞こえた。それに対処する時間はほんの一瞬すらなく、さらなる遮蔽を探す暇もなかった。ひたすら、一斉砲撃を耐え忍ぶしかなかったのだ。

だが、戦闘で生き残った者がいだく罪悪感はそんなふうには機能しない。どうしたわけか、ハーウッドはぶじに、というか、少なくとも生きたまま、救出される男となった。ずたずたに傷つき、心理的なダメージを負いはしたが、それでもまだ息をしている。酸素を吸い、二酸化炭素を吐いている。心臓がいまも脈打っている。だが、脳の状態は、たぶんまだ完全に回復してはいない。まちがいなく、まだ完全に回復してはいない。

それでも、悪夢に苛《さいな》まれつつ、なんとか眠れることもときにはあった。おそらく、脳の損傷がもたらす靄《もや》のなかに心が埋もれ、さまざまな重い感情が静まることがあるからだろう。ハーウッドは、霧の夜に曲がりくねった田舎道で自動車事故にあった運転手がめまいを起こしながらふらふらと車を走らせるような感じで、まごつきながら日々をすごしていた。勇気を奮い起こし、この国の敵を殺すことを軍があてにしているスナイパーたちを訓練してきた。彼がその任務に就けられた理由のひとつは陸軍の同情であり、もうひとつは、陸軍最強のスナイパーとしての広汎な知識と経験を活用することにあった。

リーパーとしての。

ハーウッドは、自分が三十三名の敵軍指揮官を殺したことをどう感じているのか? たんなる満足感。彼らが死んだことを、そして自分が彼らを殺したことを、よろこんでいた。この国に、ハーウッドに、危害をおよぼす敵兵をひとり減らすのは、ハンヴィーに搭乗する五名の兵士たちが脚をふっとばされる事態をひとつ防ぐことを意味する。それが、ハーウッドの算術だ。その目的が手段を正当化する。

彼はベッドから両脚をおろし、こわばっていた筋肉をストレッチした。瘢痕化《はんこん》してきた傷口のいくつかが裂けたので、顔をしかめながら、立ちあがる。フォートブラッグ基地のこのささやかな宿舎にはスライド式のガラス戸があり、その外に二フィートほどの幅のバルコニーがしつらえられていた。いつものボクサーパンツ姿で、湿気の多い朝の空気のなかへ足を踏みだす。遠方から、身体トレーニングをおこなっている空挺部隊のリズミカルな号令の声が聞こえてきた。

「C－130が滑走路を進んでくるぞ。空挺兵はちょっとひと飛びし……」

ハーウッドはいったい何度、ああいう号令を叫んだだろう？　数えきれないほどだ。心のなかで、さまざまな記憶が稲妻のようにちらっと光る。隊列駆け足。左右のバディに合わせろ。ジョークは同じ階級どうしのみ。軍曹たちがわめいて、兵士たちを黙らせる。そして、彼は軍曹のひとりとして、身体トレーニングを指導したものだった。

室内にひきかえすと、デスクにジャッキーのメモが置かれているのが目にとまった。

〝ヴィック、ちょっと宣伝《プロモ》の仕事があるから、急いで行かなきゃいけなかったの。あーあ。サヴァンナでの再会が待ちきれないわ！　愛を、J〟

夜のあいだにジャッキーがそっと立ち去ったのにはがっかりだが、文句は言えなかった。とにかく、昨夜は彼女が初めてあんなふうにしてくれたことだし、これからは会うたびに歓喜のひとときがすごせるだろうと予想できるのだ。すてきなブロンドの女性が自分を、この国を、そして銃を愛している。これ以上にすばらしいことがあるだろうか？

彼はテレビをつけ、チャンネルを何度か切り換えたあと、地元のニュース・チャンネルを観ることに決めた。若い黒髪のリポーターが、フォートブラッグ基地の将軍邸宅群の外に立っていた。小ぶりな邸宅の列を背景に、彼女がしゃべっている。彼はテレビのボリュームをあげた。

「……そして、サンプソン将軍はイスラム過激派のターゲットであったことがわかってきました。特殊部隊の訓練指揮官として、彼は多数の兵士を海外へ派遣して戦わせ、イスラム国《ISIS》やアルカイダの構成員たちを殺させてきました。アルカイダが発行している雑誌であるインスパイア誌の最新号に、軍隊の指揮官たちや、マイクロソフトやアップルといった民間企業の最高経営責任者《CEO》たちの首に賞金をかける〝ファトワー〟（本来はイスラム法に関する権威者の解釈を指すが、この場合は〝死刑宣告〟の意味）が出されたという記事が掲載されています。つまり、軍や企業の幹部を殺害すれば賞金が与えられるというわけです」

画面が、スタジオのアンカーに切り換えられる。おそろしく沈痛な表情をしているその男が、リポーターに問いかけた。

「当局はなにか手がかりをつかんでるんだろうね、モニカ？」

「はい、そうです、ビル。憲兵とフェイエットヴィル市警が合同で捜査にあたっておりまして。サンプソン将軍の殺害に用いられた銃弾の空《から》薬莢はすでに発見されているとのことです。そしてまた、わたしの得た情報によれば、その実弾が回収され、ほかのいくつかの証拠とともに保管されているようです。当局は、昨夜七時前後にその地点にいた可能性がある人物はだれかということで、このエリアを捜索しています」

リポーターがしゃべりながら、その場所を指さす。彼女が身を転じるのに合わせて、カメラもそちらへ向けられた。背景に小さな木立が見え、それに隣接して、クライミング・ロープや懸垂バーやディップ・バーのあるワークアウト場があった。

「捜査が順調に進み、すぐに殺人犯が発見されることを願いましょう。フォートブラッグからモニカ・ジョンソンがお伝えしました」

ハーウッドはテレビを見つめたまま、うわの空でリモコンのボタンを押し、画面が空白になった。頭のなかに稲妻のような衝撃が走り、昨夜のあるできごとにまつわるイメージがちらっと浮かびあがる。あの木立。ワークアウト場。

自分のリュックサック。サンプソン将軍。

ハーウッドはベッドにすわりこんで、手の付け根で目をぐりぐりとこすり、継続的な記憶を、あるいは思考の流れを呼び覚まそうとしたが、どうしてもそれができなかった。自分はなにを目撃し、なにを聞いたのか？

そして、なにをやったのか？

習性が働き、ハーウッドはすぐに自己不信状態を脱して、行動に移った。他人の悲嘆にかまけてはいられず、おのれの苦悩にもがいてもいられない。とにかく自分は常態に復帰したいし、大事なのはそれだけだ。彼はまたジャッキーのメモに目をやって、やらねばならないことに思い当たった。動きだし、ジョージア州サヴァンナの近辺にある陸軍のハンター飛行場へ、新兵として初めて派兵されたときに所属していた第一レンジャー大隊の本拠へ、向かうのだ。彼は主として、フォートベニング陸軍基地に本拠を置く第三大隊に配属されていたが、いまも第一大隊には多数の友人がいる。

ハーウッドは、よごれたままポリ袋につっこんでいた数少ない洗濯物と、ジャッキーにもらったスポーツドリンクのボトルをまとめて、リュックサックに押しこみ、ダッフルバックと装備一式も収納してから、リュックサックを背中にかついだ。下士官用の一時滞在宿舎の裏口から外に出て、愛車の二列シート《エクステンディッド・キャブ》・ピックアップトラックに荷物を積みこみ、パーキングロットから車を出す。

バックミラーに、青いライトを輝かせた憲兵のパトカーが何台か映り、四角い形状をした下士官宿舎の建物の表口に三台のセダンが急行して停止するのが見えた。フェイエットヴィルを通りぬけるオールアメリカン・フリーウェイに入り、そのあとはインターステート・ハイウェイ95に乗り入れて、南へ向かうのだ。ハーウッドはトラックのアクセルを踏みこんで、サヴァンナをめざした。

# 6

ディーク・ブロンソンが唇を引き結んで、粒子の粗いビデオ映像をながめている。それには、リュックサックをかついでゴルフ・コースを走りぬけていく男の姿が映っていた。

「容疑が濃厚なやつがあそこにいる」ブロンソンが言った。話しかけている相手は彼の率いる特捜チームの面々で、彼らはヴァージニア州ニューポートニューズの空港に程近いところにある、変哲のないオフィス・ビルディングに陣取っていた。ブロンソンと、四名からなるそのチームは、アメリカ国内における過激派の活動を監視する任務に従事し、その対象には、政府打倒を予言する白人至上主義私兵団から、ブ《B》ラックライヴ《L》ズ・マター《M》（黒人への暴力排斥や人種差別撤廃を訴える国際的社会運動のひとつ）に至るまで、あらゆる組織や人物が含まれている。

自身もアフリカ系アメリカ人である特別捜査官、ブロンソンは、プロの法執行官であり、アメリカのありとあらゆるものを信奉する男でもあった。彼は毎朝、そのときの気分によって五マイルないし十マイルを走り、上半身および腹筋のエクササイズをワン・サーキットやり、シャワーを浴び、Ｍａｔｃｈ.ｃｏｍ（国際的な恋愛・結婚マッチングサイト）に十から二十ほど掲載されている自分のプロフィールをチェックし、頭を剃り、男としての身だしなみをすませてから、二千ドルもするゼニアの、たいていはネイヴィーブルーのスーツに身を包む。独身を通してきたブロンソンは、見映えをよくし、いい気分でいることを楽しんでいた。完璧なパートナーを見つける範囲をひろげるための時間節約ツールとして、オンライン・デートを使っている。海兵隊員としてイラクのファルージャに遠征し、帰還後に復員兵援護法《GIビル》を利用してハワード大学に入り、ついでジョージタウン大学で法学の学位を取得した。その後、FBIに入局して十年のあいだ、国内のテロリスト狩りに従事する特別捜査班を率いる任務を担ってきた。三十五歳になろうといういま、ブロンソンは人生におけるおのれの地位に満足を覚えていた。彼にとって、ものごとはすべて白黒がはっきりしている。ひとはみな、いいやつか悪いやつかのどちらかだ。その中間というのはない。煉獄などは存在しないのだ。

「エンジェル、このビデオを最初から最後まで再吟味し、顔のベストなイメージが得られるフレームを静止画としてキャプチャーしてくれるか?」

エンジェル・ロハスがほほえみ、目に落ちかかってきた髪の毛をはらいのける。

「ラジャー、ボス・マン」エンジェルが言った。

「ありがとう。きみがベストなんだ」ブロンソンは言った。

彼は五十五インチの高解像度《HD》テレビ画面から、チームの弾道学エキスパート、マックス・コレントのほうへ目を移した。あちこちの都市で多数の警察官が銃撃戦をする時代になって以来、ブロンソンは自分専属の弾道学エキスパートを要求して、それが認められた。そのことでクアンティコの科学捜査研究所《ラボ》との直接のつながりが持てるようにもなっていた。案件処理に要する時間が短縮されるのはよいことだし、意思決定がより効率的にもなる。いまは、捜査をひとつの方向に進めて空《から》まわりするのではなく、数時間待つだけで、よりよい決定ができ、証拠に基づく情報が得られるようになっていた。たしかに、ブロンソンはいろいろな直感力を備えていて、それを活用する能力も持ってはいるが、生来的に、事実に依拠し、可能なかぎり疑問点を排除して、不明な部分を埋めるための判断を下すという性分なのだ。彼らの本拠地には二十テラバイトの安全《セキュア》な情報ハブがあり、それによって指紋や弾道の照合といった情報量の大きいファイルが高速で転送されるようになっていた。

　コレントが期待感をこめた目で、彼を見つめる。長いライトブラウンの髪が、ロック・バンド、デス・キャブ・フォー・キューティーがプリントされた青いTシャツの襟もとまで垂れていた。短パンにサンダルという身なりで、例によって、左右の耳の穴にちっぽけなイヤフォンをつっこんでいる。コレントはブロンソンより若く、犯罪のサイバートラッキングだけでなく、銃腔のライフリング検査や空薬莢に残った撃針痕検査などもやってのけられる技術者《テッキー》だ。コレントは片腕に彫ったタトゥーをシャツの袖で完全に隠していて、いまも、もう一方の腕に彫るタトゥーのためのデザインがひらめくのを待っている。ブロンソンは肩をすくめてみせた。彼は左腕に、文字のタトゥーをひとつ入れているだけだった。

〝センパー・フィデリス〟――〝つねに忠誠を〟（アメリカ合衆国海兵隊のモットー。通常は略して〝センパー・ファイ〟）。

「よし、若きミスター・コレントよ」ブロンソンは言った。「きょうはなにを用意してくれてるんだ？　なにかいいことがあるのか？」

コレントが笑みを浮かべて、言う。

「あんたはおれより年上といっても、二、三歳の差しかないのに、〝ボス〟と呼ぶのは妙な感じがするだろう。しかし、あんたとおれはバディでも友だちでもないから、〝パル〟とかどうとかとは呼べない。だから、なんというか、おじぎを省くだけにしておきたいんだよね」

「次回はなにを言いだすにせよ」ブロンソンは言った。「いまのより短くすませるようにしてくれ」

コレントがまた笑みを浮かべる。

「了解。まあ、なんにせよ、これは奇妙だ。あんたも知ってのとおり、われわれは、銃と実際の犯罪行動に使われた弾薬を照合するための弾道検証システムを用いてるだろう？」

「そうだ、マックス、わたしもそのプロセスについてはよく通じている。なにが言いたいんだ？　すでに照合をすませたとか？」

コレントが間をとってから、それに答える。

「まあ、イエスだね」

「なんだと？」とブロンソンは応じ、腕時計に目をやった。ちょうど午前十時。サンプソン将軍が撃たれたのはこの前日だった。

「うん、すませた。だが、あれはありえない」コレントが言った。

「なにがありえないんだ？　照合したんだろう？　それとも、照合の筋が通らないとか？」

「それだ」コレントが言った。小さな仕切りのなかに置かれた椅子から立ちあがり、五十五インチの画面を指さす。彼はそこに、憲兵が狙撃手《シューター》のいた地点と思われるところで回収した空薬莢の画像を転送していた。「これは、撃針が雷管を打った部分の画像だ。それは指紋と同じく、特有のものでね」

彼が身をかがめ、ＭａｃＢｏｏｋのボタンを押して、画像を切り換える。

「これは、使用された薬莢から発射された七・六二ミリ弾の画像だ。この弾丸がサンプソン将軍の頭蓋後部に貫入し、脳を貫通して、頭蓋前部から射出し、弾速がさがって、フロントグラスに跳ねかえり、ダッシュボードに落ちた。それを憲兵が発見したというわけだ。弾丸に残ったライフル・マークもまた、指紋と同じく、特有のものなんだ」

「つまり、二点が確認できると。われわれのシステムで、撃針と銃腔のライフル・マークの照合ができるだろう？」

「イエスでもあり、ノーでもある」コレントが言った。

「そういうのはやめてくれ。わたしがあいまいなことを嫌うのは知ってるだろう。〝そうだ〟か、〝そうじゃない〟かのどちらかにしてくれ」ブロンソンは言った。

「だったら、〝そうだ〟にしよう。しかし、ひとつひっかかる点がある。数ヵ月前、われわれがカンダハルに行って、アルカイダとフィラデルフィアで計画されていた列車脱線事件との関連性を調べたことは憶えてるだろう？」

「ああ。それがどうした？」ブロンソンは問いかけた。

彼はその任務を誇りに思っていた。ブロンソンとそのチームは、勾留されたアルカイダの構成員を尋問し、血を吐かせただけでなく、ワシントンDCとニューヨークシティをつなぐ全米鉄道旅客公社《アムトラック》のアセラ・エクスプレスに対する襲撃計画を阻止したのだ。

「レンジャーとグリーンベレーが、どちらがさらに多数の敵を殺すかというくだらない競争をしていて、彼らがおれに、タリバン指揮官どもの灰色の脳髄を貫通した弾丸を二、三個、見せてくれたんだ。おれがどういう人間かは知ってるだろう。おれはその全データを、価値の低いやつも含めて、調べあげた。シューターの名はひとつもつかめなかったが——彼らがどういう連中かはあんたもよく知ってるだろう——どの部隊かはつかめた。レンジャーだった」

「レンジャー？　陸軍のレンジャーということか？　性悪で、悪辣で、国のつらよごしの、合衆国陸軍レンジャーだと？」

「うん、その連中だ」デスクの前の椅子にすわりなおしながら、コレントが言った。「照合の結果はこうだ。タリバン指揮官どもを射殺したライフルは、サンプソン将軍を殺したのと同じライフルだった」

ブロンソンはこのちょっとした情報の意味を考えながら、ウィンザー・ノットに結んだエルメスのネクタイを緩め、イングリッシュ・スプレッドカラー仕立てになっている白いボスのシャツの襟を開いた。すでに袖はまくっていたから、これでつりあいがとれた状態になり、筋肉質の前腕がすっかりあらわになった。そうしてから、彼はコレントのデスクのほうへ身をのりだした。

「もう一度、言ってくれ」相手の目を見つめて、彼は言った。「わたしがいまのを正確に聞きとったとすれば、きみはわたしに、猛烈に敵と戦っている高貴な連中に対する捜査をするようにと言ったことになるからな」

「あんたは正しく聞きとったさ。同じライフルだった。おれは五回もチェックしたんだ。疑う余地はない。もし疑問があったら、あんたにしゃべろうとはしなかっただろう」

ブロンソンはしゃんと立ちあがり、ふたたび高解像度画面へ目をやった。いまはそこに、空薬莢とずたずたになった弾丸が並べて置かれているのが見えていた。

「銃のシリアルナンバーはつかめたのか？」

「彼らはそれについてはなにも教えてくれなかった。さっき言ったように、それは価値の低いものなんでね。しかし、テストがおこなわれた日付と時刻はつかめた。それが着手点になる」コレントが言った。

「二百名ほどのレンジャー隊員に絞りこめると」ブロンソンは言った。

「まあ、実際には、さらに狭く絞りこめる」ランディ・ホワイトが言った。

ホワイトは、チームの情報エキスパートだ。ブロンソンと同じく、軍に所属していたことがある。軍の情報将校だったころは、アフガニスタンのバグラムに派遣され、通常および特殊作戦部隊の情報任務に従事していた。大男で、アフガンに遠征していたときにバグラムの基地食堂でさらに体重を少なからず増やしてしまった。仕事中毒《ワーカホリック》とあって、なにかと口実をつくってワークアウトはスキップし、その一方、百名以上ものタリバン指揮官の殺害や捕獲につながる業績を残した。つねに頭を剃りあげていて、戦地における危険特別手当としてもらったカネを、一個のダイヤモンドが埋めこまれたスタッド・イヤリングの購入に用い、それを左耳にくっつけている。

「しゃべってくれ」ブロンソンは言った。

「犯行者はスナイパーであることを忘れかけてるんじゃないか。それはスナイパー・ライフルなんだろう、マックス？」

コレントが目を伏せ、またあげる。

「ああ、もちろん。興奮したり混乱したりしたせいで、その重要な情報を言い忘れていたんだ。それはスナイパー・ライフルで、SR-25である可能性を線条痕が強く示している」

「さて、ほかでもないその日、その場所に、何名の陸軍レンジャー・スナイパーがいたのか？　せいぜいが十名、それぞれのスポッターを計算に入れても、二十名程度だろう」ホワイトが指摘した。「そして、それらのチームのなかに、SR-25を使う人間は何人いるのか？」

「ちょっと待った、ランディ。記憶をたしかめさせてくれ。線条痕とは？」ブロンソンは尋ねた。

「弾丸は銃腔内を旋回していき、銃腔内の凹んだ部分と凸部分との差によって生じた溝を痕跡として残す。そのすべてをまとめて、線条痕と言う」

「わかった。では、ランディの論点に進もう。それで、容疑者の人数を最低でも九十パーセントは減らせる」ブロンソンは言った。「いい指摘だった。さて、ここからむずかしい部分が始まるぞ」

「どういうことだ？」

「レンジャーの内部に浸透する。アルカイダの内部に浸透するよりは容易だろう。アルカイダには真の同胞関係《ブラザーフッド》があるからな」ブロンソンは言った。

「そうだ、海兵隊なら、なにか情報を吐いてくれるんじゃないだろうか？」ホワイトが反論した。

「一理ある。だが、それはやめておこう。とにかく、それ以外のところから着手し、特殊作戦軍司令官に直接あたるようにしなくてはならない。彼の将軍たちのひとりが殺され、彼の部下たちのだれかがそれをやったように見える状況なんだ。内々に進めなくてはならない。直接、特殊作戦軍にあたれば、情報が提供される可能性がおおいにある」

　ブロンソンはチームの五人目のメンバー、フェイ・ワイルドのほうへ顔を向けて、言った。

「タンパの特殊作戦軍司令官、テイラー将軍に電話を入れてくれ。そこから始めよう」

　女性捜査官のワイルドはリバティ大学で政治学の学位を取った新規入局者で、ブロンソンは、見つけだすのがむずかしい電話番号を見つけだすといったような仕事をさせるには、こういう若くて仕事熱心な人間をチームに加えるのがいいだろうと考えていたのだ。だが、ワイルドは有能で、五分後にはそれをやってのけた。

「サー、テイラー将軍がお待ちになっています」

ブロンソンは自分のオフィスに入って、ドアを閉め、固定電話の受話器を取りあげて、話を切りだした。

「将軍、FBIの主任特別捜査官、ディーク・ブロンソンです。わたしはいま、サンプソン将軍殺害事件の特別捜査班を率いています。五分ほどお時間を割いていただけますでしょうか？」

ブロンソンが耳を澄ますと、将軍が咳払いをして、話しだす声が聞こえた。

「そのいまいましい犯人を捕まえてくれるのであれば、まる一日、時間を割いてもいい」

「じつは、ある微妙な情報を得ておりまして。そちらはスピーカーフォンにされているように感じるのですが。受話器のみの通話にしていただけますか？」

ブロンソンは、パーキングロットにぎっしりと駐められている乗用車やトラックをながめながら、オフィスのなかを歩きまわった。車のフロントグラスが日射しを照り映えさせていた。

「オーライ、捜査官。なにをつかんだのかね？」

「将軍、われわれは、あるスナイパー・ライフルに合致する発射痕特性をつかみました」ブロンソンは言った。

「つづけてくれ」とテイラー。

「用いられた銃は、四カ月前にアフガニスタンにいた陸軍レンジャー部隊のスナイパー・チームに属するものであることが明白に確認されました。あなたの配下の兵士たちがわれわれに、発射痕特性とライフリングのチェックをしてくれと依頼したのです」ブロンソンは話をつづけ、その正確な日付を伝えてから、こう言った。「われわれの火器鑑識エキスパートは、個々の名を割りだすことはできていません。ですが、彼はそのライフルは当時、カンダハルにいたレンジャー部隊に属するものであることは突きとめています」

長い間を置いて、テイラーが口を開く。

「それはありえない」

「いえ、将軍、残念ながら、ありえるのです。鑑識官はその分野ではベストでして。ダラス銃撃事件のさいに抜擢された男です。わがチームは当時、カンダハルにいました。数名の兵士がある手がかりを持って、われわれのところにやってきました。それは、死んだタリバン指揮官たちの頭部で、彼らはわたしのチームに所属するその男に、狙撃に用いられた銃の鑑定をしてくれと依頼しました。彼らは、タリバン指揮官射殺の大半をおこなったのはだれなのかを知りたがっていたのです」

ブロンソンは、受話器から届くかすかな空電の音を聞きながら、テイラーは眠りこんでしまったのだろうかといぶかしんでいた。

「くそ」将軍が言った。「なにを必要としているのかね?」

「当時そこにいた部隊にアクセスする必要があります。指揮官と、何人かの兵士に、話を聞く必要があるのです。この事件の犯人は道を踏みはずしたシューターなのか、失われた銃があるのかといったことを突きとめなくてはなりません」

将軍が、失われた銃ということばに飛びつく。

「それならわかる、捜査官。まちがいなく、その銃は失われたもの、というより、戦闘のなかで遺棄されたものであることが判明するだろう」

「その可能性はあります、将軍。われわれはそのための手がかりを持っており、あなたが許可してくださりしだい、早急に捜査に着手するつもりです」

ブロンソンのそれとはないひと押しを——将軍殺害犯を見つけだすための捜査を遅れさせれば、また別の将軍が標的になるだけという示唆を——テイラーは聞き漏らさなかった。

「捜査を遅れさせるつもりはない、捜査官。われわれはせいぜい五分ほど話しあっていただけだ。そのことを確認しておくように。では、そのレンジャー部隊指揮官の名を教えよう。バート・オーエンズ大佐だ。バートはものわかった男でね。わたしが彼に電話を入れ、あらかじめ事情を伝えておこう。唯一の問題は、きみが話を聞きたがっている兵士たちの何人かはおそらく、いまはレンジャーを除隊しているか、戦地にいるかという点だ。きみがこの事件を解決するのに必要な相手にアクセスできるようにするために、わたしはあらゆる手を尽くそう」

「ありがとうございます、将軍」ブロンソンはこの会話を録音してはいないのだが、将軍は録音されていると考えていると想定してしゃべっているように思えた。政治的な駆け引きなどはどうでもいい。ブロンソンは、必要になった場合に証拠が不足するはめにならずに、この捜査を完遂することだけに集中していた。ひょっとすると敵になるかもしれない中立的な集団に関する確実な情報を収集しなくてはならないのだが、彼にはそれをするための権限がなかった。敵にまわるようなことをする連中がいるのは知っているし、証拠収集の努力にチームがありとあらゆるエネルギーをふりむけていては、事件解決への道筋を見いだすことも、この捜査を完遂することもできないだろう。

テイラーが彼にそのレンジャー部隊指揮官の電話番号を教えた。彼がそこに電話をかけると、別の電話番号、ある大尉の番号を教えられ、まもなく彼らはヴァンに乗りこんで、飛行場の格納庫へ向かった。そこには、ブロンソン用の政府支給ガルフストリーム社製ジェット機が待ち受けていた。

「われわれがこの新たな捜査に専念しているあいだ、本部はなにをやってるんだろう?」ブロンソンはワイルドに問いかけた。

「わが局はまだ、ウィチタと、デモインと、フェニックスの警察官殺害事件を解決していないんです」

ブロンソンがうなずいたとき、ジェット機のかたわらの滑走路で車が停止した。

「だが、これが最優先だ」ブロンソンはジェット機のタラップをのぼっていき、コックピットにいる二名のパイロットのあいだに体をつっこんで、声をかけた。「フォートベニングへ飛ぶための準備は万全だな?」

「ラジャー、捜査官。二時間以内にあちらに着くでしょう」

ブロンソンはゼニアのコートを吊し、いつでも持ちだせるように衣類を詰めてあるバッグを収納すると、私用の携帯電話をチェックして、女性たちから——そのうちのふたりから——メッセージが届いているのを確認してから、大きな革張りの椅子にすわった。チームの面々がかたわらを通りすぎ、メイン・キャビンの向こうにしつらえられた快適なシートに腰をおろしていく。

最後にフェイ・ワイルドが、ストロベリー・ブロンドの髪を肩から跳ねあがらせながら、急いでタラップをのぼってきて、搭乗した。

「順調ですね。二十四時間以内に、大きな突破口が生まれるでしょう」彼女が言った。

「きょうのうちにこれを解決できたらいいんだが。われわれ全員にとって、そうなればいいんだがね」とブロンソンは応じた。新米の女性捜査官に笑みを向けると、彼女が見返してきた。「ほかになにか？」

「あ、そうでした」とフェイが言って、彼女のスマートフォンを掲げ、その画面を彼に見せる。「〝スナイパー〟をキーワードにしたアルゴリズムで、過去一年間のアフガニスタンでのあらゆる重要な活動報告書をスキャンしてみました。なにも出てきません。そこで、〝アフガニスタン〟と〝スナイパー〟のキーワードにしてグーグルでサーチしたところ、ある陸軍レンジャーに関するローリングストーン誌の記事が見つかりました。その男は〝ザ・リーパー〟と呼ばれています」

「ザ・リーパー？」

「はい。九十日のうちに三十三名を射殺したそうです。キリング・マシンであったように思えます」

ブロンソンは窓の外へ目をやり、しばらく考えてから、言った。

「あるいは、いまもそうなのか」

# 7

ヴィック・ハーウッドはハンター陸軍飛行場の下士官用一時滞在宿舎へのチェックインをすませると、衣類を入れてあるダッフルバッグの荷ほどきをして、ランニング・ギアに着替え、ジャッキーにもらったスポーツドリンクの一本をリュックサックに入れて、背中にかつぎ、ランニングをするために、サヴァンナ市のヴィクトリアン区にあるフォーサイス公園に向かった。

警備詰所の窓ごしによく見えるよう、陸軍のIDカードを薄いプラスティックのカードケースに入れて、首からから吊しておく。ゲートに着くと、警備兵にうなずきかけ、昔のアミューズメントパークによくあったような、金属製の回転バーがある兵員用出入口を通りぬけた。交通量の多い街路に出ると、そこの歩道はがたがたに荒れていたので、ハーウッドは足首をくじかないように万全を期した。

走っていく途中で、立ちどまって、水を補給し、ジャッキーにメッセージを送る。彼女はダウンタウンにいて、代理人《エージェント》にお膳立てされた宣伝活動ツアーをしているところだった。ハーウッドは、自分がデートを重ねている女性が美人であるだけでなく、ベストセラー作家でもあることを誇らしく思った。ジャッキーはオリンピックで金メダルを獲ったことを材に取り、男の世界のなかで女が不屈の精神でがんばってきた経験をノンフィクションにして出版した。彼女が付けたタイトルは、『ガンズ、ガールズ、ゴールド、そしてガッツ』。その本は、ページをめくる手をとめさせないベストセラーになり、ニューヨークタイムズ紙のベストセラー・リストに五週連続で入った。ジャッキーは射撃が得意なだけではなく、マーシャルアーツのエキスパートであるとも自称している。ふたりが付きあうようになったこの三カ月のあいだ、彼女は記憶の欠落とPTSDに苛《さいな》まれているハーウッドをしっかりと支えてくれてきた。

ブル・ストリートを走っていって、ヴィクトリー・ドライブを横断したとき、オーナーがスプレーで黒と灰色に塗ったらしい二十年前の型式のビュイックが通りかかってきたので、ハーウッドはそれをよけた。その車のドライヴァーは――ひげを生やし、野球帽をまぶかにかぶった白人だ――悪びれたようすを見せていなかった。シートに深く身をうずめて運転し、後部にあるヘヴィーなバスウーファー・スピーカーからジェイ・Zのラップが鳴り響いていた。ドライヴァーと彼の目が合った。ハーウッドは一瞬、見覚えのあるやつだと感じた。以前に目と目を合わせたことがあるような。だが、顎ひげ男のほうはそうではないように見えた。ハーウッドはその顔を、そのイメージを思い起こそうとあがいた。最近、どこかで、なにかで、出会ったことがあるのか。だが、車はそのまま街路を走っていき、なにも思い当たらずにいるうちに、小さな点と化して消えていった。彼はうなずいただけで、力をこめて走りつづけた。エクササイズをするたびに、あちこちの靭帯が少しずつストレッチされていく感触があった。リュックサックが重かったが、かつぐのをやめるつもりはなかった。これをかつぐのは、必要な備品や〝商売道具〟を携行するためだけではなく、日々背負っている心の重荷を物理的に思い起こすためでもある。五十ポンドもあるこのリュックサックは、自分が戦場にスポッターを置き去りにした事実を具体的に物語るものなのだ。意識を失おうがどうであろうが、サミュエルソンはやはりアメリカ軍の兵士であり、彼を任務に就かせたのは陸軍とレンジャーだ。チームメイトになってからの期間が一カ月であろうがどうであろうが、自分はサミュエルソンに対する責任を担っていた。新米であろうがどうであろうが、サミュエルソンには十七歳の妹がいて、彼女が、そして神と国を愛する学校教師である両親が、彼を敬愛していることを、自分はよく知っている。

固い絆《きずな》で結ばれたサミュエルソンのファミリーは、ハーウッドにはまったく縁のないものだった。生き残ったハーウッドには遺族などなく、サミュエルソンは、まだ実際には戦死と宣告されていなくても、おそらくはすでに死んでいて、その妹と両親が遺族になったというのは、なんとも皮肉なことではないか。

そう、肩を後ろへひっぱっているこのリュックサックには五十ポンドの装備が入っているだけではない。そのなかには罪悪感のずっしりとした重みが、ときには、自分にできるのは足を一歩一歩前へ踏みだすことだけなのだと感じさせる、黒い大穴のような過失の罪の重みが、詰まっているのだ。

ハーウッドはまたもや、車との衝突をすんでのところで免《まぬが》れた。こんどは疾走するポルシェで、そちらに通行優先権があった。黒髪の魅力的な女が運転していて、女は車を軽くスピンさせて轢《ひ》くのを避けながら、ちらっとこちらを見た。こんどは、その髪の毛に見覚えがあった。頭のなかに稲妻が走って、なにかの記憶を照らしだす。馬のたてがみのように、なびく髪。きのう、フォートブラッグでワークアウトをするときにすれちがった、ランニング中の女か？　思いだそうとつとめたが、判別がつけられるほど長いあいだそのイメージを保っておくことはできなかった。二台の車。ふたつの顔。見知った車、見知った顔なのか？　どうなんだろう？　あるいは、頭がひどく損傷したせいで、アフガニスタンでの最後の瞬間がよみがえってくるだけなのか。あのチェチェン人のパニック、サミュエルソンの落ち着いた態度、ぶたれて、拉致されていったあの女の渦巻くような髪のイメージが？

「しゃんとしろ」ハーウッドはみずからにささやきかけた。汗が顔を伝い落ちるのを感じつつ、おのれの不面目がもたらす不安に逆らって、目の前の現実に集中する。イヤフォンから流れるリル・ウェインのミュージック――《ホット・リボルバー》――に耳を澄ましていると、ジャッキーからｉＰｈｏｎｅに届いているはずのメールをチェックし忘れていたことに気がついた。

ハーイ。まだダウンタウン。いつ会えるか知らせて。ハグを、Ｊ

ジャッキーはいつもハーウッドに、建設的なことに集中すべきだと教えてくれる。過去の重みにひきずられるのではなく、新たな人生を、前向きな力を生みだして、ひとつの基盤を与えてくれる人生を、歩み始めてもいいのではないだろうか。このリュックサックを空《から》にしてくれる人生を。

だが、そうはいかない。サミュエルソン。彼を忘れ去ることができようか？

サヴァンナ市ヴィクトリアン区の真ん中にあるフォーサイス公園に近づいてきた。街路に沿って豪邸が並んでいる。湿気の多い八月の空気のなかで、掲げられたアメリカ国旗が垂れていた。間近になったカレッジ・フットボール・シーズンを祝して、ブルドッグ・フラッグと呼ばれる赤いジョージア州旗を玄関先に飾っている家もあった。ハーウッドがメリーランド大学に入学した初年度、フットボール・チームの〝戦うテラピンズ〟がアウトサイドラインバッカーを探していて、彼に目をつけた。その記憶がひらめいて、消える。ふと気がついたとき、彼は公園に二百メートルほど入りこんでいた。筋肉の曲げ伸ばしをしていると、自分の心が風に吹かれる海のように、とりとめなく揺れ動くことにいらだって、うなり声が漏れた。さまざまな記憶が浮かびあがっては沈んでいく。脳内を走る電気の流れとそのほころびに翻弄されているようだった。

とある木立に近づいたとき、彼はちょっと歩くことにしようと決めた。ここまで六マイル近い距離を、もちろん彼にしてはたいしたワークアウトではないものの、走ってきたのだ。ぶらぶら歩きだすと、バランス感覚が戻ってきて、自分はどこにいて、なぜそこにいるのかがわかってきた。あすとその翌日、第一レンジャー大隊のスナイパーたちの訓練をし、そのあとはシアトル－タコマ・エリアへ移動して、第二レンジャー大隊のスナイパーたちの訓練をする予定だった。ハーウッドはベストのスナイパーとして、一種のコンサルタントとなっていた。三カ月のあいだに三十三名の敵を殺した男。ひと月で十一名。三日で一名。事実として、持ち場に就くたびに殺した。そして、彼の狙撃は、射程が五十メートルであろうが、八百メートルであろうが、精確そのものだった。

彼は〝ザ・リーパー〟と呼ばれた。

アフガニスタンでも、イラクでも、シリアでも、敵は彼を恐れるようになった。ハーウッドは持ち場に就くと、ターゲットを抹消し、装備をまとめて、つぎのターゲットへと移動した。それは、いまの彼のありようにちょっぴり似ている。基地から基地へ。訓練からつぎの訓練へ。

だが、殺しは。自分はそれを楽しんできたのか、それとも職務としてやっただけなのか？ひとの頭部が破裂して、ぐしゃっとしたピンクの霧と化すのを――いや、実際には、あれは白と灰色でしかなかったが――ながめて、楽しんでいたのか？　正直、どちらなのかよくわからなかった。自分は敵を殺し、アメリカ人の命を救った。それをうまくやったのはたしかだ。

だが、あのチェチェン人は生きのびた。そして、いまも殺しをつづけているだろう。そしてまた、あのチェチェン人はこのリュックサックのなか、サミュエルソンのかたわらにいる。

なぜなら、あのチェチェン人は自分を打ち負かしたからだ。

「ヘイ！」だれかが呼びかけてきた。

ハーウッドが目をあげると、公園のなかの小さな林を手をつないで歩いているカップルのあいだにまっすぐつっこんでいきそうになっているのが見えた。

「すまん」ハーウッドは言った。

「気をつけろよ、あんた」と男がいい、ガールフレンドのほうを見て、ぷっと吹きだす。

「言われなくてもわかってる。ほんとうにすまなかった。考えごとをしていたんでね」ハーウッドは言った。

その白人男は山羊ひげを生やし、ガールフレンドはノーズリングをしていた。似合いのカップルが散歩をしているだけのように見えた。

「いいさ。とにかく気をつけて」男が言った。

ハーウッドはうなずくと、身をかがめて膝に手を置き、荒い息をついた。心がぐるぐると乱れ始めたが、なんとか膝を押して、しゃんと身を起こし、枝を低く垂らしたライヴオーク（北米から西インド諸島に生える樫の木の一種）の木々のところへ歩いていくと、ドレイトン・ストリートの向こう、そこから五十メートルほどのあたりに巨大なヴィクトリア様式の邸宅が見えた。邸宅の屋根付きポーチの上に、男がひとり立っていて、その頭上には、魔法使いの帽子のように見える三階建ての尖塔の頂部を丸くしたような塔がそびえている。男の顔はしわだらけで、その髪は短く刈りこまれて、ハーウッドが通《かよ》ったハイスクールのジム担当教師のようなクルーカットになっていた。外に垂らしたチェックのボタンダウンシャツに、オリーブ色のショートパンツという姿だ。ボートシューズを履き、金色の液体、おそらくはスコッチを満たしたタンブラーを片手に持ち、もう一方の手に携帯電話を持っている。

「おっと、なんだ」ハーウッドはひとりごとを言った。「あれはディルマン将軍じゃないか」

マイク・ディルマンは退役した二つ星将軍、つまり少将で、いまはミリタリー・ロジスティクス・アンド・クオリティ・マンパワー社のCEOをしている。ハーウッドは、その企業が不幸にもナスダックの銘柄表示で〝MLQM〟と略称されていることを知っていた。現役の陸軍将兵の多数がその民間軍事会社を、略称をもとにして〝ミルケム《Milkem》〟（〝絞りあげる〟とか〝しごく〟とかの意味）と呼んでいるのだ。かつては特殊作戦の兵士であり、情報将校であったディルマンは、歩兵としての階級を急速に昇り詰めたのち、陸軍人事司令部の軍事情報部に配属された。だが、いまのディルマンは一億ドルの資産を持つ男になっている。彼の会社が成長し、イラク、アフガニスタン、そしてイスラム国との戦いのなかで多大な利益をあげたからだ。けれども、アメリカの海外におけるプレゼンスが縮小してきたために、甘い汁を運んでくる列車は消え去ろうとしていた。

ヴィクトリア様式で建てられた邸宅の三階建ての塔のなかで、なにかの動きがあった。鋳鉄製バルコニーへとつづく小さなドアに掛かっているカーテンが、幽霊が外へ逃げだそうとしているかのようにひらひらと揺れたのだ。

幽霊じゃなく、ノーマン・ベイツ（映画《サイコ》の主人公）が出てきそうだ。ハーウッドはふと、そんなふうに思った。

その開かれたドアのすぐ内側に、オリーブ色の肌と黒い髪の女が立っていた。顎を食いしばり、唇を引き結び、遠くにある恐ろしいものを見るようなまなざしになっている。そのとき、バルコニーに出てはいけないというルールを破りかけていたことに気づいたかのように、女がさっと身をひるがえして、部屋の奥へひきかえしていった。女はゆったりとした長いドレスをまとっていて、そこにいるのはどう見ても場ちがいであるように感じられた。年老いた白人男の邸宅のバルコニーに、若い異国の女がいるとは。夏の暑さのなかで、長いドレスとは。人目を引くと言ってもよさそうなその顔には、かすかな悔恨の念が刻まれていた。

まさかこんなところで、少し前に除隊した将軍の姿を、それだけでなくその邸宅のバルコニーの奥に中東の美女の姿を目にすることになるとは。ハーウッドはぼんやりと思いかえした。あの将軍がサヴァンナで暮らしていることは知っていたが、じつのところ、自分が朝食になにを食べたかを思いだすことすら困難なのだから、どこやらの将軍の住所を自分の心のレーダーが探知するわけがないのだ。

いや、よく考えれば、ディルマンはどこやらの将軍ではない。彼の会社、ＭＬＱＭは、戦争の遂行に必要な食堂の施設や発電機や大使館の警備員を提供し、ときには価値の高いターゲットを狙う狙撃チームを派遣する契約までしている。ハーウッドは、ＭＬＱＭの傭兵たちと出会った経験が何度かある。思いかえすと、ほとんどはいいやつだったが、ろくでなし野郎も何人かいた。ディルマンは第一級のろくでなし野郎だ。あの将軍は歩兵部隊の閲兵をするために、私有ジェットでカンダハルに飛んできた。ハーウッドは、チヌーク・ヘリコプターに乗りこんで、そこに着陸したときのことを思いだした。あれは、三カ月間の遠征の初めのころ、公式に成功と認定された三十三件の狙撃の八番目をやってのけたあとのことだった。自分は汗と砂にまみれ、もう三日も体を洗っていなかった。リュックサックとSR-25を携行してヘリコプターから降り、あんな僻地には似つかわしくないほど大きい、光り輝くガルフストリームVを見つめた。そして、いぶかしんだ。なんてこった《WTF》、大統領かだれかがここにやってきたのか？

退役将軍は、まるでしぶしぶ任務に就かされたかのようで、不機嫌そうに見えた。ハーウッドは足をとめ、当時のスポッター、ラブーフをつついて、ディルマンを指さした。

「いったいなんのために、あの男がここまでケツを運んできたんだ？」ハーウッドは言った。「ポールダンサーと酒を載せたジェットで、ここまで飛んできたとは。あの男はビッチのことしか頭にないんだからな」

「それは同感」ラブーフが言った。「ようすを見とこう。あれは、おれが基本訓練を修了したときに演説をした男だ。ディラードだか、ディルウィードだか、そんなふうな名前だった」

ハーウッドは、自分がラブーフを見つめたことを思いだした。

「なんだと、おまえ、基本訓練を修了したときのことを憶えてるのか？」

「まあ、そんなに前のことじゃないしね、先輩」

ディルマンがパイロットたちをどなりつけ、車輪の下に輪留めを置いているクルーにがなりたてていた。そして身をひるがえし、ハーウッドとレンジャー隊員たちをどなりつけた。

「くそったれども、なにを見てるんだ？」

「あんたを見てるだけさ」ラブーフがどなりかえした。

ディルマンがこちらへ走りだしてきたが、十メートルほど手前まで来たところで、その配下の傭兵のひとりが立ちふさがった。

ハーウッドとラブーフは目を見合わせて、肩をすくめた。ハーウッドは言った。「つぎは、あの野郎のケツに一発ぶちこんでやろう」ラブーフはほほえんだ。

そして、いまこのとき、ハーウッドは肩ごしに見ていたラブーフのことを思いかえしていた。公園の森林地区の奥まったところで。身を低くして、腕立て伏せをすると、心がぐるぐるまわりだした。そこは、生長したライヴォークがつくる鬱蒼《うっそう》とした木立のなかで、木々の枝が地面まで低く垂れさがり、陽が沈みかけているとあって、身をひそめ、隠れているには好都合だった。

ふたたびディルマンを見て、やはりあの男だと確認し、ひとりうなずくと、彼はリュックサックを肩からおろした。そして、さらにもう一度、将軍を見た。心がぐるぐるまわってくる。

そのとき、ハーウッドはリュックサックのほうへ注意を戻した。

スナイパーがスコープごしに、酒のグラスを持って玄関ポーチに立つディルマン将軍を見ている。あの男の罪深さをよく知っているので、スナイパーは将軍の頭部にリューポルド製スコープのクロスヘアを重ねることになんの呵責も感じなかった。これは長距離射撃ではない。せいぜい五十ないし百メートルの射撃だ。このスナイパーのようなエキスパートにとっては容易な射程だ。

命中させるために、スナイパーは狙撃の要素を頭のなかで計算した。距離は問題ではない。そして、この距離なら風や標高は関係ない。これは、このスナイパーが戦闘における狙撃と想定するものにかなり近い。

実際、これは戦闘だった。ディルマンは殺害リストのナンバー・ツーとなっている。ナンバー・ワンはサンプソン将軍で、あの狙撃はあれ以上にうまくいくとは考えられないほど完璧だった。目標は、今夜もあれと同じタイプの成功をおさめること。この公園は人影がまばらだ。暑さが募ってきて、ひとびとは屋内へ入りこんでいったが、ディルマン将軍はまだ金色の液体を満たしたタンブラーグラスを手に、電話で話をしていた。

穏やかな表情を浮かべている。ディルマンはひとりの男としてこれ以上はありえないほど満ち足りているように見え、それは、スナイパーにとっては彼を殺すのに絶好の時であることを意味した。角度は良好。スコープのなかに、男の頭部が満月のように大きく見えた。頭部の背後にあるポーチの柔らかい松材が、ディルマン将軍の脳を貫通した弾丸をよろこんで受けとめるだろう。

なぜディルマンは死に値するのか？

人道に対する罪。塔のなかにいるあの怯えた女がその証左だ。彼女は大勢のなかのひとりにすぎない。スナイパーの指がトリガーを絞って、撃発機構を作動させていく。その動きは、長年の修練と訓練と研究、そして実戦の経験がもたらす、ほとんど自動的なものだった。

狙いはびくともせず、小揺るぎもしない。スナイパーはトリガーが引き絞られて、撃針が落ち、弾丸が発射されて、銃が跳ねあがるのを感じた。スコープがわずかに上向いたが、ディルマン将軍の頭部がスコープのサイトからはずれることはなく、その頭部が破裂して、灰色とピンクのおぞましい物質が噴出するのが見えた。タンブラーグラスがほんの一瞬、将軍の手のなかに残ったが、すぐに手の力が抜け、グラスがコンクリートのポーチに落ちて砕け散った。携帯電話も落下して、破片と化す。将軍の頭部はほぼ失われていた。任務完了。

スナイパーは排出された空薬莢をチェックした。それはあるべきところにあった。ライフルを分解して、詰めなおし、すぐに現場から移動する。すでにフォートブラッグでサンプソン将軍を殺していたので、スナイパーには、関心を引くことがいろいろと起こるだろうと予想がついた。

宵闇がすっかり落ちたころ、ハーウッドはフォーセット公園をあとにし、ジャッキーが滞在していると知らせてきたホテルへ走っていった。心臓が、平常のリズムより速く打っていた。記憶欠落の状態になると、いつも不安になり、〝闘うか逃げるか反応〟が表に出てくる。なぜ、つい数分前にあったことすら思いだせないのか？　ハイスクールのフットボール・チームのスターティング・ラインアップは、問題なく思いだせる。彼らの顔まで見えてくるというのに。

ホテルへの横道に折れたところで、彼は足取りを緩めた。気を取りなおし、アームバンドにはさんである携帯電話を抜きとって、イヤフォンをはずし、ジャッキーが使用を勧めてくれたメッセージ・アプリ、Ｗｉｃｋｒ《ウィッカー》を開く。

〝ホテルに着いた〟と彼は打った。

すぐに返信が来た。〝ＯＫ。８１４号室〟。

ホテルのフロントデスクの前を、ふたりの女性フロント係にうなずきかけ、ほほえみを返されながら通りすぎると、エレベーターの列が見つかった。エレベーターに乗りこみ、ドアが閉じ始める。ハーウッドはキーパッドが並んでいる数字の８を押したが、ドアがまた急に開きだした。彼と同じくらいの体格と年齢の男が足を踏み入れてくる。髪は濃いブロンドもしくは淡い茶色、目はアイスブルーで、カナーリの誂《あつら》えスーツにチェックのオープンカラーシャツという身なりだ。がっしりした輪郭の顎に、無精ひげが生えている。男はウォール・ストリートの強欲男のように髪を後ろへ撫でつけていて、後ろの髪の毛がスーツの上着の襟にかかっていた。男がエレベーターのなかで腕をのばし、カードキーをリーダーに滑らせてから、最上階のボタンを押す。

ハーウッドは、なんとなく見覚えのある男だと思ったが、だれとは判別がつかなかった。いちばんありそうなのは、テレビ・コマーシャルで見かけた男ということだろう。サヴァンナとその周辺地区では、さまざまなテレビ・ショーやコマーシャルが放映されている。

「ハロー」男がハーウッドの目を見返して、言った。

「ハイ」ハーウッドは会釈を返した。まだ体が汗ばんでいた。戦闘に明け暮れた日々はいつも、よごれた戦場の兵士として、身繕いのいいほかの大勢のひとびとに相対していたのだ。

「いいワークアウトだった？」男がハーウッドの汗ばんだ顔と、よごれて汗染みのできたシャツやショートパンツに目をやりながら、問いかけた。

ハーウッドは、鏡のように反射するエレベーター・ドアに映っている自分の姿をチェックした。腕立て伏せをしたせいで、木の葉が服にまみれついている。

「そのとおり」ハーウッドは言った。そのあと話題を変えて、問いかえす。「しゃれたスーツだね」

男がほほえむ。ハーウッドが自分のことをしゃべるのをいやがっているのを察したかのように。

「ありがとう。たんなるビジネス用さ。こんなふうにしているほうが、仕事がずっとうまくいくだろうしね。想像するに、フォーセット公園で？」

ボールがハーウッドのほうに打ちかえされてきた。が、そのとき八階に着いて、チャイムが鳴り、ドアが開き始めた。男の口調にはアメリカ育ちではないことを感じさせる抑揚があったが、ハーウッドにはどの国の出身なのか判別することができなかった。

「よき一日を」ハーウッドは言った。必要以上に自分の情報を明かすことには、いつも抵抗を覚えるのだ。

彼はエレベーターから足を踏みだした。背後でドアが閉じていく。

「あんたもな、リーパー」

ドアがぴしゃっと閉じる。ハーウッドは立ちどまった。ふりかえった。エレベーターが最上階へ、VIP客の安全が守られるフロアへ、上昇していく。どうして、あの男は自分がだれであるかを知っていたのか？　そしてなぜ、あの男はひどく見慣れた人間のように見えたのか？

ハーウッドは左右に各二基、つごう四基の、ドアが閉じられたエレベーターのあいだに、身動きせず立ちつくしていた。あの顔を思いだそうとあがいた。なじみのある顔。別の時、別の場所で見た顔。それとも、テレビかサイバーワールドで目にした顔なのか？　判然としなかった。ローリングストーン誌がリーパーの特集記事を掲載したあと、ひとによってはその名で自分を認知するようになったのかもしれない。あれはたんなるファンのひとりだったとか。だが、ファンはふつう、サインを求めてきたり、すぐにつながりをつくろうとしたりするものであって、エレベーターのドアが閉じる直前という、対応が不可能なときに声をかけてくることはない。あの男の口調には、あざけるような、挑むような響きがあった。

〝あんたもな、リーパー〟

ハーウッドがジャッキーの部屋を見つけだして、ノックをすると、彼女が自分のためにドアの錠を開いたままにしてくれていたことがわかった。部屋に足を踏み入れると、スポーツブラの後ろ側と、ランニングパンツを穿《は》いているだけの、よく鍛えられた両脚が見えた。まだランニングシューズを履いたままで、ブロンドの髪をポニーテールにまとめている。携帯電話でメッセージを打っているところのように見えた。ハーウッドはその背後に近寄って、うなじにキスをした。彼女が携帯電話の画面を空白にし、手首をひねってベッドへ放り投げるのが見えた。

彼女がふりむいて、長々とキスをし、ハーウッドをベッドへいざなう。筋骨たくましい彼の体からアンダーアーマーのシャツを剝ぎとり、ランニングパンツを引きさげた。ふたりはすぐ、もつれあってシートにもぐりこみ、熱烈に愛を交わした。

そのあと、汗ばみ、荒く激しい息をつきながら、ハーウッドはジャッキーを見つめた。

「さびしかったか？」彼は微笑を浮かべた。

「いつもよ」喉声で彼女が言って、ハーウッドのブロンズ色の胸に頭をのせ、ゴムバンドからはずれた髪のひと房が大胸筋をくすぐる。彼女が顔をあげて彼を見つめ、彼は枕から頭を起こした。「いいランニングができた？　あのスポーツドリンク、もっと用意できるわよ」

「ありがとう。いいランニングができた。ただ、ちょっとめまいがしてね」とハーウッドは応じ、彼女のぬくもりをもっと強く感じたくなって、さらに強く引き寄せた。彼女がハーウッドの腹筋の割れ目をぼんやりと指先でたどり、ほっそりとした指先で腹筋のふくらみを撫でさする。「ドリンクをありがとう。水分補給は大事なことだと思ってるんだ」

「ランニングの前にたっぷり飲んでおくようにしてね」彼女が言った。「おそらく、めまいの発作の原因は水分不足よ。外の気温はひどく高くて、湿気が多いんだから」

「ラジャー」彼は言った。呼吸をするたびに、胸が大きく上下する。彼の胸の上にひろがったブロンドの髪が、エキゾティックな珊瑚《さんご》のように見えていた。

しばらくして、ジャッキーが顔をあげ、彼を見つめた。

「きのう、わたしが赤ちゃんことばを使って、ぎょっとさせた？」

その声にはなにかを感じさせる響きがあった。質問なのか、疑問なのか、よくわからない。

ハーウッドは彼女を見つめた。

「いいや」彼は言った。「おれの経歴は知ってるだろう。孤児だった。里子にだされた。あんなふうになりたかったとは思わないだろう？　こんなふうにしたかったと思わないか？」

彼はふたりの顔のあいだに手を持っていって、ふった。

彼女のブルーの目がちらつき、そのあとその目がまた見つめてきた。

「ヴィック、わたしもあなたとこんなふうにしていたいわ。ふたりそろって強くて、いっしょになにかをつくりあげるようにしたい。人生の出発点はわたしのほうがよかったかもしれないけど、いまはもう、あなたに追い抜かれちゃってる」

「ジャッキー、きみはオリンピック・チャンピオンなんだ。おれに追い抜かれてはいないよ」

「つまり、わたしはBBガンをだれよりもうまく撃てるってこと。それだけよ。あなたはこの国を守ってきた。わたしは弟を守ることすらできなかったの」

「ヘイ、ジャック、そんなに自分に厳しくしてはいけない。だれかがなにかを隠して、だますことはよくある。前に聞いた話からすると、きみが弟を守れるチャンスはまったくなかったんだ」

ジャッキーが鼻をすすり、ハーウッドの胸に涙がひと筋、またひと筋とこぼれ落ちる。ハーウッドは彼女をさらに抱き寄せた。前に彼女に聞いた話では、弟のリチャードは一年半前に、アヘンの過剰摂取で命を落とした。リチャードの死体は、ジョージア州コロンバスに近いフォートベニング陸軍基地の空挺スクールで発見された。フォートベニングのゲートを出ると、そこはコロンバスの市街で、その基地にはレンジャー連隊と空挺部隊が駐屯し、新米の兵士たちが戦闘のためのあらゆる訓練を受けている。だが、その基地とその街には、いささかいかがわしい底辺部のようなものが存在している。ジャッキーとリチャードはコロンバスで育ち、ずっと兵士として生きてきたひとびとの子どもたちといっしょに学校に通った。父親が商工会議所会頭の地位にあったことを考えれば、彼女と弟は上級将校の子どもたちと頻繁に触れあっていただろう。

「彼が前とは変わってきたことに気づくべきだったわ。わたしはトレーニングで忙しかった。自分のことだけにかまけていたの」

「きみはいつも自分に厳しかった。おれがサミュエルソンとラブーフのことで自分を責めたら、きみはそんなことはやめるようにと言ってくれただろう。だから、おれたちはどちらも完璧じゃないってことを認めあおう。ふたりとも、自分に近しい人間を失った。たしかに、あのふたりの兵士は血のつながったブラザーじゃなかったが、軍務でつながるブラザーだった。戦士としてのブラザーだったんだ」

彼が〝戦士〟ということばを言ったとき、ジャッキーが身をこわばらせた。その指先が彼の横腹をつっつく。彼女の上腕二頭筋が曲がり、その体がさらに強く彼の胸に押しつけられてきた。

「弟はいろんなことを話してた」ジャッキーが言った。「亡くなる一年ほど前、フォートベニングの周辺で、若者たちが混ぜもののないアヘンを手に入れるようになってたって。純良なアヘンの樹脂を。メキシコから来たものだとだれもが考えてたけど、リチャードは陸軍基地からの経路があるんだと言ってた」

「きみはなにも知らなかったんだ」ハーウッドは言った。彼もなにも知らなかった。彼はつねに兵卒と軍曹の世界に生きてきて、将軍や佐官の世界には無縁だった。

「弟は、何人かの将軍がその売買の輪を仕切ってると言ってた。そういう将軍の息子たちが売人をしてるって」

彼女はそう言いながら、ハーウッドの肌に指の爪をさらに深く食いこませてきた。弟を失ったことがもたらすさまざまな感情がこみあげてきたのだろう。ハーウッドは頭のなかで計算をした。ジャッキーと出会ったのは四カ月ほど前のこと。彼女が弟を失ったのはその一年ぐらい前だ。彼女はこの二年のあいだに、オリンピックで金メダルを獲り、その栄誉を弟にささげ、その期間の最後に、ほとんどはエンタテイナーからなる慰問協会《USO》の一員として、慰問の旅をした。彼女が同行したことには意味があった。国家のアイコンになったからだ。英雄ではないにせよ、市場関係者の理想になったことはまちがいない。

部屋の向こう側へ目をやると、なかば開いたクローゼットの内部が鏡に反射して、ストリングが解かれて口が開いた彼女のリュックサックが見えていた。開いたところからライフルの銃身が、小さな黒い煙突のように上へ突きだしていた。

# 8

ＦＢＩ特別捜査官ディーク・ブロンソンは、フォートベニングの陸軍ローソン飛行場に着くと、フェイ・ワイルドとともに黒いシボレー・サバーバンの二列目シートに乗りこんで、主基地の司令官である将軍の宿舎をめざした。後列シートには、ホワイトとコレントがすわっていた。宵闇が迫り、ところどころに薄明かりの射す道路に沿って並ぶ高い松の木々から、絶え間なく虫どものさえずりが聞こえていた。

「Ｍａｔｃｈのチェックをしましょうか？」フェイがほほえみながら問いかけた。

「おおいに助かる」ブロンソンは言った。「もちろん、何時間か仕事をしたあと、きみからサマンサとアメリアへ返信をしてもらう必要はあるが。ほかのは削除してくれ」

フェイは〝コンサルタント〟として、ひと月に百ドルの手当てをもらい、ブロンソンのＭａｔｃｈ.ｃｏｍの管理を手伝っていた。ブロンソンは、彼女が彼の心の内面をうかがいみたり、マッチメイカーしたりするのを楽しんでいるようだと思っていた。フェイはテクノロジーに通じていて、〝あなたに手錠をかけないと約束する〟といったような短文の〝クリック餌〟を使って、ブロンソンのプロファイルをベストにするやりかたを心得ていた。それは言うまでもなく、『フィフティ・シェイズ・オブ・グレイ』（E L ジェイムズ作のSMがテーマのエロティックな小説とそれをもとにした映画のタイトル）が人気を博したことを考えれば、大勢の女性を彼に引き寄せる効果があっただろう。いったん彼の写真を目にした女性たちは、心を奪われる。海兵隊とFBIという経歴や、筋トレとジムと国立公園の愛好者という説明文を読んだ女性たちは、彼にEメールを送ってくる。

「ほんとうにサマンサに？　あの赤髪の女性に？」フェイが問いかけた。「あなたはシラーに惹かれるだろうなと思ってたんですが。タイソンズコーナー（ヴァージニア州フェアファックス郡のコミュニティ）在住の、あのエジプト人のファッション専門家に」

「彼女が気に入ったんだ。だから、あの女性は削除しないように。ブルペンに残しておいてくれ」

「アメリアのことは気に入るだろうとわかってました。彼女はセオドア・ローズヴェルトの大ファンだから、男性諸氏は公園を提案すればいいんです。こんどの土曜日に、あなたが彼女をヴァージニア・ビーチ・オーシャンフロントへ連れていくことにしましょうか？　散歩とピクニックを楽しむとか？」

ブロンソンはほほえんだ。

「それは完璧だな。そのあと、どこかトレンディな店で、サマンサとディナーを楽しむ。店を選んでおいてくれ」

フェイがぎょろっと目をまわして、ほほえむ。一日にふたりの女性とデートなんて。彼女はそう考えたにちがいない。なんにせよ、彼女もいずれはこういうことに慣れてくれるだろう。

「了解です、ロミオさん」フェイがほほえんだ。

サバーバンのバックシートにいるコレントとホワイトは退屈しているようだったが、そうこうするうち、車が将軍の自宅の前に到着した。

「これはなにかの冗談にちがいない」ホワイトが言った。

「高級将校たちは自分の見せかたをよく知ってるってことだ」ブロンソンは言った。「こういう男を訪問するには、なによりもまず、儀礼に従わなくてはならない」

その敷地には、南北戦争以前の様式の柱が並ぶ邸宅と、苔をびっしりとまとわりつかせたライヴオークの木々や木蓮《もくれん》の木立、そして、銃で武装した二名のライフルマンが陣取る、ここには場ちがいなように見える警備小屋があった。建物の正面《ファサード》全体が、まるでこの家を展示しているかのように、まばゆいライトに照らされている。車寄せに、最新型のシボレー・コルベットが二台、どこかで大破壊をやらかそうとしている双子の悪ガキのように駐まっていた。

車を運転してきたアトランタ地方局の捜査官が窓をおろして、警備兵のひとりに身分証明書を見せ、その間に、もうひとりの警備兵が鏡を使って車の下の点検に取りかかった。

「ビショップ将軍がお待ちです」車輛の検査を終えたところで、警備兵が言った。

砂利敷きの車寄せを進んで、屋根付きポーチの前にたどり着くと、ブロンソンは車を降り、チームを率いてポーチの上に立った。

「将軍たちはこういう高級なロッキングチェアをよく外に置いとくんだ」並んでいるロッキングチェアを指さして、彼は言った。

補佐役の下士官がドアを開いて、先導したので、彼は将軍宅の応接室に足を踏み入れた。フランク・ビショップは二つ星の将軍で、この国最大の訓練基地のひとつで歩兵たちを指揮する地位にあった。ブロンソンが壁に飾られている銘板や栄誉賞をながめていると、もじゃもじゃ髪の十代の少年が部屋に入ってきた。両手をジーンズのポケットにつっこみ、髪の毛を目の前まで垂れさせ、痩せた体を黒い長袖のTシャツで包んでいる。

「ヘイ、おじさん。あんたはお巡り《コップ》？」少年が問いかけた。「きみの名前は？」

「そんなふうなもんだね」とブロンソンは応じた。

「なんでそんなことを訊くんだ？」

少年は、この家の持ち主のような調子で立っていた。たぶん、そうなのだろう。おそらくは、将軍の息子。

「ブライス？」ブロンソンはそうと推測して、言った。

「おじさん。おれのことはほっといてくれ。オーケイ？」

やはり、そうだった。この少年は、ドラッグかなにかでいかれてしまっているように見えた。どのみち、将軍の息子や娘が姿を現わしたところで、得られるものはなにもないだろう。

そのとき、ビショップ将軍が部屋に入ってきて、大きな革張りの椅子に腰をおろした。

「ブライス、ここでなにをしてる？」将軍が息子に問いかけた。

その問いかけの声に、愛情はまったくこめられていなかった。譴責《けんせき》に近い。それに加え、怒りも含まれていた。

「なんでもないさ」そう言って、少年が幻のように立ち去っていく。いくつもあるドアをつぎつぎに通りぬけ、年代物の邸宅の奥深くへ姿を消した。そのありようを見た者はだれであれ、この父と息子の心の距離は一マイルほどもあることがはっきりとわかっただろう。

「近ごろのガキどもときたら。携帯電話とスナップチャットにうつつを抜かしおって、外でスポーツをやらせようとしても思うにまかせん」

ビショップ将軍はアスリート・タイプには見えなかったが、たぶんゴルフぐらいはやっているのだろう。ブロンソンはなにも言わずにおいた。

「どうぞ」とビショップが言って、手をふり、彼に向かいあうところに置かれている、あまり立派ではない椅子を示した。

ブロンソンはそこに腰をおろし、将軍を見つめた。

「これはレンジャーの仕業、もしくはレンジャーのライフルの仕業だということなんだな？」ビショップ将軍が問いかけてきた。

ブロンソンはあらかじめ調べておいた。ビショップは四度、イラクへ遠征し、そのほとんどは機甲化歩兵部隊を率いてのものだった。その膨大なキャリアは、ドイツ、テキサス州フォートフッド、そして韓国への転属のなかで築かれてきた。妻とふたりの息子がいて、息子のひとりはいまアトランタにあるジョージア工科大学に在学中で、ブライスのほうはコロンバスの近くにあるハイスクールに通《かよ》っている。将軍は真新しい陸軍迷彩戦闘服を着ていた。ブロンソンは、歩兵たちがそのことをあからさまに嫌っているのを知っていたが、将軍はいい気分でいるように見えた。将軍はウェストポイント陸軍士官学校から贈られた黄金のロッキングチェアを揺らしていて、その戦闘服の胸に二個の黒い星章が目立つように付けられている。髪を上のほうまで短く刈りあげていて、頭頂部に残ったわずかな髪の毛は灰色になっていた。将軍が唇をすぼめてティーかなにかをすすり、自分がこんな会話をしているのが信じられないといった感じで目をすがめながら、ブロンソンを見やる。

「将軍、そのどちらについても、事実かどうかはわかりませんが、タリバン指揮官たちの殺害に使われたライフルが昨夜、いまからほぼ二十四時間前に、サンプソン将軍の殺害に使われたことはわかっています」ブロンソンは、最後のカーヴを曲がる直前になったことに気をよくしながら、そう言った。捜査が勢いづいた感覚があり、将軍がさっさと自分を解放して、当時アフガニスタンにいたレンジャー部隊の隊員たちと話ができるようになるのを期待していた。こっちには技術者《テッキー》のコレントがおり、彼がすでに弾丸を鑑定して、当該のライフルがレンジャー部隊によって使われたものの一挺であることを確認しているのだ。

「それで、どうすればそのことがわれわれにわかると？」ビショップが言った。椅子を揺するのをやめ、ブロンソンにまともに目を合わせてくる。

将軍は卵形の縁なし眼鏡を掛け、それが目を実際より大きく見せていた。横柄な気配を漂わせている男だ、とブロンソンは感じとった。お高くとまった将軍はこれまでに何人か目にしている。ブーツを泥にまみれさせたり、手を土でよごしたりということは、比喩的にも現実にもけっしてやらない連中だ。ビショップは、つねに自分と問題のあいだにだれかを置くたぐいの男のように見える。それはキャリア形成には好都合だが、彼の下で働く男女にとっては不都合なことだ。

「将軍、わたしはすでにテイラー将軍に一部始終を説明し、彼のチームから、当時アフガニスタンにいたレンジャー隊員たちへの事情聴取を許可されています。白昼に灯《あか》りをともすということわざがあるように、やらずもがなのあれこれに時間を費やすのではなく、将軍の殺害犯を捕まえることに時間をふりむけたいのです」

ちょうどそのとき、フェイ・ワイルドがフレンチ・ドアをあわただしく開き、部屋に駆けこんできた。

「サー、お伝えしなくてはならないことができまして」彼女が言った。

「わたしに話しかけているのかね、お嬢さん？」ビショップ将軍が問いかけた。「いいかね、この部屋には〝サー〟を用いるべき相手はわたししかいないのだ」

ワイルドが身じろぎひとつしなかったので、ブロンソンは笑みを浮かべて、彼女をかばいにかかった。

「将軍、ＦＢＩにも軍と同様の規定がありまして。序列を混乱させようということではありません。ちょっと失礼させていただいてよろしいかと」

「よろしいかどうかを決めるのはわたしだと言っておこう、捜査官」とビショップが応じ、ブロンソンがワイルドと内密の話をするのを妨げようとするように立ちふさがった。

ビショップは痩せぎすの小男だった。本の虫か。ブロンソンの図体が部屋を圧し、将軍を圧した。ブロンソンは接触を避けて、将軍のかたわらを通りすぎ、ワイルド補佐官を伴って、年代物の邸宅の屋根付きポーチに出た。

「また別の将軍が殺害されました。サヴァンナで。約三十分前に。同じ手口《MO》。頭部への射撃で。警察が、そこの壁面から七・六二ミリの弾丸を回収しています。つぶれていましたが、それからなにか手がかりがつかめるでしょう。空《から》薬莢も発見されています。昨日の事件と同じく」彼女が言った。

ブロンソンは目をあげ、そこが静謐《せいひつ》さに包まれていることを心にとどめた。肩ごしに目をやると、応接室の一枚ガラスの窓が見え、エアコンの冷気がその窓を曇らせているのがわかった。

「オーケイ、ありがとう」彼は補佐官に言った。「ちょっと待つように」

ブロンソンが屋内へひきかえそうとすると、将軍の副官が応接室につづくドアの前に立ちふさがった。

「将軍は電話中でして、サー」補佐官が言った。

ブロンソンは肩をそびやかし、元海兵隊員ならではの鋼の凝視で副官をにらみつけて、言った。

「どくんだ、きみ。けがをしないうちに」

副官がしぶしぶそこをどいたので、ブロンソンがドアを開くと、将軍が立ちあがったのが見えた。どうやら、立ちあがると同時に電話を切ったらしい。

「きみはあらゆるルールを破る男なのか、捜査官？」ビショップ将軍が吠えたてた。

「あらゆることを破るわけではありません、将軍。おいとまして、レンジャーの司令部へ向かうことをお伝えしようとしただけでして。合衆国陸軍退役将軍、ディルマンが――」

「言われずとも、ディルマン将軍のことは知っておる！」ビショップ将軍の首が真っ赤になり、頸動脈が脈打っていた。将軍の家に自分が入っただけでこれほどの反応を引き起こすとは、いったいどういうことなのか？　ブロンソンはいぶかしんだ。

「では、半時間ほど前、彼の頭部が、ことわざにあるようにピンクの霧と化して飛び散ったことは、よくご存じですね？」

ビショップが、たぶんたっぷり一秒以上も、彼を凝視する。

「ほう、やはりご存じで？」ブロンソンは問いかけた。ビショップの心が混乱しているのが見てとれた。

「噂はすぐにひろまるもんだ、捜査官。さて、きみの捜査を助けるにはどうすればよいのかね？」

「法の執行を妨害なさったあとで、そんなことをおっしゃる？」

「図に乗るんじゃない。わたしにはいろいろと知り合いがいるんだぞ」ビショップが言った。

「わたしをクビにできる知り合いがいろいろと？　そういうことなら、腰を据えて話をしましょう」ブロンソンは言って、椅子のほうへ歩いた。

「もうたくさんだ！　ロジャーズ大佐がきみを待っておる。きみがなんにアクセスする必要があるにせよ、彼がそのように取り計らってくれるだろう」

ブロンソンはさっと身をひるがえして、ドアを通りぬけ、フェイ・ワイルドとマックス・コレントとランディ・ホワイトを引き連れて、黒いサバーバンに急いで乗りこみ、青い点滅灯を光らせてフォートベニングの構内をつっきっていった。大佐の宿舎の前で車を駐めると、デジタル迷彩の戦闘服を着こみ、見まちがえようのないレンジャーの頭部装備、タン色のベレー帽をかぶった兵士たちが歓迎団を形成しているのが見えた。

「大佐」とブロンソンは声をかけて、サバーバンを降り、密集隊形をつくったレンジャー隊員たちのあいだを通りぬけていった。歩道の途中でロジャーズが出迎えて、握手をし、殺風景な彼のオフィスへ案内する。

「特別捜査官ブロンソン、来てくれてありがとう。われわれは、できるかぎりのことをするつもりだ。わたしはディルマンのことはまったく知らなかった。除隊した部下たちの何人かがミルケムに職を得たことは知っていたが、ディルマンのことは知らなかったんだ。サンプソンのことは知っていた。悪い男ではなかった。良い男でもなかった。たんにひとりの男というわけだ。将軍になった。たぶん、いささか身に余る立場だっただろう。もし今回の犯罪につながる銃をわれわれが所有しているのであれば、よろこんで手を貸そう。すわってくれ」

ブロンソンはあとずさって、両手をあげた。

「ワオ。あなたはもうすでに、この事件に関してこれまでに話をしたほかのだれよりも助けになってくれていますよ。相手の階級が下位になるにつれて、協力のレベルがあがるということなら、ただちに、何人かの兵士たちに会わせてもらえるんでしょう」

「すぐにね」ロジャーズがほほえんだ。「きみがつかんだ材料を披露してくれ」

コレント、ワイルド、ホワイトと、全員が彼とともに部屋に入ってきた。彼らがオフィスの奥、戸口のそばにたたずんで、軍人としてのキャリアを明白に物語る銘板や記念品の数かずに目を向ける。コレントが文書の束を持って、近寄ってきた。それには、フォートブラッグで回収された薬莢と弾丸の写真と、ロジャーズが何カ月か前にアフガニスタンでやった職務の記録が含まれていた。

彼らは分析した内容を順次、大佐に説明していった。

「適切なもののように見えるね」ロジャーズが言った。「カールソン！」

レンジャーの中尉が、ずかずかとオフィスに入ってくる。がっしりと身の引き締まった若い男で、骨格が大きくて、肌が抜けるように白く、ブロンドの髪をモヒカン刈りにしているせいで、ミネソタ大学出身の有名なヘヴィー級レスラーのように見えた。

「カールソンはわたしの作戦室で軍務に励んでいる。きみが説明した期間、あの国にいたわれわれのスナイパー・チームの氏名を、彼が選びだしている」ロジャーズが言った。「八個チームのうちの二個だ。なので、きみがチェックすべき人間は十六名となる。もちろん、われわれはすでに彼らのチェックをすませた。その十六名のうち、三名は戦死《KIA》、二名はウォルター・リードに入院中で、一名は負傷の程度および所在不明《DUSTWUN》だ。あとの十名のうち、六名はいまも軍に所属し、四名は除隊した。いまも六名がレンジャー隊員ということだ」

「それはよかった。迅速な仕事ぶりですね、大佐。ありがとう」ブロンソンは言った。

「さっき言ったように、われわれは手を貸そうとしているんだ。ビショップ将軍のことはそれほどよく知ってるわけではないが、きみが彼を訪ねて楽しい思いはしなかっただろうと想像はつく。しかし、タンパのテイラー将軍については、とてもよく知っている。彼が電話をかけてきて、手を貸すようにと言ったんだ。それで、わたしは手を貸そうと」

　ロジャーズがそのリストをブロンソンに手渡してきたが、ブロンソンが彼と目を合わせるまで、リストから手を離そうとしなかった。

「わたしは部下の兵士たちを愛しているんだ、特別捜査官。彼らをばかにするのは、わたしをばかにするのに等しい。なので、これに着手する前に、自分がなにをしようとしているかをしっかりと確認しておくように」

「その気持ちは、あなた以上によく理解していますよ」ブロンソンは言った。「わたしは海兵隊員でした。命令するだけで度胸はかけらもない指揮官たちには我慢がならなかった。十全の敬意をはらいます。そして、細心の注意で、ことを進めましょう」

　ロジャーズが氏名リストから手を離して、うなずく。

「ラジャー。もうすでに、五名の部下たちを会議室の外に待機させているんだ。このカールソンが彼らをひとりずつ順に、ここへ来させることになっている。彼には、ブリーフィングのあいだ同席するようにと頼んである」

ブロンソンはためらった。容疑者の事情聴取の場にＦＢＩでない人間を入れるのは異例なことだが、この状況を、そしてロジャーズ大佐が示してくれた信頼を考慮して、彼はそれを受けいれた。

「問題ないです」ブロンソンは言った。

カールソンの巨体が彼らを会議室へ案内する。そこには、ブロンソンの予想を凌《しの》ぐ、驚くべきハイテク機器が並んでいた。両側の壁面の上のほうに、それぞれ二台のフラットスクリーン・テレビが設置され、長い会議テーブルの中央に、望遠鏡と埋めこみ式カメラからなる奇妙な形状の装置が鎮座している。二万ドルはする、ポリコム社製の三六〇度テレビ会議ユニットだ。それぞれの壁面を、ホワイトボードと、イラクやシリアやアフガニスタンの地図が、びっしりと埋めつくしていた。ブロンソンは中央の椅子にすわり、彼のチームの面々は二列目として並べられている椅子に腰かけた。

「オーケイ、呼び入れてもらいましょう……アーヴィング・ジェイコブソン伍長を」ブロンソンは言った。

カールソン中尉が廊下のほうへ身をのりだして、叫ぶ。

「ジェイク。入ってくれ。さあ」

頑健そうな背の低い兵士が会議室に入ってきて、ブロンソンの真正面にあたる椅子を選ぶ。レンジャー隊員たちは事情聴取のリハーサルをしたのだろうか。たぶん、したのでは？　ブロンソンはそう考えた。

「すわってください、兵隊さん」ブロンソンは言った。

若い兵士が、背すじをまっすぐにしてブロンソンに向かいあう椅子にすわり、両手を膝に置く。その顔にはなんの表情も現われていなかった。

「あなたはスナイパーですか、スポッターですか、レンジャー隊員ジェイコブソン？」

「スナイパーです、サー」ジェイコブソンが言った。堅苦しい返事だ。

「どういうタイプのライフルを使ってきました？」

「レミントンM24です。七・六二ミリ×五一マッチグレード弾を使います。自分は旧式なので」とジェイコブソンが言い、かすかに笑みを浮かべた。

「あなたは二十歳ぐらいに見えるのに、旧式だと？」

「そうです。ライフルを持って生まれてきたような子だと、おやじに言われました。子どものころから、ウィスコンシンで穴熊を狩っていました。いまは自分のユニットでベストの狙撃手《シューター》になっています」

「いまは？」

「ええと、自分は三番目だったんです。サミュエルソンとハーウッドのつぎでした。しかし、彼らはもういません。それと、サミュエルソンはスポッターでした」

「彼らはどうしたんです？」ブロンソンは問いかけた。

「サミュエルソンはＫＩＡとなった可能性が濃厚ですが、真相はだれにもわかりません。ザ・リーパーは？　彼は重傷を負って帰還し、いまはスナイパーたちの訓練ユニットに配属されています」

「ザ・リーパー？」

「イエス、サー。彼は三カ月前、迫撃砲の攻撃を受け、瀕死の重傷を負いました。サミーが行方不明になったのはそのときです」

ブロンソンは椅子にもたれこんで、考えた。興味深い。肩ごしにコレントに目をやって、彼は問いかけた。

「再確認だが、われわれが追っているライフルのタイプはなんだった？」

「ＳＲ－25」コレントが答えた。

「ザ・リーパーとサミー、そしてミッキー・チャイルドとそのスポッター、ブラッド・スティールもそうでした」ジェイコブソンが言った。「彼らはどちらもＳＲ－25を使っていました。われわれはみな、自分で銃を選ぶんです」

ブロンソンはカールソン中尉に目を向けた。

「その兵士たちのだれかを呼んでもらえますか？」

「チャイルドなら。スティールは二、三カ月前に除隊しましたので。でも、チャイルドは控え室にいます」

ジェイコブソンに目を戻して、ブロンソンは言った。

「おおいに役に立ちました。これは形式的な質問ですが、あなたはこの二日間、どこにいましたか？」

「ずっとここに。訓練で。身体訓練《ＰＴ》を。リフティングや射撃をしていたんです。夜は映画を観ていました。ちょっとＸｂｏｘをしたかも。そんなところです」ジェイコブソンが言った。

ブロンソンがカールソンに目をやると、相手がうなずいて、言った。

「それはわたしが確認できます。彼はここの《義務履行《コール・オブ・デューティ》》チャンピオンなんですよ」

「ありがとう、レンジャー隊員、ジェイコブソン」と彼は言い、カールソンに向かってことばをつづけた。「チャイルドをここに呼んでもらえますか？」

ジェイコブソンが立ちあがり、教科書どおりのまわれ右をして、退出し、ほぼ同時に、ミッキー・チャイルド軍曹が入室してきた。その顔は、ヴァージニアから来たスーツ姿の男たちがいる会議室に入ってきたのではなく、ターゲットとして敵の射撃レンジに入ってきたかのように、しかめられていた。

「軍曹」ブロンソンは会釈を送った。「どうぞ、おすわりを」

「長くなりそうですか？」チャイルドが木の椅子に腰をおろす。大男だが、その制服は、あらゆる部分がぴったりするように、二サイズほど大きめのものを支給せざるをえなかったかのように、ひどくオーヴァーサイズに見えた。

「しゃんとしろ、レンジャー」カールソンが命じた。

チャイルドがあざけるような顔をブロンソンに向け、好奇心と陽気さがないまぜになったような目で中尉を見やる。

「ラジャー、サー。弁護士を呼ぶ必要はありますか？」チャイルドが問いかけた。

「わかりませんね。その必要があるのですか？」ブロンソンは、当たり障りのない返事をしておいた。

チャイルドがいぶかしげに目をすがめ、蜥蜴《トカゲ》のような半眼になって、ブロンソンを見る。

「どういうゲームなんですか、特別捜査官？　おれたちの全員が、あんたに協力するようにと言われてるんです。仲間のレンジャーを密告しろってこと？　そんなことをするわけがないでしょう」

「もしあなたがほんとうに、なにか有用なこと、なにか疑わしく見えることを知っているのであれば、それは法執行の妨害にあたるでしょう」ブロンソンは言った。予期したとおり、チャイルドが腹を立てた。

「それはいったいどういう意味です？　おれはいろんなことを知ってるんです」チャイルドが言った。

「ほう、そうなんですか？　では、それを聞かせてもらいましょう。あなたはアフガニスタンでSR‐25を携行していたのか、もしそうであれば、いまもその銃を持っているのか？　そして、もしそうであれば、カンダハルにおいてFBIが射撃特性に基づく狙撃成功件数を割りだしたさいに、あなたもそのチェックを受けたのか？」

ブロンソンが、射撃特性に基づくチェックという最後の質問を投げる前に、チャイルドはまた無愛想な態度に戻っていた。そして、その目がブロンソンをまっこうから見つめてきた。「これはいったいどういうことなんです？」チャイルドが問いかけた。「おれたちはあそこでなにもまちがったことはしちゃいない。だれがだれを撃ったか確認してくれと、ある男に尋ねただけで」

ブロンソンはことばづかいを正してやりたい気分だったが、説教を垂れるのはやめて、質問をつづけた。

「つまり、あなたはいまここにいるわたしの部下、コレントによって、ライフルのチェックを受けた」背後へ親指を向けて、彼は言った。「そのライフルは、いまどこにあるんですか？」

「あれはアフガンにいるあいだにひどく傷んじまったんで、新しいのと交換しなきゃいけなかった。で、おれはバレット対物ライフルを支給されたんです。あのライフルを見たことはありますか、捜査官？　あの狙撃銃で撃ったら、頭が二階から道路に落っことしたスイカみたいに爆発してしまうんです」

「光景まで教えてくれて、ありがとう、軍曹。バレットなら、よく知っています。しかし、わたしが関心を持っているのはあなたが携行していたSR‐25なんです」

「あれは、だれがだれを撃ったかをあんたの部下が確認したあと、カンダハルの武器係に渡しましたよ。そのことなら、この中尉が助けになってくれるでしょう」チャイルドがテーブルの前を離れて、立ちあがろうとする。

「軍曹、この二日間、あなたはどこにいましたか？」

「おれがどこにいたかなんぞ、あんたの知ったことじゃない。どうしても知りたければ、ここは小さな町なんで、そのケツをあげて調べりゃいいでしょう。おれはなにもまちがったことはしちゃいない」チャイルドが椅子を後ろへ倒しながら立ちあがり、部隊最先任上級曹長ジョン・マードックのほうへまっすぐに歩いていく。マードックはレンジャー連隊の部隊最先任上級曹長として尊敬され、ロジャーズ大佐の上級補佐下士官を務めている男だ。

　レンジャー部隊に関する情報集によれば、マードックは、アフガニスタン、イラク、シリア、そしてパナマにおいて戦闘降下作戦をおこなった、金色の星が四個《フォー・ゴールドスター》並ぶ勲章を持つ古参兵であり、そのキャリアのなかで、この国が過去三十五年間に関与したほぼすべての紛争の戦闘に従事してきた。より高レベルの部隊への昇進を拒んできた部隊最先任上級曹長マードックは、レンジャー部隊のアイコンとなっていた。中尉たちが整列休めの姿勢をとり、彼がそこに現われて、軍曹たちの前を歩きだすと、彼らはブーツの足を震わせる。そういうとき、彼はたいてい、片手に愛用のM4カービン銃を、もう一方の手に弾薬箱を持っている。独身で、結婚歴はなく、司令官が数年前にマードック自身のカネを使って、彼のために建てさせた兵舎の特別室で暮らしている。はたしてそれが合法なのかどうかは、だれにもわからないが、マードックが四六時中その兵舎にいることに疑問をさしはさむ者はいない。レンジャーの士気は高く、規律は良好だ。マードックは、この世界における正しいことをおこなっているのだという部隊の気風のもとで生きている。ブロンソンが航空機で飛んでくるあいだにコンピュータのファイルで読んだすべての情報のなかで、ここまでのところ、もっとも興味を引く対象はマードックだった。その男は頭を剃りあげ、ヘヴィー級レスラーのように筋肉隆々で、実際、彼は大学時代にレスリングをしていた。マードックはWWF（アメリカのプロレス団体で、現在はWWEとなっている）の誘いを蹴って、一九八九年に軍に入隊し、その年のうちにパナマへ派遣されて降下作戦に従事し、最初の戦闘を経験した。そして現在、彼は世界最高のエリート戦闘部隊を率いている。ブロンソンは思った。それはあんたの人生においてはたいしたことなんじゃないか。

「どこへ行くんだ？」マードックが問いかけた。怒りっぽい軍曹と爪先と爪先がくっつくほど間近に立っていたが、マードックのほうが筋肉が百ポンドばかり多く、身長が六フィートあるスナイパーの軍曹よりさらに一フィートほど背が高かった。

　チャイルドがすぐさま防衛的な態度を解いて、プロフェッショナルな姿勢をとる。

「いえ、上級曹長。あのFBI捜査官に質問されて、ちょっと気分を害しただけです」

「それなら、すわりなおして、男らしくふるまえ、レンジャー・チャイルド。なにもまちがったことはしていないのなら、恐れるものはなにもない。なにはどうあれ、おまえは合衆国陸軍空挺レンジャーなんだ。髪をぴかぴかに撫でつけてスーツを着こんだ男に事情聴取をされて、そんなに度を失ったままでいていいのか？」マードックがにやにやしながら問いかけた。そして、ブロンソンにウィンクをしてみせた。「さあ、身を転じて、あそこにケツを据に答えるほうがいいか……どのみち、おまえはそうしなくてはいけなくなるだろう」

チャイルドがプロフェッショナルらしい動きでまわれ右をし、椅子にすわりなおす。こんどはしゃんと背すじをのばし、両手を膝に置いた。

「サー、おれはこの一週間、休暇で基地を離れていました。サウスカロライナ州フローレンスの実家にいました。おれがどこにいたかは、おふくろが保証してくれるでしょう」

「ありがとう、軍曹。さて、あなたの銃に関してはどうか」

「おれの部屋に受領書があります。アフガニスタンの武器係に渡したことを示すものが」

ブロンソンは、部隊最先任上級曹長マードックに目を向けた。

「それについては、わたしが助けになれる。あのことはぼんやりと憶えているんだ。なにか、撃針にまつわる件だったかな。彼に代わりのM24を与えたあと、われわれはバレットを使える男を必要とするようになった。レンジャー・チャイルドは大男で、あのでかい金属の塊をほかのだれよりもうまく扱えるからね」

「その武器係のことを話してもらえますか？」ブロンソンは問いかけた。それはどう考えてもむなしい手がかりのように感じられたが、それでもやはり、チェックしておく必要があった。携帯電話のボタンを押して時刻のチェックをしたい気分だったが――ディナー・デートのとき以外、彼は腕時計ははめない――それをすると、聴取の勢いを失いそうな気がした。SR－25を使う別のスナイパー・チームという線を追えば、なにかの収穫につながるかもしれない。失われた兵士、そして失われた銃。偶然にしてはできすぎではないか？　それでもなお、彼はチャイルドの線を追及することにした。

「その武器係は除隊したが、われわれには、彼がその銃を破壊もしくは売却したことを示す文書を残しているかどうかのチェックができる」上級曹長が言った。

「その銃が売却されたとすれば」とブロンソンは応じ、確認のために、肩ごしにホワイトに目を向けた。「それを示すＡＴＦの書類があるんじゃないか？」

「そのとおり、特別捜査官。ＡＴＦ文書、第三十三の十」ホワイトが身をのりだして、言った。ＡＴＦとは、〝アルコール・タバコ・火器および爆発物取締局〟の略称で、銃が処分されたことを示す書類もそこが発行する。

「では、その書類の線をチェックする必要があるな」とブロンソンは言い、チャイルドのほうへ目を戻した。「おおいに助けになりました。ありがとう。われわれはあとであなたの母親に電話をするでしょう。たんなる確認のために《FYI》」

「やさしく接してやってくれ。おふくろはあんまりぐあいがよくないことが多いんでね」チャイルドが言った。

「退出してくれてけっこう」立ちあがりながら、ブロンソンは言った。そして、上級曹長に向かって、ことばをつづけた。「あなたのオフィスで、内々に話を聞くことはできますか？」

「ラジャー」

「あとひとつあった」チャイルドが立ちあがって、言った。

ブロンソンはすでにつぎの件に移ろうとしていたが、チャイルドに目をやり、彼が手をぐるぐるまわしているのを見て、それに応じた。

「つづけてください。ただちに」

「おれはあそこで捜索および救出《SAR》チームの護衛任務に就いてた。前にイラクにいたとき、砲弾痕分析ってやつをやったことがあってね」チャイルドが、前世紀のことをしゃべるような口調で言った。「あの迫撃砲弾はサンギン村から来たのではなかった。あの痕跡は、そこからじゃなく、後方から敵のほうへ発射されたことを示していたんだ」

「それを教えてもらってよかった、軍曹。ありがとう」ブロンソンは言った。それから、上級曹長に向きなおって、言った。「いまからでよろしいでしょうか？」

チャイルドがさっとまわれ右をして、立ち去っていく。ブロンソンは、行くぞと部下たちに手をふってから、大男のあとを追って、そのオフィスに入った。そこには若々しい顔立ちのレンジャー隊員たちの写真が飾られており、彼らはみなタン色の迷彩服姿で、なかには黒のベレーをかぶっている者もいた。

「すべて、ＫＩＡとなった部下たち」ブロンソンが奥の壁をながめていることに目をとめて、マードックが言った。「わたしの仕事はけっして終わらないことを肝に銘じるためのものだ。さて、どうすれば助力できるのかね？」

ふたりは写真の列の下に置かれているソファの両端に腰をおろし、戦士たちの霊に見つめられているような感じになった。それがおそらく上級曹長の狙いなのだろう、とブロンソンは察しをつけた。若者たちのまなざしは嘘をつかせない。つねに刻苦勉励させる。けっして忘れさせない。

「行方不明のレンジャー隊員とレンジャー・ハーウッドに関して、あなたはなにをご存じなんでしょう？」

「いろいろと。ハーウッドはわたしにとって息子のようなものだ。彼は孤児で、ほかに行き場がなかったために、軍に入隊した。わたしは基礎訓練の場にスパイを何人か紛れこませ、猪突猛進男がいたらこちらに通知させるようにしている。ハーウッドは初日から猪突猛進していた。なにか、みんなに証明せずにはいられないものを持ちあわせていた。そういう若者は大勢いたが、ハーウッドは一段飛びぬけていた。だれよりも肉体がフィットし、だれよりもライフルに熱中した。まさしくレンジャーとしての資質だ。わたしは彼をレンジャー連隊に引き入れ、つねに目を向けておけるようにするために、このフォートベニングに駐屯する第三大隊に配属した。わたしはいつもここの兵舎におり、もちろん、彼もそうだ。ほかの隊員たちがＸｂｏｘで遊んでいるあいだも、わたしはハーウッドが射撃その他のスキルを、とりわけＭＭＡ《ミクスト・マーシャルアーツ》のスキルを磨きあげるのを助けてきた」

「彼になにがあったんです？　それと、サミュエルソンに？」

「もちろん、わたしはサミュエルソンも知っているが、ハーウッドほどよく知ってるわけじゃない。サミーは新米で、ハーウッドはそれまでのスポッターを失ったばかりだった。そのスポッターは戦死したんだ。隊員たちはハーウッドを〝ザ・リーパー〟と呼んでいた。ハーウッドはそのニックネームをそれなりに気に入っているように思えたので、わたしは放置しておいた。ここは率直に言っておこう。ニックネームを付けられるのは、通常、仲間に受けいれられたことを意味する。ニックネームがないというのは、通常、仲間に溶けこみきっていない男というわけだ。わたしは当初、ハーウッドはどうなのかと心配していたが、彼はすぐ機械のように行動し、敵兵をことごとく射殺していった。きみらがライフリングのチェックを要請しただろう？　アメリカ軍は民間人を殺しているとだれかが言いたてたせいで、われわれが事後調査をせねばならなくなってからは、戦闘の周辺エリアでタリバンの死体から弾丸を回収するようになったんだ。で、われわれは民間人を殺してはいないことが判明したんだが、タリバン指揮官の死体が山ほどあったのはたしかで、ハーウッドは、それが彼の狙撃によるものだと知っていた。レンジャー隊員は多くを望みはしないが、彼については、多大な安全と保障をチームメイトのみならず、この国にもたらしたことが認められていいだろう。そこで、特殊部隊Aチームがそれらの狙撃による殺害がだれの功績なのかを判定することを要求したとき、ハーウッドは憂慮した。もちろん、彼らがそれを要求したのは、調査によって民間人は殺されていないことが明らかになったあとのことだが。判定をおこなった武器係は、仲間の兵士の弾丸や薬莢などの支給を担当していた男だ」

　ブロンソンはその情報を咀嚼《そしゃく》し、理解した。

「ハーウッドのライフルを調べたほうがいいように思えますね。それらの弾丸のどれかがチャイルドのＳＲ‐25から発射された可能性はありますか？」

上級曹長が少し間を置いてから、うなずいた。

「あるかもな。隠密作戦では友軍の兵士に撃たれる可能性があることは認める。ささいなこと、ばかげたことのように見えるかもしれないが、カンダハルに駐留して、連日、敵の攻撃を浴び、情報も確約もろくすっぽない状況では、ひどくまちがったことをやってしまうことがあるんだ」

「ささいでも、ばかげてもいないように思います。われわれもよろこんでそういうことをやってきましたからね」ブロンソンは、自分の現在の捜査がアフガニスタンにおけるその日の状況によく似ているという皮肉をこめて、そう言った。

「つまり、察するに、きみはハーウッドのことをよく知りたいと？」

「それはまあ、彼とサミュエルソンのことを」

「あの日、捜索および救出チームは一挺のＳＲを発見し、それはハーウッドのものであろうと思われた。そのＳＲはひどく傷んでいた。その時点では、サミュエルソンの発見により重点が置かれていた。そのＳＲはハーウッドおよび彼の装備品とともに、本国へ搬送された。それがわれわれのやりかたでね。レンジャーとその装備は一体なんだ。さて、きみは、そのライフルがどこにあるかを尋ねようとしているだろう。わたしは、この件を耳にしたとき、すぐにチェックした。それはここの武器庫にはなく、武器係はそれに関してなんの記録も残していなかったんだ」

「ちょっと待ってください、上級曹長。そのSR-25は回収されましたね。それなのに、それがだれのものかも、どこにあるかもわからないと？」

マードックが間を置いて、うなずく。

「そのとおりなんだ。実質的に、二挺の銃が失われた。サミュエルソンもSRを携行していたからね。これは武器係のへまだ。彼は銃のシリアルナンバーなどなどを記録しなくてはならなかった。それをしなかったために、この混乱を招いたんだ。あのSARチームは敵の攻撃を受けながら、ハーウッドのチームの航空救護後送をおこなった。わたしはカンダハルの病院で彼らを待っていた。だが、後送されてきたのはヴィックだけだった。彼は幸運にも生きのびた。ヴィック・ハーウッドだけは取りもどせた。医師たちが何時間かカンダハルで治療にあたって容態を安定させたところで、われわれは彼を、そしてその装備一式をC-17に乗せて、ドイツへ搬送した。そのあと、われわれはアフガニスタン南部のヘルマンド州全域へ急襲部隊を送りこみ、サミュエルソンを探し求めた。あの壁のあそこに、彼の写真がある」

ブロンソンは失われた銃のことをじっくりと考え、そのシューターとしての容疑が濃厚なのはハーウッドだという結論を導きだした。行方不明になっている若い兵士の写真を、彼は見てみた。髪を上のほうまで短く刈りあげている。タン色のベレー。若々しい顔。殺風景な壁に飾られるのは似つかわしくない。どこかほかのところがいい。これでは煉獄にいるようなものだ。彼はどこにいるのか？　捕虜になった？　死んで、アフガニスタンの大地に混じりこんでしまった？　まだ生きていて、そのあたりをうろついている？　将軍たちを撃った？

「ハーウッドもサミュエルソンも、陸軍の案件にはなっていないんですね？」

「なんの案件にも。ハーウッドは陸軍に敬意をはらわれた。そうしたかったんだ。その必要があった。サミュエルソンは若い平均的なレンジャーだが、それは人類の九十九パーセントよりすぐれた人間であることは銘記しておいてくれ」

「つまり、サミュエルソンの状況はわからないが、ハーウッドについてはよくわかっているということですね？」

「そうだ。わたしが彼に、統合特殊作戦コマンド《JSOC》やほかの各部隊に属するスナイパーたちを訓練する仕事を与えた。いま彼がどこにいるかは、彼はフリーランスであり、現在の配属地となっているウォルター・リード医療センターから貸しだされた一時的な派遣兵士という立場なので、正確にはわからない。われわれは負傷兵がふたたび戦闘に従事できるようになるまで、徐々に回復させて、軍に復帰させるようにしているんだ。ハーウッドはずっと鬼神のごとく戦ってきた。それでも、彼を戦場へ復帰させる必要がある。彼はスナイパーだ。ザ・リーパー。彼はその名で知られる男なんだ」

「彼を見つけてもらえませんか？　わたしが彼の話を聞けるようにするために？」ブロンソンは持ちかけた。上級曹長とハーウッドのつながりに共感を覚えたかのような、穏やかな声だった。

マードックの顔がほんの一瞬、ゆがんだ。ブロンソンは、マードックとハーウッドの近しい関係を考えて、その気持ちを理解した。この男は、その庇護下にある人間を可能なかぎり守ろうとするだろう。

「いいとも。二、三本、電話をかけなくてはいけないだろうが」

「彼がサヴァンナにいる可能性は？」

「あの退役将軍が頭部をふっとばされた街に？　あの件は耳にしている。うちの第一レンジャー大隊があそこにいるんだ。なので、その可能性はあるな」

「ありがとう、上級曹長。わたしはいまからわがチームとともにサバーバンに乗りこんで、メモを参照したり、Eメールを調べたりします。あなたがハーウッドの居場所をつかんだら、だれかをひとっ走りさせて、この車《SUV》にお知らせください」

マードックがうなずく。

「ラジャー」

ブロンソンは、キャッチャーミット並みにでかいマードックの手をとって握手をすると、チームの面々を集め、いっせいにサバーバンに乗りこんだ。タン色のベレーをかぶったレンジャー隊員たちが何十人も司令部の周囲に群がり、なにが起こっているのかといぶかしみながら、油断のない目でそのさまをながめていた。すでに宵闇が落ち、街灯が道路を照らしている。司令部の裏手では点々とスポットライトが輝いて、だれも侵入できないようにしていた。彼らは、この国の軍隊の最精鋭部隊が駐屯する場所にいるのだ。そこにはプロフェッショナル精神が横溢《おういつ》し、職務に関係のないばかげたものはいっさいなかった。レンジャー隊員たちがさっそうとそのエリアを動きまわり、武器を持ち運んだり、命令を下したり、翌日に備えたりしていた。

十分後、マードックがSUVへ歩み寄ってきた。ブロンソンは、シェードになっているパワーウィンドウをおろした。

「ハーウッドが数時間前、ハンター陸軍飛行場の下士官宿舎にチェックインした。そのあと、受付係によれば、ランニングに出かけたそうだ」上級曹長が目をそらして、ひと呼吸置き、またブロンソンに目を戻して、つづけた。「しかし、彼はきみが目星を付けている男ではない。それはわたしが保証する」

ブロンソンはうなずいた。

「ありがとう、上級曹長」

「それと、憶えておくように。彼を貶《おと》めるのは、わたしを貶めるのと同じだ。これは脅しではない。彼はなにもまちがったことはしていないのに、きみが正当な理由もなく締めあげたら、逆ねじを食らわされるはめになると予期しておくように。それがわたしのやりかただ。真正面から立ち向かうのが」

「あなたは連邦捜査官を脅しているんだと言う人間がいるかもしれませんよ、上級曹長。われわれはここまでうまくやってきたと思ってるんですが、どうでしょう？」ブロンソンは言った。

「わたしが言ったことをあまりよく聞いていなかったようだな。わたしはきみに真実を語り、自分の持つささやかな情報を与える義務を負っている。それは、われわれが指針としている規定だ。同盟者を助け、法の執行を助け、善良なひとびとを助ける。きみが悪辣な人間だと判明したら、どうなるか？　血祭りにあげられる。そうなると、このわたしが断言しよう」

ブロンソンはマードックの示した気骨にいくぶん胸を打たれながら、うなずいた。指導的立場にある者はたいていが、その責任を果たすことに熱意を燃やすものだ。

「了解しました」ブロンソンは言った。

「きみ自身のためにも、そうすることを祈っておこう」

ブロンソンが窓をあげると、ドライヴァーがゆっくりと車を出した。ブロンソンはフェイ・ワイルドのほうへ顔を向けて、言った。

「パイロットに電話をかけ、即刻、ハンター陸軍飛行場へのフライト・プランを作成するようにと伝えてくれ」

# 9

ふだんはぐっすりと眠るハーウッドだが、このときはジャッキーの動きで目が覚めた。彼女はそっとベッドから抜けだしたのだが、シーツがかさかさ音を立てたり、なじみのないホテルの部屋とあってランプに体のどこかが当たったりしたからだろう。ハーウッドが片目を開き、眠気の残る目でながめていると、彼女がバスルームのライトをともし、その淡い光の当たる、ホテルの部屋のドアに近いところで身支度を始めた。

彼女がナイトテーブルのところにひきかえしてきて、探していたものを見つけ、ラバー製の小さな浮き輪に手をのばす。それには短いチェーンがついていて、大小取り混ぜて数個のキーがぶらさがっていた。彼女がナイトテーブルの上にあるiPhoneをオンにすると、ラバーのキー・チェーンに〝テン・メーター・レディ〟の文字が――オリンピック・チームに加わっていたときの彼女のニックネームだ――プリントされているのが、彼の目にとまった。その文字の下に、小さなイタリック書体で〝リヴァー・シティ・マリーナ〟の文字がプリントされていた。

「どうしたんだ?」ハーウッドは問いかけた。

「メッセージが来ちゃって」彼女が言った。「すっかり忘れてたんだけど、アトランタのイヴェントに参加しなくちゃいけないの」

「アトランタ？　いまは……」彼はホテルの時計で時刻をたしかめた。「まだ真夜中だぞ。朝になってから出かけるってのじゃだめなのか？」

「早めの出席になってて。サイン会があるんだと思う」彼女が言った。

「思う？　なにがあるかもわからないのに、こんな時間にあわただしく出発するのか？」

「ヴィック、愛してるわ。できるだけ長くあなたといっしょにいたいけど、あなたのことに、わたしたちのことに」彼女がハーウッドと自分の両方に手をふってみせる。「気持ちが集中しすぎてたせいで、日程をまちがえちゃったみたい。たいした仕事じゃないの。二、三日後には、またシアトルで会えるわ。あなたはここでひとつのクラスの訓練をしたあと、そこへ向かうことになってるでしょ？　あなたが第二レンジャー大隊の訓練をするためにあそこへ行ったときに、またいっしょになれるわ」

彼は身を起こして、ライトをつけた。なんとなくおかしい。これまでにジャッキーとかなり長い時間ともにすごしてきて、いまは彼女の声の調子が聞き分けられるようになっている。彼女の声に聞き慣れない響きが、不安を反映するような感じがあった。

「なにかあったのか？」彼は問いかけた。立ちあがって、彼女のほうへ歩み寄る。彼女はバスルームのライトが投げかける四角い光のなかに立っていた。デニムのジーンズにダークグレイのTシャツ、ランニングシューズという姿で、その上に、左胸にオリンピック・ロゴの五輪と〝USA〟の文字が記された黒のウィンドブレーカーを着こんでいた。

彼女が近寄ってきて、彼の肩に両手をかけ、ブルーの目を見開いて彼を見つめ、口を開く。

「なんでもないわ、ヴィック。わたしがスケジュールをど忘れして、責務を果たすのを忘れてたってだけのこと。あなたがわたしのすべてになったけど、いまも責務は残ってるの。わかるでしょ？」

ハーウッドは彼女のひたいに垂れていた髪の毛をふりはらって、そこにキスをし、そのあと唇にキスをした。

「わかった。荷造りを手伝おうか？」

「ううん、いいわ。あなたを起こしちゃったことだけでも、かなり後ろめたい気分なの。あなたも早めに出発しなきゃいけないはずだし、わたしの荷物はこれだけだから」とジャッキーが言い、リュックサックを持ちあげて、肩に掛け、四輪のキャリーケースのハンドルに手をかける。そして、彼にキスをすると、ホテルの部屋から足を踏みだした。「あなたのお気に入りの、新発売のスポーツドリンクのパックをふたつみっつ、残しておいたわ」肩ごしにそう言って、ウィンクと笑みを送ってきた。

彼女がエレベーターのドアの前に立ち、片手の親指でもう一方の手首をとんとんたたきだす。じりじりしているときの癖だ。彼女には行かなくてはならない場所があった。朝のうちにサヴァンナからアトランタへ行くというのは分別のある行動ではないが、もしそれをする責任があるとすれば、だれにもとめることはできないのでは？　そして、彼女の行動は正しかった。彼女はこの三カ月、彼といっしょにすごしてきた。毎日ではないが、ほとんどの日を。ハーウッドはすっかり彼女に心を奪われ、オリンピック・チャンピオンになった第一級の射撃手《シューター》と終生をともにする夢を描いている。ふたりが授かった子どもたちは卓越した射撃の名手になるだろうと。

チャイムが鳴って、エレベーターのドアが開いた。ジャッキーが肩ごしにふりかえって、彼に投げキスを送ってから、エレベーターに乗りこむ。ドアがぴしゃっと閉じ、彼女の姿が消えた。

ハーウッドは部屋のドアを閉じて、バスルームのライトを消すと、ふたたびベッドに横になって、ふわふわした枕に頭をのせ、眠りなおそうとした。寝つけないので、リモコンをつかみとって、テレビをつける。ニュース・チャンネルはどれもこれも、二十四時間のうちにふたりの将軍が殺害された事件を報じていた。ひとりはフォートブラッグで、もうひとりはサヴァンナで。チャンネルを変えていくと、リポーターがフォートベニング陸軍基地のメイン・ゲートの外に立っている映像が見えたので、そこでとめる。

彼は気をそそられて、テレビのボリュームをあげ、ジャッキーが置いていった、六本パックのスポーツドリンクのビニール・ラップをうわの空で破り開けた。八角形をしたプラスティック・ボトルを手に取って、口に運ぶ。

そこで、手がとまった。

彼はテレビから目を離し、急いでベッドをおりると、部屋を横切っていき、床に膝をついて、リュックサックのなかを探った。そして、ジャッキーがほほえみながらオリンピックの金メダルを掲げているラベルは同じだが、丸いかたちをしたボトルを取りだした。彼はバスルームに入り、ふたつのボトルを見くらべた。八角形のボトルには、底のところに、大手炭酸飲料メーカーの社名が記されていた。丸いボトルには、まったく同じところに、アラビア語か中東のどこかの言語であるらしい小さな文字が記されていた。どちらのボトルも、ラベルは同じ。彼は鏡をのぞきこんで、言った。

「これはいったいどういうことだ？」

だれかがおれのドリンクになにかを入れたのか？

そのときテレビからリポーターの声が聞こえてきて、彼はこうべをめぐらした。

「当局の情報源によれば、ＦＢＩがすでにここ、ジョージア州のフォートベニングに来て、陸軍レンジャー隊員たちの、それだけでなく、デイヴ、陸軍レンジャーのスナイパーたちの、事情聴取をしているそうです。われわれはフォートベニングのローソン陸軍飛行場に政府の航空機が着陸する光景を目撃しており、それはＦＢＩがここに来ていることを裏づけるものでしょう。また、わたしが得た情報によれば、二名の将軍を殺害した弾薬と、アフガニスタンで用いられたライフルには関連性があるようです。当局はＳＲ‐25スナイパー・ライフルの所在を追っています」

ハーウッドはゆっくりとバスルームから出ていき、テレビの前に立った。男がフォートベニング基地のメイン・ゲートにある憲兵の検問所の前に、マイクロフォンを手に持って立っている映像が見えた。心がぐるぐるまわってきた。ハーウッドは二本のスポーツドリンクをビューローの上に置いた。そして、ひとりは邪悪で、もうひとりはそうではない双子の兄弟をながめるような感じで、その二本を見つめた。テレビは休みなく、さまざまなニュースやできごとを報じている。あるイメージが頭のなかでひらめいた。フォートブラッグで、丸いボトルからスポーツドリンクを飲んだときの。そのとき、サンプソン将軍が車寄せに到着した。自分はワークアウト場にいて、意識が薄れた。そのあと、パトカーのサイレン。ランニング。そのあと、ハンター陸軍飛行場でまた丸いボトルからドリンクを飲み、走り、ポーチにいるディルマン将軍を見た。気が遠くなった。そしていま、自分はここに、ジャッキーが用意した部屋にいる。彼女は不可解にも、午前一時に立ち去った。

　そのすべてが現実に起こったことなのか？　何者かが、将軍たちを撃ったのは彼だと言いたてようとしているのか？

　そのとき、最後の思いを強調するかのように、ジャッキーが用意したホテルの八階の部屋の窓を、青いライトが照らした。

　テレビのリポーターがしゃべっている。

「そして、デイヴ、いましがた、政府の航空機が一時間ほど前にここを去り、たった四十五分のフライトで行けるハンター陸軍飛行場へ向かったとの知らせを受けました。わたしの情報源によれば、この捜査の第一容疑者はこの男です」

　リポーターがローリングストーン誌を掲げてみせる。テレビに映しだされたハーウッドの写真は、暗い目をして、チェックのスカーフを首に巻き、筋骨たくましい肉体に塩がまみれついた戦闘服を着こみ、両腕にリンジーをかかえていた。たいていの視聴者が、凶悪な人物と考えるだろう。

「彼は銃を持ち、危険な男であるように見えます。聞くところでは、いま法執行各当局が議論している問題は、この男を生け捕りにできるかどうかという点です」

「深刻な事態だね、ジョン・ブレッドソー。きみをフォートベニングの地へ派遣して、さいわいだった。ジョンはまもなくこちらに戻ってくるでしょう」

生け捕りにする？　自分を射殺せよという命令が出ているのか？　あのリポーターに情報を提供しているのはだれなのか？　ハーウッドは考えこんだ。ＦＢＩがフォートベニングでレンジャー隊員たちの事情聴取をし、いまはハンター陸軍飛行場へ向かっている。いや、あのリポーターがリアルタイムの情報を受けたようには思えない。心臓の動悸が激しくなってきた。ハーウッドはもう一度、ひとつひとつのできごとを思いかえした。途切れ途切れに動くボートのエンジンのように、記憶がおぼつかない。将軍がふたり死んだ。どちらも、自分がそこから二百メートルと離れていない場所にいるときに、殺された。そのとき、自分はスポーツドリンクを飲んで、頭がくらくらしていた。

外ではいまも青いライトが回転していた。不安が喉までこみあげてくる。どうすべきか？

時刻はまもなく午前二時。彼はショートパンツとトップを着こみ、ソックスとシューズを履いて、リュックサックを背負った。部屋をぐるっと見まわし、ふたたび窓の外へ目をやると、ＳＷＡＴの車輛がパーキングロットに乗り入れてくるのが見えた。

警察の一マイル以内に近づきたくない。とりわけ、彼らがローリングストーン誌の表紙に写真が掲載された男を狩ろうとしているとすれば。法執行機関とアフリカ系アメリカ人コミュニティとの紛争をメディアがセンセーショナルに報じたことで、人種間の緊張が高まっていることを、彼はいやというほど強く感じていたのだ。

点滅するライトが網膜を刺激して、催眠を誘導する。心のなかで警報のベルが鳴っていた。顔彼は外で輝いているライトから目をそらし、窓にぼうっと映ったおのれの姿に集中した。顔をまじまじと見て、目に焦点を合わせ、気合いをこめて、心を探る。窓のなかに、ちらっとジャッキーの、ついでサミュエルソンの、ついで部隊最先任上級曹長マードックの、そして、クロスヘアに重なった、顎ひげを生やしたあのうすぎたないチェチェン人の、顔が見えたように思った。

そして、あのエレベーター。あの一見如才のないビジネスマン。

そして、あのチェチェン人。

あの顎の輪郭、幅広の扁平《へんぺい》な顔、背の高さ、それらのすべてが合致する。あのビジネスマンの顔にトレーシングペーパーをかぶせて描き、それにひげと、土のよごれと、アフガンキャップとも呼ばれるパコルを鉛筆で書き足せば、そうなるだろう。

あのチェチェン人がアメリカに来ているなどということがありうるのか？　やつはおれをつけまわしているのか？

おれを陥《おとしい》れた？　リポーターに電話をした？

シューターがあとに空薬莢《から》を残したとすれば、それは愚かなへまか、意図的なものでしかない。意図的だろう、とハーウッドは結論した。あのチェチェン人は愚かではない。

騒々しい足音がこの部屋へ近づいてきた。ドアがたたかれた。この部屋のドアが。

警察か？　それともチェチェン人か？

彼はリュックサックのアウターポケットからベレッタ九ミリを抜きだし、遊底《スライド》を引いて実包を薬室に送りこんだ。そして、いまブーツを履いていれば、と思った。ドアに破壊槌《つい》が打ちつけられる音が聞こえ、彼はためらった。その音がまた聞こえ、またためらう。そして、槌を打ちつける音がみたび聞こえたとき、彼は隣室に通じるドアのデッドボルト錠を狙って、一発だけ撃った。隣室にだれかがいても傷つけることがないよう、垂直に近い角度で発砲した。

ドアと枠木が裂けたので、肩でドアを押して、隣室に入りこむ。さっと一瞥したところ、ベッドメイクがされ、ライトは点灯されておらず、荷物はなにもなかった。宿泊者はいなかったのだ。廊下からジャッキーが予約した部屋へ入るドアが壊れ、足音がその部屋へなだれこんでくる。彼がキングサイズ・ベッドの端を跳び越え、部屋の角をまわりこんで、廊下をのぞきこむと、そこにはだれもいないのが見てとれた。廊下を十ヤードほど疾走して、非常階段に行き、そのコンクリート階段を三段飛ばしで駆けくだる。背中のリュックサックが重く、やっかいだった。

ふたつ上の階から、その階段を駆けおりる足音が響いてきた。ジグザグに連なっている階段をくだる足音がこちらに迫ってくる。彼が二階にたどり着いたとき、一階のドアがバンと開いた。黒いヘルメットのSWAT隊員たちが、上階へ襲撃をかけるべく、非常階段の基部に集まっていく。

上から追ってきているのはだれなのか?

ぐずぐずしてはいられないので、二階の屋内へ飛びこむと、そこにはワークアウト・ルームとプールといくつかの会議室があり、下のロビーへつづく吹き抜けの階段があった。右側に、ホテルの裏口へつづく開《ひら》けた空間がある。階段は表と裏の両方へのびていた。警察は裏側のパーキングロットを集合地点に用いただろうと彼は考え、ホテルの表側をつっきろうと即断した。警察は階段に隊員たちを集結させているだけで、おそらく表のエントランスはまだ封鎖していないだろう。

ハーウッドは絨毯《じゆうたん》敷きの階段を——二十段ほどだったろうか——飛ぶようにくだって、フロントデスクの前をつっ走っていった。受付係は椅子にすわって、テレビを観ていた。彼がデスクの前を飛ぶように通過すると、若い受付係が立ちあがって、「ヘイ!」と叫んだ。

まだ背後から足音が聞こえていた。いま彼が走ってきた絨毯敷きの廊下に、足音が鳴り響いている。ばね式のバーを押すと、ドアのロックが解かれたので、彼は人影がまばらな街路の歩道に出た。新聞配送のトラックがゆっくりと通りかかるのが見えたので、急いで車道へ駆けだし、トラックのリア・バンパーに飛び乗って、荷室のドア・ハンドルをつかむ。トラックの動きに変化は感じられなかったから、ドライヴァーはなにも気づかなかったにちがいない。加速も減速もなかった。同じ速度で進んでいる。肩ごしに背後へ目をやると、ひとりの男がフロント・ドアから走り出てくるのが見えた。ハーウッドはこの前ランニングをしていたときのことを思いかえし、古いビュイックを自分にぶつけそうになった男のことを考えた。あれと同じ男か？　もう二百ヤード近く離れているので、判別は困難だった。

野球帽は同じだ。ひげも。ダンガリーシャツを着て、ドクターマーチンのブーツを履いた、細身だが筋肉質の男。フォートブラッグのパーキングロットにいた男のシルエットにそっくりだ。その男がホテルの表口の前に立ち、新聞を満載したパネル・トラックのリア・バンパーに乗って夜の闇のなかへ消えていく彼をながめていた。

ハーウッドはひとつ深呼吸をした。

いらだちが募り、ヒッチハイクをしているのをドライヴァーがまったく気づいていないことを忘れて、思わずトラックの荷室ドアをたたいてしまう。荷室のドアのほうへ顔を向けると、縦長の四角い窓がふたつあるのがわかった。新聞が荷室のなかばまで積まれている。その一面に、〝二日間でふたりの将軍が殺害される〟という見出しがあるのが見えた。

小見出しを読むと、〝フォーサイス公園における射殺は陸軍レンジャーに結びつく可能性あり〟となっていた。

だれかが自分を陥れようとしているようだという思いがさらに強まった。

トラックが大通りに折れて、加速を始める。ハーウッドはバンパーから飛びおり、トラックの慣性で体が前方へ投げだされて転ぶのを避けるため、できるだけ速く走った。

つぎの交差点で道路を右へ曲がると、倉庫が連なっている場所に出た。そこの空気には、魚の産卵があったことをまちがいなく示す饐《す》えたようなにおいが漂い、川の流れと海の潮の満ち引きによって、ヘドロがかきまぜられていた。トラックに飛び乗ったために、ハンター陸軍飛行場——そこの自室に、衣類を詰めこんだダッフルバッグを置いている——とは逆の方角、川のほうへ来てしまったのだ。

遠くでタグボートが煙を吹きあげ、ここはサヴァンナ川のそば、そして急成長中の港のそばであることを、ハーウッドに確信させた。選べる船と、選べる行き先がたっぷりとある。

南へ一ブロック小走りし、左へ折れると、川に、天然の障壁に、行きあたった。ざわめく水。船のエンジンが茶色いヘドロを巻きあげている。長い一日に備えてのものか、いや、それよりはたぶん、長い夜の終わりを告げているらしい、港湾労働者たちの叫び声。船が港に入ると、港湾労働者たちは荷下ろしが終わるまで働きつづける。荷下ろし作業に中断はないのだ。

川沿いの遊歩道、リヴァーウォークを見やると、五十ヤードごとにスポットライトが輝いていた。彼がぽつんと立っているのは、リヴァー・ストリートとマーティン・ルーサー・キング・ジュニア・ブールヴァードの交差点にある倉庫の影のなかだった。ちらっと思う。アフリカ系アメリカ人である自分に、あの公民権運動のアイコン——キング師——がなにかの意味を持つのだろうか。ハーウッドが人種や政治や宗教に思いを向けるのは、まれなことだ。

手のなかにある拳銃が、自分は兵士であることを思いださせた。自分には任務がある。善良なひとびとが自由に生きていけるようにするために、敵兵を殺す。それだけであり、ことさらにものごとを複雑に考える必要はない。

だが、いまの自分の人生は、三十年か四十年前に生まれた場合とはまったくちがっていることは、よくわかっている。マーティン・ルーサー・キング・ジュニアのようなひとびとが、自分のような人間のために道を切り拓いてくれたのだ。そのことを過大評価はしないが、軽んじもしない。陸軍レンジャーとして名を馳せたデイヴ・グランジ将軍や、第二次世界大戦で空挺兵として名声を博したジェイムズ・ギャヴィン将軍についても、陸軍コミュニティのアイコンとなっているのはたしかだが、彼らに関しても、やはり過大評価はしない。彼らを手本にするのはいいが、自分は自分の道を進んでいきたい。

おれはザ・リーパー。おれはおれの任務を果たし、おれの重荷のすべてを背負い、歴史の片隅におれの名を刻みつけるのだ。

灰色のビュイックが街路の角を曲がり、まっすぐ彼のほうへ突進してきて、二フィートほど手前で完璧なスピン・ターンをして停止する。車が百八十度回転したので、助手席のドアがほんの二フィート先にあった。彼は車と倉庫にはさまれていた。車のノーズは倉庫の薄い金属壁に触れそうなほど接近し、トランクは倉庫から突きだした煉瓦《れんが》造りのポーチの間近にあった。そのビュイックは後部が魚のひれのように長く三角状に突きだしていて、それがハーウッドの動きを封じこんでいた。ボンネットを跳び越えようとしないかぎり、脱出はできないし、それが唯一の選択肢だ。

が、それは彼が目をあげるまでのことだった。

野球帽をかぶった顎ひげ男が、ハーウッドの胸に拳銃の銃口を向けていた。

「リーパー、さっさと車に乗りこめ」男が言った。

車内は暗かった。ドライヴァーの顔立ちは、半分は影のなかにあり、半分は遠い街灯の薄明かりのなかにあって、演劇の仮面のようだった。赤みがかった茶色のひげ、ぼさぼさの髪、そして聞き覚えのある声。

「銃をさげてくれたら、そうしよう、サミー」ハーウッドは言った。

「サミー？　おれの名はアブレクだ。よし、おれがやりやすくしてやろう」サミュエルソンが言った。「あんたはおれを置き去りにしても、おれはぜったいにあんたを置き去りにはしない。さあ、おれに撃たれる前に車に乗るんだ」

ザ・リーパーは拳銃をゆっくりと持ちあげ、肩ごしにリュックサックのなかへ滑りこませて、しまいこんだ。

「アブレク？　おまえはサミーだ」ハーウッドは、自分のスポッターだった男だと確信して、相手を見つめた。「心配していたんだぞ。おれは自分を責めてた。おまえは死んだと思ってた。それなのに、これほどの時間が経ってから、おまえが……いままでいったいどこにいたんだ？」

「あんたにとってはアブレクだ、リーパー。お巡り《コップ》たちがやってくるぞ。さあ、行こう」熱のこもったサミュエルソンの声がハーウッドに行動を促《うなが》す。だが、彼は動きがとれなかった。

「どこにいたかを言ってくれるまでは、だめだ。おれにはコップに隠し立てをしなくてはいけないことはなにもない。そもそも、おまえはサミーであって、アブレクだのなんだのというたばかげた名の男じゃない」

「おれには、隠し立てをしなくてはいけないことがあるのかもしれないだろう。一年のうちに二度もおれを見棄てるつもりか？　戦場に放置して死なせようとし、こんどはコップにしょっぴかせようと？」

サミュエルソンが〝罪悪感カード〟を効果的にくりだした。ハーウッドはうなずいて、言った。

「オーケイ、おまえの勝ちだ。おまえには借りがある。おまえがなにをやったかも、アブレクというのがなんなのかもわからないが、とにかくおまえには借りがある。そのことはいやってほどわかってるんだ」

ハーウッドがバックドアを開き、バックシートにリュックサックを放りこんだとき、車のフロアに、傷んだSR－25がむきだしで置かれているのが見えた。

「そう、あれはスナイパー・ライフルだ。さあ、とっとと乗りこめ」サミュエルソンが言った。

「おまえが将軍たちを殺したのか？」助手席に滑りこみながら、ハーウッドは問いかけた。

サミュエルソンが眉をひそめて見返す。当惑しきった表情になっていた。

「マジか?」サミュエルソンが問いかけた。「あんたは知らないのか?」

直角に交差している道路を、一台のパトカーが通りすぎていく。おそらくあのホテルに向かっているのだろう、とハーウッドは思った。

サミュエルソンの車のフロントグラスが青いライトを反射していた。ハーウッドは、〝アブレク〟と自称している顎ひげ男のほうへ顔を向けて、見つめた。これはサミュエルソンだ。アブレクなんかじゃない。以前と同じ、だんご鼻、不揃いな歯並び、一本につながった眉毛、茶色の奥目。ただ、茶色のもじゃもじゃ髪は以前とはちがい、頭部の片側だけが長くのびていた。

「ハンター基地になにか必要なものを残してるんじゃないか？」サミュエルソンが問いかけた。

「ダッフルバッグとひげ剃りキットを。なぜ？」

「彼らはあんたを探してるんだ。リーパー。コップたちは」運転をつづけながらサミュエルソンが言い、道を折れて、インターステート・ハイウェイ516に入り、速度制限を守って車を走らせた。「おれがあんたの荷物を取ってこよう」

サミュエルソンは前方にじっと目を据えていた。いまのことばは、リハーサルをしておいたかのように、まったくよどみがなかった。ハーウッドはまだ〝アブレク〟という名のことを考えていた。なにを意味するのかは見当がつかないが、推測はつく。たぶん、タリバンが彼を救出し、手当てをして、回復させたのだろう。ストックホルム症候群（誘拐や監禁の被害者が無意識の生存戦略として犯人と心理的つながりをつくること）というやつだ。思考がぐるりとめぐり、ひとつの疑問が浮かびあがってきた。

「おれがどこに宿泊してるかを、どうやって知ったんだ、サミー？」ハーウッドは尋ねた。

ちょっと間を置いて、サミュエルソンが言う。

「あんたは、な、なにが起こってるのかわかってないのか？」

「こんちくしょう。そういう謎めいたやりかたはやめて、さっさと説明してくれ」ハーウッドは強く迫った。こいつ、吃音症になってるのか？

「こ、これだけは言っとこう。あんたは〝スタン〟で三十三人を殺したな？」

「それがどうだというんだ？」ハーウッドは思った。彼にしゃべらせておこう。

「へ、ヘルマンド州とカンダハル州で、二十人の女が行方不明になった。あ、あんたが任務に就いてるあいだに」

「われわれの任務だ」ハーウッドは訂正した。

「あんたとラブーフのだ。おれはあとから加わった」

そのとき、前方を行く車の列が赤いテールランプを光らせた。ハーウッドは、だまされたような気分になった。これまでずっと、このスポッターとの再会は祝福すべきことになるだろうと思い描いていたのだが、実際には、アブレクと自称する男とともに真夜中にアルカトラズ刑務所から脱走したような事態になったのだ。

「それがいったいなにを意味するというんだ？」

「あ、あらゆることをだ。あらゆることを」サミュエルソンは少し間を置いたあと、こんどはより正確な説明をした。「ハサンは妻を取りもどしたいと思ってる」

「ハサン？　バサエフのことか？」

「ハサンはおれの命を救ってくれた」

ハーウッドはサミュエルソンを見つめた。前は自分のスポッターだったこの男は、遠い目をして、謎めいた答えをくりかえすばかりで、カルトの崇拝者のように見えた。

「おまえはやつに洗脳されたんだ、サミー。おれの言うことをよく聞いてくれ」ハーウッドは言った。

サミュエルソンが運転席で体を前後に揺すぶり始める。

「そ、そんなんじゃない」

「いや、そのとおりなんだ！」ハーウッドはどなりつけた。「正気を取りもどせ。やつはおまえを利用してる。おまえはサミー、サミュエルソンなんだ。アブレクじゃない！」

ハーウッドはサミュエルソンを見つめた。サミュエルソンはそれから五分ほど、黙りこくってインターステートで車を走らせたのち、ランプからハイウェイを出て、ハンター陸軍飛行場に向かい、その途中、遺棄された無人のガソリンスタンドに車を乗り入れた。シンダーブロック造りの建物は窓ガラスが割れ、枠からガラスがぎざぎざに突きだしていた。給油スペースは暗かった。サミュエルソンが、泳いだあとの犬が水をふりとばすような調子で、首を激しくふる。

「オーケイ、リーパー。頭をすっきりさせたいから、ここに一分ほど車を停めよう」

「目を覚ませ、サミー。おまえはもっとできのいい男だったぞ」

「階級を笠に着るのはやめてくれ、リーパー。さあ、あんたの部屋のキーをおれに渡せ。あんたはここで待ってるんだ」

「この車は、バックシートの床にライフルがある。これでは飛行場に入れない」ハーウッドは言った。「おれがここから歩いていって、自分の荷物を取ってこよう」

「あれが見えるだろう?」とサミュエルソンが言い、道路の四分の一マイルほど先にある車の暗いシルエットを指さす。「コ、コップだ。待ち伏せ。あんたを待ち伏せしてるんだ」

ハーウッドはサミュエルソンをながめ、やはりこれはずっと前に行方不明になったスポッターだと再確認した。この男がどこからともなく出現したかと思うと、こんどは、面倒に巻きこまれるはめになるのを避けろと言いたてている。

「サミー、おまえはあの将軍たちの事件に関して、なにか知ってることがあるのか?」

「リーパー、降りろよ」

「おれを陥れたのはだれなんだ?」

「いまはとにかく、おれのことはほっといてくれ。おれはあんたを助、助けようとしてるんだ。部屋のキーを渡して、さっさと車を降りるんだ」

ハーウッドの頭のなかに、三カ月前のことがだしぬけによみがえってきた。洞穴からいっせいに飛びだしてきた蝙蝠《こうもり》のように、さまざまな記憶がちらつく。迫撃砲弾、尾根にいるタリバンども、誘拐された女たち、そしてあのチェチェン人。彼はひとつ深呼吸をして、ため息をついた。

「ラジャー。おまえはおれのスポッターだ。おまえが標的《ターゲット》を決める」

「いまのターゲットは、あんたをこの車から追いだすことだ。あとで、おれがあんたを見つけよう」

「どうやって?」

サミュエルソンが、ハーウッドのアームバンドに留めつけられているiPhoneのほうへ顎をしゃくってみせる。

「そいつはできがいいから、スタンでも生きのびられた。そいつはできがいいから、あんたを見つけだす役に立ってくれるだろう」

ハーウッドは了解した。バックシートからリュックサックをつかみあげると、またあのスナイパー・ライフルが目に入った。どう考えればよいかよくわからなかったが、ここは疑念はさておいて、サミュエルソンの言うとおりにするのがいいだろう。ハーウッドはリュックサックを肩に掛けて、車を降り、運転席の窓のほうへまわりこんだ。廃棄されて荒廃したコンビニエンスストア併設のガソリンスタンドが、そこの砂利まみれの給油スペースと窓の割れた建物の奥の木材が見えていた。

「おれがここに戻ってくるようにしよう。車を乗り入れたら、フラッシュライトを三度、光らせて、おまえだとわかるようにしてくれ。重荷を背負ってるのはおまえだけじゃない。おれはずっと、おまえが発見されるようにと祈ってたんだ。さあ、急いでことをすませ、ここに戻ってきてくれ、サミー。ちゃんと聞いたか？」

「ラジャー、リーパー」その返事はうつろで、目が合わされることもなかった。サミュエルソンはハンドルを握りしめ、四分の一マイルほど先にあるパトカーをじっと見つめていた。

サミュエルソンがエンジンをかけ、ビュイックがタイヤで砂利を嚙みながら、車道へ飛びだしていく。サミュエルソンは速度制限を守って車を走らせ、短い赤信号にさしかかるとブレーキを踏み、そのあとまた車を走らせて、基地には入りこまず、ハンター陸軍飛行場のゲートを通りぬけていった。

車が見えなくなると、ハーウッドはすばやく建物の背後へ移動し、そこから、iPhoneのフラッシュライト機能を使って、森のなかへ歩いていき、サミュエルソンが戻ってくるまで待機しておくためのいくぶん開けた場所を見つけだした。地面に積もった柔らかな松葉の上に片膝をつき、低く垂れた灌木の枝を押しのけてから、iPhoneのライトを消す。

時刻はまもなく午前五時。そろそろ陽が昇ってくるだろう。いまいる森のなかは真っ暗だが、砂利まみれの給油スペースが面している、近くの道路には街灯がいくつか光っていた。ここと道路との距離は、百五十メートルほどだ。

サミュエルソンが生きていた。やっといま、その思いが心に、胸に、染み入ってきた。ずっと戦場で失態をやらかした気分だったが、いまは少なくとも、負傷した兵士を置き去りにして死なせたのではないとわかって、それなりにほっとした気持ちにはなれた。迫撃砲攻撃を受けたあと、何カ月かリハビリをしていたあいだ、ウォルター・リード米軍医療センターの精神科医たちが、ハーウッドは負傷した仲間を置き去りにしたのではないと強調しつづけていた。ハーウッド自身も負傷し、救出されたのだと。

それでも、レンジャー隊員のなかでだれよりもタフな男、部隊最先任上級曹長マードックに指導されてきた兵士には、ろくな助けにならなかった。マードックは以前、こんなことを言ったのだ。〝負傷した仲間を置き去りにすると決めるよりは、おのれの拳銃の銃口を口につっこんだほうがいいぞ〟。

だが、精神科医の話にも一理あった。ハーウッドはなにも決めてはいなかった。自分の脳に外傷を受けて、意識を失っていたのだ。だが、それにしても、サミュエルソンになにがあったのか？　あのあとどこにいたのか？　やはり、あのチェチェン人が彼を救出したのか？　そして、彼にアブレクの名を与えた？　彼を洗脳した？

三十分後、二台の車が、サミュエルソンがハーウッドを車から降ろした砂利まみれの給油スペースに乗り入れてきた。ルーフに警告灯ラックのある標準的なパトカーで、白いボディの側面に文字が記されている。一台はフォード・クラウン・ヴィクトリア、もう一台は新型のダッジ・チャージャーのように見えた。

ハーウッドはもう一方の膝も地面に積もった松葉の上について、姿勢を安定させた。いまもまだ、睡眠不足と、この数時間の活動がもとで、意識がぼうっとしていた。姿勢をさらに安定させようと、彼は柔らかな松葉の上に両手を置いた。森のなかの横のほうをがさごそと通っていく動物たちの音が、ぼうっとした頭のなかへ入りこんでくる。

二台の車のドアが、うつろな音を立てて閉じた。二名の制服警官が、一台のパトカーのボンネットごしに会話を始める。その近辺、東のほうから、なにかを掘るような、金属と砂利がこすれあうような、音が聞こえてきた。リズミカルな音だ。

ガシッ、グイッ、ドサッ、ザリッ。

ハーウッドはリュックサックから赤外線スポッター・スコープを取りだし、鬱蒼《うっそう》と茂る木々のあいだを通して、そこを見た。自分とも警察官とも三百ヤードほど離れたところ、三角形の第三の頂点を成す地点に、ひとつの人影があり、それがシャベルで地面を掘っている。掘っている人物の向こう、そこから二十ヤードほど東に、小さな変電所があった。

ガシッ、グイッ、ドサッ、ザリッ。

警察官たちがその方角を、かなりいらいらしながらながめているように見えた。

心が揺れ動く。ハーウッドはリュックサックに目をやった。それに携行している、あれが必要だった。自分は依存しているのか？　そうはなりたくなかったが、それでもなってしまうのが依存ではないだろうか？　それがなくてはどうにもならないということで。

彼は警察官たちのほうへ目をやり、またリュックサックに目をやった。

スナイパーは気をよくしていた。森のなかに、地面が柔らかで、射撃に好都合な開けた場所が見つかったからだ。おまけに良好な逃走ルートまであった。ここはいま起こっているあらゆるできごとの中心的な場所であり、これは重要な殺しになるだろう。スナイパーは、予期される音の発生を待ち受けた。

　警察官は標的となる可能性がつねに高く、殺害リストの上位にある。目下、この国に漂う緊張感を考えれば、警察官がひとりかふたり殺されただけで大騒動が生じるだろう。スナイパーはほほえんだ。そう、二名の警察官の殺害は、二名の将軍の殺害を凌《しの》ぐ大混乱を生みだすはずだ。どんなことになるやら、とスナイパーは思った。

　手のなかにあるライフルの感触はクールだった。なんといっても、これは発砲され、分解されて、クリーニングされ、輸送されて、組み立てられ、いまは弾薬が装塡されているのだ。

　スナイパーはその騒音を聞きつけた。ガシッ、グイッ、ドサッ、ザリッ。あの音だと確認できた。任務は継続する。金属が金属に当たる音が聞こえてくるのを待ちながら、スナイパーはスコープのダイヤルに手をのばした。よし、ここだ。

　カチリ。

　音叉のようなチーンという聞きちがえようのない音が生じる位置を探って、スコープのダイヤルをまわしていく。

「まるで宝探しだな」警察官のひとりが話す声がスナイパーの耳に届いた。

「まあ、そんなふうなもんだろう」もうひとりが言った。

「おれたちは基地で彼に手を貸すだけのはずだったよな？」

「おれもそうとしか聞いてない。これは本来、取り引きのなかに入っちゃいなかった。そもそもおれたちは、航空機が飛んでくるのと逆の方向を見ることになってたはずなんだ」

「これは話がちがう。だれかが忍び寄ってくるなんてのは。どうもよくわからん」

「手をひいてもいいだろう。おれはこの取り引きをご破算にしてもいいんだ」

だが、スナイパーは、彼らが取り引きをご破算にしてもいいとは思わなかった。取り引きをつづけるか、命を失うかのどちらかだ。実際には、どちらにしても命を失うのだが。ただ、スナイパーとしては、彼らがあまりに早く役立たずになってしまったことが気にくわなかった。

警察官たちが役目を放棄する可能性が生じたので、スナイパーはひとりの警察官の頭部にクロスヘアを重ね、両方の警察官を殺すのに必要なワン・ツーのタイミングを見つけだそうとした。ひとりを殺すだけというのは、ぜったいによくない。ただちに無線で通報がなされるだろうし、そのあとおそらく緊急対応がおこなわれ、それには警察犬も含まれるだろう。まずい。そう、両方のコップをいっきに撃ち倒す必要があるのだ。

ワン・ツーで。

スナイパーは左側の警察官に焦点を合わせた。アーマサイト製のゼウス・プロ640赤外線スコープのなかに、その頭部がバスケットボール並みの大きさに拡大されて見えた。スナイパーは、ライフルを組み立てたとき、リューポルド製ではなくこのスコープを選んだのだ。赤外線スコープを通すと、温度の高い部分は暗く、低い部分は白く見える。車のエンジンは揺らめく黒で、街路の向こうにある木々や木の葉は真っ白な背景となって、警察官ナンバー

・ワンの頭部を華氏九十八・六度の黒としてきわだたせていた。

スナイパーの熟練した指の引《プル》きによって、トリガーが引き絞られ、銃がかすかな咳を漏らす。赤外線スコープのなかで、警察官ナンバー・ワンの頭部が破裂し、モダンアートの芸術家が白いキャンヴァスへ缶に満たされた黒ペンキを投げつけたかのように、黒い塊に変じた。スナイパーはすぐ警察官ナンバー・ツーのほうへ銃口をめぐらした。そいつは、なにが起こったのかを悟るのに一秒ほど手間取り、じっと立っていた。その頭部もまた破裂したが、背後へ飛ぶスプレーの量がさっきより多かった。スナイパーがいくぶん銃口をめぐらしすぎたせいで、ど真ん中には当たらず、警察官の頭の後部を粉砕したのだ。ではあっても、それが致命傷であることに変わりはなかった。

スナイパーは、近くにある変電所の掘削機のなかへ赤外線スコープを戻した。ひとつの人影が立ちあがり、パトカーのほうへ動いていく。スナイパーはその一部始終を観察した。二名の警察官の体のサイズが検分された。ひとりが選ばれ、その服が脱がされた。着替えがおこなわれた。脱ぎ捨てられたばかりの衣類がパトカーのトランクにおさめられた。そのパトカーがメイン・ゲートへと走り去っていく。

空薬莢を、松の落ち葉のなかへ。手がかりをあとに残しておく。ライフルが分解された。リュックサックが背負われた。スナイパーが移動していく。

リュックサックをつかんだとき、ハーウッドは渦巻く記憶のなかから抜けだした。二名の警察官が、操り人形の糸が切れたように倒れているのが見えた。陥れられたのだという思いが浮かぶ。

なにが起こっているのか?

木々のなかから、がさごそと音がした。動物たちが森のなかをうごめいているのだ。半時間もしないうちに、このエリアはコップであふれかえり、おそらく警察犬もやってくるだろう。ひとつの人影がパトカーのほうへ動いていく。エンジンのひとつがうなりだした。ここに近いほうのパトカーが発進し、ハンター陸軍飛行場のほうへ走っていく。動きださなくてはいけない、とハーウッドは思った。

リュックサックを背負い、西へと現場から遠ざかる。またサミュエルソンが自分を見つけてくれたらと願いながら。

# 10

ハーウッドはｉＰｈｏｎｅをチェックしたが、だれからもメッセージは届いていなかった。いまは朝のなかば。彼は森のなかを走りぬけたあと、ピックアップトラックをヒッチハイクして、そのバックシートに乗せてもらい、ステイツボロ市にたどり着いていた。そこにあるジョージア・サザン大学で、トラックのドライヴァーがメンテナンス作業をおこなうのだ。ハーウッドがトラックのバックシートから飛びおりて、その男に会釈を送ると、男は「いつもブラザーが逃げるのを助けてやってるんでね」と言った。

「ラジャー。ありがとよ、あんた」ハーウッドは言った。

二ブロック歩いていったところ、バーガーキングの店が見つかったので、ハーウッドはモーニング・サンドイッチを二個と、パワーエイド・ドリンクのラージボトルを二本注文し、それらを持って街路へ出た。行き交う車をよけながら道路を横断すると、食事と潜伏、そして考えごとができる、樹木の茂った場所が見つかった。これまでに何人もの人間に自分の姿を目撃されていてもおかしくはない。だが、自分はこのあたりによくいる大学生のひとりにしか見えないだろうし、ここまで少し歩いてくるあいだだけでも、黒人の男をたっぷりと目にしたほどだから、もしだれかが自分を目撃したとしても、その連中と区別がつかなかったはずだ。

ハーウッドは、低い木立のなかに腰をおろした。背後、百ヤードほどのあたりに野球場があった。前方、五十ヤードほどのところから、街路を行き交う車の音が届いていた。つかのまの安全が確保できたので、昨日のことを思いかえしてみる。きょうは、潜伏するのではなく、スナイパーたちの訓練をおこなうはずだった。だが、いまとなってはそうはいかず、彼は考えをめぐらした。おれは陥《おとしい》れられたのか、そしてサミュエルソンはおれの装備を回収したのか。

モーニング・サンドイッチをぱくつくと、体力が戻ってきた。がっちりワークアウトをし、ジャッキーとセックスをし、そのあとは夜っぴてサヴァンナの感触を楽しむ──そういうことがやりたくてたまらない気分になった。二個のサンドイッチを食べ終え、パワーエイド・ドリンクの一本を飲みほす。ハーウッドはあとの一本をリュックサックに収納してから、自分の備品を点検した。必要なものはすべてそのなかにそろっていたが、もし警察に出くわしたら、自分は一巻の終わりになるだろう。

道路を頻繁に行き交う車の音が、いまも聞こえていた。ここの空気には、松葉と丈高く茂った松の木々の樹液のにおいが漂っている。ポケットから携帯電話を抜きだすと、電波状況を示すバーが四本あるのがわかった。グーグルを起動し、CNNのサイトに入って、主要記事に目を通してみる。親指で画面をスクロールしていくと、シリアの内戦や、アメリカの新たな大統領と議会との最近の対立状況や、シカゴでの小規模な銃撃戦に関する記事があった。四つめの記事のURLをタップすると、一挺のSR‐25スナイパー・ライフルと、ヴィック・ハーウッドの写真が表示された。全身写真で、彼はよごれた戦闘服を着こみ、SR‐25スナイパー・ライフル――リンジー――を赤んぼうのように両手でかかえて、まっすぐにカメラを見つめている。この写真を見た者はだれであれ、彼の顔のイメージを明瞭に把握するはずだ。これはたぶん、七カ月前に、仲間のレンジャーのひとりが撮ったスナップ写真で、その男がアフガニスタンから帰還したあと、フェイスブックに投稿したのだろう。そのレンジャー隊員はうっかり写真を投稿したのか、それとも、フェイスブックをオープンにしていて、だれでもそのフォト・ファイルからこの写真を引きだせるようにしていたのか。なんであれ、いまは世界のだれもかれもが、この連続殺人事件の主要容疑者は彼だと思っている。これはただのローカルニュースの記事ではなかった。国際ニュースなのだ。くそ。

ここまで逃げのびられたのは幸運だった。ハーウッドはその記事を読んだ。それは大筋として、二名の警察官と、ひとりは退役でもうひとりは現役の、二名の将軍が殺害された事件のキー・パーソンは彼であるという内容だった。その記事には、FBIがこの事件を担当する特別捜査班を編成したとも書かれていた。それはつまり、彼にかかるプレッシャーが増大したということだ。

これまでやってきたリハビリの目的のひとつとして、自立し、自己の意思でやっていけるようにするということがあった。ハーウッドにとって、他者に頼るのは苦手なことではあるが、いまは、自分には手に負えない力によって翻弄される身になっている。

「責務を担えるときは、責務を担え」ハーウッドは自分にささやきかけた。それは、部隊最先任上級曹長マードックに教えられた金言だ。だが、いまは拠《よ》り所が必要だ。いまほどそれが必要な時はない。

いますぐにではないにしても、いずれはマードックとコンタクトする必要がある。指導者であるあの男は、現在の仕事に自分を従事させた責任を負っている。なにはさておき、あの部隊最先任下士官であるレンジャー隊員に、自分は意図して職務離脱《AWOL》をしているのではないこと、そして今回の殺人事件には無関係であることを知らせなくてはいけない。

とはいえ、情報コミュニティの有能さはよくわかっているから、遅かれ早かれコミュニケイションを遮断する必要に迫られるだろう。いまこのときも、法執行各当局は自分の捜索をおこなっているか、少なくとも開始しようとしているのはまちがいないし、彼らは情報をまとめあげたあと、すべてのEメールや通話、そしてテキスト・メッセージを調べにかかるだろう。

だが、通信を放棄して安全を確保すれば、それによって失うものがあることも考慮しなくてはならない。テレビを観るという旧式なやりかたをするしかなくなり、ウェブをサーチして、そこのニュースを観ることはできなくなるのだ。

とにかく、通信を放棄する前に、ソーシャル・メディアをチェックしておかなくてはいけない。ツイッターをチェックすると、すでにブラック《B》・ライヴズ《L》・マター《M》運動によって付けられたらしい、〝＃ヒーローハーウッド〟というハッシュタグが見つかった。彼は顔をしかめた。非戦闘要員を殺した人間をヒーローにするとは信じられない。黒人のひとりとして、他者との軋轢《あつれき》を経験してきたのはたしかだが、それは、すでに自分ではわかっていることをほかのすべてのひとびとに証明する意欲を強めたにすぎない。自分はベストであり、肌の色は関係ないのだということを。スクロールして、ツイッターのハッシュタグを追っていくと、〝＃ヒーローハーウッド〟にさまざまなフォローがされているのがわかった……革命が始まったことに感謝　＃ヒーローハーウッド　＃ＢＬＭ……われらが新たなリーダーに結集しよう　＃ヒーローハーウッド　＃ＢＬＭ……われわれはいまわれわれの新たな軍を獲得した　＃ヒーローハーウッド　＃ＢＬＭ。さらにツイッターのスクロールをつづけていくと、ユーザーたちが意見を投稿したツイートが何千とあった。

　つぎにインスタグラムをチェックしたところ、事情は似たり寄ったりだったが、だれが見てもよくわかるように顔に焦点を絞ったハーウッドの写真が投稿されている点だけがちがっていた。熱のこもったまなざし、たくましい顎の線、縮れた黒髪、引き結ばれてはいるが、ややゆがんでにやにや笑いをしているように見える口もと。以前はこの写真が気に入っていたが、いまは気にくわず、存在しなければよかったのにと思うようになっていた。自分は過去六年の軍務期間を、レンジャーの信条に従って生きてきた……いつなんどきも、レンジャーの敵と戦うのに必要な勇気と忍耐を持ち、たとえただひとりの生き残りとなっても任務を完遂するのだと。

　そして、いまこのとき、ハーウッドはたったひとりとなり、自分の名声だけではなく、レンジャー連隊の、そして自由のために戦うすべての男たちの名声を守るために、戦わなくてはならない身となっていた。じつのところ、この二日間の記憶はろくになかったが、それでも、自分は今回の殺人事件とは無関係だということは、心の奥底からわかっていたし――その確信があった。

　使い古した黒いリュックサックのフラップを開くと、内側に縫いこまれた赤と白と青からなるアメリカ国旗が目に入った。それは戦地にいるときに祖国を思い起こすためのものだが、いまは自分が忠実な愛国者であることを思い起こすためのものだった。

　殺人者ではないことを。

　彼はその国旗をiPhoneで撮影した。画面に表示された写真を軽く親指で押して、iメッセージに挿入し、アドレス窓にジャッキーの名を打ちこむ。それから、テキスト・フィールドに、〝愛してる、RLTW〟と記した。ジャッキーの返信があるかどうかをたしかめようと、彼はまる一分待った。彼女はたいてい、すぐに返信してくるからだ。一分が過ぎたとき、そのメッセージが、iメッセージの通常の色、ブルーではなく、グリーンに変わった。iPhoneは、テキスト・メッセージとして送信されたことを示している。彼はWi《ウィ》ckr《ツカー》アプリを使って、やりなおしてみたが、結果は同じだった。彼女の携帯電話がオフになっているのか、電池切れになっているのか。通話中なのかもしれないが、それだとメッセージがグリーンに変わったりはしないのがふつうだ。メッセージはちゃんと届いたのだろう。不思議だ。

返信がないので、彼はどういうことになっているのかを調べてみようと、グーグルを使って、ジャッキーが姿を見せたことに関する記事をサーチした。ところが、その種の記事はどこにもなく、ジャッキーはこの朝、アトランタのバックヘッド地区に現われるはずだったのに現われなかったという記事がいろいろと見つかっただけだった。もう一度、iメッセージをチェックしたが、やはり返信はなかった。安心するためにやったのが、逆に不安を持つことになってしまったが、もうできることはなにもなかった。

ハーウッドはiPhoneの電源を落とした。リュックサックから小さなピンを取りだし、それをSIMカード・スロットのしかるべきところにさしこんで、カードを抜きとる。ピンとSIMカードを小さなパウチに入れてから、パウチをリュックサックの安全な場所に収納した。

FBIをはじめ、すべての情報機関が、最後のテキスト・メッセージを追跡し、メッセージを伝達したもっとも近い基地局を割りだすだろう。移動しなくてはならないが、どこへ行けばいい？　そして、どうやって？

最初の選択肢はアトランタだが、あそこはかなり遠い。しかも、ジャッキーはそこに姿を見せてはいないらしい。部隊最先任上級曹長マードックはこの州の反対側にあたるフォートベニングにいて、そこもまた同じくらい遠いところだ。iPhoneの電源を切ったから、サミュエルソンが自分を見つけるのは不可能だろう。

迫撃砲攻撃を受けて、意識を失ったあと、ハーウッドは衛生兵や医師や看護師や物理療法士たち、そしてジャッキーやマードックといったひとびとに依存してきた。メリーランド州の孤児養護制度のもとで育ったことで身についた独立独行の生きかたが、崩れかけていた。正反対のありように変わってしまっていた。そしていま、ハーウッドは不確実さという潮流にあらがう身になっていたのだ。

他者に依存するというのは、気にくわない。だが、いまは少なくとも、サミュエルソンは生きていたことがわかり、自分の首にかけていた罪悪感は取りはらわれた。明るい光が射したことで、行動と思考の自由を取りもどせた感触があった。決断の時だ。

彼はリュックサックから野球帽を取りだして、まぶかにかぶった。それから、リュックサックを握りしめながら、周囲を三百六十度見やって、ここの情況を分析する。あらゆる方角に森がひろがっていたが、いま自分を捜索している冷酷な世界から身を隠すための防壁としては薄すぎた。もし開《ひら》けた場所に足を踏みだせば、ひとびとに見とがめられ、ソーシャル・メディアの世界が自分をつぶしにかかって、あらゆる行動を追跡し始める可能性がある。

ハーウッドがリュックサックを背負い、森のなかを一マイルほど歩いていくと、ジョージア・サザン大学を一望できる道路に出た。その大学は小規模カレッジ・レベルのフットボール・リーグで名声を博していて、キャンパスの遠い側にスタジアムがあるのが目に入った。

彼はフィジカル・フィットネスのウェアに着替えて、森から足を踏みだし、授業に遅刻したか、ワークアウトをしているかのふつうの学生のふりをして、その方角へ駆けだしていった。

　キャンパスのパーキングロットと学舎群のあいだを走りぬけ、一連のスポーツ施設のなかをダッシュで通りぬけていく。〝闘うか逃げるか反応〟が体内にアドレナリンを横溢《おういつ》させていた。

　並んでいる木々の向こうに道路があるのが見えた。その手前のパーキングロットを三十ヤードほど行ったあたりに、学生が五人、輪になって立っていた。ハーウッドのより小ぶりなバックパックを背負い、それぞれの携帯電話に目をやりながらジョークを飛ばしあっている。ジーンズにフード付きスウェット《フーディ》に野球帽という身なりで、全員がジョージア・サザン大学のマスコットである白頭鷲のシンボルを付けていた。

　フーディ姿の若者たちのひとりが向きを変えて、ハーウッドに目を留め、またくるっと身をひるがえして、自分の携帯電話に目をやる。その学生が集団のほかの面々に目をやり、彼らがそろってこちらに目を向けてきた。

「あれは彼だ！」そのひとりが叫んだ。

# 11

山岳部標準時の午前八時半、退役空軍大将バズ・マーカムが、コロラド州グレンウッド・スプリングズの郊外にあるハンティングロッジの窓辺に立った。

彼は湯気のあがるコーヒーカップを片手に持ち、もう一方の手の人さし指で、そのロッジの外にひろがる、なだらかに傾斜した平原の百ヤードほど先に立っている二頭のミュールジカを指さした。ミュールジカは、地平線の向こうから射してくる陽光を浴びて、完全にその姿をあらわにしつつ、いつの日かマーカムやそのハンティング仲間の標的となるかもしれないという脅威にはまったく気づきもせず、しあわせそうに草を食《は》んでいる。

彼の左耳にはワイヤレス・イヤフォンが掛けられていて、それが予期された通話を受けて鳴り始める。

「話してくれ」マーカムは言った。

電話をかけてきたのは、民間軍事会社ＭＬＱＭの社長、ダーウッド・グリフィンだった。かつては国防総省の民間委託業務担当職員だったが、五十歳で退職し、いまは政府の警備委託業務を請け負って百万ドルの年収を稼ぐ男となっている。マーカムのほうは、ある大手へッジファンドのCEOとなり、二千万ドルの資産を有する身となっていた。元は四つ星の将軍という地位を活用して、取締役会議長の座にすわり、賢明な投資をおこない、四十年前に結婚した女性といまもいっしょにいる。空軍参謀総長にまで昇り詰めたマーカムは、みずからの理想の人生を生き、在郷軍人および退役軍人雇用推進者連合《コーポレート・リーダーズ・エムプロイング・ヴエテランズ・アンド・リタイアード》——略してCLEVER——の取締役会議長も務めるようになっていた。このグループは本質的に、民間および公の企業に属するCEOたちのゆるやかな集まりであり、その業務は退役した兵士たちの就業を助けることと定められている。彼らはまた、頻繁に集まり、彼らが影響力を行使するのがよさそうな対外政策主導者はだれであるかを議論をしたり、選んだりもしていた。

グリフィンのMLQMはポートフォリオの一部として、マーカムの資産運用持ち株会社に投資している。マーカムはほかの退役将官たちや一般のひとびとの資産運用に助言を与えて、たんなる金儲けではなく、資産を形成するための方法を教えている。このふたりは昼と夜ほど性格が異なっており、出世の経緯を明白に語れるのはマーカムのほうだろう。彼のようにすれば、ゴルフ・コースに加えてプライヴェート・ビーチまである豪邸が持てて、負債はなにもない男になれるだろうし、あるいはまた、いくつもの国にそれぞれの邸宅を構え、私用とビジネスの両方に専用の航空機を所有し、なおかつ国際および国内の政治情況を左右する世界的有力者にもなれるというわけだ。マーカムはいくつものテレビ番組でコメンテーターを務めているばかりか、代々の大統領や上院議員たち、そして戦争や商取引や指導力に関する助言をおこなう業界の管理職たちに、強く求められる男でもあった。

彼はすべてを手に入れたのだ。

だが、それはこれまでのこと。ダーウッド・グリフィンの知らせがよいものではなかったために、彼は内臓が抜け落ちたような気分になっていた。

「ディルマンが昨夜、射殺された。近距離からの狙撃で頭部をふっとばされたんだ」とグリフィンはマーカムに伝えたのだ。

「それはニュースで観た。きみがもっと早く電話してこなかったのが不思議なくらいだ」マーカムは諭すように言った。「サンプソンの場合と同じか？」

少し間を置いて、グリフィンが言う。

「そうだ。たまたま、わたしはそこに居合わせた。彼が女をひとり、家に連れこんだことは知っていた。わたしが裏手に車を駐めて、なかに入ると、彼がわれわれにドリンクを用意してくれ、わたしはその女をチェックしに二階へ行った。どうやら、そのあいだに彼は電話をするためにポーチに出て、そのときに撃たれたらしい。警察が到着するまでに、始末しておかなくてはいけないことが多々あった」

「きみが始末をしたんだな？」

「もちろん。可能なかぎりのことは。コップたちがひどく早くやってきたんでね」

「最近の警察の鑑識はとても優秀で、盗み聞きでもなんでもやれるんだぞ、友よ」マーカムは言った。

「首尾は万全だ。作戦は継続されている。この通話はセキュア・フォンでしているし、わたしは行き当たりばったりに見つけた食堂《ダイナー》にいる」グリフィンが言った。「ここはたまらなくうるさくてね」

「ほかになにか？」マーカムは問いかけた。

「ディルマンを、そしてフォートブラッグでサンプソン将軍を射殺するのに使われたのと同じライフルによって、二名のコップが撃ち殺された。四人が殺された。同じ一挺のライフルで。わたしの情報源によれば、当局は陸軍レンジャーの線を捜査しているようだ」

「つねにそれにまつわる情報を追っておくように。サンプソンとディルマンはわれわれの仲間だった。そのコップたちはどうなんだ？」

「やはり、われわれの仲間だった」グリフィンが言った。「そのことはだれも知るわけがない。彼らはわれわれの雇われ人だった。彼らが朝の五時に、ハンター陸軍飛行場の近くにある、なんの変哲もない遺棄されたガソリンスタンドの給油スペースでなにをしていたのか、そこのところはわからない」

「雇われ人はほかにまだいるのか？」今後の展開に目を向けながら、マーカムは問いかけた。

「わたしなら何人か見つけられるのはたしかだ。適切な金額でね。あのふたりは完璧だった。それにしても、このことがどう関係しているのか、わたしにはよくわからない。このことはだれも知らないのに」グリフィンが言った。

「だれかが知っていると想定しろ。この殺人者はわれわれの全員を狙っており、そのためのしかるべき手段をとるだろうと、想定するんだ」

「それは、われわれがアフガニスタンにいたとき、あんたがよく言っていたことだね」グリフィンが言った。

マーカムがその地で統合任務部隊《ジョイント・タスク・フォース》を構成する空軍を率いていたとき、グリフィンは将軍が直轄する高位の民間人のひとりとして働いていた。多国籍軍がそこの滑走路と空軍の施設の修復にあたったとき、マーカムはグリフィンをその工事と請け負い仕事の統括者に据えた。グリフィンの役割は時を経るにつれて増加し、それには、マーカムのビジネス業務におけるダークサイドの処理も含まれていた。マーカムはグリフィンをつねに配下に置くことで、軍事にまつわる莫大な富を手中におさめることができたのだ。

「そして、いまもきみにそう言っておこう。〝棺《ひつぎ》〟のほうはどうなんだ？」

「これまでにわれわれが入手したのは、昨夜のふたつのフライトであの格納庫の奥に運びこまれた予備部品用のやつだけだ。いますぐあのふたつを空《から》にしようとしても、人員が足りない。つぎのやるべきことリストに載せておくが、今回の狙撃がやっかいな材料になってる」

「人員を手配して、どこかのジャンクヤードへ〝棺〟を運ばせ、彼らに破壊と消毒をやらせるように。きみの言いかたに従うなら、〝部品〟が入っているやつをだ。部品を街路へ運びだし、それらについても、やはり同じ処理をするように」

「了解した」グリフィンが言った。

マーカムがイヤフォンのボタンを押すと、ビープ音が聞こえ、通話が終了したことがわかった。彼は、ルックアウト山脈を一望できるソフトな椅子に腰かけた。その向こうにはインターステート・ハイウェイ70とホワイトリヴァー国有林があり、その国有林は、最高のヘラジカやミュールジカのハンティングができる世界有数の猟場になっていた。彼がさっきグリフィンに命じたのは、兵員輸送コンテナという物証を破壊することだった。搬送ケースの名で知られているそれは、軍が人体の残骸を運ぶために用いられている。すなわち、死体を。

マーカムは例年、すべてがCLEVERネットワークに属する上位五名の投資家たちをその山脈かビーチに、もしくはその両方に招待してきた。山地にあるこの壮大な邸宅は田舎風の造りになっており、ひさしはブロンズで、外装は合板でできていた。合板ではあっても、この邸宅は丁寧に建造され、あらゆる部分に趣向が凝らされている。全長が二マイルにおよぶ防護フェンスにはカメラとセンサーが設置され、マーカム配下のたくましい男たちが昼夜二十四時間体制で監視にあたっていた。彼らは掩蔽壕《えんぺいごう》めいた附属建築物に配されていて、そこには射撃窓やモニター類があり、自動追尾《スルー・トウ・キュー》テクノロジー機器や、熱源イメージ解析装置、赤外線監視装置がそろっている。四千万カンデラのサーチライトとスポットライトがフェンス内側の全周に、警告帯とともに設置され、セキュリティ・チームが足跡を含む、侵入者のあらゆる形跡を発見でき、かつまた内部を容易に車で移動できるようになっていた。

マーカムは、書斎脇にある管制室に並んでいるモニターの前にセキュリティ要員を配しており、いまそこでモニターを見ていた。U字状に置かれた革張りソファが、木の幹でもじゅうぶんに放りこめそうな丈高い木材燃焼式暖炉の前に置かれている。

彼は暖炉に面する革張りソファにすわると、イヤフォンに接続されたMLQMの安全《セキュア》なスマートフォンの短縮ダイヤルボタンを押した。

「ラジャー」簡潔な返事があった。

「政府の友人諸氏の関与が表ざたにならない公的な対策を講じる必要がある」マーカムは言った。「わたしはなにが起こっているかを知らずにいるのを嫌うことは知ってるな」

「ラジャー。自分は便所から戻ってきたところですが、つねに軍命下《AO》にあります。のちほど報告しましょう。いまから行動に移ります」男が言った。現在の作戦エリアはジョージア州サヴァンナだった。

マーカムは、ＣＩＡ特殊作戦グループ地上班の元工作員、ラムジー・ザナドゥを雇っていた。ザナドゥは職務執行に失敗して免職された男だが、マーカムに要求された仕事をみごとにやってのけた。そのときも、その後のアフガニスタンやイラクにおいても、マーカムに命じられた任務を完遂した。マーカムはＭＬＱＭに何百万ドルもの資金を注ぎこみ、それと引き換えに、みずからのチームを……そして、みずからの行動計画《アジェンダ》を、投入する機会を得ていたのだ。

「そして、ザナドゥ？」

「イエス、サー」彼が答えた。

「もしこれが、わたしの念頭にある人間だとするならば、復帰されてはまずい相手ということになる。わたしはいますぐ、これを処理せねばならない。もっと早くかたづいていなくてはならなかった件だからだ。了解？」

「明瞭に、サー」

「ラジャー、通信終わり《アウト》」

彼はコーヒーをひとくち飲んでから、携帯電話の別の短縮ダイヤルボタンを押した。

「イエス、サー?」女が応答した。

「三十分以内に準備をすませるように。朝が明ける時刻までに」とマーカムは言った。

資産運用マネージャーをしているその女性は、彼の言いかたによれば、〝ストレスがかかる前の安楽な時〟に、彼が朝の仕事を始めるのを好んでいた。ストレスを感じ始める時間まで待つ必要がどこにある? それが彼のモットーだった。まず面倒なことをかたづけ、そのあと少し睡眠をとってから、のほほんとしている鹿を二、三頭、狩るとしよう。この退役生活は、ひとえにそのためにあるのだ。カネはたっぷりとあるから、ヨットでもガルフストリーム社のジェットでも買えるし、エキゾティックな女たちを永遠にとっかえひっかえ手元に置くこともできる。

「イエス、サー」彼女が答えた。

「客人たちはどのように遇されている?」

「全員がとても……しあわせそうに見えます」彼女が言った。彼はその声を聞きながら、十八歳のアフガン美女の姿を思い浮かべた。彼女は、大勢いる女たちのなかの最年長で、この何年かのあいだにいくつかの案件処理をやらせてきて、いまは彼女に運用の責任を担わせるようになっていた。銅貨のような色の目と、クリーム色の脚や胸、そしてふっくらとした唇の持ち主だ。ブルカの内側に隠されていたものを初めて目にしたとき、マーカムは驚きを禁じえなかった。アフガンやアラブの女たちは、体をとてもきれいにしているのだ。

彼はコーヒーを飲みほすついでに、青い丸薬を一錠、服《の》んだ。その成分が体内に吸収されて、効果が出てくるまでのあいだ、彼はさまざまな思いをめぐらした。わが配下の連中をハンティングしているのはだれなのか、そしてそのハンターは最終的にはこの自分に迫ってくるのか？　おそらくはそうだろうが、それはマーカムにとってたいした危惧ではなかった。彼はプライヴェート・ジェットとプライヴェート飛行場とプライヴェート・ヨットを持ち、多数の愛人を自宅に囲い、プライヴェート・セキュリティを確保しているのだ。そのうえ、サヴァンナ市近辺のタイビー島に、これとよく似た邸宅を構えてもいた。なにも問題はない。必要となればほとんどどこにでも行け、やりたいことはなんでもやれる。

精力の回復を感じつつ、彼は立ちあがり、メーランジェスが待っている地下室へおりていった。メーランジェスの母親が、固有の文化という束縛から逃れたアフガンの女性歌手の名を、その娘につけたのだ。彼にとってさいわいなことに、メーランジェスが逃げだすことはなかった。

近づいていくと、彼女はトップは付けず、網タイツにスティレット・ヒールという姿で、赤く塗ったふっくらした唇のところまで長い茶色の髪が垂れていた。彼がその前に立つと、彼女がベルトのバックルをはずした。マーカムは思った。この〝仕事〟は、彼女のキャリアにおける第一選択肢ではなかっただろうが、廃棄されたほかの女たちの身の上にくらべれば、はるかにましなのはたしかだろう。

自分を見あげる、大きくあどけない茶色の目をながめながら、彼は、航空機のなかで初めて彼女を目にしたときのことを思いかえした。あれはアフガニスタンの夜のことで、彼女はオレンジ色のジャンプスーツを着て、黄麻布の頭巾をかぶっていた。

ほかの女たちとまったく同じだった。


ザナドゥが電話を切る。彼は、裏口がサヴァンナのハンター陸軍飛行場に通じているMLQMの倉庫のなかに立っていた。ザナドゥは、カリフォルニア州サンタクルーズのハイスクールをドロップアウトしたのち、犯罪組織に加わって、悪行をどんどんエスカレートさせ、ついには判事の前に引きだされて、〝陸軍に入隊するか、サンクエンティン刑務所に送られるか、どちらかを選びなさい〟と申し渡されたのだった。

陸軍はザナドゥにとって、よきところとなった。陸軍は彼の心身を鍛えあげ、軍隊内にとどまらず、社会における行動のやりかたの大半を教えてくれたからだ。彼はアフガニスタンへ送られて、第七特殊作戦軍に配属され、そのあと、さまざまな特殊スキルを持ちあわせているということでCIAにリクルートされた。ザナドゥは、アフガニスタンのふたつの主要言語、パシュトゥ語とダーリ語に堪能だったのだ。

その後、経費報告がぞんざいだという報告があり、家庭内暴力が通報された結果、彼はC

IA特殊作戦グループの地上班から追放された。そしてMLQMが、アフガニスタンとサヴァンナにおける工作業務に対して、年に二十万ドルという気前のいい年収を提示して、熱心に彼を勧誘したのだった。

退役将軍マーカムは、ザナドゥがMLQMで働いていることを知ると、この元特殊部隊兵との関係を築いていった。相互の信頼関係が強まったところで、ザナドゥがマーカムに、経費節減政策に直面している民間軍事業界においてMLQMが純利益をあげる方法を提案した。マーカムは耳をかたむけるだけで、なにも言わなかったので、ザナドゥは、これはグリーン・ライトだと受けとめた。ザナドゥはこの会話を録音しているのではないかとマーカムが疑っているのはわかっていたし、実際、そのとおりだった。それはともかく、最初の密輸品には、アヘンや武器、そして彼が三名編成のチームを引き連れてヘルマンド州でやってのけた襲撃の一部として拉致した、二名の女たちが含まれていた。

ザナドゥのチームは、その一週間に収穫されたアヘン樹脂が収納されているという密告を受けて、その建物に侵入した。彼らは暗視ゴーグルを装着しているという強みを生かして、二名の警備員を射殺し、そのあとザナドゥの指揮のもと、チームは銃撃によって最後のふた部屋を掃討した。そのひと部屋のなかに、十五歳のアフガン少女がふたりいた。彼は倫理的ジレンマに陥った。少女たちを殺すか、それとも生かしておくか。殺すのは……やりすぎのように思えた。生かしておくのは……愚かなことに思えた。そこで、彼は少女たちを拉致し、それがのちに、新たなビジネス分野のひとつとなった。

それに使ったトラックには、二個の搬送ケース、つまり軍用の棺があった。彼はそれを偽装して、アヘンを国へ密輸するのに使った。ひとつのケースには麻薬を、もうひとつのケースには——窮屈になったが——少女たちを詰めこんだ。その前に、少女たちを縛り、猿ぐつわをかましておいた。カンダハルに、そこのMLQM私有の施設に帰還すると、彼はすばやく二個の搬送ケースをMLQMが所有していて、毎週定期的にサヴァンナへ飛行するボーイング737‐900ERに積みこんだ。その任務の指揮官として、彼自身が二個の搬送ケースをエスコートし、ハンター陸軍飛行場に運びこんだ。税関の職員たちは、戦死という微妙な状況を考慮するので、アメリカ国旗が掛けられていて、なかには人体の残骸が収納されていると思われる搬送ケースを点検することは、めったにないのだ。

ザナドゥはまんまとそれにつけこんだ。そして、二個の搬送ケースとともに、ひとりきりで私有の倉庫のなかに入ると、その奥の、五千平方フィートの広さがある乾燥収納エリアに置いた。そこにはほかにも、二十個ほどの空《から》のケースがあった。それらのケースは、パレット・ラック・システムによって、垂直に積まれていた。

彼は少女たちを入れたケースを、食べものも水もないまま輸送時間を生きのびてくれたことを願いながら、開いた。少女たちは生きていた。彼はふたりをロッカールームへ連れていき、自分の面前でシャワーを使わせた。いいものを見た。黒い髪、なめらかな肌の若々しい肉体、そして大きなアーモンド形の目。勃起してきた。もちろん、少女たちは恥ずかしがり、抵抗したが、ザナドゥはそこですぐさま思いを遂げた。

上で、銃を突きつけて。ひとりを、そしてもうひとりを、ロッカールームのベンチの上で、銃を突きつけて。ひとりをレイプしているあいだは、やむなくもうひとりは縛りあげておき、そのあとまた逆にしてやった。ひとりは、〝破ってしまう〟ことになった。つまり、彼女は処女だったのだ。もうひとりは挿入を経験ずみだった。

事後、彼は少女たちを縛りあげて、マーカムに電話をかけ、自分の計画を説明した。マーカムはなにも言わなかった。

それは、あの退役将軍が計画にグリーン・ライトを与えたことを意味した。二度目のアヘン倉庫襲撃の計画を立てたとき、彼は魅力的な若い女たちか少女たちがいそうな場所を求めて、ひそかに人的情報収集を進めていった。どの襲撃も前のをほぼ再現したような調子だったが、やがて五度目に、ひとりの女との格闘めいた状況に突入した。そして、その女は、既婚のフランス人であることがわかった。

それでも、その女は美人で、ザナドゥとしては、とっておきの女だった。彼はめったにいないフランス人美女を、カンダハルのコンテナ・ヤードに二カ月と三週間、戦争の初期に拉致されてきた、公式記録には存在しない抑留者たちとは異なる扱いで閉じこめて、独り占めした。いずれこの任務を終えて、搬送ケースをハンター陸軍飛行場へ送ることになるのだから、フランス女をレイプし、食べものと水を与えて生かしておこう。そしてまた、今後の任務に臨《のぞ》む。悪くない仕事だ。

あれはちょうど三カ月前のことで、彼はその後、ひと月に五回ないし七回の頻度で工作活動をしており、これは働きすぎであるように思えた。あのあと、非アフガンの女に出くわしたことは一度もないが、まあ、それはそれでよしとしよう。あのフランス女は……非の打ちどころがなかった。すべての企てに対してさまざまな報酬が与えられたが、退役将軍マーカムはでかい報酬を先送りにすることにかけては天才的だ。工作のレベルをあげさせなくてはならない。

いま、退役将軍との電話を切ったところで、彼はハンター陸軍飛行場のゲートのすぐ外に通じる倉庫内に積まれているコンテナ群に目をやった。特別なケースが一個あり、それを開くことにしよう。一週間前、彼はフランス女をアメリカへ輸送していた。彼女を手元に置いておこうと計画して。彼女をまる三カ月間、捕虜としておいたあと、ケースに入れて、一週間、ここに隠していたのだ。

彼はパレット・ラック・システムのほうへ歩いていくと、フォークリフトを作動させて、七層レベルへあがり、目当ての搬送ケースを抜きだして、リフトで床へおろした。フォークリフトを倉庫内のしかるべき場所へ戻してから、搬送ケースのところへひきかえす。

金属製棺の蓋に軽く手を滑らせながら、彼は濡《ぬ》れ羽《ば》色の髪と緑の目を思い浮かべた。脚から首までスレンダーな、そのボディを。彼女には、先週、アフガニスタンでまた別の工作をするためにそばを離れるさい、戦闘糧《コンバット・レーション》食と水のボトルを詰めたボックスを与えておいた。こういう棺は動きまわれるほどの広さはないが、腹が減ったり喉が渇いたりすれば、どうすればよいか想像がつくはずだ。彼女は生き残れるタイプの女であるように思える。

彼はキーを使って、掛け金のロックを解き、棺を開いた。

空だった。

一枚のメモがあるだけで、それにはこう記されていた――〝取り引き〟。

泥と土でよごれた金属製ブリーフケースの上に、それがきちんと置かれていた。

ザナドゥは簡易爆発物《IED》のエキスパートではないが、これがそのたぐいのものである可能性を見てとれるだけの知識は持ちあわせていた。IEDに接続された起爆装置やセンサーの有無をチェックしてみたが、すぐにはなにも見つからず、二本のワイヤがバッテリーにつながっているのがわかっただけだった。どうやら、その内部には電力が必要なものが入っているらしい。あっさりワイヤをバッテリーからはずそうかとも思ったが、処理防止装置《アンチ・ハンドリング・デバイス》のことはよく知っている。その仕掛けはわかりにくく、ぶっそうだし、自分がばかげたIEDの爆心地《グラウンド・ゼロ》になってしまうようなことはやりたくなかった。

彼はすばやく搬送ケースを閉じ、倉庫の外へ走り出て、滑走路のコンクリート舗装のエプロンに向かって悪態をつきながら、考えた。あの女、いったいどうやって脱出したんだ？

# 12

チェチェン人、ハサン・バサエフは、ジョージア州サヴァンナ市にあるホテルの部屋の窓から、サヴァンナ川をながめていた。失われた魂たちが監禁状態から逃れてきたかのような霧がかかっている。朝に感じた興奮は、午後の遅い時刻には消え失せていた。雷雨が近づいてきて、サヴァンナ川に雨を降らせ、やがて海へと遠ざかっていった。バサエフはザ・リーパーと直接、顔を合わせたが、相手は彼を判別することすらできなかった。バサエフはこれまで、その男のあらゆる動きをたどり、獲物を付け狙うように追いまわしてきた。そして、大蛇が獲物を締めつけるように、ザ・リーパーにかけるプレッシャーの輪を、ゆっくりと着実に絞ってきたのだ。

泥まみれになったバサエフのブーツが、ホテルの部屋のクローゼットに置かれている。前日、彼は夜を徹して、きつい仕事をしてきた。穴を掘った。適切なサイズの警官の制服を見つけた。車でハンター陸軍飛行場へ向かった。そして、最後にMLQMの倉庫に侵入し、しかるべき搬送ケースを見つけだした。警官の制服を着ていれば、たいていどんなことでもできるのだ。

何年も前、自分がアメリカにパラシュート降下して設置したデバイスを発見したのは、意外なことではなかった。あのロシア人たちは爆弾を起爆させるのをためらい、そのあと二〇一四年、あの国は経済が崩壊し始めたせいで、工作請負人たちに報酬を支払うことができなくなった。バサエフはただ働きはしない。だが、いまは地政学的状況が大きく変わり、あの国は金まわりがよくなったようだ。

バサエフが、フォーサイス公園で〝スナイパー〟を目撃したという〝匿名〟の通報をしたことで、警察がこのホテルにやってきた。事実、彼は一度ならずそれを目撃し、興奮を覚えた。このゲームはバサエフにとって、これほど深刻きわまる事態でなければ、楽しめるものになっていただろう。彼は根っからのカネで動く傭兵で、数多くの国や組織のために仕事をしてきたが、それでもひとりの人間であることに変わりはない。祖国が絶えざる内乱状態になったあとも、彼はそれなりの希望と夢のセットを練りあげてきたのだ。

ターゲットの喉を切り裂くのと同じ労力をかたむけて、詩を書いた。テロリストがアメリカに9・11同時テロを仕掛けた年の前後、ロシアが無法状態にあった日々には、自分を守るためにだれも寄せつけないようにしていた。ああいうテロ攻撃は、彼のようなチェチェンの反逆者にとっては、画面にちらっと光るブリップ程度のものにすぎない。バサエフは、僻地の潜伏所に身を隠して、ロシアの歩兵部隊の進軍を待ち伏せていたときのことを、ぼんやりと思い起こした。彼らは通常、顔を伏せて進んでくるので、二百ヤード先に待ち受けている脅威に気づかない。戦火にある都市への援軍としてやってきたロシア軍を向こうにまわして、バサエフは十名の兵士を殺害し、そのなかには部隊の指揮官もいた。狙撃につづいて迫撃砲攻撃を加えるのが、交戦を終わらせ、捕虜にされたり反撃を浴びたりするのを回避するための、彼の得意の行動だった。それはチェチェン共和国でもアフガニスタンでも、うまくいった。

やがて、彼の日誌への書き付けは、ブラックユーモア的なものではなくなった――〝のぼせあがった？　そんな思いは地面に埋めてしまうか、それとも自撮りをし――意気揚々として――「好きだ」と書きこむか。おれは心から愛する相手を見つけ、天国の声を聞いた。ニーナはおれの白鳩《しろはと》〟――それは、彼が二〇一七年にアフガニスタンへ移ったときのことだった。

ニーナ・モロー。

そのとき、巨大な商船がサヴァンナ川をなめらかに航行してきて、バサエフはニーナのことを、そしてフランスのサントロペでの、ゆきずりとは言えない彼女との出会いを、思い起こした。

彼はギャンブルをしていた。彼女はながめていた。バサエフはトルコ人に依頼されたトルコの山岳地に住むクルド人集団への潜入殺戮《さつりく》工作をすませて帰還し、休養《R》とリラクゼーション《&R》のひとときをすごしているところだった。といっても、サントロペにいたのは、ロシア政府の仲介人がそこでコンタクトすることを要請してきたからなので、完全なR&Rというわけではなかった。

バサエフはバカラ・テーブルで遊んでいて、彼の前にはユーロ紙幣とチップがたっぷりと積みあげられていた。部屋の向こう側から、ニーナが笑みを送ってきて、それは〝あなたのおカネが好き〟というたぐいの笑みではないことがすぐに見てとれた。彼女の目は深い悲しみをたたえていて、それがふたりは同類の魂を持つ人間であることを物語っていた。漂泊者の。おそらくは戦士の。そして、たぶん、彼女が自分との連絡員《コンタクト》なのだとわかった。

バサエフは彼女と見つめあったまま、長い両腕の片方をのばして、現金とチップを引き寄せ、ルイヴィトンのデイトラベルバッグに放りこんだ。そして、ホテルのエレベーターへ歩いていった。彼女がリネンのカバーが掛けられた丸いハイトップのテーブルにドリンクを置いて、あとを追ってきた。彼女がエレベーターに乗りこんできたとき、バサエフはそのなかにドーム型の監視カメラが設置されていることを漠然と感じとっていた。ふたりはひとこともしゃべらず、エレベーターが上昇していった。バサエフの部屋に入ると、彼女が内部を一瞥して、言った。

「バッグをおろして」

バサエフはそのエメラルド色の目をのぞきこみ、濡《ぬ》れ羽《ば》色の巻き毛をしげしげとながめ、しなやかな肉体を値踏みしたのち、また目を見つめた。それから、うなずいて、バッグをラグジュアリー・ルームのホワイエの床に落とした。彼女がバサエフの手を握って、言った。

「ついてきて」

ふたりは彼の部屋をあとにし、ふたたびエレベーターに乗った。フロアナンバー・パネルのリーダーに、彼女が小さなカードキーをあてがって、〝PH〟――ペントハウス――のボタンを押した。

　エレベーターが高速で上昇して、停止し、ドアが開いて、二名の警備員が、「こんばんは、ミス・モロー」と声をかけた。

　彼女がほほえんで、会釈をした。

「こんばんは、ジャック、アンリ。おふたりは、今夜はもう休んでもらってけっこうよ」

　警備の男たちは立ち去り、ニーナとバサエフは手を取りあってバルコニーに出た。そこからは、コートダジュールが、そして地中海の向こうにサント・マキシムの町が見てとれた。小さなテーブルの上に、バサエフの知るところではこの世でもっとも高価なシャンパン、グー・ド・ディアマンのボトルがあった。

「*Ma mère était une Chapuy d'Oger*」彼女が言った。そのフランス語の発音はバターのようになめらかだった。「*Ne crois pas que je vais acheter ces bouteilles. J'en obtiens deux par an*」――〝わたしの母はオジェ村のシャピュイ家の一員。わたしがこれを購入してるとは考えないで。年に二本、ボトルがもらえるの〟。

「ボトル一本が百万ユーロ。けっこうな信託基金だね」バサエフは言った。

「どうぞ召しあがれ」英語に切り換えて、彼女が言った。「わたしもシャンパンを飲むけど、いつも飲んでるのは自分のおカネで買ったもの」

　バサエフは感心して、うなずいた。

「おれも、この世にただで手に入るものはないことは身をもって学んできた。とりわけ、あぶく銭で手に入るものはないと」

バサエフは彼女の手からボトルを受けとり、コルク栓を抜いて、ふたつのグラスにシャンパンを注いだ。

「おっしゃるとおりね。それと、飲む前に。あなたの名は？」

「ハサン・バサエフ」彼はグラスを掲げた。

「ニーナ・モロー」

「で、きみの業務はなんだろう、ミス・モロー？」彼は問いかけた。

「ご承知と思うんだけど。わたしは戦う――正しいことのために」彼女が言った。「それで、あなたは？」

「おれも戦う」と彼は応じ、少し間を置いて、あとのことばを言った。「生きるために」

「*Battre pour vivre*」彼女もグラスを掲げた――〝生きるために戦う〟。

ふたつのグラスが音を響かせ、ふたりは見つめあいながら、クリスタルの脚付きグラス《ステムウェア》に満たしたシャンパンをゆっくりと飲んだ。彼女がグラスをテーブルに置いた。その頭の向こうに海が見え、岸へ打ち寄せる波の音が聞こえ、バサエフはそのとき、春の訪れを感じた花のように自分の胸が高鳴るのを感じた。

「わたしたちは同じビジネスをしてるんだと思う」ささやくように彼女が言った。バサエフはそのことを認めたがらないのを察しているかのようだった。

「そうなのかな？」と彼は応じた。「もしそうなら、おれたちはよりでかい報酬を得るためにたがいの才能を融合させてもいいんじゃないだろうか」

その夜から彼とニーナは恋人であり、ビジネスパートナーでもある仲になった。まず、ふたりが依頼されているアフガニスタンでの仕事をすませたら、サヴァンナへ行きましょうと彼女が言った。彼女はある性奴隷工作に関する情報を持っていて、フランスの対外治安総局《DGSE》の管理者から、その件を調査するようにとの要請を受けていたのだ。

彼がアフガニスタンに入国したときの服装は、昨夜、エレベーターでハーウッドに出会ったときとまったく同じ、ビジネスマン・スタイルだった。その国に入って最初のひと月のうちに、彼は銀行員兼資産運用マネージャーとしての地位を確立した。資産運用は、カブールの富裕な上流階級において成長産業となっていた。ひとつのビジネス・ミーティングに備えるため、彼は空路、ビジネス協力者としてのニーナに会いに行った。ニーナは旅行の分野のみならず、変装の分野においても才能豊かであることを証明してみせた。顔色を浅黒くし、ときにはブルカをかぶる。それは、ある種の物品を密輸するさいに有用であることが明らかになった。その多芸多才さによって、彼女はあるときはビジネスウーマンとして、またあるときは夫の指示に唯々《いい》諾々《だくだく》と従うアフガンの女性としてふるまうことができた。

カブールからカンダハルへ陸路で移動したあと、バサエフはその不毛な土地のど真ん中で、この二、三日のあいだにここを自分たちの暮らしの場にしようと持ちかけた。ニーナがほほえんで、「イエス」と答えた。アルガンダーブ川に面する、ザクロと葡萄《ぶどう》の産地として知られるパンジャウイの町で、ふたりは地元のタリバン宗教指導者《イマム》の祝福を受けて結婚した。婚礼は、タリバンの軍司令官が所有する葡萄畑に囲まれた樹木園で執りおこなわれた。軍司令官はそこから葡萄や干し葡萄を、そしてときには密輸ケースにおさめたワインを、完全に非合法な形態で輸出していた。その軍司令官、ナジーム・グールはバサエフの重要な依頼人でもあった。ニーナは伝統的なアフガン民族の正装に身を包み、バサエフはいつもとは異なるスーツを着た。ハネムーンはタリン・コートに近い山脈にし、彼はそこで、こんな気持ちになれるとは考えてもみなかったほどの幸福感に浸り、彼女もまた満足しているにちがいないと思った。ふたりはその地において、アフガニスタンで発見されている十一種の鷹のうちの七種を目撃した。小型と通常のチョウゲンボウ、珍しいアムールファルコン、小型のハヤブサ、ハヤブサ、そして、どれよりも希少種のシロハヤブサ。

「*En général, les oiseaux nous aident à rêver. Cependant, les faucons permettent à nos rêves de s’envoler*」ある朝、そこの朝露に濡れた谷間で、ニーナが彼の耳にささやきかけた。一羽の鷹が、黒い矢が円を描くように空高く舞っていた。

「〝鳥たちはたいてい、われわれの夢の助けになってくれる。鷹はわれわれの夢を戦いへ導く〟」

「*Ils soulèvent nos âmes à chaque fois qu’ils s’envolent, parce que nous aussi, nous pensons que nous sommes dans les airs avec eux*」彼はフランス語で語られたそのことばを英語でくりかえした。

「〝彼らは飛翔するつど、われわれの魂を高揚させる。なぜなら、われわれは、自分たちもまた彼らとともに空に昇っていると信じるからだ〟」

「ウィ」ソフトな声で彼女が言った——イエス。ヴェルヴェットのような声で。そして、彼女のことばは、彼のような大地に縛りつけられた歩兵にインスピレーションを与えるものだった。バサエフはそれまで、そんなことは考えたことがなかったが、彼女がその観察のことばを語ってからは、鳥が、とりわけ鷹が飛ぶのを目にするたびに、魂が高揚するようになっていた。

ふたりは駱駝《らくだ》に乗って、アルガンダーブ川の谷間をあとにし、サンギンに行った。彼はそこで、ヘルマンド川渓谷に沿うグールのアヘン輸送経路を護衛する任務の一端を担うことになっていた。ニーナがいっしょに来るかどうかは問うまでもないことだった。同行するだろうとわかっていたし、実際、いっしょに来てほしいと思っていた。なんといっても、彼女は熟練のDGSEエージェントであり、彼と同じくらいみごとにライフルを撃てた。彼女は表向き、看護師となっていて、その職務もこなすことができた。そして三カ月前、彼が任務遂行のためにヘルマンド州北東部にひろがる山脈のふもとを離れたとき、彼女はサンギンに、グールが彼らのためにそこに用意してくれた小屋のなかに、とどまったのだった。

「わたしのもとに戻ってきて、ハサン」と彼女は言った。「わたしのもとに戻ってきてね」そして、アムールファルコンを描いた小さなメダルを彼に渡した。「アムールファルコンは一時的にしかこの地に飛んでこない。アムールは毎年、中国からアフリカへ渡り、その途中で毎回、アフガニスタンを通るの。だから、あなたにもそうしてほしい。に。アムールのように、わたしたちはここに一時的にいて、通りすぎるだけ。あなたの仕事が終わったら、いっしょにここを去って、家族を育みましょう」

「そうしよう」バサエフは言った。「約束する。おれが戻ってくるまでここにいてくれ。そして、きみが言ったとおりのことをしよう、ニーナ」

バサエフが村の外で行動するとき、ニーナはいつも彼女のライフルを使って掩護をしてくれていた。やがて彼は、ピックアップトラックにライフルとリュックサックを積んで、ザ・リーパーと呼ばれる男、ヴィック・ハーウッドを殺害すべく出発した。依頼人に与えられた資料に、ハーウッドの私生活や行動スタイル、その犯罪性や人間性に関することが詳細に記されていた。その情報によれば、ハーウッドは高位の敵将校を二ダース以上も殺していたが、それはバサエフにとってはたいした問題ではなかった。彼が関心を持ったのは、ハーウッドがこの土地に来てから二カ月半のあいだに二十名ほどの女が行方不明になり、その失踪のどれもが、ハーウッドがタリバンの指揮官を殺した日に発生していたことだった。くだんの資料を作成したタリバンの情報将校によってその関連性が分析され、それらの女たちの失踪とハーウッドによる敵の射殺にはなんらかの関係があることが示唆された。事実、ハーウッドは殺害リストに基づいて行動し、部族のなかの年長者や家族のなかの愛国者を射殺したため、彼らの庇護下にある女たち――十五歳から二十五歳ぐらいの若い女たち――は無防備になり、拉致チームにとって格好の餌食になったのだ。

それだけでも——そしてカネがもらえれば——バサエフにすれば、さっさとハーウッドを殺し、ニーナのもとに戻るのにじゅうぶんな理由になった。ところが、ザ・リーパーを殺害すべく潜伏場所で待機していると、安全な衛星電話《セキュア》を通じて、グールの補佐官のひとりが、三台のピックアップトラックがサンギンの村に向かっていることを知らせてきた。バサエフがなすすべなく見守るなか、眼下の村のなかで——そことの距離は一マイルもなかったが、アフガンの地形がそれをかぎりなく遠いものにしていた——女たちの拉致が始まった。自分がハーウッドに監視されていることはわかっていた。もし自分がこの場所を離れようとすれば、ニーナを救えるチャンスは失われてしまうだろう。たとえ、拉致チームが撤収する前に村に行き着けるほど迅速に動けたとしてもだ。進退きわまった。

自分が見守るなかで、ニーナが拉致された。バサエフは、二度と彼女に会えないのではないかと思っていた。

だが、一週間前、インスタグラムにタグ付け写真が投稿された。アムールファルコンがサヴァンナ市の上空を舞っている写真。自由に。〝鳥のように自由に〟と記されていた。写真に名がサインされ、彼はゲームが進行中であることを察した。そのときには、でかい報酬が入る日が間近に迫っていた。だが、もらった大金はあとに残していくしかなかったし、それはすでにすませた。ついきのうまで、その報酬が受けとれるかどうかすらわかっていなかったのだ。

自分の頬を涙が伝っていることを感じて、バサエフは物思いから覚めた。ニ、ニーナ。シルヴァーのチェーンにつながれたアムールファルコンのメダルを、彼は親指で撫でた。すぐに悲嘆が薄れ、期待感に取って代わる。

彼は自分のノートPCのところへ足を運び、エレベーターのドアが大きく開いてハーウッドが外に出たときに、そのリュックサックに忍びこませた追跡デバイスの信号をチェックした。タッチパッドをたたくと、画面にマップが表示されたので、それを西へスクロールして、ジョージア州の中央部でとめると、ブルーのドットがインターステート76を高速で移動しているのが見えた。どうやら、ザ・リーパーはヒッチハイクをしたらしい。機略縦横の歩兵であることの証《あかし》だ。

それでもなお、チェチェン人は、自分の兵士としてのスキルはザ・リーパーのそれを凌《しの》ぐにちがいないと確信していた。昨夜、その気になればあの男を拉致できたことがその一例だ。だが、あのときはまだ隠れ蓑《みの》を脱ぎたくなかったので、そうはしなかったのだ。警察が早急にサヴァンナにやってくるだろうとわかっていたから、ハーウッドに逃げ道を与えておきたかった。重要なのはその追跡だ。

そのとき、手の付け根でドアをたたくような音が、ホテルの部屋のなかに響きわたった。バサエフはそこへ歩いて、のぞき穴から向こうを見てから、ドアを開いた。サミュエルソンがかたわらをかすめ通る。

「ま、間に合うように彼の物品を手に入れた」サミュエルソンがハーウッドのダッフルバッグとひげ剃りキットを掲げながら、言った。「それと、あんたに言われたとおり、彼を殺しはしなかった。おれを死地に放置した男であってもだ」

サミュエルソンは〝死地に放置した〟ということばを、口に入れたまずい食べものを吐きだすような調子で言った。

「いい仕事をしてくれた、アブレク。まあ、いずれはおまえのために彼を殺すことになるが、いまはまだだめだ。ニーナの居どころをつかむには、彼の動きを追う必要があるからな」

それは、サミュエルソンを激励するためのことばだった。ニーナを見つけるまで、ハーウッドを生かしておかなくてはならない。バサエフは過去三カ月にわたり、ハーウッドは故意にサミュエルソンを放置して死なせようとしたのだと言って洗脳をつづけながら、作戦を組み立て、準備を進めてきた。サミュエルソンに対しては、カンダハルで身体トレーニングと射撃練習をさせるかたわら、吃音が最小限になるように呼吸術の指導もしてきた。

「彼はステイツボロと呼ばれる町のすぐ西にいる。ヒッチハイクをしているんだ」バサエフは言った。「おそらくアトランタへ向かっているんだろう」

サミュエルソンが彼を見つめて、うなずく。

「ジャ、ジャッキーと落ちあうために？」サミュエルソンが問いかけた。

「そうだろうと予想している。彼女が、この作戦全体のキーなんだ」バサエフは答えた。

サミュエルソンの肩に手を置いて、彼は思った。いまはまだこの若者を殺したくないが、いずれその日がやってくるだろう。三カ月にわたる激励が、サミュエルソンとバサエフのあいだにまやかしの絆《きずな》を生みだしていた。

「よくやってくれた」バサエフは言った。

サミュエルソンがほほえむ。その目はどこか遠くを見ていた。

「おれたちはニーナを救いだす」サミュエルソンが言った。

「そうだ、アブレク。ザ・リーパーが彼女を拉致したんだ」

バサエフは自分のダッフルバッグとスーツケースを持って、ホテルの部屋から足を踏みだした。サミュエルソンが小さなジムバッグを携えて、あとにつづく。あらかじめ、バサエフは中古車販売店を見つけて、すべての車種のなかの王《キング》であるハマーH2を現金で購入し、ホテルから二ブロック離れたところに駐車しておいたのだ。彼らは霧のかかった街路を歩いていった。川からドライアイスが気化したような霧が流れてきていた。彼はハマーのエンジンをかけ、ボタンを押してギアを入れてから、追跡デバイスのアプリがインストールされているスマートフォンを運転席のホルダーにおさめ、パーキングロットから発進して、ステイツボロをめざした。

「ライフルは積んであるか？」バサエフは尋ねた。

「いつもね」サミュエルソンが答えた。

# 13

ハーウッドはなんとか二度、ヒッチハイクをさせてくれる車を見つけた。最初のはトラックで、そのドライヴァーはまる五十マイルのあいだ、ガールフレンドとテキスト・メッセージのやりとりをすることしか眼中にないようだった。途中で雷雨に出くわし、それを最初の機会と見てとって、ハーウッドはトラックを降りた。そのあと二、三時間、マクドナルドの裏手にある森のなかに身をひそめていると、二度目のヒッチハイクのチャンスが見つかり、メンテナンス機器運搬トレイラーのバックシートに乗せてもらうことができた。乗りこんでいるのは、ろくに英語がしゃべれないヒスパニックの男たちだった。ハーウッドは二台の芝刈り機のあいだに身を押しこんで、横になった。頭の横に芝刈りトラクターのホイールがあった。車の揺れと、熊手《レーキ》やチェーンソーや刈りこみばさみの騒音に悩まされながらも、ハーウッドはなんとか眠りに落ちた。それからどれほどの時間が過ぎたかはわからなかったが、太陽のある方向からして、たぶん一時間ほど、長くても二時間ほどだったろう。

トレイラーが減速して停止し、目が覚めると、ヒスパニックの男たちが早口でしゃべる声が聞こえてきた。名の知れたガソリンスタンドの建物が、上方に見えた。男たちのひとりが燃料タンクにガソリンを入れていて、別のひとりが付設のコンビニエンスストアのなかへ入っていった。そろそろ他人に頼らず、この両足を動かして、自分が置かれている状況をコントロールするようにしなくてはいけない。心の渦巻きをとめるのだ。

二台の芝刈り機のあいだから抜けだして、舗装された路面に飛びおりる。駆け足でガソリンスタンドを離れたときには、日射しが翳《かげ》りだして、宵闇の訪れを告げていた。道を左へ折れて、住宅地に入りこむと、そこには一九五〇年代に建てられて、いまはうらぶれたり、ひび割れたり、無人になったりの、小さな煉瓦《れんが》造りの家が並んでいた。たいていの家が、その三つのすべてだった。どの庭も、三フィートほどの高さの雑草がのび放題になっている。それぞれの敷地を錆《さ》びた金網フェンスが区切っていた。なかには、ハリケーンに備えてのことか、シャッターがおろされて、板が打ちつけられている家もあった。数軒の家の窓のなかに、灯りが揺らめいていた。だが、ほとんどの家が無人になっているように見える。道路の左側に並んでいる五軒の家の一軒は、窓が板でふさがれ、灯りはなく、油でよごれたカーポートに自動車はなく、ひとのいる気配はまったくなかった。駆け足でそのカーポートに行くと、奥まった暗い場所が見つかったので、そこに入りこみ、じっと動かず、懸命に息を吸って酸素を補給し、体力を回復させることにした。これがすべての基本だ。ハーウッドにとっては、つねに身体コンディションが重要であり、だからこそ、リハビリを必死にやってきたのだ。いまはもう、体のリハビリは問題ではない。それはまもなく元に戻る。悩ましいのは心理的側面だった。

脈が落ち着くと、心をコントロールできる感覚が戻ってきて、論理的に考えられるようになった。この遺棄されたように見える家に侵入し、暗くなるのを待とう。どこかで車を盗んで、アトランタへ向かう。グーグルでサーチしたところでは、そこのバックヘッド地区にある大規模書店、バーンズ&ノーブルにジャッキーが姿を見せる予定になっていた。その書店を見つけることはできるだろうし、彼女のマネージャーが近くのホテルに投宿し、そこを仕事の拠点にしていたら、マネージャーを見つけることができるかもしれない。

カーポートのさらに奥へ行くと、防風ドアが枠からはずれ、ヒンジにぶらさがっているのが見えた。レザーマン・ナイフを使って、ヒンジの残骸を切断し、防風ドアを横へ押しやって、煉瓦の外壁にもたせかける。木製の玄関ドアはぼろぼろで、肩を押しつけると塗装が剝がれた。ロックのラッチと枠のあいだにレザーマンをさしこんで、ドアを少し開く。横手の煉瓦壁に身をあてがい、片手の手首を使って、ドアを押してみると、ごたごたしたキッチンのほうへ開いた。ベレッタの拳銃を前に突きだしながら、荒れ果てたキッチンに入りこみ、すばやくダイニング・リヴィンググルームへ移動したところ、そこもまた無人だった。家のなかには、小便や揚げ物、そして黴《かび》のにおいが漂っていた。最近、だれかがこの家を利用したのだろう。家具類はなにもなかった。窓にはベニヤ板が打ちつけられていたが、その作業が雑だったので、板の周囲からかすかな薄明かりが入りこんでいて、屋内のようすを目で確認することができた。

ハーウッドは大股で狭い廊下を進んでいき、バスルームも無人であることをたしかめた。

そこの床は水よごれで茶色くなり、天井から落下した漆喰《しっくい》の破片が散らばっていた。バスタブに死体がある光景が頭をよぎったが、目的意識を新たにして、そんなものは心からはらいのける。カンダハルやバグダッド、あるいはシリアの名もない村で、民家の掃討をやったときの光景も、視覚に残るネガ写真のイメージのように、頭のなかにちらついたが、それもまた心からはらいのけて、前へ進もう。

バスルームのドアに背を向けて、廊下へ忍び出たとき、奥のベッドルームから物音が聞こえたように思った。廊下は脊髄のようにのびていて、右側にベッドルームが並び、左側にひとつのベッドルームがあった。壁伝いにそろそろと進んで、いちばん手前のドアにたどり着き、身をひるがえしてそこに入りこむと、古びた灰色の毛布や水のボトルが床に散乱していた。クローゼットのドアは失われ、ぐしゃぐしゃの寝袋がクローゼットの床全体を覆う格好で置かれていた。

たまたま、ホームレスの一時的シェルターに足を踏み入れてしまったのだ。室内の壁に近寄り、訓練された耳で隣室の気配をうかがう。深い呼吸の音。そして、ささやき声。

人間がふたり。それとも、いるのはひとりで、ひとりごとを言っているのか？　だが、声の高さのちがいから、ふたりだと判別がついた。ふたつの声が会話している。

ハーウッドは廊下に出て、拳銃を構え、左側の最後のドアをするっと通りぬけた。部屋のひと隅に、子どもがふたり、そして年長の男がひとり、うずくまっていた。毛布の上に身を置き、周囲には水のボトルが散らばっている。そこへ銃口を向けたまま、彼は三人のようすを目で検分した。武器はなく、排泄物の残滓にちがいないものがあるだけだ。子どもたちは、たぶん十二歳ぐらいで、栄養失調のように見えた。年配の男は八十歳を超えているように見え、褐色の肌としわくちゃの顔が鮮やかな白髪をきわだたせていた。老人が、翼の下に入れて守ろうとするかのように、細い両腕でふたりの子どもたちを抱き寄せる。

「あんたにあげられるものはなんにもないよ、お若いの」老人が言った。「水のボトルが一本あるだけで」

ハーウッドはクローゼットに目をやった。二枚あるドアが、どちらも閉じている。彼は老人に目を戻して、言った。

「あのクローゼットのなかにだれかいるのか？」

少し間を置いて、老人が言う。

「拳銃を持って入ってきて、孫たちを脅したかと思えば、こんどはわしに、質問をし始めると？」

「それは、答えはイエスだと受けとめよう」とハーウッドは言い、本能的に、廊下と反対側にあたる奥の壁のほうへ移動した。「あんたは嘘をつくタイプの男には見えないから、正直に言ってくれ。クローゼットのなかにはなにがあるんだ？」

彼が見ているその二枚のドアは、この家のなかで目にしたどれよりもしっかりと修復されているように見えた。ドアの左右にそれぞれ二点、つごう四点に、新しいヒンジが取りつけられている。右側の上部と下部、左側の上部と下部。角度も接合ぐあいも、すべてきっちりと合っていた。ハーウッドは、長い廊下に沿って、右側にふたつの部屋があり、左側には一室しかなかったことを思いだした。もしかして、クローゼットの二枚ドアの向こうは別室に通じているのか？

さっと三人のほうをふりかえると、子どもたちがそのドアを見つめているのがちらっと目に入った。子どもたちの顔に浮かんだ表情が、声には出さず、〝どうか、あのなかは見ないで〟と叫んでいた。ハーウッドのいまの関心事は、自分の身の安全をはかることだけだった。入りこんだこの家は、最初は絶好の避難所のように見えたが、いまは脅威をはらんでいるように感じられた。

「ひとりのブラザーとして、もうひとりのブラザーに」子どもたちの祖父が口を開く。「どうか、あのなかには入らないでくれ。あんたは法執行官みたいに見える。そして、あんたが言ったとおり、わしは嘘はつかん。とりわけ、孫たちの前では。だから、あんたがここに来た目的がなんであれ、わしらはあんたと悶着《もんちゃく》を起こす気はないし、それはあんたも同じだろう。わしは親切心で、わしらのことはほっといてくれと言ってるんだ」

ハーウッドがそれに応じる前に、ドアが開いた。彼はまぎれもない戦闘モードで拳銃を構え、身をかがめて射撃スタンスをとった。若い男がひとり、こちらへ足を踏みだしてくる。たぶんハーウッドと同じ年ごろで、アトランタ・ファルコンズのジャージにカーゴパンツ、ハイトップの白いスニーカーという身なりだった。

そして、その男もまた拳銃の狙いをつけていた。

「ここで、この家で、撃ち合いをやってもいいんだぜ」若い男が言った。

「ジャーメイン、そんなことはしてくれるな」祖父が言った。

「いまはおれに任せてくれ、おやじ」男が言った。「なにをしに来やがった？　ここはおれたちの住処《すみか》なんだぞ、てめえ」

「正直に言おう」ハーウッドは、自分は脅威ではないことを示そうと、銃口をわずかにさげた。「おれは身を隠す場所を探していただけなんだ。疑問はこうだ。なんでおまえは子どもらや祖父を人間の盾にして、あのクローゼットのなかに隠れていたのか？」

「そんなことはしちゃいない」ジャーメインが言った。

うぬぼれていたような声の調子が、いくぶん落ちていた。ジャーメインの背後に、ひとつの部屋の全体が見えていた。そこには、どれもまだ箱におさめられたままのテレビやスマートフォンやコンピュータが、いくつもあった。ここは、盗品の隠し場所だったのだ。シングルベッドが四つ、新しいリネンのシーツを掛けて置かれている。祖父と子どもたちを盾に、隠れ蓑にしていたことが、ハーウッドには気にくわなかった。里子として育った少年時代に、子どもたちの虐待や酷使をさんざん見てきた彼にとっては、これは即座に怒りを引き起こす状況だった。

「さっきおまえが言ったとおりにしようか、ジャーメイン」とハーウッドは応じ、ふたたび銃口をあげて、盗人に狙いをつけた。「おまえがここでどんな仕事をしているにせよ、子どもらは巻きこむな。祖父のほうは？　彼はおのれの意思を決められる。だが、子どもらはそうじゃないんだ」

「あんたがだれかはわかってるぞ、リーパー」ジャーメインが言った。「ドアの隙間からのぞいてたからな。おれは毎日、ブラック《B》・ライヴズ《L》・マター《M》の活動を追いかけてる。ツイッターの投稿を。フェイスブックのを。非難したけりゃそうすりゃいい。おれをギャングとでもどうとでも決めつけていいが、おれには扶養しなきゃいけねえ人間がいるんだ」スマートフォンを掲げて、それが情報源であることを示す。「そして、あんたがここに来た。行動中のヒーローってわけだ。で、おれを脅しにかかった？」

「いや、脅すつもりはない。子どもらが利用されてるのが気に入らないだけだ」

アトランタへ行き着く前にひと休みする場所を探していただけなのに、偶然、自分がそうなっていたかもしれないたぐいの男に出くわすという、おかしななりゆきになってしまった。この状況をだれにとっても好都合なものに変える方法はあるだろうか？

「この場では、おれたちは同じチームに属してるようなもんだ」彼は言った。

「そうかよ？」とジャーメインが言いかえしてきた。拳銃を握る手に力がこもる。その拳銃は、ピカティニー・レール（小火器の前部に設置される付属品取りつけ用の固定台）と左右どちらの《アンビ》手でも操作できる弾倉《マガジン》リリースの形状から、ルガー・アメリカン・ピストルだと、ハーウッドは見てとった。よくできた九ミリ口径拳銃で、ジャーメインはそれを買うのにかなりの出費をしただろう。奥の部屋にある物品の数かず、スマートフォンとソーシャルメディアを使いこなす能力、そして最新の銃を所持していることから、ジャーメインがなにかのネットワークを持っているのは明らかだった。ネットワークは役に立つ。それはまた、秘密を守る責任を有することも意味していた。

「そうだ。おれはおまえがここに保管しているものを目にした。その是非を判断するつもりはない。とはいっても、子どもらと老人は守られる必要がある。おれは脅すつもりはないんだ。おれたちは助けあえるんじゃないだろうか」

「全土のコップがあんたのケツを追いまわしてるんだ。おれを脅すつもりはないだと？　やつらはいつなんどき、ここにガサ入れをするかもしれないんだぞ」ジャーメインが言った。

「おれを信用しろよ。尾行されてはいないんだ」

「おれが心配してるのは、このへんの警察じゃない。きっと、あんたはソーシャルメディアをフォローしてないんだろう。いたるところで、だれかがあんたを追いかけてるんだ。あんたのせいでここがガサ入れにあうまでに、五分の余裕があるだろう」ジャーメインが間をとって、子どもたちと祖父に目をやってから、ことばをつづける。「おれたちはいまからこうするつもりだ。あんたに付けられてる追跡装置《マイクロバッグ》をぶっ壊し、そのあとおれたちは裏手からこっそり外へ……」

そのとき、聞きちがえようのないヘリコプター・ブレードの音が上空を通りすぎた。ブレードで空気を切り裂いて前進し、決められた目的地へ高速で飛行している音だ。

「やっぱり、ここはもう終わりだ」ジャーメインが言った。「ついてこい」

ハーウッドはジャーメインを追って、二枚の〝クローゼット〟ドアを通りぬけ、箱におさめられた物品だらけの部屋に入った。そこには一台のパソコンとモニターがあり、LGの五十五インチ・フラットスクリーンに、イーベイのオークションが表示されていた。全員が裏庭へ逃げだす途中、ハーウッドがぶつかりそうになったのは、どうやらそれだったらしい。オークの木々が並んでいるところへ逃げこみ、そのあとがらんとした場所に出ると、そこに黒塗りのダッジ・チャージャーが駐車していた。イーベイを使うビジネスがそこそこうまくいっているのだろう、とハーウッドは思った。ジャーメインがリモコンのボタンを押す。ライトは点灯しなかったが、ドアのロックが解除される音は聞こえた。

「あんたがどんな追跡デバイスを付けられてるにしても、おれが安全な場所へ連れてってやろう。それからソーシャルメディアの関心があんたから逸れるようにもっていく。あんたがここに押し入ってきて、おれとおれの家族を脅したってのは、クールじゃないか。あれはおれの子どもたちでな。おれたちは生活が苦しい。自分のやってることを誇りに思っちゃいないが、こうするしかないんだ。なにが言いたいかはわかるな？」

ジャーメインがエンジンをかける。ハーウッドは、万が一、ドアを開いて、高速で走る車から転がり出なくてはならなくなった場合に備えて、リュックサックを膝に置いた。

「ラジャー」ハーウッドは言った。

「ラジャー？　おれの名はジャーメインだ。ラジャーなんかじゃない。いまから一マイルほど走る。それから、あんたの身ぐるみを剝ぐ。追跡デバイスを見つけて処分してから、あんたをどこかへ連れていく」

「追跡装置のことは考えていなかったな。アフガニスタンに遠征して以後、記憶が欠落するようになってるんだ。なので、おまえの家族を脅かしたとしたら、詫びておきたい」

少し間を置いて、ジャーメインが言う。

「その必要はない。詫びなくてもいいさ。あんたは、あんたがする必要のあることをしただけだ。あんたの経歴はウィキペディアで読んだ。あんたとおれは、それほどちがっちゃいない。おれも、もし陸軍に入ってたら、たぶんスナイパーかなんかになってただろう。いまのおれはどうか？　このアメリカで、保護される必要のある人間を守ってる。あんたは？　どこか別の国で、そうされる必要のあるひとびとを守ってきたんだ」

ハーウッドとしては、その〝守る〟という理屈に賛同する必要はなかったが、ジャーメインが苦境に置かれていることは、話を聞く前から推察していたし、その身の上には共感できた。この若い男はひとりの父親であり、ひとりの息子でもある。ハーウッドは、この男が合法的な手段で家族を養えるようになる手助けができればと思った。

十分後、ジャーメインが車の尻をふりながら、インターステート16に近いところにある町、メイコンのがらんとした場所に乗り入れた。ハーウッドはずっと方角を把握していたので、いま自分がどこにいるかは正確にわかっていた。

「セントラル・シティ公園」ジャーメインが言った。

「アトランタまで一時間ほど。乗せていってくれるのか？」

「ここにゃＵｂｅｒ《ウーバー》は来ないからな、リーパー・マン。その前に、やることをやっとこう」

とジャーメイン。

ハーウッドは車を降りて、砂利敷きのパーキングロットにリュックサックを置いた。遠方に、ヘリコプターのブレードが夜空を引き裂いているのが見えた。ジャーメインがなにかを手に持って、車をまわりこんでくる。ハーウッドは、拳銃を持っているのかもしれないと考えて、自分の銃に手をのばそうとしたが、ジャーメインが持っているのは二本のアンテナが付いた小型のマルチチャンネル追跡装置探知機だとわかって、手をとめた。ジャーメインが探知機をゆっくりとハーウッドの体の周囲に動かし、そのあとリュックサックのほうへ動かすと、後部左下のポケットに近づけたとき、即座にライトが点灯した。

「ビンゴ」ジャーメインが言った。

ハーウッドがそのポケットに手をつっこむと、コインのように見える、円形をしたちっぽけな追跡装置が見つかった。マグネット式で、ハーウッドがリュックの後ろのほうに入れて携行してきた予備ナイフのところにくっついていた。

「投げ捨てるな。さあ、行こう」ジャーメインが言った。

どうするつもりなのか、ハーウッドには推測がついたが、もし一般市民にリスクを負わせるということなら、それは受けいれられない。別の車にこの装置を取りつけたら、その車に乗るひとびとを危険にさらすことになるだろう。遠くから列車の轟音が聞こえてきた。三十ヤードほど前方に、鉄道の軌道があった。そのすぐ向こうを、オクマルギ川が流れている。

「ひとつ思いついた」ハーウッドは言った。「このトランクにはなにが入ってる？」

ジャーメインが時間をむだにせず、車のトランクを開く。そこにもまた、新品の物品がいろいろと入っていて、ゴープロ社と書かれた箱のなかに、アクションカメラや、サーフボードに取りつけるカメラ設置用部品、そしてカメラ用フローティング・デバイスなどをおさめた箱があった。

ハーウッドはリュックをつかみあげると、まばらな木の茂みをかきわけて、川のほうへ走っていった。川岸にたどり着くと、濃茶色の水が流れる川の上方に、工業施設の照明が煌々《こうこう》と輝いているのが見えた。川はサヴァンナの方角へ流れており、ハーウッドはやはりこれがベストの選択だと考えた。頭上へ目をやる。ヘリコプターのローターが空気を切り裂く音と、列車の轟音が、夜の静寂を破ろうと競いあっていた。

彼は川の暗い水に足を踏み入れ、これがベストであることを願った。

# 14

ラムジー・ザナドゥが、シコルスキーS-97レイダー・プロトタイプ・ヘリコプターの外へ身をのりだす。彼のボス、マーカムがアメリカ国内における警備業務に用いるために千五百万ドルで購入した機だ。

剃りあげた頭を風が抵抗なくかすめすぎていくなか、彼は暗視ゴーグルを使って地平線をサーチし、バサエフがひそかにザ・リーパーのリュックサックに入れた追跡デバイスの赤外線ビーコンを探し求めた。ザナドゥは、そのチェチェン人が用いた旧式なデバイスをハッキングする能力を持ちあわせているので、これほどあっさりとそれにアクセスできたことをたんなる偶然とは思っていなかった。

マーカムからの指令、すなわち基本的にはヴィック・ハーウッドを殺せとの命令を受領したあと、ザナドゥは、民間軍事会社MLQMが自社の航空部隊のためのスペースを借りているハンター陸軍飛行場に行き、レイダーを発進させたのだった。進歩的な《アドヴァンスト》ブレード・コンセプトで設計されたこのヘリコプターは、ほかのほとんどのヘリコプター機種より騒音が低く、後部貨物ハッチからの射撃により安定したプラットフォームを提供する。なめらかで鋭角的

なデザインは、隠密任務を遂行するために、夜の空を――まさに黒い空に黒いヘリコプター
だ――静かに縫って飛行するのに最適だった。

どちらもがMLQMの従業員である二名のパイロットは、ザナドゥが容易な目標に設定し、ハーウッドはその存在をまったく気づいていない、例の追跡デバイスを追っていた。ヘリコプターは、サヴァンナ川の支流にあたるオクマルギ川に沿って飛行している。パイロットたちは木々のあいだを縫うように低空でヘリコプターを飛ばしていて、そのこともまた、人口がまばらな川沿いの盆地の外へ騒音を響かせないための一助となっていた。

ザナドゥはザ・リーパーのことを考えた。アフガニスタンやイラクで関わりを持ったあの男を、いま自分が、よりによってアメリカの国内で、三百万ドルのボーナス報酬というでかい誘惑のもとに、追跡しているのだ。ザナドゥはエディスト島に瀟洒《しょうしゃ》な自宅を持ち、チャールストン市バッテリー地区にある大衆向けナイトクラブの一軒が一階に入居しているコンドミニアムにも居を構えていた。そのおかげで、チャールストンの、女を容易にものにできる場所を確保し、大洋の眺望を楽しむこともできた。ザナドゥは、いつも追いかけているタイプの女たちが気を惹かれることの多い、もっと大きな船がほしいと思っていた。なにはさておき、ゆきずりのセックスの相手をつかまえるためだけに、ジムに通《かよ》って、重い鉄の塊を持ちあげたり、ロープをのぼったり、ボクシングをしたりして、おのれの肉体を鍛えることに多大な時間を費やしてきた。そのシックスパック腹筋は実際にはエイトパックとあって、ロマンス小説の表紙のモデルに起用されたことが何度かあった。男にも女にも好感を与える男

である一方、癇癪《かんしゃく》持ちでもあった。女に暴力をふるって、しょっぴかれたことが三度あって、家族虐待者としての前歴を持ち、それに金銭の不祥事が重なったせいで、最終的にはCIAから追放されたのだった。その後しばらく、失意の期間があったが、やがてMLQMが、必要なスキルのセットを持つ男として彼に声をかけた。彼は、拳銃から三〇口径M1ガーランド、そして八一ミリ口径迫撃砲に至るまで、あらゆる火器を操れる熟練の射手なのだ。ザナドゥは特殊作戦に従事する歩兵として完璧な要素を備えており、それには、もっとも過酷な状況において無線機やコンピュータや携帯電話を駆使する能力も含まれていた。

彼はこれまでイラクやアフガニスタンで、三名もしくは四名で編成されるチームを率いて、MLQMの前進作戦および兵站《へいたん》基地の警備業務に従事してきた。固定的防御より行動的パトロールのほうがすぐれていると確信し、そのヒスパニックとペルシャ系の血筋を活用して——もっとも、生まれも育ちもペンシルヴェニア州ピッツバーグなのだが——イラクでもアフガニスタンでも、現地のひとびとのなかに紛れこんで活動していた。母親からアラビア語とペルシャ語の両方を教えられたことが、アメリカの交戦ゾーンであるそのふたつの国で行動するための役に立ったのだ。

父親がいつも母親に暴力をふるっていたので、彼の悪癖は父親譲りなのだろう。だが、ある日、彼が家に帰ったとき、母親が父親に拳銃を突きつけていて、その銃口から硝煙がたなびき、父親は死体となって床に倒れていた。母親がザナドゥにも銃を向けてきたので、彼はあとずさって、逃げだし、その後、母親とは一度も会っていない。それで得た教訓はこうだ。

女に暴力をふるうのなら、撃たれることになるほど長い時間、その女のそばにいてはならない。

そのとき、追跡デバイスからの信号を意味するビープ音が鳴り、ザナドゥはヘリコプターの右側プラットフォームのジャイロ安定台にマウントされているミニガン（主としてヘリコプターに用いられる機関銃の略称で、正式名はM134）の、メタルリンクでひとつながりになった七・六二ミリ弾の装塡をおこなった。そのプラットフォームは、エイブラムス戦車の安定した射撃統制システムに類似していた。あの戦車はでこぼこだらけの砂漠を時速四十マイルで走行でき、その速度でも、射手はしっかりと安定したイメージとしてターゲットを捉えることができるのだ。

ヘリコプターが減速したところで、ザナドゥは暗視ゴーグルを通して外を見た。追跡デバイスのビープ音は川の西岸から届いており、それは彼のいる場所の逆側にあたっていた。

「通過して、旋回するんだ」ザナドゥはヘッドセットを使って、パイロットのステュ・ベントンに言った。

「ラジャー。そのつもりだった」

パイロットが低空を維持したまま、さらに半マイルほど前方へ飛行し、そのあと木々の上方へ機体を上昇させた。メイコンの町の灯りがまぶしく、ザナドゥは暗視ゴーグルをつけているせいで、つかのま、なにも見えなくなった。ヘリコプターがふたたび高度をさげて、川床へ近づき、川と平行に南へ飛行し始めると、機関銃で西岸を狙えるようになった。

「前方四百メートル」ベントンが言った。

「ラジャー。こっちは準備よし。おれが仕事をすませたら、そのまま飛行してくれ。全速力で。わかったな？」

「了解」

ヘリコプターが速度をあげて、追跡装置に接近するにつれ、ビープ音が大きくなってくる。ゴーグルを通して見える赤外線ビーコンが、毎秒ごとに明るさを増していく。ハーウッドのほうへ銃口をめぐらし、狙いをつけ始めたとき、ザナドゥは、これほど容易にあのスナイパーを仕留められるチャンスはおそらくこの一回かぎりだろうと考えた。彼はトリガー・ハウジングをしっかりと握りしめて、発砲した。ミニガン弾丸を連射し、川面を切り裂いていく。

チェチェン人バサエフは、ヨーロッパ製のスポーツカーを運転するような調子でランドローバーを走らせていた。支え用の手すり《グラブ・ハンドル》をつかむサミュエルソンの手が、白くなっている。バサエフは、コップに追跡されるかもしれないおそれなど歯牙《しが》にもかけないようすで、インターステート16を時速九十マイルの高速で走っていた。助手席のサミュエルソンは、ぼうっとした目付きで窓の外をながめているだけだった。

サンギンの隠れ家でザナドゥという名の男に会ったことで、バサエフは、ハーウッド――ザ・リーパー――が、カンダハルで夜間に灯火を消した航空機によって六度にわたっておこなわれた性奴隷拉致工作に、なんらかの関連を持っているのだと確信するようになった。ザナドゥはバサエフに、自分の任務はザ・リーパーを捕獲し、拉致されたすべての女たちを見つけだすことで、それにはニーナも含まれていて、彼女はまだ生きているはずだと請けあった。バサエフもザナドゥも、自分たちがあからさまに協力するわけにはいかないとわかっていたが、理に適っている場合は、たがいに利用しあったり、オープンソースの機器を、たとえばバサエフがラジオシャックで購入した追跡装置を、用いたりすることはできるという点で合意したのだった。

いま、その装置にあと二、三マイルの距離に近づき、それが強力な信号を発するようになっていた。

「もうすぐだ」iPhoneを指さして、サミュエルソンが言った。

その画面にメイコンの町と川が、そして彼らが車を走らせてきた道路のマップが表示されていた。追跡装置の信号を受信するつど、まるでハーウッドが川を漂っているかのように、赤いドットが川下へと少しずつ移動していく。動くターゲットになるだろうが、そういうターゲットに狙いをつけるのは、彼はつねに得意としてきた。サミュエルソンのほうへ目を向けると、彼は固まったようなまなざしで遠くを見ていた。記憶の想起《フラッシュバック》が起きているのだろうか。

「ハーウッドのバッグのなかに、なにかいいものが見つかったか?」バサエフはサミュエルソンに問いかけた。

「い、いや、別に」サミュエルソンは吃音を起こしていた。

バサエフはこの若者、サミュエルソンを看護しているあいだに、徹底的な洗脳をやっておいた。それでも、この元スポッターがなにかの記憶をよみがえらせる可能性は、つねにある。それが起こる前に、この任務をやり遂げなくてはならない。

「それはつまり、彼はいまもすべての装備を携行しているということだな。われわれは慎重にやる必要がある。了解したな、アブレク？」

「慎重に」とサミュエルソン。「イエス」

彼にハーウッドをつかまえさせることにはリスクが伴うと予想できた。この若者には、どれほどの記憶が残っているのか？　生身のハーウッドを見て、記憶のトリガーが引かれ、それがもとでバサエフとその計画が台なしになるのか？　だが、サミュエルソンが課せられた任務をやり遂げて、戻ってきたことで、バサエフの洗脳技術のたしかさが証明されたのだ。

「ビーコンは川のすぐ向こうから届いてる」サミュエルソンが言った。

「こちら側に、良好な地点があるのが見てとれる。そこに車を駐めて、観察しよう」バサエフは言った。

インターステート16を出て、左折でそのハイウェイの下をくぐりぬけ、二軒のガソリンスタンドの前を通りすぎたあと、川へつづく細いアクセス道路が見つかった。砂利道のすれちがい場所に車を駐めると、川の対岸と公園のなかがはっきりと見えるようになった。

「オーケイ、準備にかかろう」バサエフは言った。

一機のヘリコプターが川の真上を南から北へと飛びすぎ、上昇して、旋回し、そのあと南へ機首を転じて、這うような速度で、なめらかにこちらへ近づいてきた。それが警察のヘリコプターなのか、そうではなく、ザナドゥが手配したものなのか、バサエフにはわからなかった。ザ・リーパーの殺害もしくは捕獲を狙っている人間は大勢いる。殺害と捕獲のどちらになるかは、だれが狙っているかしだいだろう。

ヘリコプターが川下のほうへ移動し、騒音が低くなる。彼らはハマーを降りて、川を明瞭に見てとれる場所を見つけだした。

「オーケイ、ビープ音はあの方角から来ている」南を指さして、バサエフは言った。「スポッティングをしてくれ」

サミュエルソンが地に伏せ、赤外線スコープを通して、その方角を見る。そしてすぐ、明るい白の輝きがあることをバサエフに知らせた。

「あそこだ」とサミュエルソン。「そ、その輝きがゆっくりと川をくだってる。距離は約五十メートル。たんに、な、流れてる。おれが彼に声をかけるのがいいか？　泳いでこっちに来られるだろう」

バサエフは自分のスコープをのぞき、その輝きを見つけだしたが、それはなんとなくおかしなふうに見えた。あれこれと思考をめぐらす。これは陽動なのか？　追跡デバイスは南へ移動しているとしても、ハーウッドは北へ向かっているとか？　それとも、追跡装置はいまもハーウッドとともにあって、川をくだっている？　判断がつけられなかった。赤外線スコープを通して見たかぎりでは、追跡デバイスに接する人体の熱を示す輝きはないが、川の冷たい水がハーウッドの肉体の存在を示す赤外線を遮断しているだけかもしれない。もしこれが策略だとすれば、ハーウッドは卓越したスパイ技術の持ち主ということになるだろう。いつも頼りになるおのれの直感で確認をすることにして、バサエフは言った。

「追跡ディバスから目を離すな。おれはあることをチェックしてくる」

彼は立ちあがり、まだ温かいハマーのボンネットの上に身をのりだした。赤外線スコープをのぞき、スウィッチを操作して、熱を白に、熱を黒に、ふたたび熱を白に、熱を黒にと切り換えて、どの赤外線モードで使うのが、街灯や自動車のヘッドライトからの周辺光のなかでベストなのかを探ってみる。

スコープをあるモードにしたとき、リュックサックを背負った人影がセントラル・シティ公園の北にある橋の下を走っているのが見えた。そのあたりには木々や建物が多すぎるのはたしかだが、あれはハーウッドにちがいないと彼の本能が告げていた。

「リーパー」彼はつぶやいた。「逃走するおまえを見つけたぞ」

バサエフにとって、いまはそれでじゅうぶんだった。

# 15

ハーウッドは、ジャーメインの盗品類のなかから、オレンジ色のゴープロ社製カメラ用フローティング・デバイスとカメラ設置用部品を選びだし、それに追跡デバイスを取りつけた。

南へ流れる川に追跡デバイスを放りこみ、自分は北へ走った。一機のヘリコプターが夜空を静かに飛行していた。ブラックホークではなかった。あの機種なら、数かずの戦闘任務のなかでその音を聞いてきたので、それとわかる。ブラックホークの発する雷鳴じみた音と比較すれば、このヘリコプターのローター音はささやき声のようなものだ。オクマルギ川に架かる橋の下の奥に、ハーウッドは身をひそめた。ヘリコプターが北へ飛んで旋回し、また南へ飛行していく。おそらく、川を流れるビーコンを追っているのだろう。もちろん、ほどなく追跡者は、そうではなく、ゴープロのフローティング・デバイスのなかに追跡デバイスが入れられていることを突きとめるだろう。

一台のトラックが橋の上へ走ってきて、急ブレーキをかけて停止した。ドアが開いて、閉じる。いくつかの声が川面にこだました。このあわただしい動きを考えれば、いますぐ移動しなくてはならない。ハーウッドは立ちあがり、アスファルトの小道を北へと走りだした。

そして、考えた。おれを陥《おとしい》れたのはだれなんだ？　その理由は？　走りながら、考えたくないことをいろいろと考えてしまった。自分はほんとうにあの狙撃を実行したのか？　その考えは、巨大な円盤のなかに落ちたたちっぽけな一セント硬貨のように、ぐるぐると渦巻いて、ゆっくりと心の奈落へ、記憶の黒い穴のなかへ、消えていった。スポーツドリンクに薬物が添加されていた可能性は？　それとも、あの迫撃砲攻撃で脳が揺さぶられたせいで、どこかがおかしくなり、いまだにさまざまなできごとを一貫した論理でつなぎあわせることができずにいるのか？　このとめどない心の落下を食いとめるには、あらゆる手を尽くして、なにかの道標か基盤のようなものを見つけださなくてはならない。川岸に沿って北へ一マイルほど走ったあと、彼はメイコン市のダウンタウンに入りこみ、西へ方向を転じてから、デンプシー公園を駆けぬけていった。

すると、開《ひら》けた場所に出て、そこには数百人のひとびとがいた。全員が、スポットライトの当たるステージに顔を向けている。その光景は、テールゲート・パーティ（アメリカンフットボールなどの試合前に駐車場でおこなわれる食事会）を連想させた。まごつきながらそのパーキングロットを通りぬけていく途中、一台のスポーツカーと黒髪の女が目にとまった。騒々しいひとつのグループが叫びだしたころになって、ようやく事情がわかってきた。そのまま歩きつづけて、ステージの裏側へまわりこみ、遠方に並んでいる木々のほうへ進んでいく。背後から届くラウドスピーカーの声が、新たな未来について語り、既成の政治家たちは人工知能や無人自動車といったテクノロジーの潮流を阻止しようとしているのだと言いたてていた。

「そして、われわれはディーラーに行かなくても、製造者から直接、車を購入できるようにすべきだ！」と演説している政治家が叫び、数百人ほどの支持者が拍手喝采でそれに応えた。

「いまこそ、われわれからアメリカを盗んだ男たちから、わがもの顔に権力をふるう夫を持つ女たちから、そして、自分は私有ジェットで飛びまわり、しゃれたヨットで海を航行するくせに、社会への貢献はろくすっぽしようとしない連中から、アメリカを取りもどす時だ！」

またもや拍手喝采。ザ・リーパーは息を切らし、地面に片膝をついた。記憶がぐるぐるまわっていた。前にあの男を見たのは、どこでだったか？　あれは政治家だ。たぶん、アフガニスタンを訪問したとき？　政治家たちは、彼らに言わせると、〝魔法をかけるために〟よくそこを訪問する。

円盤のなかを渦巻く硬貨の動きがさらに速くなった。群衆が熱狂している。ハーウッドはその熱に押され、群衆から遠く離れた無人の場所に膝をついた。そして、背負ってきたリュックサックをおろした。

スナイパーは、かつては大手ソフトドリンク・メーカーのCEOで、いまは政治家に転じている男を狙撃する場所が見つかって、運がよかったと感じた。その男はいまここで演説をし、五百人以上の人間集団に向かって嘘やたわごとを並べたてていた。

スナイパーはなにも気にしていなかった。この男の経歴はたいしたものではないからだ。

それだけでなく、スナイパーはこの男に関して、ほかのひとびとは知らないことをいろいろと知っていた。おそらく、ハッカーとしての能力は、ジュリアン・アサンジとアノニマス集団がこのスナイパーのうわてをいくだろうが、それほど大きな差はないのだ。

　この政治家は、タイラー・クラフト上院議員。銀のスプーンをくわえて生まれてきた男で、人生のなかでまじめに働いたことは一日もないというやつだ。父親のソフトドリンク企業でつねに高い地位にあり、やがて純然たる世襲の力でCEOの地位に就いた。アメリカ合衆国上院議員になって、収入は減少したが、権力は増大した。スナイパーは想像した。クラフトは、自分には、息をすると、どこかよそにある鏡をくもらせるほどの力があるから、この職に就けたのだと思いあがっているのだろう。

　スナイパーとしては、あちらから与えられたこの機会につけいらずにはいられなかった。殺害リストに載せられている人間はちょうど十名で、スナイパーはこれまでにそのうちの四名を殺してきた。まもなく、そのリストに五番目が加えられる。順番に殺していく必要はなかった。唯一の要件は、その全員を死なせることだ。

　FBIがザ・リーパーの捜索に全力をあげているが、おそらくはMLQMの幹部たちも躍起になってザ・リーパーを追っているだろうと、スナイパーは推測した。彼らがアフガニスタンやイラクでやってきたことは、うわべの見せかけで覆い隠され、ひとびとはその見せかけを信じこんでいるのだ。

　スナイパーは膝撃ち姿勢をとって、クロスヘアをターゲットに重ねた。膝撃ちは、狙撃姿勢のなかではかなりむずかしいもののひとつだ。それでも、スナイパーはその政治家の頭部にしっかりと照準を合わせた。白髪混じりの黒髪が、スポットライトを浴びたステージの上で輝いている。自分は庶民の男であることを示そうと、シャツの袖をまくりあげている。自分はプレッピーであることを物語ろうと、ふつうの男たちとサッカー・ママたちからなる群衆の前に、カーキ・パンツとローファーという身なりで出てきている。この男を支配しているのはMLQMであり、スナイパーとしてはそのことだけがわかっていればいいのだ。

スナイパーの人さし指が、軽くトリガーを引き始める。照準に捉えたイメージはびくともしない。その男がマイクロフォンの前にじっと立っているあいだに、トリガーが絞りきられて、スプリングが落ち、七・六二ミリ・マッチ弾が湿気を帯びた夜の空気を引き裂いて、飛んだ。サプレッサーが銃声を咳程度のものに抑えこみ、タイラー・クラフト上院議員の頭部が破裂して、その体が、背後で《アイ・オヴ・ザ・タイガー》を演奏していた少人数のロックバンドのなかへ転がっていく。

スナイパーはその曲がお気に入りなので、途中で終わらせたのを残念に思った。だがまあ、それがなんであれ、いつかは終わるものなのだ。

# 16

FBI特別捜査官ディーク・ブロンソンは、ハンター陸軍飛行場に一時的に設置された司令部で、五十インチの高解像度《HD》モニターに表示されたマップを見ながら、フェイ・ワイルドに声をかけた。

「このマップには現地のすべての交差点が表示されていると想定される。そこを管轄する警察の署長をここへ来させてくれないか？」

「すでに出頭を要請しています。数分以内にここに来てくれるでしょう」

ブロンソンは笑みを浮かべて、首をふった。

「一時間ほど前に飛行場の向こう側から離陸したヘリコプターは、なんだったんだ？」

「わたしも目撃しました。問いあわせました。フライト・プランはなかったとのことで。おそらくはレンジャーの訓練飛行でしょう」

「それはちがう。第一に」ブロンソンは言った。「陸軍は一機のみでの訓練飛行はしない。《トップガン》の映画で、アイスマンが、〝けっして編隊僚機から離れるな〟と言ったのを憶えてるだろう？」

「よく憶えていません。記憶にあるのは、白のTシャツと、バレーボールをするシーンぐらいのもので」彼女が作り笑いをした。

「オーケイ。あのヘリコプターの動静を追うように――」

彼女が言い終える前に、ワイルドの電話がまた鳴りだした。彼女が椅子を後ろへ押して、立ちあがる。

「あ、そんな。あの政治家。ソフトドリンク・ガイ。クラフトが」

ブロンソンは彼女を見て、答えが予想できる問いを発した。

「死んだ？」

「選挙運動の最中に、スナイパーの銃弾を頭部に浴びて。いましがた」

「場所は？」ブロンソンは問いかけた。

「メイコン。ステイツボロのすぐ西です。これもまた同じ人物の犯行でしょう」

「たぶんね」コレントが口をはさんだ。「容疑者はハーウッドとコルトだ。彼女も射撃がうまいことを忘れてはいけない」

「彼女はそれだけじゃなく、スポーツドリンクの会社がスポンサーに付いたオリンピック・チャンピオンであり、ホイーティーズ（ジェネラルミルズ社のシリアル食品名）の箱の図柄にも起用される予定になってる。まあ、それはそれとして。とにかく、七十二時間足らずのあいだに五名が殺害されたんだ。あらゆる人間を考慮に入れるべきという点には、同意しよう」

「実際には、約四十八時間のあいだに。この事件は十五分後ぐらいには、臨時ニュースとして大々的に全土に報じられるでしょう。クラフトはジョージア州の大物議員でした。無能ではあっても、その所属政党はある理由で彼を寵愛していたんです」ワイルドが言った。目にかかってきた髪の毛をはらいのけ、頬のそばかすがあらわになる。

「無能というのは当たりだね」聞き慣れない声が言った。くだんの警察署長だった。でっぷりした長身の男で、ジョージア大学の学生だったころにはアメリカンフットボール・チームのディフェンスエンドをしていたのかもしれない。だが、いまの彼は軟弱そうに見えた。ピンク色の顎の肉がブルドッグのように喉のところまで垂れている。ネイヴィーブルーの制服の左右の肩に、四つ星の徽章《きしょう》があった。その声は、いかにも指揮官らしいよく響くバリトンだった。「無能とはいえ、彼はわたしの署が管轄する土地の大物議員だったので、それなりの敬意ははらっていただきたい」

「すまない、署長。われわれはみな、いくぶんパンチドランカーぎみになってるんでね」ブロンソンは言った。

「まあ、そういうことなら、車は運転しないように」署長がジョークを飛ばした。「みなさんのために重要な材料《ナゲット》をふたつ持ってきたんだが、それよりもまず、なぜこのきれいなレディがわたしをここに呼んだのか、そのわけを知りたいですな」

「特別捜査官ワイルドがお呼びしたのは、わたしの要請を受けたからでして」ブロンソンは言った。「あなたの街でこれほど多数の事件が発生しているとなれば、つねに最新情報を知っておいてもらうのがよろしいかと考えたというわけです」

「それはさておき、わたしは署長のフランク・ハーヴェイ。昨日、わたしは二名の部下を失った。わたしは、そのどちらも善人だと考えていたが、アヘンにまつわる話が耳に入ってきている。正直、信じがたいことだが、わたしもいろいろと経験してきたので、なにがあっても驚くべきではなかろうと考えていますよ」

「部下たちが命を落としたことはお気の毒に思ってます、署長」

この署長は肥満してはいるが、警察署長になるには若すぎる、とブロンソンは考えた。なにか大きな引き立てがあったのだろう。一足飛びの昇進をもたらすような。もしかすると、彼はジョージア大学のフットボール・スターだったとか。

「ありがとう。お見受けしたところ、あなたはわたしとこの星章を見て、まだ四十にもならないのに警察署長になれたのはどうしてだろうといぶかしんでおられるようで」

「まあ、われわれはあちこちの警察署と協力してきましたが、おそらく、あなたが最年少の署長でしょう」

「不思議でもなんでもないことでね。この土地で生まれた。ジョージア・サザン大学で、ちょっとフットボールをやった。カレッジフットボールのナショナル・チャンピオンになった。陸軍に入隊し、三年間歩兵をやった。故郷に戻った。そのあと、幸運に恵まれ、ロシアのスペツナズを逮捕した」

「スペツナズ?」

「そう、ロシア軍特殊部隊の——」

「いや、スペッツナズのことはよく知ってますよ、署長。その連中をここで逮捕した？　アフガニスタンとかどこか、海外ではなく？」

「そう、ここで。全国的な大ニュースになった。あなたがたのようなビッグリーグに属するひとびとがそれを知らないというのは、ちょっぴりがっかりさせられますな」

「わたしは知っています」ワイルドが言った。

ブロンソンは彼女を見て、ぎょろっと目をまわした。ワイルドはいまこっそりアップル・ウォッチを使って、その記事を見たのではないだろうか。

「二〇一〇年」彼女が言った。「あなたは警部補でした。戦地から帰還して、三年後。あなたは、シャベルとリュックサックを携行して道路を歩いている四人の男たちを目撃した。声をかけたところ、彼らは英語をしゃべれなかった」

「いや、英語はしゃべれた。あまりうまくなかったというだけで。二名はロシア人で、一名はカザフスタン人だったが、四人目は国籍がわからずじまいになった。全員が、アーノルド・シュワルツェネッガーの映画に出てくる悪役のようなしゃべりかたで、ひとりは森を抜けて逃走した。われわれはほかの三名をこっぴどくぶちのめした」

「それはどこで？」ブロンソンは尋ねた。

「それが、なんともくそったれな話で」とハーヴェイ署長が言い、「すまない、お嬢さん」とワイルドにうなずきかけて謝ると、彼女はなんでもないといった感じに手をふってみせた。

「あの二名の部下たちが殺害された場所のすぐ近くだった」

「その連中はなにをやってたのか？　どこからやってきたのか？」ブロンソンは問いかけた。

「なんとも言えない。われわれはその周囲の森をくまなく調べた。シャベルには使われた形跡があった。彼らは汗にまみれ、疲れていた。わたしが目撃したとき、彼らは自分らの車のそばにいた。その車は道路の脇に乗りあげて、駐められていた。こう言ったほうが近いでしょうな。先にその車を目撃し、あとずさって、彼らがそこへやってくるのを待った」

「銃撃戦にならなくてさいわいだった」ブロンソンは言った。

「わたしは相棒を伴い、突撃《アサルト》ライフルを携行していた。なにも不安はなかったよ」

「その四名のロシア系の連中は、ジョージア州サヴァンナの地面になにを埋めていたんだろう？　それとも、地面を掘っていた？」ブロンソンは問いかけた。

「われわれは早急に失踪事件を調べた。死体を埋めたのではないかと推測して。当然、死体捜索犬も動員した。その捜索にはレンジャー隊員たちも参加した。第一大隊の全兵士が」

「でも、爆発物探知犬は出さなかった？」ワイルドが問いかけた。

「それを思いついたころには、あなたがた連邦捜査官《フェド》が捜査を引き継いでいたんだ」とハーヴェイ署長。「それ以後、われわれは通常の業務をおこない、あの事件は忘れられてしまった」

　ブロンソンはうなずいた。

「ナゲットをふたつ持ってきたということだが？」

「ラジャー。ひとつは、ホテルで撮影された写真でね。リーパーの写真。オリンピック・チャンピオンの写真。それと、われわれが信じるところでは、下級のテロリストの写真」

「テロリスト？」

「われわれはその全員の写真を、政府の顔認証ソフトウェアに基づく搭乗拒否リストの写真と突きあわせた。すると、ハサン・バサエフという名の人物がヒットした。その男は傭兵なんだ」

「バサエフという男なら知っている」ブロンソンは言った。「インターポールが、あらゆる法執行当局が、その男を指名手配しているからね」

「そして、その男がわたしの街にいる。わたしはそいつを見つけだすつもりだ」

「で、ふたつめのナゲットは？」

「ディルマン将軍のレッドルーム（愛人などを連れこむ部屋）でDNAが検出されたというのは、どうかね？　その部屋にひとりの女がいたことを示す証拠だ。うちのチームが、ベッドのマットレスとボックススプリングのあいだに隠されていた四組の手錠を発見した。すべてに血が付着していた。DNAの検査で、それは若い女——十代の女——で、パキスタンもしくはアフガニスタンの血筋であることが判明した。そして、ご承知のとおり、そのベッドの下の堅木の床に、ひとつのメッセージが刻まれていた。〝助けて〟というメッセージが」

部屋に沈黙が降りる。

ブロンソンが考えをまとめきれずにいるうちに、ワイルドの電話が鳴った。テーブルの真ん中に置かれているそれが、うるさく鳴って、電話がかかってきたことを知らせていた。発信者のＩＤが表示されていた――〝不明〟と。

「フェイですが」彼女が電話に出た。

「きみのボスのボスだ、フェイ」

「どうも、スタイン副長官、どのようなご用件でしょう？　ちなみに、この通話はスピーカーフォンにされ、捜査官ブロンソン、ホワイト、およびコレント、そしてハーヴェィ警察署長も聞いています。われわれは関係各当局と協力して捜査にあたっておりますので」

「それでいい。というのも、この話は諸君の全員に聞いてもらう必要があるからだ。将軍がふたり殺害された。警察官がふたり殺害された。そして、政治家がひとり殺害されたのだ」

ＦＢＩ副長官スタインが、たたきつけるように言った。「それと、署長、きみの部下が命を落としたことは気の毒に思っているよ」

「サー、われわれは適切な捜査仮説を立て、さまざまな人物を容疑者として追及し、確実な手がかりをつかんでいます。この二日間、一睡もせず、全力で捜索にあたっております」

「性急に捜査を進め、手がかりを見つけたほうがよさそうだぞ」スタインが言った。「あの政治家は、大統領と副大統領の私的な友人とあって、彼らは二十四時間以内に事件を解決せよと伝えてきたんだ」

「そして、この州の上院議員もです」

「大統領？　彼が首をつっこんでくるんですか？」ブロンソンは尋ねた。

「いや、とうに首をつっこんできている。いまの話は、私的にかかってきた電話のなかで言われたんだ」スタインが言った。

少し間を置いて、ブロンソンは言った。

「わかりました。二十四時間。ベストを尽くしましょう、副長官」

「ベストを超える力を尽くしてくれ、ディーク。さもないと、きみときみの特別捜査班は歴史書の脚注に名をとどめることになるだろう。きみがこの事件を解決できないとしたら、ほかにだれが解決できる？　われわれはひとりの不満を持つ帰還兵に目をつけていて、彼は卓越した射撃の名手であり、まさにこれらの殺人事件が発生したすべての地点にそのつどいたことは明らかなんだ。これは行き当たりばったりの殺人事件ではないことを念頭に置いておこう。彼は殺害リストを持っている。問題はこうだ。彼はつぎにだれを狙うのか？　もしそれを突きとめられなかったら、きみたちは全員、ヴァージニアへひきかえし、荷物をまとめて、別の職を探すはめになるだろう」

「副長官、その帰還兵がだれであるかはわかっています。しかし、いま話しあっていたように、この事件の解決は容易ではなく――」

ブロンソンが最後まで言い終えないうちに、スタインがさえぎった。

「それなら、容易にすることだ」スタインが電話を切った。

ブロンソンはチームの面々に向きなおって、言った。

「ヘリコプターだ。メイコンへ。いますぐ」

「こちらはあとで合流しよう」ハーヴェィ署長が言った。

ブロンソンとそのチームは、スタインのことばに急《せ》きたてられて、ドアを駆けぬけていった。

# 17

ひとびとが一団となってハーウッドのほうへ、そしてその後方へと走っていく。政治集会に参加していた数百人の群衆が、まるでいまも狙撃犯《シューター》が行動中で、彼らに狙いをつけていると思ったかのように、彼のかたわらを駆けぬけていくのだ。おそらく、そいつはまだ活動中なのだろう、とハーウッドは考えた。

彼はリュックサックを背負い、群衆といっしょになって走りだした。パニックの叫びと悲鳴が夜の闇に充満する。百ヤードほど走ったあと、身を転じてパーキングロットに入ると、ダッフルバッグを持って、車のそばで鍵束をもてあそんでいる男に出くわした。

「こんちくしょう!」男がつぶやいた。そして、合うキーを見つけることができない間抜けな男のような顔になって、ハーウッドに目を向けてきた。

「ヘイ、手を貸そうか?」ハーウッドは、乗せてもらえたらとひそかに期待しながら、男に声をかけた。

男は白人で、身長は六フィートほど、黒のウィンドブレーカーにブルーのダンガリーパンツという身なりで、薄手のウィンドブレーカーの下に長袖シャツを着ていた。ダッフルバッグは飛行士用のキットバッグで、ファスナーがなかば開いていた。

男がしばらく彼を見つめてから、言った。

「そうしてもらおうか、あんた。これをトランクに放りこんでもらうだけでいいんだ。ここは大騒動になってるしね」

男が鍵穴にキーをさしこみ、車のライトが点灯する。それは最新型のフォード・マスタングで、オーナーの到来を、そしてレースに出るのを、待ち受けているかのように見えた。ハーウッドは片腕でダッフルバッグを持ちあげて、トランクに運んだ。かさばってはいたが、それほど重くはなかった。

「気をつけて」男が言った。「それには大事なものが入ってるんだ。あの狂乱した群衆といっしょに走ってたときに、腕を傷めちまっただけでね」

ひとびとが、岩をまわりこむ水流のように、彼らの左右を駆けぬけていく。

「問題ない」ハーウッドは言った。向きを変え、乗せてもらえたらという切なる願いを思いかえしながら、歩き始める。

「ヘイ、あんた。このむちゃくちゃな混乱の場からさっさと逃げだしたいと思ってるんだろう」

ハーウッドは立ちどまって、考えた。警察がこのエリアのなかで自分を捜索にかかることはわかっているから、この申し出を受けるのがいいだろう。そこで、彼はマスタングの助手席のバケットシートに乗りこんで、リュックサックを膝にのせた。車が走りだす。男は混雑を避けて車を走らせた。その運転ぶりは、現場からできるだけ早く遠ざかるための行動計画を持っているかのようだった。

「おれはラニー」男が言った。

「ヴィックだ」とハーウッドは応じた。

ラニーはがっしりした長身の男で、その体はしっかりと鍛えあげられ、法執行官かもしれないと感じさせる威厳を漂わせていた。男は、混乱のさなかにあるひとびとをよけるためにハンドルを切っていたが、そうでないときは、運転しながらハーウッドのようすを観察していた。ようやく、車が幹線道路に出た。そこは、橋の手前、道路がそこにさしかかろうとする地点だった。多数の車が列を成して橋に乗り入れようとしていたが、ラニーは車列の隙間を見つけだした。

少なくとも四台のパトカーがさっきの銃撃に対応して出動し、青い回転灯を光らせながら、すべての交通を遮断して、犯罪現場を封じるために、道路封鎖の態勢をとろうとしていた。

「用意はいいな」男が言った。「体を支えとけ」

ラニーがマスタングのスピードをあげて、未完成の道路封鎖につっこんでいき、橋のとっかかりをぎりぎりの時点で通過した。そして、間髪を容れずアクセルを踏みこみ、マスタングは時速百マイルで橋を走りぬけた。ラニーはそのあと、マニュアル車のギアをシフトダウンし、車の尻をふりながら土の道へ入りこんだ。ライトを消し、スピードをあげて車を走らせていく。プロフェッショナルのレースカー・ドライヴァーのような調子で運転していたので、そこはなじみのある道路にちがいなかった。

ラニーは前腕に二重稲妻のタトゥーをし、カーステレオのスピーカーは消音になっていたので音は聞こえなかったが、ステレオのデジタル・ディスプレイに、〝ケイオス88〟と表示されていた。白人至上主義のロックバンドだ。

ハーウッドがカーステレオのディスプレイに目を向けているのをラニーが見てとって、にやっと笑う。

「あんたが心配する必要はないぜ」ラニーが言った。

ハーウッドは、ブラックホーク・ナイフを入れてあるリュックサック右側の外ポケットへ、ひそかに手を滑らせた。そこはラニーの目が届かないところだ。

「いつどこで降ろしてくれてもいいんだ」ハーウッドは言った。

ラニーが笑いだす。

「ああ、そうだな。おれはザ・リーパーを自分の車に乗せた。あの殺人事件すべての容疑者として、最重要指名手配になってる男を。まぎれもないアフリカ系アメリカ人を」ラニーは最後の二語を、まるでそんなものは英語の単語にはないかのように侮蔑をこめて言った。

「けどよ、スナイパー・ライフルでおれを撃つには、ちょいと近すぎるぜ。それに、おれはあの集会であの野郎に爆弾を投げつけてやろうとしてたんだが、あんたのおかげであのくそったれは死んじまった。あの男は、差別撤廃だの多様性だのなんだの、ありとあらゆるおめでたい法案を通そうとしてやがったんだ」

車はどことも知れない目的地へと、砂利道を高速で進んでいく。ラニーがハンドルに付いているボタンを押して、ブルートゥースをオンにし、ダッシュボードのディスプレイに〝ストーナー〟という文字が表示された。

「ヘイ、ラニー、そっちはどうなった？」と声が聞こえた。おそらくストーナーだろう。

「ストーナーよ。おれがなにをつかんだかを言ったら、信じられない気分になるだろうぜ。あと五分ほどでロッジに着く。そっちは例の若い女をつかまえたか？」

ラニーがブルートゥースの接続を切り、携帯電話を耳にあてがって、片手運転で車を走らせる。ハーウッドにはストーナーの声が聞こえなくなったが、ラニーの応答の声は聞こえていた。

「なんだと？　たしかなんだな。そっちはそのまま女をやってりゃいいが、おれをさしおくようなことはするんじゃねえぞ。こっちは新たな計画を立てた。それはそうと、クラフトはおれたちの代わりに別の人間がやっつけてくれたぜ」ラニーがスマートフォンをオフにし、ふたたび両手でハンドルを握った。

ロッジ。五分。ハーウッドは、いまなら一対一なので、勝ち目は五分五分だろうと計算した。とりわけ、ラニーの両手がハンドルを握っているいまは。五分後には二対一になるだろう。いや、五分後には一対無数になるかもしれない。そして、そこには、なにかに巻きこまれた女が――若い女が――いる。

〝そのまま女をやってりゃいい〟

ハーウッドはナイフを慎重にウエストバンドの内側へ滑りこませ、自由になった手をリュックサックの内ポケットに収納している拳銃にのばした。ナイフよりつかみづらかったが、いまの苦境を考えると、これがベターの選択だろう。

ラニーがさっとハーウッドの顔へ拳銃を突きつけてきた。それはシグ・ザウエルのトライバル九ミリで、ジェイク・マヒーガンという、熟練の元特殊作戦ユニットの工作員で、アフガニスタンでハーウッドとともに活動したことのある男が使っていたのと同種の拳銃だった。主たるちがいは、マヒーガンは愛国者であり友人であって、まっとうに生きているアメリカ人に拳銃を向けることはけっしてないという点だ。

「あんたがなにを考えたかは見え見えだぜ、リーパー。いまの自分はテレビでいちばんよく取りあげられる男だってことが、わかってないのか？」男は〝テ・レ・ビ〟と区切って発音した。「ツイッターやフェイスブックもそのことだらけだ。そしていま、あんたはおれの車のフロントシートにすわって、てめえの顔に拳銃を突きつけられてる！　そうともよ！」

その語――てめえの顔に――が妙に強調されたことで、ハーウッドは、ラニーがアンフェタミンかなにかをやっているのかもしれないと考えた。こういう男は、アフガンやイラクやシリアで見たことがある。ああいう国の兵士たちはカート（アフリカやアラビア半島に自生する常緑樹で、その葉には興奮性の物質が含まれる）を嚙《しが》んだり、モルヒネを打ったりして興奮状態になり、ある者はより攻撃性を高め、ある者はこれからやろうとすることがもたらす苦痛を減殺する。そのふたつの効果が組み合わさると、人格の変化が極限に達する可能性があるのだ。

車が尻をふり、砂利を噛んで、ひどくでこぼこした洗濯板のような土の道を疾走する。遠くに山小屋のような建物が見え、そのなかで灯りがひとつだけ光っていた。若い女のことが口にされていなければ、ハーウッドはチャンスを捉えて車から飛びだし、身を転がして、拳銃を構え、ラニーより自分のほうがうまく撃てるほうに賭けて、撃ちあおうとしただろう。だが、若い女がいる。どういう女なのか？　彼女はどんな扱いをされているのか、そしてストーナーが言った〝おれをさしおくようなことはするんじゃねえぞ〟ということばはなにを意味しているのか？

ハーウッドが運転席と助手席という至近距離で拳銃を顔に突きつけられたまま、車は私道の終端へと走っていく。もちろん、ラニーにとっては、ハーウッドの顔に銃を突きつけた状態で運転をするのは困難なことだった。拳銃が絶えず跳ねあがり、ハーウッドは、この至近距離でもラニーが撃ち損じるチャンスが五十五回はあっただろうと推測した。やがて急ブレーキがかけられ、ハーウッドの体が膝に置いたリュックサックに押しつけられた。ラニーがドアを大きく開き、身を起こして車を降り、「オーケイ、リーパー・マン、その黒いケツを車から降ろせ」と言った。

ハーウッドはフロントシートにリュックサックを残して、車を降りた。すぐに戻ってくる決意を固めていたからだ。降りる直前に、大事なツールである例の硬くて長い物品を隠したウエストバンドから手を離した。

「荷物は車に残して、おれについてこい」ラニーが、横を向いて片手で銃を構えるというギャング・スタイルになって、言った。

山小屋のなかにひとつだけともされている灯りが、薄いカーテンが掛かっている窓から漏れていた。カーテンごしに、黒い人影が行ったり来たりしているのが見えた。だれかが室内のあるものの片側でなにかをし、そのあと反対側で同じことをしているような感じだ。

「ついていくさ」ハーウッドは言った。こちらが行動の準備ができる前に相手を挑発することにならないよう、冷静な声を保っていた。まず、なかにだれがいるのかを確認し、それから問題を解決するための最善の方法を決めなくてはならない。マスタングのガソリン残量が三分の二であることをたしかめておいた。それだけあれば、アトランタに行って、ジャッキーを見つけだすことができるだろう。心がいっきにハイ・ギアに入り、戦闘モードになった。これは好ましい。装塡された拳銃を顔に突きつけられたことで感情が高ぶって、それが心の奥のどこかを刺激し、たぶん、記憶の欠落を引き起こしているなにかを制圧しようとすらしているようだった。

この瞬間、彼は一騎打ちのスキルを、忍び寄りのテクニックを、そして白兵戦の技術を、ついきのう訓練されたかのように、思いだしていたのだ。アドレナリンが放出され、全身の血管をめぐっていた。全身を駆けめぐるその刺激物質が彼に思考と行動、そして記憶の力をもたらしていく。これまでは、急速に進むできごとに追いつき、解答を見つけ、対応することが困難だったのだが。

対応。

その語は、これまで彼の語彙《ごい》にはなかった。いま、彼は先見行動ができるようになっていた。忍び寄り。位置決め。潜伏。射撃。逃走。回避。ハーウッドの目が心の変容を表わし、そのなかに秘められた強さと訓練度をあらわにしたにちがいない。その顔つきが語っていた。危険を。ラニーがいぶかしげに目を細めるなか、ハーウッドはそちらへ歩いていき、自動車の前をまわりこんで、山小屋へ足を向けた。

「それでいい。そのまま歩いていけ。階段をのぼれ。そのでかい背中と縮れ毛頭におれが銃口を向けてることを忘れるなよ」

ハーウッドはラニーがついてくる足音を聞いていた。ハーウッドが足を踏みだすつど、ラニーも同じように足を踏みだして、安全な距離を保っている。ハーウッドはいつでも攻撃をかけることができただろうが、内部にだれがいるかがわかるまではなにもせずにおこうと決めていた。

幅の広い松材のドアを押して、戸口を抜けたとき、後頭部に銃口が押しつけられるのが感じられた。四名編成のレンジャー・ユニットの一員としてではなく、単独で踏みこんだレンジャーのような調子で、ハーウッドは室内をチェックした。左手側方に、二個のソファと暖炉があるが、脅威はない。斜め左手に、キッチンと朝食コーナーがあるが、脅威はない。斜め右手に、二個のツインベッドがあるが、脅威はない。

右手側方に、ドアの側面と、さっきと同じく二箇所を行ったり来たりする人影があった。脅威が。

「とまらず歩け」ラニーがハーウッドの後頭部に銃口を突きつけたまま、言った。

「ラニー、いまちょうど女を縛りつけたところだ」ストーナーが言った。車のなかで聞いた電話の声と同じなので、そうとわかった。

　ラニーとストーナー。

　ハーウッドの右手に、第三の人間がいた。四柱式ベッドの上に、裸で縛りつけられた女が。その口には、黒い布で猿ぐつわがかまされていた。淡い褐色の肌をしたアフリカ系アメリカ人で、まだ少女と言っていい年齢かもしれない。だが、ストーナーが彼女をうつぶせに寝かせていたので、その年齢をたしかめるのはほぼ不可能だった。女の腹の下に枕が置かれて、臀部がベッドから浮きあがり、いつでも挿入できるようになっている。女が顔をハーウッドのほうへ向けた。恐怖で、そしてたぶん期待をこめて、目を見開いている。別の人間がこの山小屋に入ってきたが、それもたぶん、彼女と同様、自分の意思でそうしたのではないと思っているのだろう。ハーウッドは彼女にそれとなくうなずきかけてから、昂然と顔をあげて、ストーナーに目を据えた。

「なにを見てやがる、てめえ？」ストーナーが言った。「このけっこうな肉体をか？」ストーナーはK－Yゼリー（ジョンソン・エンド・ジョンソン社の性行為用潤滑剤）の搾り出しボトルを持っていた。「おまえにゃ、これはやらせん。それだけは言っとくぜ」

　ストーナーは腰穿《こしば》きのゆるいジーンズに、〝EAT　LOCALS〟の文字がプリントされたTシャツという身なりで、おそらくは爪先の内部にスチールが入っているタイプの、べーシックなワークブーツを履いていた。

「おれの計画はこうだ、ストーナー。この男はザ・リーパー。どのテレビ局も、こいつの写真をニュースで流してるだろう。こいつは四件の、いやたぶん五件の殺人事件で指名手配されてる。こいつの装備は車のなかに残してきた。おれたちはコンドームを使ってファックし、そのあとこのビッチを殺す。そうしてから、おれたちはこの女を救いだそうとしていたかのように、そして、この逃亡犯を捕まえたかのようにふるまうんだ」

「それはたいした計画だが、ラニー、いまこいつがいる前で言っちまったのがよくねえ。それだけじゃなく、おれはコンドームは使いたくない気分でな。生でこのビッチにつっこみ、死体を沼に放りこんで、ワニに食わせる。それでおしめえさ」

「いいか、おれのやりかたでやるんだ」ラニーが、頑固なストーナーにそれなりの権威を示そうとするような口調で言った。

ラニーはストーナーより体がでかく、けんかには自信を持っているにちがいなかった。ハーウッドとしては、この両方を殺すか、少なくとも無力化しなくてはいけないだろう。いまも熱い火が血管をめぐっていて、それがアドレナリンの作用であることはわかっていたが、なにか新たな物質が血管に放出され、目前のタスクにレーザーが照射されたような集中力がもたらされていた。ここが、スナイパーが獲物に忍び寄るゾーンと化した。彼は、自分が見えない存在になったように感じながら、そこに立っていた。おのれの眼前で展開する行動を見ているだけのように感じられたのだ。心の奥のどこかで、なにかが彼にあることを思い起こさせた。おまえは以前のヴィック・ハーウッドに、戦闘で鍛えあげられた殺人兵器に、戻ったのだと。

ザ・リーパーに。

後頭部のど真ん中に銃口が突きつけられているのを感じつつ、ハーウッドは、ラニーとストーナーが、バケツリスト（生きているうちにやっておきたいことのリスト）の項目をやり遂げられるほど長くは生きていられないことに気づきもせず、どちらが先にこの若い女をレイプするかで言い争う声に耳を澄ましていた。両者のやりとりのリズムを、音楽を聴くように聞きとっていた。ストーナーがおのれの計画のすばらしさについて二、三秒、短いリフを演奏するようにしゃべり、ついでラニーがおのれの計画は天才的であることを言いたてる。ふたりが相手の話に集中するにつれ、ハーウッドが殺しを実行する時間が迫ってきた。

だが、彼は身じろぎひとつしなかった。いまはまだ、しかるべきタイミングではなかったからだ。ラニーの声の高まりを反映して、後頭部の一点に押しつけられている銃口がぴくぴくと動きだす。それが滑り始めるのが感じられた。左へ、右へ、そしてまた左へ。

ストーナーが言う。

「そんなのはくそくらえだ。おまえはその男にやりたいことをやりゃいい。おれはこの女とファックするぜ」

「あとにDNAを残したら、終身刑を食らうはめになるんだぞ！」

ラニーが〝終身刑〟と言ったとき、拳銃の銃口が大きく右へ逸れ、ハーウッドの頭部から離れたが、たぶん耳からは離れていなかっただろう。ラニーは両手を動かして、しゃべっている。ハーウッドはすばやく白兵戦の行動にかかった。右肩をさげて、顔を左へまわし、両手を上へあげて、ラニーの銃を持つ手を押さえこみ、そうしながら、腰を支点にしてラニーの体を持ちあげ、背中から床にたたきつける。その敏速な動きの最中に、強力な左右の前腕でラニーの手首をはさみこんで、へし折り、拳銃を自分の手に奪いとった。ランニングシューズは肉弾戦向きの靴ではなかったが、それでも右脚をふりおろして、踵《かかと》をラニーの喉笛に打ちつけるぐらいのことはできた。ハーウッドは、奪いとったトライバル拳銃をストーナーに突きつけた。

ストーナーは不幸なことに、すでにジーンズを足首までずりさげていたので、ハーウッドに襲いかかろうとしてもできなかった。ザ・リーパーにはじゅうぶんな時間があった。拳銃の銃口をさげ、ナイフを取りだして、ブレードを開き、ストーナーの喉を横ざまに切り裂く。ハーウッドが返り血を避けるためにあとずさったとき、ストーナーがラニーの上に倒れこんだ。ストーナーの頸動脈から噴きだした血のいくぶんかが、ランニングシューズに点々と飛び散った。ナイフの鋭い切っ先は彼の右手小指にも小さな切り傷を生じさせ、そこから血が流れていた。

床に膝をついて、ラニーの脈をとると、まだ損傷した気道を通じて、かすかに息をしているのがわかった。ストーナーがラニーの両脚の上に倒れていたので、ハーウッドはラニーの胴体を持ちあげて、自分の両膝でその体を支えるようにしてから、片手を男の後頭部へまわし、片手をその顎にかけて、首をびしっとへし折った。すばやい激烈なそのひとひねりで、ラニーは絶命した。

どちらもが死んだところで、ハーウッドはすばやくシンクの前へ移動し、両手を洗ってから、切った指をパーパータオルでくるみこみ、周囲を調べて、黒い絶縁テープを見つけだし、それで傷口をしっかりと締めつけた。シンクでナイフを洗って、ブレードをきれいにしたのち、ツインベッドのところへ足を運び、無人のほうのベッドのシーツを剝ぎとって、若い女の体を覆う。女はまだ十六歳にすらなっていないように見えた。彼はすばやくロープを切断し、ベッドに身をのりだして、女の両肩にそっと手を置いた。

「おれはきみの味方だ。いまあのふたりを殺したから、きみがレイプされることはない。おれといっしょにここを離れるようにしたほうがいい。そうしてから、きみがいつもいるところへ帰るにはどうすればいいか考えよう」

少女が彼の目を見つめる。

「わたしには居場所がないの、おじさん。いつもインターネットをしてる。これは仕事がうまくいかなかったってだけのこと。自分の面倒は自分で見られるわ」

「インターネット？」

「ハハッ。わたしみたいな女の子を見つけるやりかたを知らないのね」

少女は、ハーウッドが啞然とした顔になったことに気づいたようだ。

「やっぱり。さっぱりわかんないんでしょ？　インターネットには、セックスがしたい男たちのためのサイトがあるの。あのふたりとセックスをしたら、四百ドルもらえることになってた。でも、縛るなんてことはなんにも言ってなかったけど」

少女が身を起こし、シーツでぎゅっと身をくるみこむ。

ひとこと、ありがとうと言ってくれれば、それでよかったのに。彼は言った。

「あいつらはきみを殺そうとしていたんだ。わかってるのか？」

少女が大きな茶色の瞳を彼に向けて、目をしばたたかせる。ハーウッドはそれを見て、この子は十五歳にもなっていないのではないかと思った。

「うん、それは聞いてた。あんたに借りができたのかな」その手が彼のほうへのびてくる。

ハーウッドはそれを制止して、言った。

「なにも借りはないよ。さあ服を着て。二分以内にここを離れるぞ」

彼女がジーンズと黒の長袖シャツ、そしてプロケッズの黒のハイトップ・スニーカーを身につけているあいだに、ハーウッドは急いでキッチン・エリアに入り、窓に目を向けた。どの窓にもワイヤメッシュの網戸が取りつけられている。通常の虫除け網戸ではなく、釣りや狩りなどに使うこの山小屋に動物を入りこませないようにするためのものだ。いや、ここはあのふたりの男たちが女を連れこむための場所にすぎないのだろうか？　なんであれ、このワイヤの網戸はひとつのアイデアをもたらしてくれた。

彼はキッチンのなかで、やる必要のあることをやった。部屋にひきかえすと、少女は死んだ男たちの財布を探って、二十ドル札で六百ドルを抜きだしているところだった。彼女が札束をポケットに押しこんで、こちらを見る。

「ただのビジネスよ」彼女が言った。

「オーケイ、そいつらのカネを奪うのはなんの問題もないが、きみに手伝ってもらわないといけないことがあるんだ。まず、その太ったやつを持ちあげる。そいつだ」彼はその男の腕を指さした。

「ばか言わないで！」と彼女が言って、あとずさる。「死体に触らせるなんて、そんなのいや」

「ヘイ。口の利きかたに注意しろ。オーケイ、しょうがない。ベッドからロープを取ってきてくれ」ハーウッドは言った。

ハーウッドはストーナーの死体をひきずって、キッチン・テーブルの前の椅子に置いたが、彼女はそのことはなんとも思っていないように見えた。彼は窓に目を向けてから、その椅子に目を戻し、これでいいだろうと考えた。ラニーの死体も同じように扱って、ストーナーに向かいあう椅子に置き、ふたりが夕食をとっているか会話をしているかに見えるようにしておく。死体からの出血が複雑な様相を呈してきたが、彼は計画をさらに進展させた。

「ほら」彼女が声をかけてきた。

ハーウッドはロープを受けとって、それぞれの死体の胸のまわりに巻きつけ、上半身が木の椅子の背もたれに押しつけられて直立するようにした。ラニーの死体には、顎のまわりにもロープを巻きつけて、その死んだ目がぐったりとなったストーナーの頭部を正面から見ているようにもさせた。ストーナーの頭部については、首が骨まで断たれているので、そんなふうにはできなかったが、その背中が窓に向いているように固定することはできた。

「なんだか、くさい」少女が言った。

「そのことは気にするな。さあ、行くぞ」ハーウッドは言った。彼女を急《せ》きたてながら、ラニーのマスタングのところへ行き、リュックサックを取りあげて、バックシートに置く。ラニーから奪ったシグ・ザウエルのトライバル拳銃をそのまま手に持ち、自分のベレッタはリュックサックに収納した。つぎに車を駐めたときに、これからやる作戦にもっとふさわしい衣類を手に入れなくてはと心に誓いながら、ナイフをランニングパンツのポケットに押しこんでおく。

彼は考えた。ラニーがこの車のトランクに入れてくれと頼んだあのバッグはどういうものなのか。爆弾が入ってる？　ライフルが？　わからない。だが、狩られる者から狩る者に変わったいま、自分は狩りをするための物材を必要としていることはわかっていた。あのバッグになにが入っているにせよ、それは役に立つものかもしれない。遠方から、かすかなサイレンの音が届いてきた。バッグをチェックしている時間はない。バックで車を出して、北へ逃走しよう。サイレンから、警察が集結している地点から、遠く離れるのだ。マスタングには馬力がある。

「どこへ行くの、相棒さん？」少女が問いかけてきた。

「第一に、きみは相棒ではない」とハーウッドは応じ、ハンドルを切って、洗濯板のようなでこぼこ道に車を走らせた。「それより、きみの名前は？」

「モニシャ。あんたは？」

「おれはヴィック。どこで暮らしてるんだ？」ハーウッドは尋ねた。

「たいていはアトランタにいるけど、毎月、一週間はメイコンに来て、こういう仕事をしてる」

「学校には行ってない？」

モニシャがげらげら笑いだす。

「よく言うわ。わたしにはママもだあれもいないから、ひとりで生きてくしかないの。ほら、このおカネがあるでしょ？　これって、けっこうな実入り。これだけあったら、一週間かそこらはやってける」

ハーウッドは首をふった。

「きみは何歳なんだ？」

「十七」つっぱねるような口調で彼女が言った。

ハーウッドは厳しい目で彼女を見た。レンジャー部隊の部下たちによく向けていた目付きだ。モニシャの冷淡で自信たっぷりの態度が、即座に溶け崩れる。

「十四」彼女が白状した。

「十四歳？　それなのに、セックスのために体を売ってるのか？」

「なによ！　あんたにだって、男をふたり殺したくせに。よくそんなことが言えるわね？」無作法で生意気な態度が復活した。

ハーウッドは北をめざして、砂利道に車を走らせていた。この車にはカーナビが付いていて、その表示を見たところでは、約一マイル先で別の道路に出られ、その道を走っていくとインターステート75で北へ向かえることがわかった。

「シートベルトをするんだ」とハーウッドは命じた。十四歳の売春婦を同乗させているとあって、彼はさまざまな選択肢を考え始めた。自分にわかっている、ジャッキーが最後にいた場所はアトランタのバックヘッド地区にあるバーンズ&ノーブルだから、めざすべきところはそこになるだろう。

だが、彼は考えなおした。いや、それはちがう。自分にわかっている、ジャッキーが最後にいた場所はサヴァンナなのだ。

「自分に確実にわかっているところへ行くんだ、ヴィック」彼はひとりごとをつぶやいた。

「へえ、すごい。人殺しがひとりごとを言ってる」モニシャがぎょろっと目をまわして、言った。

「第一に、おれは人殺しじゃない。あのふたりを殺したのは正当防衛としてだ。やつらがおれときみを殺す話をしていたのを聞いただろう」とハーウッドは言い、ハンドルを切って、別の道路に折れ、そのあとすぐにインターステート75に乗り入れて、北をめざした。「ヘイ！

「うん、いきさつをちゃんと見るようにしたほうがよさそう」モニシャが言った。

これって、アトランタへ行く道じゃないよ」

「わかってる。サヴァンナへ行くんだ。そこに着いたら、きみを児童保護施設に預ける」

「そんなこと、させるもんか。人殺しができるのはあんただけじゃないんだ」モニシャが小ぶりなポケットナイフを見せびらかした。

ハーウッドは笑い飛ばして、言った。

「やってみろよ。この車は時速七十マイルでインターステートを走ってるんだ。もしなにかに衝突したら、どんな結末になると思う？　頭を使うようにしたほうがいいぞ、お嬢ちゃん」

モニシャがポケットナイフをしまいこんで、しばらく黙りこむ。なにかを考えているようだ、とハーウッドは思った。

「サヴァンナになにがあるの？　あんたの女がいる？」

「ああ、おれの女が」ハーウッドは言った。

「やっぱりね。あんたみたいなかっこいい男に女がいないはずはないし」

「よく聞いてくれ、モニシャ。きみは十四歳。外にはいつもタフに見せかけてるかもしれないが、実際にはまだ十四歳なんだから、その年ごろの子らしくふるまうようにしてくれないか？」

モニシャがまっすぐ前に目を向けて、おとなしくなった。スマートフォンを取りだして、それで遊び始める。

じつに久しぶりに、ハーウッドはこれでよしという気分になった。本来の自分に戻りつつあるような、トラウマと悪夢から逃れて、こうあるべきと自分にわかっているヴィック・ハードの実像に近づきつつあるような感じがした。さまざまな本能がよみがえってくる。ついさっき、自分はふたりを殺すという行動をやってのけた。それは気をよくさせてくれることだった。いや、たぶん、これほど気をよくしてはいけないのだろうが、自分たちはあのとき危機にあり、自分はその難局を効果的に解決した。さっきあとにしたあの場所で、自分の受けた訓練が正しく発揮されたのだ。

「だれにもメッセージを送らないように」彼はモニシャに言った。

彼女が向きなおって、笑みを返す。唇がめくりあがり、歯がむきだしになっていた。

「メッセージじゃない」彼女が言った。「ツイッターであんたのことを調べてたの。ホットじゃん。みんなが書いてるとおりだった。あんたはザ・リーパー！　おもしろいことになりそう！」

彼は首をふっただけで、なにも言わず、制限速度を守りながら、サヴァンナをめざして車を走らせた。

# 18

ラムジー・ザナドゥは、有能より幸運のほうがいいという考えかたに与《くみ》したことはけっしてないのだが、これはまさに自分に幸運がめぐってきたのだと認めざるをえなかった。ザ・リーパーが協力者とともに最新型のダークブルーのフォード・マスタングで逃走中という、警察無線が傍受できたのだ。

ヴィック・ハーウッドがその車のトランクにでかいキットバッグを入れるところを、だれかが写真に撮った。その写真がメイコン市警に送られ、市警がすぐさまその情報をFBIに伝えた。そして、ザナドゥもまた、すぐさまその情報にアクセスできたというわけだ。

マーカムがなにより懸念しているのは、ザ・リーパーがカンダハルとヘルマンド州で起こったできごとを思いだす前に、その男を殺せるかどうかということだった。

「あと数分以内にその車を目視できるようになるだろう」パイロットを務めている上級准尉ステュ・ベントンがザナドゥに言った。

「数分あれば、やつはまた二、三人、政治家を殺せるぞ」ザナドゥは言った。

「おれにとってはどうでもいいことだ。そういうことなら、あんたにはその情報を緩横転《スローロール》のようにゆっくりと伝えるようにしようか」ベントンが応じた。マイクロフォンとイヤフォンを通して、くすくす笑いが聞こえてくる。

「調子に乗るなよ、ベントン」

彼らは公園の上空を低速で飛行し、地上の大混乱をながめながら、例の写真が撮られてからしばらくたったいまも、どこかにヴィック・ハーウッドの逃走と回避の痕跡があるのではないかと考えて、手がかりを探し求めた。

「ビンゴ」ベントンが言った。

「なにをつかんだんだ？」

「ＦＢＩ内部にいるおれの情報源が、例の車は二〇一六年型フォード・マスタングで、ＦＢＩはそれのＧＰＳを追尾する令状を取ろうとしていると伝えてきたんだ。その車に該当するＧＰＳアドレスが、ここから二十マイル離れた田舎で捕捉された。その住所がつかめた。伝えられてきた情報はそれだけだ」

「潜伏するには絶好の場所だな」ザナドゥは言った。

「ＦＢＩはそこに襲撃をかけようとしている。おれたちはこうしようか。その車であることが確認できるまで待ち、確認ができたら爆弾を投下する」

「悪くないアイデアだが、もしそいつらが山小屋にいて、ＦＢＩが先にハーウッドを捕まえたら、おれたちにとってはまずいことになる。ＦＢＩはまだサヴァンナにいる。いまはちょうどヘリコプターを始動したところだろう。だから、さっさとやってしまおう」ザナドゥは言った。

「ラジャー」ベントンが応じた。

プロトタイプ・ヘリコプターが空中で旋回し、コンピュータにプログラムされた目的座標へと向かう。それが、十分足らずでヘリコプターを山小屋へ導いた。

「車がない」ベントンが言った。

「ガレージがあるんだろう。たぶん、そのなかに駐車しているんだ」ザナドゥは言った。

ザナドゥは迷子防止紐のようなハーネスを背中に装着し、ヘリコプターから外へ身をのりだして、ライフルを構えていた。赤外線スコープを通して、そこの窓のなかをのぞきこむと、テーブルの前に男がふたりすわっていることを示す熱サインが見てとれた。

やつらに弾をぶちこんでやろう。だれが撃ったか、わからずじまいになるだろう。ザナドゥはそう考えた。

「テーブルの前にいるふたりを撃つぞ」ザナドゥは言った。

「そいつらのIDと、例の車がガレージにあることを確認せずにか」ベントンが言いかえした。

「最良の場合、そいつはハーウッドとなる。最悪の場合でも、まあ、ただの巻き添えですむさ」ザナドゥは言った。

「それが白人なのか黒人なのか、そこのところは判別がつけられるか？」

「赤外線は人体の熱しか見せてくれないんだ」ザナドゥは言った。「このスコープのなかで、そのふたつが光ってる。あそこにすわってるんだ。そことの距離はどれくらいだ?」

「四分の一マイル」ベントンが言った。

「オーケイ、始めるぞ」とザナドゥは応じた。スコープを調整し、ふたりの男たちの小柄なほうにクロスヘアを重ねる。ハーウッドがウォルター・リード医療センターを退院したあと五十ポンドも体重を増やしたとは思えなかったからだ。それどころか、入院中はずっと病院食だったはずなので、体重が減っているだろう。

「静止させておいてくれ、ステュ」ザナドゥは言った。

彼はヘリコプターの外へ完全に身をのりだした。ナイロン製のストラップが強くひっぱられたので、もしそれが切れたら、どうなることか。故意に切断しないかぎり、まずもってありえないだろうが、もしそうなれば、彼は数百フィートの距離をまっすぐ落下するはめになるだろう。小柄なほうの男の頭部が、クロスヘアに完全に重なった。ザナドゥは、まず撃って、考えるのはあとまわし、というポリシーの男として知られている。そして、いまもその流儀に従い、ホヴァリングリング中のヘリコプターに身を固定しつつ、ライフルのトリガーを絞りこんだ。サプレッサーが銃声を低く抑え、ゆっくりと回転するローターブレードの騒音がライフルの発したかすかな音をかき消していた。その銃弾が窓に取りつけられた防護用の金属網をつらぬいて、火花を飛ばすのが見えて、ザナドゥは声を漏らした。

「あ、くそ」

銃弾がターゲットに命中したかどうかを確認することはできなかった。その瞬間、山小屋から巨大な火の玉が噴出したからだ。

「落ちるなよ！」マイクロフォンを通してベントンが叫んだ。

「落ちやしない。あれはいったいなんだったんだ？」

「ザ・リーパーにたぶらかされたんだろう、ブラザー。あれはプロパンガスの爆発だったんだ」

ザナドゥは、さっき見ていた動かないふたつの人体を思い起こした。あの山小屋のなかでなにかが起こり、ハーウッドがそこにいた。ザ・リーパーは、そこにいた証拠を抹消しようとしたのだ。あの男は問題を全体的に見て答えを見つけだす能力があるにちがいない。

こんなふうに出しぬかれたというのは、あのスナイパー、ハーウッドは記憶を取りもどしかけていることを意味する。MLQMにとっても、彼自身にとっても、好ましいことではなかった。ザナドゥはそのでかい手と筋肉隆々の前腕にものを言わせて、飛行しだしたヘリコプターの内部へ身を引きもどした。

「どこへ行くんだ？」機内に身を戻したところで、ザナドゥは問いかけた。

「爆発地点から離れる」ベントンが答えた。

ザナドゥが貨物室左側の窓から外をのぞきこむと、オレンジ色の火の玉が噴きあがっているのが見えた。半径五十マイル内にあるすべての郡と市の警察がそこへ殺到してくるだろう。

「FBIも行動を中断した。彼らはヘリコプターに乗りこみはしたが、いまはハンターへひきかえそうとしている」ベントンが言った。

「情報源の連中からの話では、あそこの警察署長が、ディルマンの家で発見された証拠のことをFBIに話したそうだ」

「それは妙だな」

「おっと、くそ。あそこはクリーンにしたと思ってたんだが」ザナドゥは言った。

「どうやら、そうじゃなかったらしい」

ヘリコプターが機首をめぐらし、スピードをあげてハンター陸軍飛行場へと飛行する。眼下を小さな町の灯りが飛びすぎていった。

ハーウッドは、タイビー島のダイナー、ブレックファストクラブのパーキングロットにラニーのフォード・マスタングを乗り入れて、駐車した。モニシャはフロントシートで眠りこけていたが、そのうち目を覚まして、バックシートへ這い移り、いまはすやすやと眠っている。ダイナーの向こうにひろがる大西洋に朝の曙光が射し、夜明け前の海面を淡く照らしていた。暗い水平線の上にひろがるくすんだ灰色の空に、ほんのわずかなオレンジ色の光が出現していた。

ここまで車を運転してくるあいだに、ハーウッドは戦場幾何学的問題を解いていた。脱出路がひとつしかない島に身を置くのは賢明な決断ではないとしても、こちらはFBIをはじめ、自分を殺すか生け捕りにするかしたがっているあらゆる人間に、四時間ほど先行しているのだ。

モニシャはバケットシートのあいだをすりぬけて、バックシートへ移ったとき、助手席のフロアにバッグを残していった。ハーウッドはそこへ身をのりだし、そのバッグからモニシャのスマートフォンを取りだして、画面を見てみた。彼女と〝できるか〟を問いかけるメッセージがいくつもあった。彼女はひどく人気のある十四歳のコールガールらしいとわかって、ハーウッドは悲しい気分になった。彼を里子にした親たちは、少女や少年たちに売春をさせていて、彼はその場所へいっしょに行かされていたのだ。その記憶が、長い貨物列車のように心のなかを通りすぎていく。

画面を見たあと、ハーウッドが後ろを向き、モニシャの手を軽く握って、その右手の親指をスマートフォンのホームボタンにあてがうと、指紋が認証された。スマートフォンが生きかえると、彼は記憶にある唯一の電話番号を押した。呼出音が三度鳴ったあと、相手が電話に出た。

「こちらは部隊最先任上級曹長マードック。この通話は安全《セキュア》ではない」マードックが言った。

「レンジャーが道を拓く」とハーウッドは応じた。

長い沈黙のあと、マードックが言った。

「それはたしかだ、きみ。いまはちょっぴりタフな訓練の最中であろうと理解するが？」

マードックが長い沈黙のあと、職務に関することに話題を移したのは、ハーウッドがトラブルに巻きこまれていることはわかっていると示唆するためだった。

「ちょっぴりタフですが、上級曹長、これを解決する方法はわかっているつもりです」ハーウッドは言った。

「それを話してくれ、レンジャー」

「弾痕解析および友軍《ブルー・フォース》確認。あのスナイパーたちの教練をしているとき、ふと気がつきました。彼らは戦場にあるすべての友軍エレメントの居場所を、それが傭兵であるか正規軍であるかにかかわらず、知っておく必要があり、とりわけ事後に弾痕解析が関わってくる場合はそれが必要だと気がついたんです」

ふたたび長い沈黙。

「それは秀逸な指摘だ、レンジャー。部隊の連中の何人かにそのことを記録させ、この主題に関してなにか最新情報が得られたら、きみに伝えるようにしよう」

「そうしてもらえたらありがたいです、上級曹長」ハーウッドは言った。

「すぐにそれが必要になると予想しているのか？」

「まあ、いまそのセッションのさなかにありますので」

「ラジャー。そのまま進めて、彼らを教練し、ただし絞りあげる《ミルク》のはやめておけ」とマードックが言い、電話を切った。

ハーウッドが電話をかけた相手は、誠実さに信頼がおけ、自分を助けてくれる唯一の人物だった。なかば暗号的に事情を説明し、自分がいた地点に迫撃砲攻撃があった日に、その戦場のどこに友軍の各部隊がいたかをチェックしてほしいことを上級曹長に伝えたのだ。三カ月前にあたるその日のことが、断片的に記憶に戻ってきていた。

〝彼らを教練し、ただし絞りあげるのはやめておけ〟とは？

上級曹長はいったいなにを言おうとしたのか？　ハーウッドは考えこんだ。

彼らをミルク《Milk》する？　MLQMのことか？　これはひとつの手がかりにちがいない。マードックが意味のないことを言うはずはないからだ。

断片的なイメージが頭のなかで踊っていた。いまやっとわかった。モニシャが、いまは死体となったラニーとストーナーによってベッドに縛りつけられているのを目にしたとき、ひとつの小さな記憶のかけらがよみがえったのだ。ばらばらになったパズルのピースのように、迫撃砲弾があの場所へ飛来してくる少し前、サンギン村で三人の男たちが三人の女たちを〝エスコート〟しようとしている記憶が戻ってきた。そのパズルのピースを、ひとつの事実の隣に置いてみよう。あの迫撃砲弾は、その男たちのひとりが双眼鏡で地形を調べたあと、自分の背後から飛来した。だが、実際のところ、自分とサミュエルソンがいた地点を直撃するには、だれかが迫撃砲の弾道計算コンピュータにデジタルの座標を入力するしか方法はなかったはずだ。そして、そのようなことが起こる可能性はひとつかふたつしかない。だれかが友《ブルー・フォース》軍確認データを、ひとつの任務を果たすために出動する前に、自分がいた地点への意図的な攻撃をかけることを明らかにせずチェックしたか、だれかが一兆分の一の幸運に恵まれて、その地点を正確に推定できたか、そのどちらかだ。

ハーウッドは運などは信じないし、そんな途方もない確率で正しい推定ができるとも思わなかった。

MLQMを絞りあげる。

上級曹長との会話で、自分を追っている集団のひとつはMLQMであることが示唆されたのだ。ハーウッドはようやく、ラニーの車のGPSを無効にする決断をした。グローブボックスのなかへ手をのばし、オーナーズ・マニュアルをひっぱりだすと、ヒューズボックスの説明図が見つかったので、ハンドルの下にあるボックスを開き、GPSのコントロール・パネルを取りはずす。これまではリスクを計算したうえでオフにしないようにしていたのだが、追われることにはもううんざりだし、自分を追っている連中、自分を死なせたがっているやつらに、自分はそいつらの勢力圏にいることを知らせてやりたくなった。そこで、タイビー島へ車を走らせてきたというわけだ。

いまからは、自分がそいつらを狩るのだ。

ひと群れのペリカンが大洋の海面を滑るように、低く飛んでいく。朝陽の先端が水平線に現われて、朝の空をオレンジ色に染めていた。白いコック服を着た男が、店の前に出す厚紙のサインを〝準備中〟から〝営業中〟に変えている。バックシートにいるモニシャが身をよじって、つぶやいた。

「どこにいるの？」

「ビーチ」ハーウッドは言った。「これから朝飯を食って、出発する」

「ちょっとしかいられないのに、なんでこんなところまで来たの？　ビーチは大好き」モニシャが言った。そろそろ目が覚めてきたようだ。

「きみのスマートフォンにどっさりあるメッセージに関して、言っておきたいことがあるんだ」

「わたしのスマホを見たの？」

「うん。電話をかける必要があったんでね。それと、ここしばらくは借りておくつもりだ」

「そんなのないわ」

「これの短縮ダイヤルにソーシャル・サービスのがいくつもあった。おれのルールに従わないと、当局に逮捕されるはめになるぞ」

「警察の人間はまだだれも起きちゃいないから、そんなのはでたらめな話に決まってる」モニシャが言った。

抜け目のない子だ、とハーウッドは思ったが、かまわず圧力をかけた。

「警察は二十四時間態勢で動いてるんだ。おれのやりかたでやる。いいな？　店に入って、朝食をとる。それから、おれはひとっ走りしてくる。きみはビーチをエンジョイしてろ。そのあと、いっしょに出発する」

「走る？　どこへ走ってくの？」

「ただのエクササイズさ」とハーウッドは応じた。ずっとバックミラーを見て、モニシャの目の動きを追っていたから、彼女がこちらの言うことをすべて理解していたのはわかっていた。

「おなかがすいた」彼女が言った。「それと、ちょっぴり怖い」

「むりもない。しかし、おれはきみが安全でいられるようにしようとしてるんだ。ゆうべもそのためのことをやったし、これからもそうするつもりだ。理解したな？」

「うん。わかったみたい」

「だったら、オーライ。飯にしよう」

ふたりは車を降り、この日の最初の客としてレストランに入った。塩気を含んだこの地の空気が心地よかった。その空気を吸いこむと、頭がさらにすっきりするのが感じられた。ハーウッドは推測した。いずれこの島を離れなくてはいけないが、それまでにまだ三時間の猶予があるだろう。ハーウッドはモニシャに、朝食が運ばれてくるまで――彼はファーマーズ・スペシャルを、彼女はブルーベリー・パンケーキを注文した――このブースの自分の隣の席にすわって、彼女のスマートフォンの使いかたを教えてくれるようにと頼んだ。

「これがツイッターのやつ。ブラック《B》・ライヴズ《L》・マター《M》のハッシュタグを押してみて。ほら、あんたがヒーローになってるでしょ」

前にジョージア・サザン大学でチェックしたときとまったく同様、ツイッターは投稿の嵐になっていて、ハーウッドが、法と秩序主義者で人種差別主義者であるとも言われるクラフト上院議員を射殺したという新たなツイートが秒刻みで出現していた。〝ハーウッドがあの男を始末した！　#BLM！！　#ヒーローハーウッドのつぎの犠牲者に関するヴェガスのオッズはどうなのか！〟

「つぎはだれを撃つつもり？」モニシャが問いかけた。

ハーウッドは彼女を見て、言った。

「おれはだれも撃っちゃいない」

「やめてよ。あんたがなんでもなさそうにあのふたりを殺すのを見たんだから」

「おれがあいつらを殺したのは、あいつがおれたちを殺そうとしたからだ。おれはあいつらとは立場がちがってた。あいつらは、おれたちを殺せた。というか、殺せると考えてたんだ」

「でも、悪いけど、あんたがほかの人間を殺さなかったと信じるのはむずかしいの。やったのはあんたのライフルだのなんだのと、みんなが言ってるから」

「おれのライフルが使われたのはたしかだと思う。おれはいま、いろいろと考えをめぐらして、その答えを見つけようとしているんだ。わかったか？」

朝食が運ばれてきた。モニシャは気がかりに感じているようなことを言ったにもかかわらず、ずっとハーウッドの隣にすわっていた。ハーウッドは、彼女が自分といっしょにいるのは、たとえすぐ隣にいたとしても、安全だと感じているのを察した。朝食をすませると、ハーウッドは二十ドルの朝食代に対して現金で三十ドルを支払い、いっしょに車のところへひきかえした。車内からリュックサックを取りあげて、背負い、トランクを開けて、ラニーのキットバッグを探ってみる。そこに入っていたものを見て、彼はうれしい驚きを覚えた。

「それにライフルを入れていくの？　そのなかに？」モニシャが問いかけた。

「おれはこれにいろんなものを入れておくんだ、お嬢ちゃん。よし、あのベンチが見えるな？ あそこに半時間ほどすわっててくれ。おれはひとっ走りしてくる」彼は鍵束をポケットに押しこんで、海辺の砂丘に置かれているベンチを指さした。そこからは大洋と、海面へ突きだして埠頭が見渡せた。

「スマホを返してくれない？」

「だめだ。あれで写真を撮る必要があるからね」

「わたしが入れてある写真は見ないでよ」

「見ないさ。写真を二、三枚、撮る必要があるだけだ」ハーウッドは言った。

彼は車をロックして、ジョギングを始めた。肩ごしにふりかえると、モニシャが腕組みをしてこちらを見つめているのが見えた。黒の長袖シャツにブルージーンズという身なりなので、八月のビーチには場ちがいなように感じられた。ほどなく波止場ごろどもが現われて、彼女に目をつけるだろう。

街路を横断し、横道を走っていくと、タイビー・クリーク・ビーチに出た。ワークアウトは快かったが、それといま走っている理由はほとんど無関係だった。半マイルほど走ると、探していたものが見つかった。すでに太陽が水平線の上に出ていたので、西へ向かう選択をしてよかったと思った。これで、自分がまばゆい朝陽を背にしたシルエットになってしまうのを防げるだろう。砂丘がいくつかつづいているところを見つけて、彼はリュックサックをおろした。それのポケットのひとつからスポッター・スコープを取りだし、それを砂に置いた三脚《トライポッド》にはめこむ。目に見えないほど小さい昆虫、スナノミが腕や脚に嚙みついてきたが、彼はおのれの任務に集中した。

スコープのレンズを通して、ほとんどの兵士が〝ミルケム〟、もしくはMLQMの名で知っている民間軍事会社の取締役会議長が所有する施設が見てとれた。マードックと電話で話をしたあと、彼はモニシャのスマートフォンを使ってサーチし、MLQMを見つけると、それの〝リーダーシップ〟アイコンを押した。そのページのいちばん上に、取締役会議長である〝バズ〟・マーカムの写真があった。インターネットをちょっとサーチしただけで、その男がタイビー島に〝自宅〟を構えていることがわかったのだ。

ハーウッドが負傷したとき、MLQMの傭兵たちがアフガニスタンにいた。ハーウッドがひどく多数のタリバン指揮官を射殺して注目を浴びたことに不平や不満をいだく傭兵たちのなかに、ラムジー・ザナドゥという男がいた。ハーウッドは思いだした。自分たちがハンヴィーやMH‐60ヘリコプターに搭乗して偵察に出発すると、その数時間後にいつも、ザナドゥとそのチームがカンダハル作戦基地のフェンスの外に出ていくようになったのだ。その記憶が、行方不明になっていたパトロール兵がひょっこり森から出てきたような感じで、よみがえってきた。たぶん、モニシャを救出したことが癒《いや》しになったのだろう。それが助けになって、心が再起動《リブート》され、本来の精神状態にリセットされた。いや、アップグレードすらされたかもしれない。折れた骨が回復すると、さらに強くなるように。

彼は要塞のような施設をスコープを通して観察した。あれはまさしく、バズ・マーカム退役将軍がタイビー島に構えている邸宅だ。三エーカーもの広さを有する要塞。北側には高い壁がめぐらされ、東側と西側の両方に監視塔がある。この早朝でも、二名の監視員が双眼鏡をのぞいているのがわかった。彼らはAR-15アサルト・ライフルをアウター・タクティカルヴェストに吊し、スナップ式リンクで二点式スリングの所定の位置に固定していた。そこまでの距離は四百ヤード以上あるので、こちらが探知されることはないだろうと彼は確信した。

コンクリートの壁の左右の終端から有刺鉄線フェンスがのびていて、東側のは大洋のなかへ、西側のは入り江のなかへ没していた。ほぼまちがいなく、そのどちらにも水中センサーが設置されているだろう。彼はモニシャのスマートフォンで数枚の写真を撮った。どのみち、自分がそれらを破壊して、ターゲットのフォルダーを作成してしまえば、防御の有効性は失われるだろうが。朝陽はいまも昇りつづけている。遠方で上下に揺れる二隻の船は、ほぼまちがいなく漁師のものだろう。最終評価。あの施設は、高い壁や鋭い有刺鉄線フェンスや監視哨を有する侮《あなど》りがたい要塞だが、水中から侵入できるルートがひとつある。

スナイパーはマーカム退役将軍を——彼らのなかの最悪の犯罪人を——撃つのに絶好の地点にいた。あとは、あのろくでなしが要塞から足を踏みだしてくるだけでいいのだ。スナイパーはそこを精査し、待機し、さらにまた精査をつづけたが、成果はなかった。唯一のターゲットはあの二名の監視員だ。

彼らを撃つ？　なぜいけない？　彼らは王《キング》を守る歩《ポーン》にすぎない。そしていま、キングは窮地に立たされていることを自覚している。チェスボードからそいつの手駒をさっさと排除して、詰めの時が迫っているという明白なメッセージを送ったほうがいいのかもしれない。

スナイパーは、遠いほうの監視員にクロスヘアを重ねた。これはタフな射撃だが、過去にやったきわめつきにタフな射撃にくらべれば、それほどのものでもない。兵役年齢の若い男が双眼鏡の接眼レンズを通して、揺らぐ光景をながめている映像がスコープのなかに浮かびあがる。思考し、予期し、射撃のタイミングを計って、スナイパーがトリガーを絞りこみ、その監視員のこめかみに銃弾を送りこむと、そいつはよろめき、真後ろの砲塔のなかへ倒れこんだ。

スナイパーはすばやく、近いほうの警備員へライフルをめぐらし、視野の揺れをさばいてから、同様に予期し、タイミングを計った。その監視員は西側の砲塔へ顔を向けていた。ふたつの監視塔の間隔は百ヤードほどのものだろう。そいつは同僚が倒れる音を聞きつけたのだ。監視員が、銃撃が襲ってきたにちがいないと思われる方向へ反射的に向きを変えたそのとき、スナイパーは監視員の体の左側面にクロスヘアを重ねた。完璧な射撃とはならなかったが、その銃弾は監視員の首をつらぬき、その体が回転して、監視塔から落下しそうになった。

移動すべき時だ。排出された空薬莢《から》はおそらく、すぐに発見されることはないだろうが、それでもあとに残った手がかりにはなるだろう。

見る必要があったものを見たところで、ハーウッドはまだ伏せた姿勢のまま、荷物をまとめ、リュックサックを背負った。静謐《せいひつ》な海面の向こうにある陸地から、咳きこむような音が二度、聞こえた。

ハーウッドが立ち去る準備をしていると、一隻のボートがその方角へうなりをあげて走りだした。あの騒音はいい隠れ蓑《みの》になると考えながら、歩きだしたとき、あの施設の北側の低空に、黒い点がひとつ見えて、彼は足をとめた。そして、その施設から遠ざかるのではなく、砂丘より低く身をかがめながら、砂の壁に沿って駆けていくと、有刺鉄線フェンスのところにたどり着いた。大胆に行動することにし、リュックサックからワイヤカッターを取りだして、カメラがこちらを監視しているにちがいないと思いながら、薄い防御網を切り裂いていく。カメラを心配してもしょうがない。もうそんな場合ではないのだ。ハーウッドはその施設の横手にある暗い洞穴に近づいていった。タイビー川の水が弧状の入り江に流れこんでいるところだ。引き潮の流れが脚を打つのを感じつつ、膝ほどの深さの濁った水を分けて進んでいく。

洞穴にたどり着くと、シガレットボートと呼ばれる高速レースボートが一隻、船舶引きあげリフトの上に置かれているのが見えた。

〝B1爆撃機《Be One Bomber》〟と記されている。

マーカムのボートにちがいない、とハーウッドは思った。ブルーとシルヴァーという、空軍の色に塗られている。その細長い流線型のデザインは、元戦闘機パイロットにふさわしいものだ。逃走の手段なのか、それとも遊び道具なのか？　ハーウッドはいぶかしんだ。さらにまたワイヤを切断すると、こんどは警報装置が作動し、建物の内部で非常ベルが鳴りだした。ハーウッドはボートに乗りこみ、操縦コンソールを見つけだすと、リュックサックのなかへ手をつっこんで——ラニーの物品に感謝だ——三分ほどのあいだに、やる必要があると考えていたことをやりきった。

ちょっと間をとって、自分がやった細工を点検し、これでよしという確信を得た。上方から、表口を駆けぬけてくるような足音が届いてくる。二十ヤードほど上にあるドアが開いた。彼が水面へ身を投じたとき、ライトが射しこんできて、だれかが呼びかけてきた。

「そこにいるのはだれだ？」

ハーウッドは来た道をひきかえして、切断したワイヤをくぐりぬけ、ビーチを北へと駆けもどった。走りながら、さっき偵察をした監視塔を見あげてみる。西側の塔は無人のように見えた。東側の塔を見ると、ひとりの男が塔から体をなかば突きだした格好でぐったりとなっていた。撃たれたらしい。ハーウッドが駆け足で半島をつっきり、メイン・ストリートを横断すると、モニシャが辛抱強く待っているのが見えた。彼が汗びっしょりになって、そのビーチにたどり着くと、モニシャはいかにも十四歳の少女らしく、両脚をぶらぶらさせていた。彼女がほほえんで、問いかけてくる。

「だれか殺したの？」

「いいや。さあ行こう」ハーウッドは言った。

ふたりはもう二時間半、この島にいた。有能な追跡者なら、あと三十分のうちにハーウッドを発見するだろう。できの悪いやつなら、まだ一時間半ほどかかるだろうが。

ふたりは車に飛び乗った。パーキングロットは、そろそろ客の車で混みあってきていた。彼が車の運転に両手を取られているあいだに、モニシャが彼のポケットからスマートフォンをひったくる。

「おいおい」ハーウッドは言った。

「あんたがわたしの写真を見なかったのをたしかめるだけよ」彼女が言った。

ハーウッドはサヴァンナへひきかえすべく、北へ向かい、橋に通じる道路との交差点をめざした。

「やったじゃん」彼女が言った。「邸宅の写真を何枚か撮ったのね。そこに、つぎに殺すつもりのやつがいるんだ」

「いや、そうじゃない」あまり確信のない声で、ハーウッドは言った。

「あ、なにこれ」モニシャが言った。

「どうした？」

「ツイッター。すごい投稿がぞろぞろ」彼女が言った。

ハーウッドは急いでサヴァンナへひきかえそうと、ルート80を使って、ウィルミントン川に架かる橋へと車を疾《と》ばした。橋の上にさしかかると、二マイルほど向こうで、警告灯をともしたパトカーが列をなしているが見えた。

「わかった」モニシャが言った。「あんたが監視員をふたり殺したんだ。わたしたち、まるでボニーとクライドみたい！」

# 19

「おれは監視員を殺しちゃいない」ハーウッドは言った。「なんの話なのか、さっぱりわからないね」

「そんなふうには見えないけど」モニシャが言いかえした。「インターネットじゃ、あんたが殺人犯だとされてる。最新のCNNニュースだと、国民の八十四パーセントがあんたは有罪だと思ってるとか」

「まあ、少なくとも十六パーセントはおれの味方ってことさ」ハーウッドは軽口を飛ばした。「そうとも言えないでしょ。そんなのは、大統領がだれなのかも知らないやつらよ」

ハーウッドは、サヴァンナ港の北端にある倉庫から五十ヤードほど離れたところに立っている、枝を低く垂らしたオークの木の下にマスタングを駐めた。一本の土の道の先に、そこはリヴァーフロント地区で比較的新しい倉庫が並んでいるというわけで、最高の価格がつく、六十エーカーの広さを有する樹木の茂ったリース用の土地がひろがっている。波止場には、ボート用の傾斜路と小さな桟橋があり、そこに、中央《センター》コンソール式のボートが二隻、係留されていた。この開《ひら》けたスペースは、港に近いのが都合のいい海運ビジネスの一等地のように見えた。朝陽がほぼ昇りきっていた。時刻はだいたい午前八時。あと二時間ほど、この場所でなにも起こらなければ、自分たちはだいじょうぶだろう、とハーウッドは思った。この車は、上空からの監視の目を完全に逃れているし、地上からでもほんのわずかしか見えないはずだ。ふたりは、バケットシートにじっとすわっていた。

「少し眠っとけ、モニシャ。長い道のりになるだろう。きみのスマートフォンでいくつか電話をしてから、きみをどうするか判断しなくてはいけない」

「あのね、取り引きしようよ。ちょっとスナップチャットをやって、わたしが写真を投稿したら、きっと注目を集める。そのあと、わたしがユーチューブに二分ほどの動画を投稿したら、百万ドルは入ってくるわ」

ハーウッドはまず電話をかけてから、しばらく考えてみた。どうせ自分の記事を書かせるのなら、ジャーナリストではない人間より、ジャーナリストのほうがいいのではないか？モニシャは、だれかの保護が必要な、拠《よ》り所のない十四歳の少女にすぎない。しかも、彼女にそれをやらせたら、自分は激烈な逆風を浴びるはめになるかもしれない。主要メディアは、おこがましくも子どもを利用したとして自分を断罪するだろうし、彼女もあとになってそのように言いたてるかもしれない。自分はおのれを守る必要があり、そのための最善の方法は、自分たちの行動をデジタル動画で記録しておくことだろう。

だが、決めるのは、折り返しの電話がかかってきてからのことだ。

「ちょっと待った、モニシャ。こういう取り引きはどうだ。きみは、そのやりかたで有名になったら、いまインターネットを使ってやっている商売をやめるんだ」

間を置いて、彼女が応じる。

「オーケイ。取り引き成立」彼女が細い腕をのばしてきて、ふたりは握手した。「電話がかかってきたから、出たほうがいいよ」

「ラジャー」とハーウッドは言って、電話に出た。

「レンジャー、前からわかっていたことだが、きみはいい直感の持ち主だ」部隊最先任上級曹長マードックが言った。「付け足しておくなら、きみは自分の訓練生たちに、そういう直感の追認や弾痕解析にはQ-36レーダーを使うのがよいことを教えるべきだろう。わたしはさっき、それに関する報告書に目を通したんだ」Q-36レーダーというのは、飛来する迫撃砲弾やスカッド・ミサイルなどの弾道を途中で捕捉するレーダーだ。

「おれが自分の訓練生たちを正しく訓練するなら、上級曹長、どれほどの予防策を講じていても、ときにブルー・オン・ブルーが生じるおそれがあることを、訓練生たちに教えてやれるようにしたいですね」ハーウッドは言った。〝ブルー・オン・ブルー〟は、友軍からの攻撃を意味する。〝ブルー・オン・グリーン〟は、アメリカ軍がアフガン軍に攻撃をかけたという意味だ。〝ブルー・オン・レッド〟は、アメリカが敵の部隊に攻撃をかけたことを意味する。

「それは正しい。きみの訓練生たちに教えるべきさらに重要なことは、軍曹、ブルー・オン・ブルーは必ずしも正規軍との交戦を意味するわけではないという点だ。友軍《ブルー・フォース》にはほかにもさまざまなタイプがある」

考えていたとおりだ。ＭＬＱＭはカンダハル州で襲撃チームの任務を担当していた。ときには高官たちの警護任務を提供し、ときには、携帯電話基地局とか学校とか貯水池といった重要なターゲットの警備を独立任務としておこなっていた。ハーウッドが協力して行動した傭兵たちの九十九パーセントは、自分と、そしてレンジャーの同僚たちと、任務意識と目標を同じくする、真のプロフェッショナルだった。だが、なかにはザナドゥのような、自分をいやな気分にさせる男もいた。

「きみへのアドヴァイスはこうだ、レンジャー。中断中のレンジャーの任務を続行《チャーリー・マイク》できるようにするには、可能なかぎり早くその訓練を締めくくることだ」

「ラジャー、上級曹長。あとひとつ、助言してもらいたいことがありまして」

「さっさと切りだせ」上級曹長が言った。

「敵がスナイパーを殺そうとするのはなぜでしょう？」ハーウッドは問いかけた。

「そのわけはつねに同じだ。大きな最終目標に備え、相手のもっとも有能な人員を盤面から取り除くため」

電話が切れた。上級曹長はハーウッドに、いまわかっていることをすべて伝え、情報のギャップを埋めてくれた。だが、まだ疑問がいくつか残っていた。

「必要なことが聞けた？」モニシャが問いかけてきた。大きな目で彼を見つめ、唇をゆがめてにやにやしている。「わたしは耳がいいの。でも、なんにもわからなかった」

「ああ、聞けた。すべきことがわかった」と彼は応じた。

いまの上級曹長の話で、あのときMLQMの部隊が自分に迫撃砲を撃ってきたことが確認できた。まだわからないのは、迫撃砲攻撃を受ける直前、自分とサミュエルソンが目撃した、サンギン村での拉致事件を実行したのはMLQMの傭兵たちなのかどうかという点だった。

〝彼女を取りもどす！〟という、あのチェチェン人のメッセージ。そして、〝取り引き？〟。あれは、あの敵対者が本気で要請したものなのか？　MLQMの傭兵たちが、チェチェン人の知るだれかを拉致したか、殺害したということはありうるのか？　その可能性はある。だとしても、チェチェン人はなにを取り引きしようとしたのか？

「だったら、わたしのスマホはめっちゃ有名になるってわけね？　イーベイで高く売れるようになる？」

「そんなふうなしゃべりかたをやめないといけない。実際のところ、いまきみはおれの妹みたいなものなんだ」

ハーウッドはリンジーのことを思った。義理の姉、自分が救えなかった女性のことを。自分は罪滅ぼしをしようとしているのか？　たぶん。

「だから、おれの言うとおりにし、注意をはらっていなくてはいけない。危険な事態になるかもしれないからね。ただ、きみをどこへ連れていけば、社会から疎外されず、おれのように窮地に陥らずにすむのか、そこのところがわからないんだ」

「あんたのように？」とモニシャが問いかけ、ハーウッドはうなずいた。

モニシャが目をそらす。涙をぬぐってから、また彼に目を戻してきた。

「いまのあんたはわたしみたいな負け犬だとしても、これまで生きてくるあいだに、なにかはやったでしょ。戦争で敵を殺すとか」

「きみは負け犬じゃない、モニシャ。おれの言うとおりにすれば、いっしょにこの状況から抜けだせるだろう。おれはきみをどこか安全な場所へ連れていき、この任務にけりをつけるつもりだ」

「どこにも行きたくない」彼女が言った。「あんたといっしょにいたい。いまあんたが言ったでしょ。あんたはいま、わたしの兄貴。こんなの初めてよ」

「よし、きみの兄貴ってことなら、おれの話をよく聞くように」ハーウッドは言った。

少し間を置いて、彼女が言う。

「取り引きが守られてるかぎり、そうするわ」

「それでいい」ハーウッドは言った。モニシャがほほえんで、バケットシートにもたれこむ。

「『わたしとザ・リーパー』。そのうち、本を書こうかな」

「まあ、いいだろう。それはともかく、このことを理解してくれ。おそらく、きみのスマホはもう傍受されているだろうから、また必要になるまで、電源を切っておく必要があるんだ」

「あんたが指揮官」

ふたりは黙りこみ、しばらく車のなかにすわったまま、川を静かに航行していく大型商船をながめていた。

「監視塔の男たちを殺したのはだれだと思ってるの？　さっき見たツイッターにそんな投稿がいっぱいあったでしょ？」モニシャが問いかけた。「でも、わたしはもうあなたを信じてるから、兄貴」

ハーウッドはその無邪気な声を聞いて、自分は殺していないのだという確信を新たにした。「だれかがおれを陥れようとしている。この連続殺人事件は――将軍のも、警官のも、上院議員のも、二名の監視員のも――すべて、前にアフガニスタンで起こったできごととなんらかの関連があるんだ」

「殺されたのはみんな悪人で、殺されて当然だったとか」モニシャが言った。

「それはそうだろうな」ハーウッドは同意した。「しかし、それでは筋が通らないことがある」

「あんたがわたしを救うためにやったことは、正しいんでしょ？」

ハーウッドは彼女を見つめた。思考が明晰になってくる。彼はまたスマートフォンの電源を入れ、上級曹長に電話をかけた。すぐさま、相手が電話に出た。

「きみが訓練生に教える必要があるもうひとつのレッスンは、作戦の安全確保だ」上級曹長が言った。

「ラジャー、上級曹長。訓練生たちに話をするさい、手強い相手となる単独の敵を向こうにまわすことになるかもしれないと教えるようにしましょう。そして、その敵を打ち破るには、スナイパーはそいつに関するすべてを、私生活をも含め、知っておく必要があると。たとえば、そいつは結婚しているか、子どもはいるかといったようなことを。どうでしょう？」

少し間を置いて、上級曹長が応じる。

「それは秀逸な指導ポイントだ、軍曹。その点については少し考えさせてくれ。またこちらから電話を入れよう」

「暗号でしゃべってたんじゃない？　なにかをしてくれって、彼に頼んでたみたい」とモニシャが言い、またほほえんだ。

「そうかもな」ハーウッドは言った。

太陽がすっかり昇りきっていた。もう午前九時前後だろうと、ハーウッドは見てとった。きょうこそ、この状況を解決できるかもしれない。予想していたより早く、電話が鳴った。

「軍曹、事柄はふたつ。まず、きみは兵卒だったときにやった捜索任務を思い起こす必要がある。つぎに、きみの訓練生への指導内容を提案しよう。もっとも完全なターゲット・フォルダーを作成し、それらのフォルダーがつねにどこにあるかを知り、たとえ戦場に配された場合であっても、それらにアクセスできるようにすること。そして、そのことを、いますぐ、訓練生たちに教えるようにと提案しよう。なぜなら、いつなんどき、訓練のための残り時間が失われ、戦闘が唯一の選択となるか、まったくわからないからだ」

上級曹長が電話を切り、ハーウッドは、また彼と話をすることはできるのだろうかと思った。そのあとすぐ、彼はグーグルのホームボタンを押し、Gメールのパスワードを入力した。

それは二年前に上級曹長が、ハーウッドが可能なかぎり最良のレンジャーとなり、最良のスナイパーとなるための訓練を受けていたときに、極秘情報を学べるようにと用意してくれたアクセス・アカウントだった。

Eメールの数かずに目を通していくと、スナイパーのためのマニュアルや、イラクやアフガニスタンにおける戦闘から得られた教訓、そして、上級軍曹が信頼し、尊敬している古参兵たちのブログなどがあった。やがてハーウッドは、下書きフォルダーのアイコンに太字の〝1〟が表示されていることに目を留めた。

下書きフォルダーアイコンを押すと、未送信の下書きメールが一通あり、彼はそれを開いた。

ひとりの女の写真があった。黒い髪、緑色の目、白い肌。そのかたわらに、ピンストライプスーツ姿のビジネスマンがいた。彼らがいるのはどこかのカジノで、おそらくは、モナコやカサブランカといった、ハーウッドの人生にはまったく縁のなさそうな場所のどれかだろう。それは、ハーウッドがあのチェチェン人に関するターゲット・フォルダーを作成していたときに、カンダハルで見たのと同じ写真だった。

このこざっぱりとした男は、エレベーターにいっしょに乗ったあの男であるにちがいなかった。その下書きメールには、このような記述があった。

最高機密《TS》／特殊カテゴリー《SPECAT》／／これは例のチェチェン人と、その妻ニーナ・モローである。三カ月前、モローは戦闘地域において拉致され、以後消息を絶ったと伝えられている。モローは、フランスのCIAに相当する対外治安総局《DGSE》の要員で、正看護師としての教育を受けているとされるが、われわれはその信憑性《しんぴょう》は低いと考えている。われわれは、彼女とバサエフの関係はDGSEの職務としてのものではないと判断している。フランス政府は彼女を生還させようとしているが、彼女とバサエフとのつながりを明らかにすることには消極的であろう。弾痕解析およびQ-36のデータによって、迫撃砲攻撃をおこなったのはバサエフではないことが確認された。民間軍事会社《PMC》には、戦闘地域において麻薬流通や性奴隷の密輸にも関わっているとの嫌疑がかけられている。バサエフは、PMCの諸活動にアメリカ軍が関与していると考えている。バサエフは、二〇一〇年の作戦における第四の男であろう。モローは背信し、バサエフが二〇一〇年の作戦を完遂するのに手を貸したのであろう。ロシア政府が資金調達をしていると考えられる。／／
TS／SPECAT

ハーウッドは即刻、そのメールを下書きフォルダーから削除した。上級曹長はキャリアをだいなしにするリスクを冒して、最高機密の特殊カテゴリーに属する情報を極秘扱いでないEメールの下書きフォルダーに入れてくれたのだ。削除すれば、厳密には、彼はそのメールを送ったわけでなく、バサエフとモローの写真をアップロードしただけということになる。

バサエフが〝彼女を取りもどす！　取り引き？〟というサインを掲げる直前に、ハーウッドとサミュエルソンが目撃したのは、タリバン兵を装ったMLQMの傭兵たちによる三人の女の拉致だったのだ。二〇一〇年の作戦における第四の男というのは、それよりいくぶん当惑を感じさせるものだった。二〇一〇年の時点では、ハーウッドは一兵卒として、ハンター陸軍飛行場に駐屯する第一レンジャー大隊に配属されていた。〝第四の男〟というのは、シャベルとリュックサックを携行して歩いているところを警察官に制止された〝ロシア人たち〟のひとりという意味だろう。警察は四人のうちの三人を逮捕し、そのうちのふたりはロシア人で、ひとりはカザフスタン人だった。

上級曹長は、第四の男はおそらくチェチェン人のバサエフだと伝えようとしたのだろう。警察が押収した備品類をもとに考えれば、その男たちは当該エリアへパラシュート降下した。押収品のなかには、パラシュート・ハーネスやキットバッグ、シャベル、そして危険物用手袋とマスクまであった。その男たちは最終的に釈放された。というのも、彼らは永住許可証《グリーンカード》を持っていて、現地当局や特殊作戦コミュニティが非難の声をあげたにもかかわらず、司法省は彼らを勾留すべき理由を見つけることができなかったからだ。それでもなお、ハーウッドと同僚のレンジャー隊員たちは、地雷探知機や暗視ゴーグル、赤外線画像探知機などを用いて、ハンター陸軍飛行場の周囲を何マイルにもわたって捜索した。あらゆる手段を尽くしたところ、探知不能の高高度スポーツ・パラシュートを入れたキットバッグが二個、見つかったのだ。

上級曹長は、なにを伝えたかったのか？　バサエフが二〇一〇年にそこにいたことを？

そして、そのときの作戦を完遂するために戻ってきたと？

それがバサエフが持ちかけた取り引きという可能性はあるのか？　ハーウッドは考えをめぐらした。

最悪の推測は、あのとき、彼らはそこに戦術核爆弾を埋めたというものになる。それが爆発すれば、特殊作戦航空連隊第三大隊とレンジャー大隊、そして、そこから三十マイル離れているジョージア州フォートスチュアート陸軍基地を本拠とする一個師団全体を、サヴァンナ市の東岸にあるもっとも船舶の出入りが多い各港もろとも、無力化することになるだろう。

「いったいなにを考えてんの？」モニシャが問いかけた。

ハーウッドは頭のギアを入れ換え、さまざまな思考や可能性をはらいのけた。いまよくわかっているのは、なにが起こっているのかということだけだ。自分は、バサエフが警察に追わせる必要のある兎というわけだが、それでも自由に行動することができるのだ。

「オーケイ、こういうことだ。おれがアフガニスタンで向こうにまわして戦っていた男がいて、その男は、おれがそいつの妻を拉致したと考えている。おれはそんなことはしていないが、だれがやったかはわかってる。やった連中を見つけだせば、おそらく拉致された妻を見つけだせるだろう」

「それで、そいつらはあんたを陥れようとしたってわけ。あんたに追われないようにしようって」モニシャが言った。

「まあ、そんなところかな。たぶん、そいつらは、いずれおれの記憶が戻ってきて、知りすぎた男になるだろうと考えている。あの傭兵どもは、おれに目撃されたことを知っている。あっさりおれを殺してしまうわけにはいかないが、おれのライフルを利用するという次善の策を考えだした。あのひとびとを殺したということで、おれを陥れようとしたんだ。これで方程式の半分は解けた」

ハーウッドには、まだパズルの大きなピースを見落としていることがわかっていた。なぜそいつらは、陥れる作戦を遂行するにさいして、自分たちの仲間にあたる連中を殺したのか？　真実性をさらに強めるためか？

血管からアドレナリンが消えていく。疲労が大洋の波のように、全身に打ち寄せてきた。

「疲れた？」モニシャが問いかけた。

「ああ。くたびれきった。さっき走ったからな。まだ記憶はすっかり戻ってはいないが、だいぶ回復してきた」

彼女が見つめてくる。無邪気そうに見開かれたあどけない目を見て、ハーウッドは、たぶん自分は元に戻れそうだと思った。眠気でぼうっとした状態のなかで、ふと、モニシャが自分の回復剤になってくれていることに気がついた。彼女の境遇を知ったことがばねとなって、予測行動と戦術を忘れ去って退行していた自分の心を立ちなおらせてくれているのだ。

「そのことをしゃべりたい？」

「きみが知らないたぐいのことをか？」

「わたしは、あんたが思ってるよりずっといろんなことを知ってる、リーパー」

「それより、きみ自身のことを話してくれてもいいんじゃないか？」

「そんなら、取り引きしようよ」彼女が言った。

「取り引き成立」

「わたしには兄貴なんかいなかった。ママは？　わたしを養えなかったって教えられた。そんで、わたしはいろんなホームにまわされたけど、たいていはアトランタのダウンタウンにあるホームレスのシェルターだった。どこでも、ろくに面倒は見ちゃもらえなかった。公立小学校のスクールバスが迎えに来てくれたけど、わたしみたいな子はみんな、何日かに一回は学校に行きたくても、めったに行けやしなかった。ティーンエイジャーになったら、ああいうところの男たちがなにを期待するようになるかは、わかるでしょ？」

「よくはわからないが、きみの言いたいことは理解できるよ」ハーウッドは言った。「かわいそうに」

「べつにかわいそがってもらわなくても。それが人生ってやつ。生きのびるのに必要なことをやっただけ。ひとりの男がバックページ（違法な児童売春などを含むウェブサイト）にわたしの写真を投稿し、わたしをあちこちに連れていくようになった。そいつがカネを半分取り、わたしが半分もらった。たいていは百ドルで、それぞれが五十ってわけ」

「学校のことを語ってくれ。ほかのことはあまり聞きたくない。この目でたっぷり見てきたからね。そういうのはよくないことだ。それはきみもよくわかってるだろう？」

「わかってるって、リーパー。よおくわかってる。でも、いまのわたしになにができるっての。わたしは堕落しちゃったんだから」

「きみは堕落しちゃいない、モニシャ」そう言って、ハーウッドはギアボックスごしに手をのばし、彼女の頬に伝った涙を拭いてやった。彼女はドアにもたれて、シートにあぐらをかいていた。「きみは、大きな世界にあまりに早く放りこまれた少女にすぎないんだ。でも、そんな境遇を乗り越えることはできる」

「どうしたらできるのかわかんない。とにかく、学校のことをしゃべろうかな。数学はめっちゃ得意だった。数字を言ったら、すぐ答えを出せるよ」

「50割る20は?」ハーウッドは質問を投げた。

モニシャが目をぎょろっとまわす。

「やめてよ。2・5。どうせそんなゲームをするんなら、ちょっとむずかしくして、スーパーマリオさん」

「900割る12は?」

ためらわず、彼女が答える。

「75。まだレベル・ワンね」

「オーケイ、信じるよ。じゃあ、このちょっとした試練にかたをつけたら、きみを学校に入れよう。どこか、高等数学を学べる学校に。読むほうはどうなんだ?」

「読めるわ。あんたに関するツイートを全部、ちゃんと読んだもん」とモニシャが言って、ほほえんだ。

ハーウッドもほほえんだ。

「うん、読めるだろうと思ってた。でも、スラム育ち的なしゃべりかたはやめなくてはいけない、モニシャ。過去がこうだったからと自分を決めつけるんじゃなく、過去を克服して、自分をつくりあげるようにするんだ」

「それができるって信じてるの？　あんなにたくさんひとを殺したのに——ごめん、あんなにたくさんってのは——アフガニスタンでのこと。あんたはそれを克服して、なにかをしようとしてるの？」

「まあ、おれがやったのはそれだけじゃないけど、答えはイエスだ。おれは本を書く計画を立ててる。この国を守ろうとしてるんだ。おれは自分の目標を達成しようとしている。きみが自分の目標を達成するのに手を貸そう」

モニシャがフロントグラスの向こうへ目をやる。

「それって、ほんとにすてきな話」彼女がつぶやいた。「でも、たぶん、このことがかたづいたら、わたしのことなんか忘れちゃうわ」

「忘れないと約束しよう」

彼女がうなずく。

「取り引き成立」

「おれはメリーランド州の田舎の、いくつかの農場を転々として育った。重い物を持ちあげられたので、ある農場主がいちばん長い期間、おれを手元に置いてくれた。彼の奥さんが数人の里子を育てていて、政府から補助金をもらっていた。そのなかにひとりの少女、リンジーがいた。おれより三歳年上というだけだったが、母親のようなものだった。彼女は料理や掃除をし、言うならば、おれの助言役にもなってくれた」

「いいひとなんだ。そんなふうにあんたの世話をしてくれたなんて」

「いいひとだった」ハーウッドは言った。

「だった？　なにかあったの？」

ハーウッドはしばらく黙りこみ、モニシャと同じく、フロントグラスの向こうを見つめた。このフロントグラスは、自分とモニシャが同じレンズを通して人生を見つめていることを示すシンボルなのかもしれない、と思った。その向こうへ目をやっても、見えるものはほとんど、いや、なにもないが、かといって、もっとたくさんのものを見たいわけでなく、これでじゅうぶんだった。リンジーのことを、そして彼女に降りかかったことを思うと、胸が痛くなり、モニシャのことを思うと、やはり同じように胸が痛くなる。失われた幼少期。あまりに早く奪われた純潔。

「もうオーケイよ、リーパー。取り引き終了」

「彼女は殺されたんだ。おれがきみの年齢のときに。十四歳のときに。彼女は十七歳だった。おれたちの〝母親〟が彼女に身支度をさせ、ある農場へ行かせた。おれは彼女を守ろうとしていっしょに行き、そこで一日じゅう待った。彼女はうんざりした。おれもうんざりした。やがて男がひとり入ってきて、ズボンのジッパーをおろし始めた。彼女はそいつに背を向けていた。そいつが彼女のほうへ近寄った。彼女はふりかえり、干し草用フォークでそいつに襲いかかった。そいつはあとずさり、ポケットから拳銃を取りだして、彼女の体に二発、撃ちこんだ。彼女は二、三秒、なにもなかったような感じでつったっていた。身が凍りついたような感じで。そして、身を横たえようとしたかのように、床にぐったりと倒れこんだ」

ハーウッドは咳きこんだ。自分はいま、心の奥にしまいこみ、隠してきたことを思いだそうとしているのだと気がついた。ふたりはそろって、長いあいだ黙りこんでいたが、やがてモニシャが問いかけてきた。

「その男はどうなったの？」

「言わなくてもわかるだろう」とハーウッドは答えた。

「そいつはザ・リーパーに出くわした。あんたが最初に殺した悪人は、そいつってこと？」

ハーウッドはうなずいた。

「干し草フォークがそいつの喉に突き刺さることになった。リンジーの容態をチェックしたが、すでに息がなかった。銃弾の一発が心臓を貫通していた。彼女は前から、チャンスがあったら逃げだせとおれに言っていた。その男が死んだのをたしかめてから、おれは逃げた熱い日射しが車をあぶり始めていた。記憶をよみがえらせたために、さらに疲労が募ってきた。まぶたが重く垂れてくる。眠る必要があった。

「わたしがそのリンジーなんだ」モニシャが言った。「だから、あんたはわたしを救った」

ハーウッドが彼女に目を向けると、真剣な顔になっているのがわかった。表情が引き締まり、唇が引き結ばれ、目から涙があふれている。

「まだ救えてはいないが、必ず救う」ハーウッドは言った。「約束するよ」

「あんたといっしょにいると安心。こんなの生まれて初めてかも」

ハーウッドは窓ガラスに頭をあずけた。そのとき、なにかの音が聞こえたが、これは眠りこんだせいなのか、それとも……。

「なに、あれ？」川を指さして、モニシャが言った。

「おっと。あれはプロトタイプ・ヘリコプターだ。おれたちを捜索しているんだ。メイコンであのヘリコプターの話を聞いたことがある」

三百ヤードほど前方を流れる川の上空を、ツイン・ブレードのヘリコプターが低空で飛行していた。いったん通りすぎたあと、それは高度をあげて、速度を落とし、霧の上方へ出てから、こちらへ機首を転じた。

ハーウッドはモニシャの手とリュックをひっつかんで、運転席側のドアから車を降り、彼女を連れて五十フィートほど先にある倉庫をめざした。

ヘリコプターのミニガンが一秒間で百発の銃弾を発射したとき、彼は自分の大きな体を盾にしようと、モニシャを引き寄せた。

手遅れだった。銃弾の一発が、九十ポンドほどしかない彼女の華奢《きゃしゃ》な体に命中して、貫通した。倉庫にたどり着くと、ハーウッドはその扉をぶち破って、五十ヤードほど奥まで走っていき、未使用のコンクリート配水管の陰にまわりこんで、モニシャを床に横たえた。

「痛い」彼女が言った。

ハーウッドは拳銃を床に置いてリュックサックを開き、包帯と止血ガーゼ《クイッククロット》、そして消毒剤《ベタジン》を取りだした。傷を調べてみる。脚を撃たれていた。出血がおびただしく、大腿動脈が損傷していないようにと彼は祈った。救急バッグから止血帯を取りだして、傷口のすぐ上のところにはめ、きつく締めつけてやると出血が緩やかになった。そのあと、彼はリュックから点《I》滴《V》袋をひっぱりだして、彼女の腕に針を刺し、点滴袋を四フィートほど高いところ、排水管の上に置いた。傷口にベタジンを注ぎ、射入口と射出口の両方にクイッククロットをあてがってから、脚に包帯を巻く。

「そこに隠れているんだ、モニシャ。頼む、おれのためにがんばってくれ」ハーウッドは言った。

彼女はぼうっとした目になっていたが、奇妙にも、かすかな笑みを浮かべていた。それを見たとき、彼はほかにも傷があることに気がついた。銃創はさんざん目にしてきたが、これほどおびただしい出血は見たことがなかった。彼はその傷をすばやく調べ、さっきと同じ処置を施した。この出血をさせた銃撃は痛烈で、目にもとまらなかったのだ。リュックサックをチェックすると、点滴袋はまだ二パック残っていた。だがこのままでは、あと三十分ももたないだろう。

ハーウッドは拳銃を握って、倉庫の扉のほうへ駆けもどった。よごれたスチールの網戸ごしに外へ目をやると、いまは炎上しているラニーのマスタングのかたわらにラムジー・ザナドゥが立っているのが見えた。ザナドゥは内部をできるかぎり詳しく見ようとしていたが、火勢があまりに強く、どうにもならないようすだった。ザナドゥが、ハーウッドとは反対側の遠くへ目をやり、急いでヘリコプターのほうへ走りだす。ヘリコプターがブレードで大気を切り裂きながら上昇し、東の方角へ飛んでいった。

ハーウッドはモニシャのそばへひきかえし、床に膝をついた。彼女が弱々しい目で見つめてくる。

「しあわせ。生まれて初めて」彼女がつぶやき、咳きこんだ。

「きみはだいじょうぶだ、モニシャ」どうか、死なないでくれ。

「わたしはオーケイ」彼女がささやいた。長い睫《まつげ》がさがってくる。彼女がハーウッドの目を見つめて、言った。「わたしはオーケイ。ありがとう……兄貴」

「ここに隠れてるんだぞ。おれのそばを離れるんじゃない」命じるようにハーウッドは言った。「ずっとおれといっしょにいてくれ！」

モニシャの目がうつろになった。

# 20

バズ・マーカム退役将軍は心安らかではなかった。この朝、彼は航続距離がのばされた豪奢な737で飛んできて、ハンター陸軍飛行場でヘリコプターに乗り換え、タイビー島にやってきた。いまは邸宅の裏手のデッキに立ち、海中に群がるブルーフィッシュ（南北アメリカ大陸の大西洋岸に生息するムツ科の魚）めがけてダイビングする鷗《かもめ》どものなかで漁をする白い釣り船をながめていた。ついさっき、別の漁船が南東の方角へ高速で去っていった。そのあたりの海面が、沸点を超えた水のように泡立っている。海から吹き寄せる風に、塩気と海の生きものたちの饐《す》えたようなにおいが混じっていた。

「なにかつかんだか？」携帯電話に向かって、彼は言った。「こちらは監視員が二名、殺害された。おまえが殺さねばならないサイコパスによって殺害されたのだ」

「そのことは聞いています。やつは、われわれが思っていたより有能なんでしょう」

「それとも、おまえは、おのれが考えていたほど有能ではないとか？」

　沈黙を空電の音が埋める。

「で、ほかになにか新たな知らせはあるのか？」マーカムは問いかけた。

「おれはいま、ラックの天井まで搬送ケースが積みあげられた、われわれの倉庫の真ん中に、ひとりで立っています。ここは安全です。よい知らせと、あまりよくない知らせがありまして」ザナドゥが言った。

「二名の監視員が殺害されたことより悪い知らせがあるのか？」

「イエスでもあり、ノーでもありですな。新しい監視員を見つけることはできます」

「それはそうだろう。さっさと話を進めろ」

「われわれがハンターに帰還したのは一時間ほど前のことでして」ザナドゥが言った。「その前に、川に面した空き地にダークブルーのマスタングが駐車しているのを目撃したんです。それにマシンガンの弾《たま》をいやというほど浴びせた。そのそばにヘリコプターを着陸させ、迅速に現場を調べた。ザ・リーパーと少女がとある倉庫へ駆けこんでいったように見えました。血痕があった。どちらかに命中したのだと思われますが、そのとき警察無線が聞こえ、コップどもが現場にやってくるのがわかったので、われわれは離脱しました。ヘリコプター特有の音を聞きつけられるのは避けたかったので。ミニガンはいい仕事をしてくれましたが、銃声はジッパーを閉じるときの音程度なので、あれに特有の音が聞きつけられたという心配はありません。なんにせよ、ザ・リーパーを仕留めたよろこびはないです。もちろん、われわれは捜索を続行しますが」

「わたしにはなんらかのよろこびが必要なんだ」マーカムは強く言った。

「そうおっしゃるなら、悪い知らせのほうへ話を変えましょう」

「おまえがザ・リーパーを目撃したことはよい知らせでもなんでもない。だれもかれもがやつを目撃している。やつはどこにでもいるんだ！」マーカムはどなりつけた。

「まあまあ、ボス。そちらに知らせなくてはいけないことがありまして。おれがここで目にするのは自分の〝ガールフレンド〟のはずだったのに、そうはならず、女がいたところに簡易爆発物《IED》があったというわけで。こうなってるのがわかったのはきのうのことなんですが、ハーウッドを追うのに忙しかったので」

マーカムは、ザナドゥが拉致した女たちのひとりを自分用に取り置いていることは知っていた。そのことを気にしてはいなかった。女と麻薬を手に入れることが、ザナドゥの仕事だ。マーカムとしては、この工作員がきつい仕事の埋め合わせに、内密のボーナスのようなものとして、それなりのお楽しみを持つのは予想にたがわないことだった。マーカムが知っているのはそれだけではなかった。その女が失踪し、女を見つけだそうとしていることを、ザナドゥはこちらに明かしていないのだ。ザナドゥはかなり長いあいだ、自分の下で働いてきた男なので、ほかになんの選択肢もないかぎり、悪い知らせを伝えてくるはずはないことはわかっていた。

「わたしは一時間ほど前、すでにタイビー島に来ている新たな投資家グループと会合を持つために、この地に到着した」マーカムは言った。「そんなときに、おまえは脱走者のことを言いだすのか？　自分の女が逃げだしたと？　そのような事態がありうるからこそ、われわれは女たちを手に入れたあと、箱詰めにして、運びこむようにしてきたんだ」彼は沖に群がるブルーフィッシュをながめた。「おまえは長いあいだ、そのビッチをわがものにしてきたのではないか？　三カ月ものあいだ？　なんたることか《ウイスキー・タンゴ・フォックストロット》？　なんの意味もないことではないか、わが友よ」

　マーカムはひとつ深呼吸をし、くだんの搬送ケースのことを考えた。それは、彼がまだ現役だったときに思いついたアイデアだった。戦死した兵士、水兵、空軍兵、そして海兵隊員が敬礼とともに積みこまれるランプ・セレモニー（戦死者を輸送機に乗せて本国へ送る儀式）の話をいやというほど耳にしたことで、さまざまな可能性が心に浮かびあがり、とりわけ、その搬送ケースが私有機に搭載されていたらと考えたのだ。

　それはさておき、その搬送ケースで運ばれてきた女たちのひとりが逃走したのは、好ましいことではない。そのときふと、それよりは程度が低いと見なせる脅威のほうに思いが至り、彼は問いかけた。

「で、ＭＬＱＭの本部にＩＥＤがあるというのは？　いったいなんで、そのようなことが起こったのだ？」

　マーカムは、コロラドのハンティング・ロッジを……そしてそこのお楽しみを選ぶ、五人の在郷軍人および退役軍人雇用推進者連合《ＣＬＥＶＥＲ》へのプラチナ投資家たちに先ほど別れを告げたところだった。そしていまは、ビーチを選ぶ五人のゴールド投資家たちと会合を持つ予定になっていた。ＣＬＥＶＥＲが雇用している在郷軍人や退役将兵はごく少数で、その組織が所属するひとびとの生活を豊かにするにはまだ長い道のりが残っている。現在のＣＬＥＶＥＲは、アメリカ人の人道精神を食いものにする退役軍人〝慈善団体〟となにも変わりはなく、アメリカでは、各企業の最高経営責任者《CEO》には莫大な給料が与えられるのに、退役軍人にはつまみがね程度の恩給しか支給されない。ＣＬＥＶＥＲの名を借りて、意見を表明する退役軍人がちらほらとはいても、それが世の中の大きな声になるのはまだ先のことだ。ほかの退役軍人たちは、たんなる資金集め《ファンドレイジング》や、性交《ファッキング》や、銃器《ファイアアーム》にうつつを抜かしているが、それはマーカムの人生の３Ｆでもあった。

マーカム退役将軍は多大な努力をして高い地位に就いたのであり、そのために犠牲にしてきたことを、いま埋めあわせているのだ。

「彼女がどうやって脱走したのか、そこのところがよくわからないんです。おれはその三日前まで、あなたに女と麻薬を届けるためにアフガニスタンにいたので」ザナドゥが言った。「女の扱いかたは決めていました。自分のオフィスに連れていったときは、彼女をそこの水道管にチェーンでつなぎ、猿ぐつわをかませていた。搬送ケースのなかに戻すさいは、そのつど、おれがいなくなる期間がどれだけになるかをもとにして、彼女が必要とするだけの戦闘糧食と水のボトルをたっぷりと残しておくようにしました。なにか内部の助けがないかぎり、彼女が脱走できたはずはないんです」

ラムジー・ザナドゥのような、まぎれもないサイコパスと、マーカムのような、洗練された熟練の退役高級将校のあいだに、人間的な好き嫌いなどは存在せず、そもそもたがいへの信頼感はほとんどない。それでも、まさに３Ｆという目的のためにザナドゥは有用だった。

ザナドゥとの関係を断つのが妥当だとしても、マーカムにはそんな気はまったくなかった。いま会話を交わしているこの電話機はどちらも、MLQMによって開発されたセキュア・フォンだった。

「おまえが出かけたとき、女は搬送ケースのなかにいたんだな？」

「もちろん。さっき言ったとおりです。自分がいないときは必ず、彼女をあのなかに入れていましたよ」ザナドゥが言った。

マーカムは口もとを引き締め、人さし指で唇をこすった。

「つまり、女がどこにいるかはわからないというわけか？　おまえのようなMLQM所属のネアンデルタール男のだれかが、その女を解放した可能性は？」

「もしそうなら――おれはそんなことはありえないと思っていますが――なぜ搬送ケースのなかにIEDを残したんでしょう？」

「そうだな。そこが悩ましいところだ」とマーカムは言いながら、ここととハンター陸軍飛行場との距離を暗算した。直線距離で約二十マイル。どんな大砲を用いようが、射程外にある。「おまえはいま、それを見ているのか？　それは、わが軍がさんざん悩まされてきた、あの砲弾を利用してのIEDのような仕組みになっているのか？」

マーカムはその種の手製爆弾を実際にわが目で見た経験はないが、きわめて致命的であるという話は耳にしていた。彼は歩きだし、デッキから自分専用のサンルームへ向かった。そこには、床から天井まである窓ガラスを通して、きらめく陽光が射しこみ、南側からは大西洋を、南西側からはこの島の野生動物保護区を見渡すことができる。彼はコーヒーを飲みながら、この島に囲っている愛人たちのことを考えた。その女たちは最初のひと組で、そろそろ新しい女たちのセットに取り替えるころあいだろう。それぞれの場所に十人の愛人を置くのが、彼の基本だった。女たちはヘロイン漬けにし、それだけでなく、万が一、CLEVERのだれかが好ましくない病気を〝ファミリー〟に持ちこんできた場合に備え、毎週、HIVの検査をさせている。もっとも新しいセットはコロラドの女たちで、マーカムのなかでは、そのなかのひとりである、十五歳の若い女のあれを破ったのが最高の楽しみだった。一度目はいささか不具合だったが、いったん訓練すると、この世にこれ以上はないという快楽が生まれてきた。あの女はじつに……タイトだ。その点に関しては、タイビー島の女たちはみな、すでに破られ、訓練されている。彼女らはおのれの役割と、いかにふるまうべきかを心得ている。夜を徹してのフライトのあとなので、何人かを相手にしてストレスを軽減したいところだが、その前に、ザナドゥに手を貸して、このよけいなトラブルを解決しなくてはいけない。

「いま、見ていますよ。金属製で、ブリーフケースのような見かけです。標準的なカー・バッテリーに、数本のワイヤが接続されている。バッテリーは新しそうに見える。ケースはよごれ、古びて見える。十歳の子どもがこさえたような感じというか」

「おまえのスマートフォンでそれの写真を撮ったらどうだ？　わたしがその写真を情報部門の専門家に分析させせよう」マーカムは言った。

「ラジャー。搬送ケースを開いたときに爆発しなかったのは幸運でした」ザナドゥが言った。

「それと、その上にメモが置かれていましてね。〝取り引き〟という」

「取り引き？　だれが取り引きを求めているんだ？」

「クエスチョンマークはついていません。これは言明です。ひょっとすると、彼女はバサエフの妻なのかもしれません」

「おまえは世界でもっとも危険なテロリストの妻を拉致したのか？」

「その可能性はありです。といっても、そのときはそうとはわからなかったので」

マーカムは防弾壁に囲まれた邸宅のサンルームに入り、突然、あらゆるドアの向こうに怪物がいるような感触を覚えて、周囲を見まわした。

「オーケイ。それなら、事情が変わってくる」気を取りなおしながら、彼は言った。防弾ガラスの窓を通して、外にひろがる大洋を見つめる。

ペリカンの群れが、レーダーを避けて飛行する爆撃機編隊のように、海面の上を低く滑るように飛んでいた。群れが、ブルーフィッシュ漁をしている釣り船の上を通過し、そのまま南へ去っていく。彼は顔をあげ、窓ガラスを通して注いでくる陽光を浴びて、全身に溜まったストレスを解放しようとした。案じることはないのだ。もしバサエフが妻を取りもどそうとしたならば、ほぼまちがいなくそれをやってのけるだろう。バサエフが復讐を望んでいるとすれば、まあ、その相手はザナドゥのみとなるだろう。

「それと、バサエフはこの国にいるという噂があります。あのチェチェン人が」ザナドゥがつづけた。

　マーカムは咳払いをした。顔から笑みが消えていた。

「なんだと？　バサエフが？　この国に？」もちろん、頭のなかではそのように推測していたのだが。

「そうです。ホテルに宿泊していたと伝えられています。流動的な要素が多々ありますね」

「つまり、こういうことか。バサエフは自分の女を取りもどし、爆弾を残した。まったくとんでもない失態をやってくれたもんだ」気を落ち着けようとしながら、マーカムは言った。精神安定剤《ベイリウム》を服用したいところだが、ストレスが軽減される前にあれを服《の》むと、面倒なことになる場合がときにあるので、やめておこう。それに、ベイリウムとバイアグラの同時服用は薬の効果を消失させるだろう。

「ひとつ計画があります」ザナドゥが言った。「ただ、それにはたっぷりの資金と、たくさんの女たちが必要になります」

「説明しろ」とマーカムは応じ、またひとくちコーヒーを飲んだ。

　ザナドゥが計画の説明に取りかかり、マーカムは邸宅の広大なサンルームのなかを行ったり来たりしながらそれを聞いた。計画は理解できたが、必ずしもそれが気に入ったわけではなかった。

「また女たちを集めてくるつもりはあるんだな？」マーカムは問いかけた。

「もちろんです、将軍。そろそろいまの女たちに飽きてくるころではないかと思いまして」

とザナドゥ。

「まあ、図星だな。その方向で進め、女たちを取り替えることにしよう。それと、その物資とは？　いまの説明だと、二百万ドルほどの手持ち資金が必要になりそうだが」

「これまでに入ってきたところから、それ以上のカネがもたらされるでしょう。計画の障害となるのはただひとつ、ハーウッドです」

「それと、いまおまえが見ているその爆弾もそうかもしれない」マーカムは言った。

「まあ、これも、いま説明した計画のなかに組みこまれていますので」

「認可する。処刑せよ。失敗は許されない」

マーカムはセキュア・フォンを切り、お気に入りの椅子に腰をおろした。電話のボタンを押して、相手に呼びかける。

「もうこっちにおりてきていいぞ」

バサエフのイメージを心のなかから追いはらいつつ、マーカムは待ち遠しくなって舌なめずりをした。若い女がほっそりとした手で階段の手すりをなぞりながら、ゆっくりとこちらへ歩を運んでくる。その腿の上で、ようこそと告げる薄い幕のように、ネグリジェの裾がゆらめいていた。

# 21

近くでサイレンが鳴った。タイヤが悲鳴をあげる音。いくつもの声がよく聞きとれない指示を出し、それが倉庫の外壁に反響する。

ハーウッドは左腕でモニシャの体を抱き寄せ、ラムジー・ザナドゥがひきかえしてきた場合に備えて、右手で拳銃を構えていた。

モニシャの体は彼の膝の上にあった。息絶え絶えになっている。だが、少なくとも、いまのところはまだ命は取り留めている。この倉庫は、縦横それぞれが五十ヤードほどもある広大な空間で、ほかにはだれもいないように見えた。隅のところに、錆《さ》びついた古いフォークリフトや、バルク品とか〝ばら積み貨物〟と呼ばれる荷物を扱うための電動ドリーが、ひっそりと置かれている。かつては、サヴァンナ港の荷さばき業務の一端を担っていた倉庫なのだろう。

フォークリフト類のほかにも、新品のコンクリート配水管が何ダースとあった。たぶん、貯水槽か下水道工事に用いられるものだろう。十フィートほどの長さがあるその配水管のなかに、彼はモニシャの体をそっと置いた。もし銃撃戦になっても、ぶあついコンクリートがモニシャをしっかりと守ってくれるだろう。管の口の上端に三つめの点滴袋をのせ、重力が生命維持に必要な液体を彼女の体に流しこんでくれるようにしておく。リュックをきっちりと閉じ、隣にある四フィート高の管のほうへ移動しようとしたとき、モニシャが口を開いた。

「これからどうすんの、リーパー？」ささやき声だった。

彼はそちらへ目をやった。つかのま、彼女の目が開き、またすぐに閉じる。

「おれたちはだいじょうぶだ、モニシャ。とにかく、ここにじっとしているんだ。おれのためにがんばってくれ。いいな？　おれはきみに約束したし、それをどこまでも守るつもりだ」

「オーケイ」彼女がつぶやいた。

もう一度、彼女の傷のぐあいをチェックする。出血は緩慢になっていた。止血帯と包帯が功を奏したのだ。あと重要なのは、彼女の手当てをしてくれる病院を早急に見つけだすこと。彼はちょっと止血帯を緩めて、血が通うようにした。見たかぎりでは、大腿動脈は損傷していないようだ。

そのとき、近づいてくるいくつものサイレンの音に紛れて突然、なにかが空気を切り裂くような音がし、ハーウッドは——まだモニシャのようすを見るために床に片膝をついていた——それを聞きつけたが、手遅れだった。あれは、金属のカラビナにつながれたナイロンロープが高速で発射された音だ。何者かが天井の梁《はり》を伝って、こちらに忍び寄っていたのだ。ハードウッドがポケットからナイフを抜きだして、ブレードを開いたとき、男が五フィートほど離れたところにあるコンクリートの床の上に着地した。登山用のカラビナに張られたナイロン・ロープが、目に見えないほど激しく揺れている。男は、目と口の部分だけが開いたスキー・マスクをかぶっていた。いきなり襲撃者が、ハーウッドの頭部にまわし蹴りを浴びせた。木製の硬い靴底が痛烈な衝撃をもたらした。その種の靴は東欧や、旧ソ連圏に属する諸国で製造されるものだ。

たとえば、チェチェン共和国で。

そいつがふたたび身をねじるのが見えたので、ハーウッドが両腕をあげて防御の構えをとると、こんどは左フックがわき腹に打ちこまれてきた。ハーウッドはそのパンチを部分的にブロックし、相手の喉を狙ってナイフをふるったが、ぎりぎりのところでかわされた。右手でナイフをふるったために体の右側に隙ができ、襲撃者がそこへ、爪先部分にスチールが入っているブーツで蹴りを入れてきて、ハーウッドの手からナイフが転げ落ちた。痛みに抗して、襲撃者の内懐へ飛びこみ、そいつの顔面に痛烈なパンチを四発たたきこむと、そいつはまた胸にブーツの蹴りを浴びせてきた。ハーウッドは倒れはせず、二、三歩あとずさっただけで踏みとどまり、つぎの格闘に備えた。襲撃者もあとずさって、ほほえみ、スキー・マスクの口の部分の穴から白い歯をのぞかせながら、言った。

「また会ったな、リーパー」

なにかの武器が音を発する。頭部に痛撃が来た。

ハーウッドはモニシャを寝かせたコンクリート管のほうへずるずると倒れ伏し、目の前が暗くなった。

「リーパー」と呼びかける声。ハーウッドは本能的に両手を動かして、ナイフをつかみとろうとしたが、その手は、襲撃者が梁からおりるときに用いたのと同じロープによって縛りあげられていた。

「リーパー、起きろ」またその声が呼びかけてきた。ことばの抑揚とリズムから、だれと判別がついた。どちらも、あのエレベーターで出くわした男のものと同じだ。〝あんたもな、リーパー〟。

襲撃者はバサエフだったのだ。

ハーウッドはこれまでずっと、自分と最大のライヴァルであるチェチェン人は、最新鋭の銃を用いての長距離の決闘をすることとなるだろうと予想してきた。だが、そうはならず、プロレスのような格闘になった。接近戦、肉弾戦に。狙撃手《シューター》が肩ごしにふりかえると、手の届くところにターゲットがいたようなものだ。ハーウッドの基準には適《かな》わないやりかただった。決闘にはそれなりのルールと節度がある。ハーウッド自身も規則をたっぷりと破ってはいるとはいえ、このチェチェン人との対決はもっと……もっと型にはまったものになるだろうと推測していたのだが。

ここは、どこか別の倉庫だった。肉を揚げたようなにおいと、オーヴァーヒートしたモーターの悪臭が、あたりに充満していた。建物の空間は、さっきの倉庫より狭い。体がなにかのコンベヤに縛りつけられ、両手、両足が拘束されていた。なんとか頭をわずかに動かすことはできた。十メートルほど先の、よごれたコンクリートの床にモニシャが寝かされていた。体に塗装用の帆布が掛けられ、顔が向こうを向いている。

「モニシャ。だいじょうぶか？」

バサエフがスキー・マスクを脱ぐ。

「包帯を取り替えておいた。あんたの野戦医療処置は適切だったが、リーパー、少々復習をする必要はあるな。プロフェッショナルの目から見ると、いささか問題がある」

「ここはどこなんだ？」ハーウッドは問いかけた。

「いい質問だ。ここは古い豚肉加工工場で、あんたはそこのベルトコンベアに縛りつけられている。これは古くても、まだちゃんと動く。これで加工された豚が、というか豚肉《ポーク》が汚染されていると、あんたの国の農務官僚が判断したら、どうなると思う？」

バサエフは、ハーウッドが答えるのを待つように、ちょっと間《ま》をとったが、ハーウッドはにらみかえすだけだとわかると、ことばをつづけた。

「このコンベアに載せられ、焼却炉へ送られるんだ」

ハーウッドは、縛《いまし》めを破ろうとするかのように上半身を持ちあげた。二十メートルほど先に、巨大なジェットエンジンのように見える巨大な円筒チューブがあり、その内部で螺旋状のブレードが回転していた。ハーウッドは、ゴム製のベルトコンベアの上に敷かれた金属網に縛りつけられている。電気のスウィッチが入れられると、ベルトコンベアが動きだし、ハーウッドはその円筒チューブのなかへ送りこまれるだろう。

「豚あるいはポークはあのチューブのなかへ入れられ、ブレードがゆっくりと回転しながら、肉も骨も焼却し、ただの灰となったものが向こう側から排出される。どうやら、この国のサヴァンナ港では豚肉の処理がされているようだ。おまえは豚になりたいか、リーパー？　それとも、知っていることをしゃべる気になったか？」

バサエフは拷問の達人らしい。サイレンが聞こえないということは、警察はいまなお、ザナドゥがミニガンでラニーのマスタングを破壊し、モニシャを負傷させた地点にいることを意味する。この豚肉加工工場に窓はなく、波形鉄板で造られた壁の隙間からかすかな光が射しこんでいるだけだった。

「では、質問といこう」バサエフが尋問を開始した。焼却炉のスウィッチを入れ、ハーウッドのそばへ歩いてきて、床に膝をつく。ハーウッドの体に熱気が押し寄せてきた。「あの少女。あんたにはちょっぴり若すぎると思わないか、リーパー？」

「おれは彼女を守ってる。それだけだ。おまえがニーナにしようとして、失敗したようなことにならないように」

バサエフがその茶色とブロンドが混じった髪の毛を荒々しく手でかきあげ、髪の乱れをなおす。タイトフィットの黒いアスレティックシャツに黒のジーンズという身なりで、足もとは、ハーウッドの頭部に痛撃を浴びせたタン色の革製チャッカブーツだった。バサエフが身をねじり、ハーウッドのわき腹にまわし蹴りをたたきこむ。鋭い痛みが走り、ハーウッドは顔をしかめた。バサエフが両手で自分の首をまわし、ぼきぼきという音を立てる。「ニーナの名は、彼女がどこにいるかを教えないかぎり、二度と口にするな、リーパー。わかったか?」

　血の混じった唾を吐きながら、ハーウッドは言った。

「おれはそのことにはなにも関わっていないが、だれがやったかはわかってる。答えが出たんだ」

「まさか、おれと議論ができる立場にあると思ってるわけじゃないだろうな、ハーウッド?」バサエフが言った。「ろくになにも知らないくせに」シリコン製の小さな角張った物をハーウッドの顔の前に掲げる。「これは、殺傷性のない手玉弾《ビーンバッグ》の発射機でな。これであんたを撃った人物を紹介しよう」

　バサエフがあとずさり、手を前へふって、呼びかける。

「アブレク。あとはおまえに任せよう。彼は、おまえを戦場に置き去りにして死なせようとした男だ」

　ハーウッドはサミュエルソンの声を聞くとは予想もしていなかったので、さっき自分を撃ったのはかつてのスポッターなのだと知ったこと以上に、その声に衝撃を覚えた。

「リーパー、おれだ。アブレクだ」

　ハーウッドはちらっとでも見えればと、そちらへ顔を向けようとしたが、顔をだれかにつかまれたのが感じられた。豚肉を焼却機のなかへ送りこむベルトコンベアの金属網に頭部が押しつけられる。頭皮のあちこちに痛みが走った。金属のぎざぎざした縁が頭皮をこするのだ。

「サミュエルソン？」咳きこみながら、彼は言った。「サミー、あの日、おれを放りだしたあと、おまえはどこへ行ったんだ？」あの日というのは、いつだったか？　ハーウッドには、どの日だったか思いだすことができなかった。

　サミュエルソンが彼の顔の前へ身をのりだして、目と目を合わせ、彼を死へ送りこむことができる金属網に手を置く。いまも前と同じ、よごれた野球帽をかぶり、ダンガリーシャツにジーンズ、ブーツという姿だった。髪の毛はウェーブしていて、肩に届きそうなほど長く、しかも片方がもう一方よりさらに長かった。もじゃもじゃの顎ひげの下に、点々と傷痕があるのが見えた。おそらく、至近距離で爆発した迫撃砲弾の破片と岩の破片によってできた傷だろう。その顔は、憎悪のこもった嘲笑《ちょうしょう》でゆがんでいた。

「あんたにはアブレクだ、リーパー。おれがあんたを置き去りにしたのは、たぶん一日だけだ。あんたの荷物を部屋から取ってくるってことまでしてやった。あんたは？　あんたはおれを戦場に置き去りにして、死なせようとした。だが、そのあとどうなったか？　ハサンがおれを救ってくれたんだ。その前に、捜索および救出《SAR》チームが岩の下からあんたを救出したが、そこからたった五十メートルしか離れていないおれには目をくれようともしなかった。〝倒れた僚友をけっして置き去りにしない〟というレンジャーの信条はどうなっちまったんだ？」サミュエルソンの声は、治癒しつつある古傷を開くナイフのように、縫合されたばかりの傷口を切り裂くカミソリのように響いた。

ハーウッドは金網に頭をあずけて、天井を見あげた。そこには、金属製の梁と古びた狭い通路《キャットウォーク》が縦横に走っていた。首をねじって、モニシャのほうへ目をやる。そのかたわらの床に、残りもののロープが巻いて置かれていた。ふたたびサミュエルソンを見ると、その目にためらいの色があるのがわかった。なにかを思いだそうとしているような。チェチェン人はサミュエルソンにどれほど悪辣な洗脳をやったのか、とハーウッドは思った。あのとき、アフガニスタンであったことを思い起こしてみよう。自分たちはチェチェン人に狙いをつけ、拉致事件の発生に気づき、そのあとあのサイン――〝彼女を取りもどす！　取り引き？〟――を目にし、そのあと迫撃砲弾の音を聞いた。つぎになにがあったかを思い起こすと、自分はカンダハルの病院の集中治療室にいて、部隊最先任上級曹長マードックが自分を見つめていたのだ。

「おれは意識を失っていたんだ、サミー。それはおまえにもわかってるだろう」ハーウッドは言った。

「わかってたらどうだというんだ、相棒。おれたちはどちらも重大な脳の損傷をこうむったらしい。問題はこうだ。あんたは第一級の治療を受けた。おれは？　おれはハサンという友を得て、彼が最善を尽くしてくれたんだ」

「おまえが回復してよかった」ハーウッドは言った。

「おれのことをちょっとでも気づかったことはあるのか、ハーウッド？　それとも、ザ・リーパーでいることを楽しんでただけか？」サミュエルソンが言った。「なにしろ、それは名声と富をもたらすことだろうしな、友よ。ローリングストーン誌の表紙を飾っただろう？実際に？　それなのに、おれは死地に置き去りにされたじゃないか？」

「おれたちに迫撃砲弾を撃ちこんだのは、ミルケムのザナドゥだ」ハーウッドは言いかえした。「そして、あの連中は私有輸送機を使って、アフガニスタンからこのサヴァンナにあるハンター陸軍飛行場へ麻薬と性奴隷を密輸するという悪行をくりかえしている。麻薬は陸軍基地の若者たちにまわり、女たちは姿を消す」

「ほんとうか？」バサエフが口をはさんだ。「そして、あんたはそれに関与してはいない？」そのバサエフの声には疑っているような響きがあった。

「おれは関与していない。おれは警察に追われてる。いつもだれかがすぐ背後に迫ってきたような感じがして、うなじがぞくぞくしているんだ。それで、おれは自力で解答を見つけだすことにした。自分の携帯電話は使えなくなってもだ」ハーウッドは言い、そのあとまたモニシャのほうへ目をやった。「そして、ひとりの友から助けが得られることになった」

バサエフが彼の視線をたどる。そして、なにかに気づいたような感じで、チェチェン人は言った。

「あれは危うい銃撃だった。大腿動脈が損傷しなかったのは幸運だった。彼女はおまえにとって、とても特別な存在なんじゃないか、リーパー？」

バサエフは同情を示したわけではなかった。というより、モニシャをくりだせるカードの一枚として見たのだろう。では、サミュエルソンは？　チェチェン人に治療されただけでなく、堕落させられてしまったのか？　サミュエルソンの怒りは理解できる。もし立場が逆であったら、ハーウッドも怒りを覚えただろう。レンジャーの相棒も、レンジャー連隊も、SARチームも、陸軍も、国防総省も、とにかく自分を生きて本国に帰らせる責任を担っている連中はだれもかれも、くそくらえと思うにちがいない。

　銃口がハーウッドの顔に押しつけられた。

「この少女のことを話すんだ、リーパー」バサエフがモニシャのほうへ顎をしゃくってみせた。

「ザナドゥが彼女を撃った。あの日、カンダハルでサミーとおれを殺そうとしたときのように。彼女はまだ子どもで、レイプされて、殺される寸前になっていたところを、おれが救いだしたんだ」

　バサエフの表情がほんの少し、穏やかになる。

「それは、メイコンの近辺で殺されたと報じられている、あの田舎者のふたり組のことか？
あれをやったのはあんたなのか？」

「あれはおれがやった。しかし、おれが殺したのはあのふたりだけだ」ハーウッドは言った。

「では、そっちはサミーのことを話してくれるか」

「お、おれならここにいるぜ、リーパー」

おれはアブレクだと言いかえさないのか？　なにかを想起しかけているのか？

「わかってる。バサエフの口から聞きたいんだ」

「しばらくあんたのゲームにつきあってやろう、リーパー。あんたが怯えた山羊のようにヘリコプターに回収されたあと、おれは彼を見つけだした。アブレクはかろうじて命を取り留めていた。あんたの臆病さには驚かされたが、まあ、ひとにはそれぞれ優先順位というやつがあるからな」

「ばかげたことを。おれはヘリに飛び乗ったわけじゃないんだ。サミー、彼は嘘をついてる。そもそも、おまえの名はアブレクじゃない。おまえは彼に洗脳されたんだ！」

「あ、あんたのことは聞いてるぜ。ジャッキー・コルトと、ず、ずっとくっついてて、ま、毎晩、いっしょに寝てるって話を。あんなすばらしいケツだと、い、いつまでもへばりついていたいにちがいない。彼女に関する本を読んだら、あの女は正真正銘の色情狂《ニンフォマニア》だと書いてあったぜ。あ、あんたみたいな裏切り者にはぴったりの女にちがいない」サミュエルソンが言った。

「おまえがなにをやってるかはわかってる、サミー。バサエフの策略にひっかかるんじゃない」ハーウッドは言った。「おれはおまえを見棄てたんじゃないんだ」

バサエフが口をはさむ。

「それより、あんたがやってのけたあの秀逸な殺しの数かずを話しあおう、リーパー。第一に、あんたはどうやって自分のライフルを取りもどしたのか？というのも、おれはあの迫撃砲攻撃のあと、サミュエルソンを発見した場所であれを回収し、一週間前まで、手元に置いていたからだ。おまえはあれを盗みだしたのか？　レプリカを手に入れたのか？　それとも、おまえはマジシャンかなにかなのか？」

「いま言ったように、おれは、彼女をレイプして、殺そうとしてたふたりの男以外には、だれも殺しちゃいない」モニシャのほうへ顎をしゃくって、ハーウッドは言った。

「もしおまえがあの将軍どもやほかの連中を殺したのではないとすると――正直言って、わたしはあいつらが死んだのをよろこんでいるんだが――だれがやったのか？」バサエフが問いかけた。

「おれはあんたがやったんだと考えてた」ハーウッドは言った。「おれにどんな動機があるというんだ？」

「真っ先に三つ、頭に浮かんでくるな、リーパー。そのひとつめ。あの迫撃砲を撃ったのはミルケムで、あんたはそのことを知った。殺された全員が、ミルケムとなんらかの関わりを持っていた。復讐はつねに最大の動機になる。ふたつめ。わたしはあんたの銀行口座にハッキングをした。そこそこのカネが入金されているように思えた。殺害があるたびに、あんたの口座に十万ドルが振りこまれていたんだ。これは、いわゆる傍証になるにちがいない。そして、もしそのふたつは当てはまらないとするならば、と考えた。有能な検事であれば、あんたは正気を失っていたと主張するはずだ。怒れる帰還兵による事件として起訴するだろう。そういう事件は、世間が考えている以上によく起こっているんだ」

「銀行のカネについてはなにも知らない」ハーウッドは言った。バサエフは銀行口座をハッキングできるというのであれば、ハーウッドに疑いをかけさせるために入金することもできるだろう。「そして、たしかにおれはミルケムに怒りを覚えてはいるが、その怒りはザナドゥだけに向けられている。あの戦場にいたのはあいつであり、失踪したと言われている女たちを拉致したチームを率いているのはあいつだと目星をつけているんだ」

「妙だな。彼もあんたについて、同じようなことを言っていた。まったくアメリカ人というやつは。

「それはちがう。だれを信じればいいんだ？」やったのはおれじゃない。おれの任務は、おまえを殺すことと、ケシの収穫を妨害することだったんだ」

バサエフがうつろな顔になって、あとずさる。

「おまえはあそこで、そのどちらの任務にも失敗したらしい」

サミュエルソンの視線が、ハーウッドとバサエフを行ったり来たりする。ハーウッドはそのためらいにつけこむことにした。

「それより、おまえはなにを大切にしているんだ、バサエフ？　おまえは戦争を食いものにする男にすぎない。たんなる傭兵だ。カネを払ってくれるやつにはだれにでも、身を売る人間だろう」

バサエフが鼻であしらう。

「あんたはなにを大切にしていると？」

ハーウッドは含み笑いをつくった。

「サミーとおれは、ことわざに言う〝女より友を優先《ブラズ・ビフォア・ホーズ》〟する仲だ。そうじゃないか、サミー？　バサエフは身を売る女《ホー》と同じだ。もっとも高く買ってくれるやつにサービスを売る。だれに対しても忠誠心は持たない。彼はおまえを利用しているんだ、友よ」

サミュエルソンの視線がハーウッドに釘付けになる。その目のなかに認識の光がちらついた。なにかを想起したのか。それは、あの狙撃のための潜伏場所にいっしょにいた、最後の瞬間かもしれない。

サミュエルソンがバサエフの前方へ足を踏みだし、ハーウッドの前に膝をつく。サミュエルソンの口臭が嗅ぎとれるほど、間近に寄っていた。

「聞いてくれ、ヴィ、ヴィック。ハサンが怒ってるのは、あんたが彼の妻を拉致したと考えてるからだ。そして、おれが怒ってるのは、あの戦場でおれを救おうとしたのは彼だけだったからだ。おれたちは、ニーナの居どころを知る必要があるんだ」

サミュエルソンの声の調子が変わった。響きが柔らかくなり、レンジャーの掟を想起したせいか、とげとげしさが薄れていた。ハーウッドはしばらくやりすごしてから、ことばを返した。

「おれにいったいなにを言えというんだ？　おれはあの連中を殺しちゃいない。それに、ニーナ・モローを見たこともないのはたしかなんだ」

バサエフがさっとそばに寄ってきた。

「ラストネームを知ってるのか？　ターゲット・フォルダーに彼女の名を載せてるんだ

な！」

「見たこともない。断言する」ハーウッドは言った。もっとも、記憶があいまいなので、実際にはたしかではなかった。上級曹長がメールに添付した写真で一度だけ見た、あの顔を思い浮かべる。いつだったか？　フォーサイス公園を走っていたとき？

「どうした？」バサエフが問いかけた。ハーウッドの表情からなにかを読みとったのにちがいない。

「なにも」ハーウッドは言った。「なんというか。あれがそうかもしれない」

「あんたは彼女を拉致し、おれを狩ろうとしていたんだ、リーパー。さあ、しゃべれ。彼女はどこにいる？」

「ハサン、彼は彼女を見たことがあると言おうとしているようなんだが、彼が彼女を拉致したとは思えない。おれのそばを走りすぎたあのとき、彼はおれのことを思いだそうとしているように見えた。彼は正直にしゃべってるんだと思う」

　これは〝良い警官と悪い警官〟（ふたりが相反する立場から質問をする手法）なのか、あるいは、バサエフによって教化されたサミュエルソンの心の殻にさらなる裂け目が生じたのか？　それとも、サミュエルソンはいまもバサエフに忠誠心をいだき、明晰な思考ができずにいるのか。いずれにせよ、結論は同じだ。サミュエルソンは、少なくとも目的に関してはバサエフに協力するだろう。それでも、ハーウッドはこの破れ目の線で話をつづけることに決めた。

「それと、おまえはよく〝おれたち〟と、ばかげた言いかたをするが、あれはどういうことだ？　おまえはいつのまに裏切り者になったんだ？」

「おれは裏切り者じゃない、ヴィック。彼はおれを救ってくれた。そのことで、彼には借りがあるんだ」サミュエルソンが言った。

はっきり、ヴィックと呼んだな。いいぞ。

「だからといって、おれがおまえの敵になるわけじゃないだろう」ハーウッドは言った。

「ニーナの居どころをしゃべらないと、あんたはもうすぐ灰になってしまうぞ、リーパー」

バサエフが言った。

チェチェン人が回転する円筒のほうへ目をやった。バサエフがボタンを押すだけで、ベルトコンベアが動きだし、ハーウッドは火に焼かれることになるのだ。

「ニーナを見つけだすのに手を貸すことはできる」

チェチェン人が黙りこんだ。

サミュエルソンがバサエフを見つめている。ハーウッドは、バサエフの心理操作によって形成されたストックホルム症候群に亀裂が生じたのだと確信した。サミュエルソンにとってこの三カ月がどういうものだったかは、想像もつかない。おそらく、アフガニスタンの最貧困地区、ヘルマンド州のどこかで、旧式な初期処置と治療を受けたのだろう。そして、重い選択を迫られることになった。サミュエルソンとしては、僚友のレンジャー隊員たちを殺した不倶戴天の敵から治療を受けて負傷を癒やすか、無力な状態のまま脱出して敵中突破をはかるかのどちらかだっただろう。そのとき、サミュエルソンには選択の余地はなかったのだ。

いま、事態を進展させる唯一の道は、サミュエルソンとバサエフには心理的なつながりがあることを認識したうえで、そのありようを慎重に見極め、そのあと、バサエフの手で焼却炉へ送られることにならないうちに、自分とサミュエルソンの関係を修復することだ。

「こんな取り引きはどうだ」ふたりの捕獲者に向かって、ハーウッドは言った。「おれを解放してくれ。全員がここを離れたところで、おれはモニシャのことを警察と救急に通報する。彼女にはそうしてやるのが当然だ。そのあと、おれはニーナを見つけだす」

「取り引きは不成立だ」バサエフが言った。サミュエルソンのほうへ目を移し、にやりと笑う。「おまえが選ぶんだ、アブレク。おれか、リーパーか」

バサエフが壁ぎわへ歩いていき、そこにあるボタンを押す。

ハーウッドの下方にあるチェーンが、百匹のガラガラヘビのように振動した。コンベアが咳きこんで、息を吹きかえす。金属網が敷かれたベルトが動きだし、彼を焼却炉のほうへ送り始めた。

頭のなかで無数の思いが火花を散らしたが、ハーウッドはひとつの事実に思い当たった。ジャッキーの弟はジョージア州フォートベニングで、アヘンの過剰摂取によって死んだ。ジャッキーはそのすぐれた対人関係のスキルを使って、あるＦＢＩ捜査官と親しくなり、その捜査官が彼女に、ＦＢＩはヘルマンド州における麻薬取り引きを捜査していることをしゃべった。彼女は、弟を死なせた元凶はＭＬＱＭにちがいないと考えるに至った。暗殺者は彼女なのだろうか？　彼女がニーナを解放し、いっしょにいるのだろうか？

「居場所がわかった！」ハーウッドは言った。

バサエフがモニシャの上へ身をのりだす。掛けられている帆布を剝がした。立ちあがり、停止ボタンを押す。

「話せ、リーパー。さもないと、この少女はちょうだいし、あんたは焼却されることになる」

「やめろ！」とハーウッドは言い、喘ぎながら、拘束を破ろうと身を揉んだ。熱が絶え間ない波となって押し寄せてくるのが感じられた。もう焼却炉までの道のりをなかばまで進んでいた。あと十メートルほどか。円筒から、蛇の舌のようにちょろちょろと炎が噴きだしていた。

「しゃべれ、リーパー！　ニーナはどこにいる！」

「その少女には手を出すな、バサエフ」ハーウッドは言った。

「あんたが決めることじゃない、ハーウッド。どうなるかはアブレクしだいだ。彼が選択する。彼があんたを選んだら、こうしよう。あんたはニーナをおれのもとへ連れてくる。そして、この少女を取りもどすことができる。そうでない場合は、まあ、これでグッドバイというわけだ」

バサエフが燃えさかる焼却炉をながめ、そのあと痛みに耐えている少女を厳しい目で見やった。拷問に取りかかろうとするように、両手の指を曲げている。

「言っちゃって、リーパー」モニシャがつぶやいた。「わたしはオーケイ。あんたが焼かれちゃうのはいや。この男はどうでもいいやつ」彼女がこうべをめぐらし、ハーウッドを見つめる。「わたしたちはいいひと」彼女が付け足した。

「核爆弾のことは知ってるぞ」ハーウッドは言った。「サミー、彼はいつでも核爆弾を爆発させられるんだ。きょうにでも、あすにでも。どこにあるかは知らないが、いつでも爆発させられることは知ってる。おまえもいい人間のひとりだろう、サミー」

サミュエルソンの目がバサエフに向けられ、そのあとハーウッドに向けられた。そしてまた、テニスの試合を観戦するように、バサエフに目が向けられる。

「あれはほんとうか、ハサン？」サミュエルソンが問いかけた。混乱し、迷っているのだ。

「おまえのリーパーは崖っぷちにいるんだ、アブレク。なんでも言おうとするだろう。とにかく、さっき言ったように、選択するのはおまえだ」

バサエフはまたにやっと笑ったが、さっきほど自信ありげな笑みではなかった。少女をかかえあげ、ハーウッドを豚肉焼却炉へ送りこむべく、ふたたび始動ボタンを押す。

ハーウッドはサミュエルソンを凝視した。かつてのスポッターはつかのま、凍りついたように立っていた。

「ハ、ハサン。ストップ！」

モニシャが悲鳴をあげる。

「やめて！」

バサエフが塗装用帆布をまたぎ、少女をかかえあげて、逃げていく。ハーウッドは、ベルトコンベアのチェーンが炎のほうへ送りこもうとするなか、扉が閉じられる音を聞いた。外でディーゼルエンジンの音がとどろき、タイヤが砂を嚙む音が倉庫の金属壁にこだまする。モニシャは消え去り、おそらくハーウッドも消え去ることになるだろう。

「サミー！」ハーウッドは叫んだ。

バサエフがいなくなり、ハーウッドが残ったためだろうか、サミュエルソンはハーウッドに向きなおった。壁のほうへ突進し、ボタンを押してコンベアをとめ、そのあとハーウッドのところへ駆けもどって、焼却炉を停止した。ハーウッドのほうへ手をのばし、なにかわけのわからないひとりごとをつぶやきながら、ナイフでロープを切断し始める。

「ヴィ、ヴィック、だいじょうぶか？」

サミュエルソンの手を借りて、ハーウッドは立ちあがった。靴底がコンクリートの床にくとジューージューー音を立てたが、靴自体はかろうじてもちこたえていた。サミュエルソンの肩に腕をまわし、支えられながら、熱気の届かないところへ歩いていく。サミュエルソンが扉を開け、ふたりがそろってパーキングロットに目をやると、そこは空《から》になっていた。

「モニシャが消えた」ハーウッドは言った。

「いっしょに彼女を見つけだそう、ブラザー」サミュエルソンが言った。

ハーウッドとしては、この皮肉ななりゆきに落ちこんでいる場合ではなかった。サミュエルソンは自分を救ってくれたのに、自分はアフガニスタンで同じことをしてやれなかった。あのときと同様、こんどはモニシャを救うことに失敗した。だとしても、ハーウッドは前にかけた。

「ありがとう、ブラザー」とハーウッドは言って、かつてのスポッターをハグした。固く抱きしめてから、身を離す。「おまえの心はバサエフと強くつながっているのか？」彼は問いかけた。

進むしかなかった。

サミュエルソンが顔をそむけて、目を隠す。憤懣《ふんまん》を全身から追いやろうとするかのように、重いため息をついた。

「彼はおれの命を救ってくれたんだ、ヴィック」そう言ったあと、ちょっと間を置いて、彼は問いかけた。「核爆弾の話はほんとうか？」

「おれはそう思ってる」

かつてチームメイトだったふたりは、倉庫の波形金属壁のそばにしゃがみこんだ。

「おまえはだいじょうぶか？」ハーウッドは問いかけた。

「あんたと似たようなもんさ。いい日もあれば、悪い日もあるって調子。さっき言ったように、彼はあんたがニーナを拉致したと考えてる。あんたがいまも生きていられる理由は、それだけなんだ。カンダハルで傷を癒やしていたとき、バサエフが、われわれはニーナを見つけだすために、あんたを見つけださなくてはならないと言ってたからね」

苦難の記憶が寄せたり退いたりするつれ、吃音が出たり消えたりしているように見えた。

「ずっとカンダハルにいたのか？」

「ああ。バサエフはばかじゃない。多国籍軍の部隊がヘルマンド州の全域に送られて、おれを捜索していることを知っていた。そこで彼はおれのために、カンダハルの前進作戦基地《FOB》から数マイル離れた地点に、隠れ家を用意してくれたんだ」

「どうやってここに来たんだ？　つまりその、どうやってアフガニスタンを出国し、合衆国に入国したのかってことだが？」

「トラックに乗って、カンダハルからイラクに入った。彼はあの国の身分証明書も持ってるんだ。おれは捕虜として入国を許可された」

「ある意味、そのとおりだな」ハーウッドは言った。

「どうなんだろう。もしかすると……」

「話をつづけてくれ」

サミュエルソンが記憶をたどっていく。もしその記憶の反芻《はんすう》がひとりのレンジャー隊員としての日まで帰り着けば、それはいいことだろう。

「イランからは、航空機でオマーンにある未舗装の飛行場へ飛び、そこから私有ジェットでバハマへ飛び、チャーターした大型クルーザーに乗って、ここに来た。どうやら、バサエフはカネをたっぷり持ってるらしい」

「だとしても、なぜここに？　サヴァンナに？」

「おれたちはあんたを追っていたんだ」サミュエルソンが言った。

「そうか。追跡者がいるのはわかってた。それはともかく、おれはあの連中を殺しちゃいないんだから、いったいだれがやったんだろう？　おまえたちか？」

「おれの知るかぎりじゃ、それはない。おれたちはあんたがやったと考えてたんだ」サミュエルソンが言った。

ハーウッドは左のほう、網戸のはまった窓へ顔を向けた。ダークブルーのなにかがその向こうを通りすぎたのだ。この倉庫のなかに長居しすぎたようだ。モニシャに掛けられていた帆布が、空《から》になった死体袋のように彼らの足もとに残っていた。

「それで、あれはどこにあるんだ？」

「なにがどこにって？」サミュエルソンが問いかけた。

「おれのライフル」

サミュエルソンがためらって、目をそらす。

「あ、あれは失われた」彼が言った。「しばらくおれが持ってたんだが、そのあと消えてしまったんだ」

「おまえが、ここで、あれを持ってた？　この国に持ちこんだのか？」

またサミュエルソンが目をそらし、頬のひげをかきむしったあと、ようやく口を開いた。

「ああ。ほかの物品といっしょにダッフルバッグに詰めて。おれたちが最後に宿泊したのは、フォートブラッグの近くにあるモーテル6（アメリカのモーテル・チェーン）だった。それ以後、あれは目にしていない。一週間前だったか？　先だっての夜、あんたが見たのは別のライフルだ」

「おまえはフォートブラッグの近辺にいたのか？」

「言ったとおり、おれたちはあんたを追ってたんで ね、ブ、ブラザー」

はっとハーウッドは思い当たった。フォートブラッグのホテルでちらっと見た、ジャッキー・コルトのリュックサックに入っていた物のイメージが浮かんでくる。あの物品は？ ライフルだったのではないか？

「殺害者リストには、ほかにだれが載せられているんだろう？」ハーウッドは問いかけた。

「ひとりはつかめてると、彼が言ってた。おれには見せてくれなかったんだ」

サミュエルソンの遠いまなざしが薄れ、あわただしいまばたきに取って代わる。答えを求めて、心のなかを探っているのだろう。

「そうだ、サミー、考えろ。おれに力を貸してくれ。いつも戦場でそうしていただろう。力になってくれる人間がほかにいるか？ バサエフが言ったという、そのひとりはだれなんだ？ 彼を車に乗せて、なにかの装置を掘りだそうとするところまで送っていった憶えはないか？ あるいは、彼がおまえの車を使ったということは？」

サミュエルソンが顎ひげをかきむしる。目が忙しく左右に動いていた。帽子をぎゅっとつかんで、考えている。

「サンプソン将軍が死んだ。ディルマン将軍が死んだ。二名のコップが死んだ。クラフト上院議員が死んだ」サミュエルソンが言った。「バサエフは彼らの動きを追っていた。ニュースで死を知ったあと、いつもそのことを口にしていたんだ」

「わかるだろう？ 彼はリストを持ってるんだ。紙に記されたリストじゃなく、頭のなかに。それと、あとまだ、マーカム将軍の二名の監視員が残ってるぞ」

「そうだった。いま、その名を思いだした」とサミュエルソン。

「オーケイ、役に立った。そろそろ移動しなくてはいけない」ハーウッドは言った。

「どこへ？」

「ここ以外のどこかへ」

ハーウッドはリュックを背負い、拳銃に装填してから、指示を出した。

「おれについてこい」

「それにしても、どこへ？」

「ニーナ・モローとジャッキー・コルトを見つけだし、モニシャを取り戻しに行くんだ」

ハーウッドは推測したのだ。バサエフがそれらの地点のすべてに行けるほど自由に動きまわれたはずはないし、それらすべての狙撃をやってのけられたはずもない。これはふたりの人間の仕事だ。そして、動機があり、ハーウッドのライフルにアクセスできた人間はふたりしかいない。ジャッキーとニーナ。

「なぜ？」

「この殺人事件はすべて、そのふたりの仕業だからだ」

サミュエルソンがうなずいて、目をそらす。なにか言おうとしているのだが、ことばが出てこないようすだった。

「どうした、サミー？　いま、なにかに思い当たったんだろう？　それをつかまえろ」

サミュエルソンが目をぎゅっと閉じる。涙があふれてきた。唇が垂れて、すすり泣きが漏れてくる。

「おれは……思いだせない。でも、これはなにか重要なことなんだ！」

ハーウッドはサミュエルソンの肩に手を置いた。

「いいんだ、ブラザー。〝女より友を優先《ブラズ・ビフォア・ホーズ》〟を忘れないでくれ」彼はサミュエルソンをハグした。

「女より友を優先」サミュエルソンがおうむがえしをし、「それはこっちのせりふじゃないか」と言って、車のエンジンが咳きこむような奇妙な笑い声を漏らした。

ハーウッドは不格好に修復されたサミュエルソンの後頭部に手をかけ、このとき初めて、岩の激突によって頭骨に窪みが生じていることを知った。サミュエルソンはどれほどの苦痛に苛《さいな》まれたことだろうと想像しながら、彼はすすり泣くレンジャー隊員を抱きしめた。

やがて、すすり泣きの声が静まり、サミュエルソンがハーウッドから身を離す。

「彼はある男の名を口にしたことがある。ルネフという名だった」サミュエルソンが言った。

「おれにじゃなく、船に乗っていたある日、彼がしゃべっている声が聞こえたんだ。そのとき、彼は無線で話をしていた。スタン・ルネフだったと思う」

ハーウッドはあとずさった。その名には憶えがあった。

「彼がルネフと言ったのはたしかなんだな？　スタニスラフ・ルネフか？」

「うん、それだ。それが正しい」サミュエルソンが、授業で正しい答えをした子どものようにほほえんだ。

ルネフはロシアの離反亡命者で、旧ソ連が、そして現在のロシアが、スペツナズの高高度パラシュート降下によって合衆国に戦術核をひそかに持ちこむ可能性があることを、能天気なアメリカ政府に報告したとされる男だ。

「バサエフが口にした名がルネフということなら、バサエフはまちがいなく、核爆弾を持っているはずだ」

# 22

ＦＢＩ特別捜査官ディーク・ブロンソンは、Ｍａｔｃｈ.ｃｏｍに登録している自分のプロファイルが、出会いの用途にでなく、情報源に使われることになるとは、これまで考えてもいなかった。

ところが、実際にそうなった。

〝ナンシー〟がそのサイトを通じて連絡を入れ、性奴隷取り引きの組織網について価値ある情報を持っていると伝えてきたのだ。警察もＦＢＩも性奴隷取り引きの側面に関してはなにも公表していなかったので、これはきわめつきに興味深いことだった。その側面はまだ秘密にされていた。つまり、この捜査に従事している非常に小さなグループからリークがないかぎり、彼とナンシーとの出会いは大きな突破口になるかもしれないというわけだ。そして、彼には突破口が必要だった。

ブロンソンはいま、市庁舎のすぐ北、ベイ・ストリートに面したスターバックスの店内にすわっている。そこは例によって、人間活動の交差点としてにぎわっていた。学生たちは忙しくＭａｃＢｏｏｋのキーボードをたたき、サッチェルバッグを肩に掛けた若手の教授たちはラテを注文し、愛犬家たちは外の椅子にすわってチャイを飲み、その最愛の友たちはボウルに満たした水をぴちゃぴちゃ飲んだり、飼い主におやつを投げてもらったり、プレス機とブレンド機の音が入りまじって聞こえるなかで、もどかしげに注文の品が出てくるのを待っている飼い主のほうへ突進したりといったぐあいだ。

フェイ・ワイルドは街路の反対側にいて、ミレニアル世代の魅力的な女性のだれもがやっていること、つまりスマートフォンをチェックするようなふりをしている。その街路の少し先にあるファイヴガイズ（ハンバーガーがメインメニューの、アメリカのファストフード・チェーン）からそこまで、バーガーを焼くにおいが漂ってきた。マックス・コレントはそのバーガー店のなかで、MacBookを使って、スターバックス店内の監視カメラをモニターしている。そこのシステムへのハッキングはかんたんで、コレントはライヴで監視をしていることを無線で伝えていた。ランディ・ホワイトは街路の反対側にある自家製ビールを出すパブの屋上という、ワイルドの真上にあたる地点に待機している。彼は、いつでも撃てる状態にしたライフルをキットバッグに入れて携行していたが、ブロンソンは彼に対し、当初はスポッター・スコープを用いて、あとはみずからの判断によってライフルに切り換えるようにと指示を出していた。

だれとも知れない黒づくめの女がブロンソンのかたわらを通りすぎ、その体が彼の肩をかすった。一枚の紙片が彼の膝に落ちてきたときには、その女はすでに、注文品が出てくるのを待っている客の列の向こうへ姿を消していた。列の向こうにはアンブレラのある店外席が並び、そのまた向こうは開《ひら》けた街路になっている。

ブロンソンは紙片を開いて、メモに目を通した――〝捕まえられるものなら捕まえてごらん。ラヴ、ナンシー〟。

これはついてこいという意味だろうと、ブロンソンは判断した。立ちあがり、女が姿を消した方向へ急いで歩きながら、イヤピースマイクを使って小声で指示を出す。「横手のエントランスから出て、それらしい女を尾行中。女は裏通りへ入っていくように見える」彼はささやいた。

「ラジャー。その女を捉えた」屋上からホワイトが声を返す。「黒ずくめの、髪の黒い、細身の女。格好のターゲットになる」

「いや、それほど細身でもない」とブロンソンは言って、角を曲がった。二十五ヤードほど先に、ターゲットである女の鍛えられた上腕三頭筋が見えていた。早足で歩いている。黒のジーンズ、タイトフィットの黒い半袖シャツ、黒のショートブーツと、すべてが、馬のたてがみのように揺れる黒髪にマッチしていた。女が入りこんだ裏通りは、ホワイトからもコレントからもワイルドからも監視ができない場所だとわかった。そのあと、女はまた角を曲がり、またまた角を曲がった。

あとを追った彼はまもなく、五本のオークの木が枝を低く垂らした暗い裏道に入りこんでいた。それはジョギング用の緑道で、元海兵隊員であるブロンソンは、待ち伏せの場所へ誘導されているのだと気がついた。黒髪の女は兎で、自分は狐。ただし、ハンターたちは兎より狐を狩るのを好む。

女がそのアスファルト敷きの小道から、木立のなかへとつづく短い遊歩道に出た。こんちくしょう、とブロンソンは思った。マイクロフォンに向かって話しかける。

「スターバックスの裏手を追跡中。たぶん、四ブロックほど。緑道に出て、いまは短い遊歩道にいる」

「ストップ、ボス」どこかからワイルドが声を返してきた。走っている最中のような喘ぎ声になっていた。

「ここまで来て、やめられるか」と彼は応じた。

そして、そうした。彼が森のなかへ足を踏み入れるなり、ハイキックがその顎を襲ってきた。彼は身をひるがえしたが、強力な左腕をあげて、足首を返す前に、その一撃を浴びてしまった。ほんの一瞬のことだったが、そのすばやい踵《かかと》の一撃のあと、気がつくと、女が彼の上にのしかかり、その前腕が剃刀《かみそり》のように彼の喉に食いこんでいた。

「あなたたちがマーカム将軍とヴィック・ハーウッドを逮捕するまで、この殺人はつづく。二十四時間の猶予をあげよう」女が言った。

ブロンソンには女の顔がよく見てとれなかった。長い黒髪がヴェールのように顔を覆っていて、人相が判別できなかったのだ。何週間もバスを使っていないような、汗とよごれのにおいがしていることはわかった。さらなる手がかりがつかめる前に、女が身を離し、すばやく北へ移動して、彼から遠ざかっていく。

「待て！」彼は叫んだ。「ナンシー！」

だが、女は幽霊が消え失せるように、いなくなっていた。ついさっきそこにいたのに、一瞬後には蒸気と化したかのように。

数秒後、フェイ・ワイルドが拳銃を手にして、駆け寄ってきた。

「さっきのが例の女？」

ブロンソンは身を起こした。

「そうにちがいない」顎をさすりながら、彼は言った。「すごいまわし蹴りだった。彼女のプロファイルにそんなのはなかったんじゃないか？」

「ジョークを飛ばしてる場合じゃないです」ワイルドが言った。「彼女を見つけださなくては」

「彼女は消えた。すばやかった。強かった。勝ち目はなかった」彼は言った。

ワイルドが森のなかへつづく小道へ目をやる。

「いったいなぜ、ここまで彼女を追ってきたんです？」

「彼女はなにかわたしに言いたいことがあるんだろうと考えてたんだ。まさか、なにかを語る前に、あんなまねをするとは思いもよらなかった」

「三百ドルもしたボスのシャツが破けてますが」気を緩めた声になって、ワイルドが言った。

「そんな感じがしていたよ。彼女がなにを言ったか、そこのところを訊こうとはしないのか？」

コレントとホワイトがその現場に姿を現わし、チームの四人が森のはずれに並んだ。

「ランディ、マックス、きみらは森のなかへ百ヤードほど入りこんで、なにか見つかるか確認してくれ。なにもありそうにないが、そうとは決めきれないからな」

「ラジャー、ボス」ホワイトがライフルを握りしめて、言った。「行こう、マックス」

ふたりが慎重な足取りで森のなかへ入っていく。ブロンソンは地面に片膝をついた状態から立ちあがり、ワイルドに言った。

「彼女はこう言ったんだ。われわれはハーウッドを逮捕しなくてはいけないと」

「それはわかりきったことでしょう」とワイルド。

「それと、マーカム将軍もだ」

「マーカム？　あの空軍の男？　彼がこの事件とどう関係しているというんでしょう？」

「それはわたしにもわからないが、彼はここから十マイルほどのところに邸宅を構えている。なんとしても、彼と至急《ASAP》、話をしなくてはならない」

「慎重に進めてください、ディーク。彼にはいろんな知り合いがいますので」ワイルドが言った。

「それは心得ているが、フェイ、これは無視できない情報だ。なんといっても、彼女はFBIに逮捕されるリスクを冒してまで、わたしにそのことを伝えようとしたんだ。どこのだれかはわからない女だが」

「彼女はほかになにか言いました？」

「ああ。二十四時間の猶予をあげようと」ブロンソンは言った。

「もし、それでだめなら？」

「それについてはなにも言わなかったが、答えは知りたくない気分だね」

コレントとホワイトがひきかえしてきた。収穫はなし。

ワイルドの電話が鳴った。彼女が電話に出て、耳を澄ます。

「なんですって」彼女が言った。「匿名の通報です。ハーウッドが、リヴァー・ストリートとマガイア・ストリートの交差点にある倉庫にいると」

「そこへ行こう。ここから十ブロックと離れていない」ブロンソンは言った。


ハーウッドはＦＢＩにコンタクトする必要があったが、両手を頭上にあげてではなく、というのがその条件だった。

彼はサミュエルソンをひっつかまえて、横手の扉へ向かった。百ヤードほど先に、銃撃でぐしゃぐしゃになったラニーのマスタングが見えた。バサエフはハーウッドたちを、ヘリコプターの襲撃があった地点をはさんで、その反対側に位置するまったく別の倉庫に運びこんでいたのだ。警察官たちがマスタングの周囲に群がっていて、そちらには脱出する道はなかった。この倉庫にはほかにふたつ出入口があり、それらが同時に開いた。表側の出入口に、黒人の男と赤髪の女が現われ、そのふたりがサミュエルソンとハーウッドに拳銃の銃口を向けた。左側の出入口から、男がふたり、ひとりは拳銃を、もうひとりはＡＲ‐15を構えて、入ってくる。どちらの組とも、五十ヤードほどの距離があった。

「絶体絶命だ」サミュエルソンが言った。

「どうかな。これは、おまえの〝相棒〟がおれたちを通報したってことだ。やつはおれたちを泳がせておこうとしている。おれたちを安心させず、つねに動きまわらせておこうとしている。例の核爆弾がすべての鍵なんだ」

表側から声がかかってきた。

「ヴィック・ハーウッドか？」

問いかけのようにも、決めつけのようにも聞こえた。その男は、確信しきってはいないが、それでも、そうと信じようとしているのだろう。

「声をかけたのは何者だ？」ハーウッドは叫びかえした。彼らは唯一の脱出路のそばにいる。その逃走の道を、この追っ手の連中が警察に封鎖させているだろう、とハーウッドは推測した。

「FBIだ！」男が叫んだ。

「こっちはなんの罪も犯してはいない」ハーウッドは叫んだ。

「それなら、逃げる理由はないだろう。話しあえ。われわれが事件を解決するのに手を貸すんだ」男が大声で言い、もうひとりを伴って、早足で近づいてくる。

「それはおれの仕事じゃない」ハーウッドは叫んだ。「自分の仕事をしろ。事情は明白にわかってるだろう」

ルネフは証人保護プログラムによって身を守られているから、FBIはその男のことを知っているはずなのだ。

「おまえはアメリカ人だ」ＦＢＩの男が言った。「これは、すべてのアメリカ人がすべき仕事なんだ」

「いいことを教えてやろう」ハーウッドは外の警察の動きを注視しながら、ドアノブをつかんで、叫んだ。ＦＢＩが足をとめず、近づいてくる。「あんたらが探すべき相手はおれじゃなく、ザナドゥという名の男だ。そして、そいつを追う一方、スタニスラフ・ルネフの居どころも見つけるようにするのがいいだろう」

彼はサミュエルソンにうなずきかけ、そのあと、モニシャの体に掛けられていた帆布に目をやった。彼女の声が聞こえてくるような気がした。〝リーパー、こんどはどうするの？コップがうじゃうじゃいるのに〟

だが、それはたんなる気の迷いであって、いまはそんなありもしない声に耳をかたむけている場合ではなかった。ハーウッドにはひとつ、逃走プランがあった。あと二十四時間、生きのびさえすれば、ジャッキーとニーナを見つけだせるだろうし、それはまた、モニシャを救える唯一の道でもあった。

「おまえは武器を所有しており、それは敵意の存在を示すものだ、リーパー！」先頭に立つＦＢＩの男が叫んだ。

敵意の有無などはどうでもいい。ハーウッドはもう一度、外のコップたちに目を向けてから、サミュエルソンに言った。

「こうするんだ」ハーウッドはサミュエルソンを背後に従えて扉の外へ駆けだし、すぐさま右へ折れて、川をめざした。川までの距離は五十ヤードほどで、五秒か十秒あれば、倉庫の裏側へまわりこめるだろう。さっき目にした二隻のモーターボートのどちらかが使いものになり、どこかにエンジンの鍵が隠されていますようにと、彼は祈った。

「どこへ行くんだ、ヴィック？」

「川へ。ついてこい」

外の警察官たちは、黒焦げになったマスタングの周囲にフットボールのハドルを組むように群がって、その内部を見ていた。倉庫の角をまわりこんだところで、ハーウッドは足取りを緩めて、リュックサックを体の前側へ持っていき、外ポケットのなかを手探りした。

波止場への傾斜路に近づくと、彼は三段の階段をひとっ飛びして、桟橋に降り立った。背後から、叫び声と大きな足音が届いてくる。メイコ25のモーターボートが二隻あり、その遠いほうの、川の近くにある一隻を、彼は選んだ。そちらのほうが古く、あまり手入れがされていないように見えたからだ。

「係留ロープを解き、鍵を探すんだ」ハーウッドは言った。いま通ってきた道に二個の発煙手榴弾を投じ、そのあと閃光音響手榴弾《スタングレネード》のピンを抜いて、灰色の煙のなかへ投げこむ。そのなかにじっと立っていないかぎり死ぬことはないだろうが、とにかく、こっちは少しでも時間を稼ぐ必要があるのだ。

サミュエルソンがモーターボートの係留用クッションを切り離しているあいだに、ハーウッドが操縦コンソールの上へ目を移し、日除けスクリーンの上方に置かれている四個の釣竿用コーンを順にたたいていくと、四つめのコーンがジャラジャラと音を立てた。

近くで銃声があがり、ふたりの頭部を銃弾がかすめすぎる。

「あったぞ」とハーウッドは言って、そのコーンを傾け、鍵束を手のなかへ滑りこませた。

ハーウッドのすぐ前にあるフロントグラスを、一発の銃弾が粉砕した。

「やつらが煙を通りぬけてくる」サミュエルソンが言った。

手榴弾と煙が稼いでくれた時間は一分程度のものだろうが、それは貴重な時間だった。ハーウッドがイグニションにキーをさしこみ、シフトレバーがニュートラルになっていることを確認してから、エンジンの始動を試みると、一発で動きだした。バックでモーターボートを桟橋から出し、シフトレバーを前に押して、追いかけてきた法執行官たちに高い波しぶきを浴びせかけながらボートを走らせる。

スピードをあげて北へ向かい、サヴァンナ川に架かるタルマッジ・メモリアル橋の下を通過した。まもなく、モーターボートはＦＢＩやサヴァンナ市警《SPD》が携行するいかなる銃も直接射撃はおこなえないところに出た。とはいえ、すぐにＳＰＤのヘリコプターや、そして、言うまでもなく、ラムジー・ザナドゥのヘリコプターが、おそらくはＦＢＩのヘリコプターも発進するだろうから、ハーウッドとしてはこのボートの足跡を早急に見えにくくする必要があった。

サヴァンナ川のなめらかな水面を進んでいくと、この国でももっとも多忙な港のひとつに入ってきたり出ていったりする大型商業船の群れに遭遇した。それらの船が立てる波でボートが揺れ、歯がカタカタ鳴った。クレーンやコンテナといった、港の巨大施設が空高く、不気味にそそり立っていた。波止場に接岸した船の一隻から貨物列車へと、巨大な貨物ディスペンサーが積み荷のコーンを一定の速度で流しこんでいる。

「オーケイ、あそこへ行こう」ハーウッドは言った。

モーターボートをテールスピンさせ、大型コンテナ船を扱うためにつくられた高い岸壁のそばにボートを着ける。スロットルのレバーを少し前に押してやると、梯子として使えるように横棒が垂直な階段状に組まれた場所に行き着いた。

「ここにボートを繋いでくれ」と彼は指示した。

サミュエルソンがロープをつかみ、舫《もや》い結びでボートを係留する。レンジャー・スクールで学んだ基本的な結びかただ。ハーウッドはリュックサックを取りあげ、左右の手を交互に上へのばして錆びた金属棒をつかみながら、桟橋の上にたどり着いた。頭上では何基ものクレーンが前後に動き、下方では角張った建造物解体鉄球のような大型コンテナ船が波に揺られている。ハーウッドがコンクリート敷きの埠頭に身を転がすと、左側に鉄道の支線が敷かれているのが見えた。

「こっちだ」サミュエルソンが上までのぼりきったところで、彼は声をかけた。

彼らは枕木をつぎつぎに跳び越え、ときには砂利に足を取られながら、線路の上を走っていった。一マイルほど走って、停止している鉄道車輛の列のそばに来たところで、ハーウッドは小休止を取った。息をはずませながら、しゃがみこんで、サミュエルソンが追いついてくるのを待つ。

遠方で、ヘリコプターのブレードが空気を切り裂く音がしていた。あのヘリコプターは、サヴァンナ市警なのか、ＦＢＩなのか、それともザナドゥなのか。どれであっても、同じことだ。致命的。いまはもう太陽が空高く昇り、真昼の日射しを投げつけていた。スチールの車輪が鉄のレールを嚙んで、耳を聾《ろう》する轟音を立てている。コンテナを積んだ列車のひとつが、ゆっくりと西の方角へ動きだした。川と港から離れる方向だ。

「あれだ、サミー」ハーウッドは言った。

彼らが線路が敷かれているでこぼこの地面を走っていくと、埠頭によじのぼるときに使ったのとは種類のちがう、金属製の横棒に手をかけることができた。ハーウッドは二輌の車輌のあいだに身を滑りこませ、連結装置のでっぱりの上に立った。飛び乗るのに、たいした苦労はなかった。サミュエルソンが飛び乗るのに手を貸す。彼らは、身を支えるのに役に立つものはなんでもつかむようにした。これでじゅうぶんに身を隠せたし、ここに観察の目を向けてくるような人間はいないように思えた。列車が時速五マイルほどから、たぶん十五マイルほどへとスピードをあげていく。

別のヘリコプターが捜索に参入し、川の上空に飛来した。ヘリコプターが二機になった。あと、やってくるのは一機だけだろう。推測しても意味はないのだが、やってみよう。もしこの二機がＦＢＩとサヴァンナ市警であれば、まあオーケイだ。もし、一機がラムジー・ザナドゥで、もう一機が捜査当局のどちらかだとしたら、その場合は、こちらにとって好都合なことになるかもしれない。FBIがザナドゥのヘリコプターを撃ち墜とすとか。

だが、ハーウッドのなかには、モニシャを傷つけたやつということで、ザナドゥと直接対決したいという思いもあった。それだけでなく、軍事地理学として見るならば、まずザナドゥを打破することが究極的にはバサエフを捕まえることにつながるだろう。列車がさらにスピードをあげ、視野の隅を倉庫がつぎつぎに通りすぎていく。主要な対象からあまり遠く離れたくなかったので、列車が一マイルほど進んだころ、ハーウッドはサミュエルソンに身ぶりを送り、線路の横につづいている溝のなかへふたりそろって飛びおりた。いくぶん前方へ体が投げだされ、鋭い痛みが走ったが、ひどい負傷をすることはなかった。

最後尾の車輛が通りすぎていったところで、ハーウッドはサミュエルソンを導いて、線路の東側にひろがる森林地帯へ入りこんだ。森を東のはずれまで進むと、フォーサイス公園を見渡せるようになった。公園の緑なす天蓋《てんがい》の上に、ディルマン退役将軍邸の魔法使いの帽子めいた屋根がそびえたっていた。

空き地が見つかったので、ハーウッドはリュックをおろし、サミュエルソンに向きなおった。

「ありがとう、ブラザー」

サミュエルソンが見返してくる。

「な、なんでもないさ、ヴィック。おれはときどき頭が混乱するってだけのことで。ハサンにすっかりだまされていたんだ」

「わかってる。帽子を脱いで、頭を見せてくれるか」ハーウッドは問いかけた。

サミュエルソンの頭部はグロテスクだった。ハーウッドは髪の毛を分けてみた。サミュエルソンの頭骨の一部が、損傷した自動車のフェンダーのように窪んでいた。

「やつはおまえになにをやったんだ？」ハーウッドは尋ねた。

「包帯を巻いただけだ。傷口にアルコールをふりまいて、包帯をきつく巻いた。傷の縫合はどこかの医者がやったんだと思う」

「おまえの記憶はどうなんだ？」

「おれのなにがって？」

少し間を置いて、ハーウッドは言った。

「オーケイ、それでいいさ」

サミュエルソンがほほえむ。

「脳みそを全部、失ったわけじゃないんだ、リーパー。一部を失っただけで」

「あのたわごとはなんだったんだ？　アブレクってのは？　おれに面と向かって、洗いざらいしゃべってくれないか？　おれもおまえと同じく、気絶していたことは知ってるだろう」

「よくわからないんだ、ブラザー。おれはときどき、とんでもなく混乱してしまうだろう？彼が、おれの名はアブレクだと言ったんだ。意味は〝戦士〟だと。でも、あんたに〝サミー〟と呼ばれるたびに、記憶がだんだんと戻ってきた。それでも、あんたは救出されたのに、おれはそうじゃなかったってことはわかってくれ。あれはひどい仕打ちだった」

「そのとおりだな」

「でも、あれはあんたの落ち度じゃなかった」

「それで、あのチェチェン人は？」

「彼はなにかの仕事をしていたんだ」とサミュエルソン。「あんたが言った核爆弾の話は正しいと思う」サミュエルソンの瞳孔が、平常の黒い輪に戻っていた。しゃべっているあいだも茶色の虹彩が揺らぐことはなく、その目はまっすぐにハーウッドを見つめていた。サミュエルソンの顔には砲弾片の瘢痕《はんこん》が点々とあったが、真実でないことはひとつも語っていない証拠に、その瘢痕が引き攣《つ》れはしなかった。「彼があんたを縛りあげようとしていたことは知らなかった。あんたを焼き殺そうとしていたことも」

「それでオーケイだ、サミー。おれにはひとつ、計画があるんだ」

「じゃあ、それを教えてくれ」サミュエルソンが言った。

そこで、ザ・リーパーはかつてのスポッターに、〝たこつぼ仲間〟に知らせておく必要があるあらゆることを語った。

サミュエルソンが返してきたことばは、たったの一語だった。

「すごい」

# 23

日中、彼らは慎重な行動に徹した。いまは太陽が西の空に低くかかっている。周囲一帯でサイレンの音が鳴り響いていた。ヘリコプターの轟音が空にこだましている。遠くで、警察犬チームの犬の声がしていた。

「やつら、なんとしてもあんたを捕まえたいんだな」サミュエルソンが言った。「用意はいいか？」

「ああ。だが、考えてることがある。バサエフがおまえを連れていかなかった場所はどこなんだろう？」

「それはどういう意味だ？　彼が連れていなかった場所があるとしても、おれにどことわかるわけがないだろう？」

「よく考えろ。おれがこれまでにいた場所を、彼はすべて知ってるはずだ」

「それはたしかだね」

「彼はどこかに指令センターみたいなものを置くだろう。そして、それは移動できるものにちがいない。戦術指揮センターのような、可動性のものを。そうしておけば、あるときはここ、あるときはあそこって調子で、移動できる。なぜかというと、おれがつぎにどこに出現するかはだれにもわからないからだ」

「しかし、おれたちには事前にわかってた」サミュエルソンが言った。

「そうだろう。おれのスナイパー訓練スケジュールを特殊作戦軍のだれかから、おまえたちが聞きだした。そこのだれかが情報を漏らしたんだ」

「ちがう。バサエフがハッキングをして、訓練スケジュールをつかんだんだ。彼はファイアウォールをやすやすと破れたから、おれたちはあんたがつぎにどこへ行くかがわかってたというわけだ」

「となると、さっき言った点に話が戻るな。電話のハッキングは、まあ、それも可能だとは思うが、おそらく彼にはできない。それをするにはコンピュータだのWiFiだの衛星電話だのといったものがすべて必要になってくるからな」

サミュエルソンがうなずく。

「ああ、そんなふうなものは目にしなかったよ」

「そこのところおまえにもわかるだろう。おまえたちがバハマでチャーターしたという大型クルーザーの船名は、なんだった？」

サミュエルソンが緊張したようすを見せる。その目が遠くを見て、心のなかを見る。なにも思いつかないようだ。

「移動のあの期間、彼はおれに鎮静剤かなにかを服ませてた。頭部を負傷しているときに波に揺られるのはよくないとかどうとか、調子のいいことを言って」サミュエルソンが言った。

「あの期間の大半、おれはほとんど意識がない状態にあったんだ」

「やはりな。それは、やつが指揮統制船をこの近辺のどこかに係留させているからだ。おそらく、その船はKuバンド（衛星通信や衛星放送に使われる周波数帯域）で衛星にリンクし、映像の送受信やドローンのコントロールや必要なあらゆる情報の収集ができるようになってるのだろう。つまり、こういうことだ。船で来ないのであれば、行き先はべつにサヴァンナでなくてもよかったんじゃないか。出入りのできる場所はほかにいくらでもあるんだからな」

「それは納得のいく話だね。おれは自分にあてがわれた部屋から一歩も出なかった。食べものもなにもかも、彼らが運んできてくれたんだ。その部屋にはXboxがあり、おれ用のテレビとDVDのコレクションがあった。おれはまだ観ていなかった映画をつぎつぎに観ていった」

「それは、やつがそうなるように仕組んだからだ。やつの計画のひとつは妻を取りもどすことで、もうひとつの計画はなにかを破壊することだろう」

「話についていけない」サミュエルソンが言った。

「バサエフに関してひとつわかっているのは、長期間、仕事を休むことはけっしてないということだ。やつはなにかをするための資金を蓄えているにちがいない」

サミュエルソンがうなずく。

「やつがおれを救うかどうかの判断をおまえに委ねたのは、たまたまじゃない。やつとしては、ゲームが終盤に迫ったときに、おまえの忠誠心がどこにあるかを知る必要があったんだ。モニシャはあのときはただの餌だったが、いずれ取り引きの材料として使われるだろう。となれば、おれたちには取り引きのためのなにかが必要になってくる」

「たとえば、ニーナが」

「そんなふうなものが」ハーウッドは言った。

「でも、もしやつがジャッキーを手中におさめたら？」

「やつがジャッキーを手中におさめることはできない」

「どうしてそうと確信できるんだ？」

「確信できるわけじゃない。ただ、その可能性が高いとは思えないということだ。もしやつが彼女を手中におさめていたら、おれたちのどちらをも生かしておこうとはしなかっただろう。それに、モニシャを必要ともしなかったはずだ。そしてまた、おれはジャッキーもまた彼女自身の行動計画《アジェンダ》を持っていると考えてる。だから、おれたちはいまからそこへ行くんだ」

「どこへ？」

「ジャッキーを見つけに」ハーウッドは言った。

「彼女がどこにいるか、わかってるのか？」

「わかってるつもりだ。ついてこい」

彼らは、チームの最終編成地点となった森林地帯から足を踏みだした。それから数時間をかけて、あちこちの裏道や、茂った森林、そして倉庫地区をひそかに通りぬけ、ブル川に面する東サヴァンナのマリーナに行き着いた。そしていま彼らは、川岸の係留場所に舫《もや》ったモーターボートやヨットに電力を供給する、幅が十フィートほどで高さが四フィートほどの発電機の陰にうずくまっていた。マリーナの向こうには幅を広げた川と沼沢地がひろがり、その先は大西洋につづいている。

このマリーナだとわかったのは、あの夜、サヴァンナのダウンタウンにあるホテルに泊まったとき、その最後の瞬間に、ジャッキーがナイトテーブルからつかみあげた小さな浮き輪のキー・チェーンにその名称がプリントされていたからだ。あのとき最後に目にしたのが、リュックサックと、ライフルの銃身、そしてキー・チェーンだった。いまは、それらの意味するものが完全にわかっている。自分は彼女にもてあそばれていたのだと認めるのは癪に障るが、それでもそれがいちばん可能性の高い展開だったと考えるしかなかった。

ハーウッドは板張りの栈橋にしゃがみこみ、それぞれの錨地に舫っている何ダースもの船舶を偵察した。どのクルーザーが〈テン・メーター・レディ〉なのかは、それぞれの栈橋を歩いて、一隻ずつチェックしないかぎり、判別のしようがない。

「船が多すぎるよ、ブラザー」サミュエルソンが言った。

このマリーナには、コンクリート造りの錨地を形成する垂直の岸壁に沿って、十カ所の栈橋があった。栈橋にはそれぞれゲートがあり、そこに係留するには数字のコードが要求される。各栈橋に、二十の錨地があるように見えた。係留されている船の数は二百ほど。

だが、ジャッキーのクルーザーは一時的な係留だろうし、容易に海に出られる錨地を求めたはずだ。通行人や見物人の大半に気づかれずにすむ錨地を求めただろう。マリーナはどこも、異常なほど大勢の見物人を惹きつけるもので、彼らはそこに係留されているクルーザーをしげしげと観て、いつかは自分もこういうものを持ちたいという夢を見るのだ。

左側のいちばん奥に位置する栈橋に三隻のクルーザーが係留されていたが、このメイン・エントランスからでは、大型クルーザーが視野を妨げていて、どんなクルーザーかを見極めることはできなかった。その栈橋の対岸に建設現場があり、建築関係者以外には立ち入りが禁止されていた。そこに数台のバックホウ（地盤より低い部分の掘削に用いられる掘削機）とブルドーザーが、つぎのきつい仕事に備えて休養を取っているかのように鎮座している。五十ヤードほど泳げば、建設現場からその栈橋に行き着けるだろう。

「ついてこい」ハーウッドは言った。

彼らはマリーナをまわりこんで、建設現場に行き、金網フェンスを検分した。フェンス・ラインの全長にわたって、頭ほどの高さの、隙間の狭い黒い金網がつづいていた。その基部の、鉄筋が積み置かれている三フィートほどの深さの側溝を進んでいくと、フェンスの下をくぐりぬけて、はずれの栈橋に並んでいるクルーザー群の正面に出られた。

ハーウッドはスポッター・スコープを使い、そこに並んでいるクルーザーの名を左から右へと読んでいった。〈マジェスティック〉、〈ファイン・ワイン〉、〈レフト・アウト〉、〈ピックト・シックス〉などなどで、〈テン・メーター・レディ〉はなかった。

「確信があったんだが」ハーウッドはつぶやいた。

「あの向こう」サミュエルソンが言った。

サミュエルソンが指さした方向へ、ハーウッドがスコープの向きを変えると、ジャッキー・コルトのような体形の人間が、その栈橋のいちばん奥に係留されているセンター・コンソールのボストンホエラー社製の大型クルージングボートのそばに立っているのが見えた。そのボートは錨地にではなく、栈橋の突端に係留されていた。

予想していたとおりだ。容易に入れ、容易に出られる。最小限の操船ですむ。ブル川のうねる水流から栈橋の突端にたどり着き、そこからものの数分でサヴァンナ川へ入っていくことができるだろう。軍事地理学的観点でも、それは理に適っている。あそこなら、内陸の大きな水路と大西洋のどちらにも、容易に入っていけるだろう。エンジンが四基あり、そのカバーに、〝マーキュリー350CC〟と太い文字で記されていた。沿岸を北へも南へも高速で移動できそうな、大型クルーザーだ。全長が長く、たぶん五十フィートはあるだろう。大型魚の釣りに使われる背の高い艤装《ぎそう》があるので、遠洋漁船と見まちがわれやすいだろう。喫水が浅いから、水深が浅いことで悪名高い、沼沢地めいたサヴァンナ川の流域を楽々と航行できるはずだ。重要なのは、そこからは、ハーウッドが彼女の究極の目的地だろうと考えているタイビー島へさまざまなルートで行けることだ。

あの大型クルーザーは安定しているから、スナイパーにとって非の打ちどころのないプラットフォームになるだろう。

ジャッキーは、弟がアヘンの過剰摂取をし、その結果、痛ましい死を遂げたことを、短く、遠まわしに語っていた。弟のリチャードは、フォートベニング基地とアメリカ陸軍空挺スクールがある、ジョージア州コロンバスにたむろするごろつきどもとの付き合いがあったようだ。彼女の調査によって、ある将軍の息子がひとさじの溶かした純粋なアヘンを、注射用としてリチャードに与えたことが突きとめられた。目撃者の話では、そのふたりは、将来の空挺兵の訓練に使われる高さ二百フィートの塔の下にすわっていた。注射をしたあと、リチャードはその塔をよじのぼり、降下訓練装置の一部を成すアームの上で踊りだした。そして、地上から二百フィートの高所で、人気が再燃したスティーヴ・ミラー・バンドの《フライ・ライク・アン・イーグル》を歌った。

そして、それを歌いつづけようとしながら、二百フィート下方の地面へ転落し、空挺兵訓練のために使われる尖った金属ポールの上に落ちた。翌朝、実習のためにやってきた空挺スクールの訓練生たちが、彼らの訓練装置のひとつに突き刺さっている彼の死体を発見した。ほどなく、その訓練生たちはリチャードの苦難をブラックユーモア的に受けとめて、戯《ざ》れ歌をつくった。

〝C-130が滑走路を行く、空挺ジャンキーが片道飛行……ヤクを打ち、立ちあがり、ドアへ走り、空へ飛ぶ……あわれなリチャードの脳みそが床一面に……〟。

ハーウッドは、ジャッキーに出会う前にも、空挺スクールの訓練生がそのひねくれた戯れ歌を歌うのを耳にしたことがあったが、そのときは、リチャードがだれで、なぜその名が歌のなかに出てくるのか、見当もつかなかった。ジャッキーの話では、彼女と両親が、その歌を彼らが歌うのを禁じるようにと、そこの将軍に嘆願したそうだ。

その将軍の名は、記憶するところではビショップ。フォートベニング基地の司令官を務める男だ。

そう、ジャッキーには動機がある。

ハーウッドは金網の下にもぐりこんで、温かく暗い水のなかへ身を滑りこませた。魚が産卵したあとの饐《す》えたようなにおいが、あたりの空気に充満している。サミュエルソンがあとにつづいて、水へ身を滑りこませる。リュックサックが腕の動きのじゃまになるので、ハーウッドはほぼずっと、レンジャーの水中戦闘サバイバル訓練で学んだ横泳ぎで進んだ。まもなく、〈ノン・ミゼラブル〉という全長七十フィートのクルーザーが係留されている木造の橋脚のそばにたどり着いた。波に揺られるクリスクラフト社の木製パネルの大型クルーザーの船体の陰から、向こう側にいるジャッキーの姿がよく見てとれるようになった。

ハーウッドは懸垂の要領で桟橋の上へ身を持ちあげ、そこに膝をついて、ジャッキー・コルトのクルーザーをじっくりと見た。彼女はもう桟橋に立ってはいなかったが、ボートの船室にライトがともっていた。ハーウッドは桟橋を低く這いずって、〈テン・メーター・レディ〉の船体に近寄っていった。掩護を頼むとサミュエルソンに身ぶりを送ってから、膝立ちをして、立ちあがり、クルーザーの水泳用プラットフォームのほうへ歩いて、後部からそっと船に乗りこむ。サミュエルソンが伏せ撃ちの姿勢になって、ライフルを構えた。

ハーウッドは船の後部、センター・コンソールの背後に立った。ジャッキーは、センター・コンソールの前方にある寝室でもくもくとなにかの作業をしていた。彼は悠々とクルーザーのブリッジをまわりこんでいった。彼女はキーボードを打っていた。コマンド・キーを打つと、モニター画面に、カメラから送られてきたように見える映像が現われた。そのあと、彼女はダイアログボックスにポイントを移動させ、またキーボードを打ち始めた。だれかとコミュニケイションをしているところで、たぶん先方の動きを見守っているのだろう。

ハーウッドはベレッタを手に握って、声をかけた。

「こんばんは、ジャッキー」

彼女がぎょっとし、シグ・ザウエル九ミリ拳銃の銃口を彼に突きつける。

「手遅れだ」彼は言った。「きみが撃ち、おれが撃ち、ふたりとも死ぬ」

「どうやってわたしを見つけたの？」彼女が問いかけた。

「ヘイ、おれにはらませてもらうつもりだったんだろう。〝会えてよかった〟とかどうとか言ってもよさそうなもんだ。だがまあ、おれがすべてを手に入れるわけにはいかないんだろうな」

彼女が銃口をさげる。

「会えてよかったわ、ヴィック。いまちょうど、ここであることをやってる最中なの」

「おれのライフルで、こんどはだれを殺すつもりなんだ？」

彼女は長いあいだ黙りこんでいた。それは数時間に思えるほど長い数分間だったかもしれないが、おそらくはほんの数秒間だっただろう。彼女との感情的なつながりが、長い貨物列車のように胸中に押し寄せてくる。脈拍があがった。掌《てのひら》が汗ばんできた。

「これは、あなたが考えてるようなことじゃないの」彼女が言った。

「くだらない言いわけを。おれが考えてるとおりだろう」

「あなたの知らないことが……あれこれとあるの」ジャッキーが気色《けしき》ばんだ。

「おれは、きみがここにいるのを突きとめられたほど、事情をよく知ってる。きみがニーナ・モローといっしょに動いてることも知ってるし、おそらく彼女がきみに絶えずインスタント・メッセージを送って、おれがどこにいるかを問いあわせてるんだろう」

彼女の背後にある画面に、新たなダイアログボックスが開き、そこに問いかけのメッセージが表示されていた。〝ザ・リーパーはどこに？〟

そのあと、〝こちらは準備完了〟のメッセージ。どうやら彼女たちは、前にジャッキーが自分たちのコミュニケイションに使うのを勧めた、あのＷｉｃｋｒ《ウィッカー》アプリを使っているらしい。そのアプリは、メッセージの発信もしくは受信後、すぐに消去されるように設定できるのだ。

「だったら……そのあれこれを話してくれ」ハーウッドは言った。

ジャッキーがちょっとためらい、画面のほうへ身を転じて、銃をベンチシートに置き、キーボードを打つ。〝待機して〟と。

そのあと、ふたたびハーウッドのほうに向きなおり、青い目で見つめてきた。船室の柔らかな光を浴びた顔に、そばかすが点々と浮きあがって見えた。シルクのようにきらめくブロンドの髪が、肩に垂れかかっている。身なりは、先週、いっしょになったときにいつも目にしたのと同じような、アスレティック用のものだった。

「詳しく話したら、あなたを共犯者にしてしまうし、わたしはあなたを愛してるの、ヴィック。話さないほうがあなたのためになるわ」彼女が言った。

「もうすでにだれもかれもが、犯人はおれだと考えてる。なにしろ、おれのライフルが使われたんだ。どうして、おれに対してあんなことをやったんだ？　どうして、彼らに対してなんだ？」

「だれに対してって？　麻薬の密輸をしている将軍たちと、〈ロリータ・エクスプレス〉（セクハラで悪名をなした米国の大富豪エプスタインの私有ジェット機の名称）の持ち主のような性的略奪者に対してに決まってるでしょ？」

「それはいったいなんの話だ？」

「ミルケムは失踪した若い女性たちを密輸してる。アフガンやイラクの若い――十四歳から十七歳の――女性たちを、日常的にアメリカへ飛行する輸送機に乗せて、ハンター陸軍飛行場へ送りだしているの。女性たちを拉致し、何日か〝棺《ひつぎ》〟に閉じこめたあと、彼らが〝セーフハウス〟と呼んでいるところに押しこむ。それだけじゃなく、彼らは純粋なアヘンを、ケシから獲れた本物のアヘン樹脂を、プレミアム価格で買いつける麻薬業者に売りつけているの。つまり、控えめに言っても、性奴隷売買と麻薬密輸、そして大金の搾取が関わってる話というわけ」

失踪した若い女性たち。この戦争の初期によくあった、失踪した捕虜たちの話によく似ている。女性の両親たちはいずれも、恐怖のあまり、拉致を当局に通報しなかった。通報したら、そのことが処理されているあいだにザナドゥに殺されていただろう。巻き添えだ。ハーウッドは、義理の姉、リンジーのことを、そして自分には彼女を救う力がなかったことを、思い起こした。ある意味、ハーウッドもリンジーも、そしてほかの里子たちも、拉致されたようなものだ。社会制度の助けがおよばないところを漂い、跡形もなくこの世から消え去ってしまうことがよくある。

「それで、自分の手でやろうとしたのか？　私的な制裁を？　あらゆることをおれになすりつけて？　おれはこの二日間、逃げまわっていた。撃たれたり、捕らえられたり、殺されそうになったりしながらだ」

ジャッキーがうなだれる。

「ごめんなさい、ヴィック。最初は、そんなことになるとはわからなくて。あなたに警告しようとはしたの。わたしは……矛盾した行動をしてるわね」

「いや、きみは警告などしなかった。それどころか、めまいを起こさせる薬物かなにかをあのスポーツドリンクに入れただろう」

彼女がまた目をそらす。

「実際にそれをやったのはニーナで、わたしはあとになってそのことを知ったの。彼女の夫がアフガニスタンで、デート・レイプ・ドラッグ（デートした女性の意識を失わせてレイプするための薬物）を何本かのボトルに混入したとか。わたしは激怒したわ。あれはわたしがやったんじゃない。誓って」

「きみはいまも彼女のためにターゲットのスポッティングをやってる。それなのに、自分はこれにはなんの関係もないと言い張るのか？」

ハーウッドの首の筋肉が張りつめてきた。頸動脈が浮きあがって、脈打った。胸の動悸が激しくなる。

「わたしはこれに加担してるわ、ヴィック。でも、あなたを陥《おとしい》れるつもりはなかったの」

彼はなにも言わなかった。モニターの背後にあるコルクボードに、標準サイズのプリンターペーパーが一枚、留めつけられていた。文書の冒頭部分に、〝殺害リスト〟の文字があった。

いくつかの名前は×印で消され、いくつかはそうではなかった。

サンプソン将軍、ディルマン退役将軍、トミー・ブレイクリー巡査、ケン・ストロング巡査、クラフト上院議員——それらの名はどれも、斜線で消されている。手書きで記された名がふたつ。ブレイクとヴェルシンスキー。おそらく、あの監視員たちだろう。まだ生きているひとびとのなかには、ビショップ将軍とマーカム退役将軍、二名の下院議員の名と、ハーウッドの知らない名がいくつかあった。

「ビショップ？」

ジャッキーがうなずく。

「今夜。彼はハンター陸軍飛行場で歩兵たちに演説をし、そのあとサヴァンナのダウンタウンにある法律大学院《ロー・スクール》へ向かう予定になってるの」

「彼女はフォーサイス公園にいるんだな。そのカメラからの映像は？　ドローンが送ってくるのか？」

「ええ。わたしたちはＫｕバンドで衛星通信ができるバタフライ・ドローンを使ってるの」

「なぜビショップを？」

「彼の息子がリチャードにアヘンを与えた。スプーンに溶かしたアヘンを、リチャードに。そして、ビショップ将軍は地元の警察を動かして、そのことを揉み消した。その息子は二十年の刑期を務めるのが当然なのに、ビショップは現地のコロンバス市警を引きこんだの」

ジャッキーは正直に、嘘いつわりなく話していた。いまさら彼になにかを隠す必要も理由もないと思ったのだ。

「下院議員たちは？」

「マーカムはジェットを一機、所有していて、その〝フライト〟で、さっき言った十代の女性たちがアフガニスタンやイラクから運びこまれてくる。その航空機は〈ロリータ・エクスプレス〉と呼ばれてる。それにはプライヴェートな寝室がいくつかあるの。777のような、大型のボーイングのジェット機だから。その機は、コロラドやジョージアを行き来していないときは、ハンター陸軍飛行場の滑走路に置かれてる。〈ロリータ〉と呼ばれるそのジェット機は、そこで給油をし、企業のＣＥＯたちや下院議員たちがお楽しみのためにその機に招待されるというわけ。そういう人物はほかにも何人かいるけど、わたしたちは確認できた人間だけを殺してきたの」

「ちょっと推理させてくれ。マーカムはそのときの光景をビデオに録画し、それを材料にして彼らを脅迫し、彼の会社との契約や兵器の購入に関わる法案に賛成票を投じさせているということか」

ジャッキーはしばらくなにも言わなかった。無言でリストを見つめたあと、また画面を見つめる。ハーウッドには、実際にはそのどちらも眼中にないように感じられた。彼女の目が船尾へ、そして舳先へ向かう。その目から涙があふれてきた。とめどなく。彼女が手の甲で涙をぬぐう。フロントグラスのワイパーのように。だが、涙はとまらず、川のように頬を伝い落ちる。それでもなお、彼女はいかにも狙撃手《シューター》らしく、落ち着いていた。その体は小揺るぎもしない。コントロールされている。そのひとときが過ぎ、彼女がハーウッドに向きなおった。

「あなたは回復した。そうじゃない？　完全に回復した。もう記憶の問題はないんでしょ」

「完全にじゃないかもしれないが、回復はした。単純な計算をしてみろということなら、それぐらいはちゃんとできるさ」

「ごめん。そういうことじゃないの。あなただって、感情に流されて、ただひとつの目標しか見えなくなり、そのことだけを考えてしまう場合が、ときにはあるでしょ？　あのチェチェン人のことがそれに当てはまるんじゃないかしら？　そう、わたしもそんなふうなもの――

―といっても、わたしの場合はリチャードだけど。ああいう連中には報いを与えなくてはいけないの」ジャッキーが言った。

「きみはこのアメリカの土地で殺人を犯しているんだ、ジャッキー。それは私的制裁だ。やつらには報いを与えなくてはならないという点には、同意しないわけじゃない。しかし、すでにやってしまったことは仕方がないにしても、これ以上の危害を加えてはいけない。きみはオリンピック・チャンピオンであり、前途には大きな世界がひろがっているんだ」

「マーカムの殺害はもっとも困難なものになるでしょう。彼はタイビー島の快楽宮殿に閉じこもっているから。わたしは、自分が生きのびられるとは思っていないの。マーカムはすべての工作の統括者。CLEVERと呼ばれる組織を率いている。退役軍人を助ける組織みたいなもののCEOを務めてるの。もちろん、そんなのはすべてたわごと。実際には、それは昔からある男たちの会員制クラブで、麻薬をやったり、年端のいかない少女とセックスをしたり、そのあとは狩りや釣りに出かけたりといったぐあい。胸が悪くなるわ」

彼女は、すでにハーウッドを計画に巻きこんだような感じでしゃべっていた。それどころか、これまでもずっとそうだったかのような。彼はなんの疑問も投げかけてこないだろうと思っているかのような。そのとき、ささやき声が聞こえてきて、ふたりはそろってモニターへ顔を向けた。

「彼がやってきた。ザ・リーパーはどこに？」

「彼はわたしといっしょにいる。そちらは攻撃開始《クリアード・ホット》。撃て」

いっしょにいる。ジャッキーの声は落ち着いていて、射撃をするときの冷静さと同じだと彼は思った。彼と、ハーウッドは画面を見つめた。空を舞うある種のドローンが、リアルタイムの映像を送りこんでいた。白黒の映像だが、画質は鮮明で、爆弾投下のさいに送られてきていた昔の映像のような、ざらつきはなかった。最新のテクノロジーなのだろう。ニーナ・モローは黒ずくめの服装だった。サヴァンナのロー・スクールを望む木の上に陣取っている。その背後にドローンが浮かび、彼女の体やライフルを――彼のライフルを――そして公園やそこの木々を、さらにはロー・スクールへの階段を、カメラに捉えていた。弧を描く階段がふたつあり、そのどちらもが建物の外壁へつづいていて、階段をのぼりきったところに支柱の並ぶ玄関がある。モローは、ビショップが手前側の階段を使う公算は低いと見て、ビショップが遠いほう、というか奥側の階段をのぼって、建物の正面に立ったときに撃つつもりなのだろう。いずれにせよ、なににも妨げられずに撃てるのは、公園に面するロー・スクールの表口の前に立ったときにかぎられるにちがいない。

「わたしたちは3D画像解析を使って、照準線を見つけた。そこがベストの地点なの。彼がどちらの階段を使っても、捕捉できる。ほかにもうひとつ階段があるけど、そちらは狙撃地点に近すぎるの」ジャッキーが言った。

彼がチームの一員になったかのような話しぶりだった。プロフェッショナルな調子というか。工作担当官が状況報告をして、同僚に目下の事案を明らかにしているかのような。

画面に、二台の黒塗りSUVが建物の前の歩道へ近づいてくる光景が映しだされた。一台は随行車で、もう一台に主賓のビショップ将軍が乗っていた。一方通行の道を、モローが陣取っている方向へ進んでくる。

最初にSUVから降りてきたのは憲兵隊の護衛兵たちで、彼らが四方に散って、ビショップ将軍が出てくる予定になっているSUVのドアを中心とする半径十メートルの警備線を形成した。いかにもプロフェッショナルらしく、あらゆる方向を監視していたが、もしモローがうまく撃てるようなら、ハーウッドの銃に太刀《たち》打ちすることはできないだろう。そこから射撃地点までのあいだには、射撃の妨げになるものはなにもない空間がひろがっていた。将軍が階段をのぼっていくと、その姿が照準におさまることになる。

つぎに、ビショップが乗っているSUVからさらに二名の護衛兵が降り、道路の向こう側、公園のなかに位置どった。彼らが公園内の監視に取りかかる。六名の軍人が警備に就いたわけだが、だれも役に立たないだろう、とハーウッドは思った。二日前、あの街路のすぐ先で、ジャッキーかニーナ・モローが狙撃をして、ディルマン退役将軍を殺害したときとまったく同じだ。当然、警備が強化されていたという釈明はされるだろうが、なにか新たな工夫はあったのか？　ハーウッドはいぶかしんだ。警備のドローンはひとつもない。警備の改善はどこにも見当たらなかった。表口から入ると見せかけておいて、裏口から入るといったような工夫はない。遠い側の階段を使うにしても、ピケット（南北戦争で名声を博した南軍の将軍）の突撃のように、表階段をしゃにむに駆けあがるわけでもなさそうだ。あのロー・スクールで、将軍は午後八時から、広報のための演説をすることになっていた。もし将軍が軍隊の時間厳守と統制に関する名声を守りたいと思っているのなら、あと三分のうちに建物に入って、演壇に立とうとするにちがいない。

二台目のSUVのリア・ドアが開いた。そこが伝統的な指揮官席だ、とハーウッドは思い、やれやれと首をふった。

「まだクリア？」モローが問いかけてきた。

ジャッキーが、〝あなたも加わる？〟と問いかけるような目でハーウッドを見る。

ハーウッドはなにも言わなかった。リンジーのことを、納屋のなかで首に干し草フォークを突き刺されて倒れた男のことを、思い起こしていたのだ。この状況はあれとどうちがうのか？ジャッキーに借りを返させるようにすべきなのか？かすかにうなずいたのを、ジャッキーが見てとったのだろう。彼女が画面のほうに向きなおって、「クリアード・ホット」と言ったのだ。

ビショップが車を降り、いちばん近くにいる二名の警護兵が観兵式の行進をするときのように、その左右にぴたりと寄り添った。しっかりと守ろうという意図だ。警護のやりかたが厳重になったのは、将軍がターゲットになっていることを自覚し、悪行をなしたことを自覚し、今夜、殺されるおそれがあることを自覚しているからこそだろう。

その三人が遠い側の階段をのぼりだすと、さらに二名の警護兵が加わって、将軍の周囲に菱形の防御陣形をかたちづくった。先頭の男は、将軍の姿が隠れてしまうほど背が高い。警護兵は全員、アーミーブルーと呼ばれる陸軍の正装をし、ソーサーハットと呼ばれるでかい帽子をかぶっていた。

　ジャッキーは平静を保っていたが、自分が撃ちたいと思っているかのように指をひくつかせていた。これは、どんなスナイパーにとってもむずかしい射撃だ。モローは、フランスのCIAに相当する対外治安総局《DGSE》の局員だ。彼女がこれまでの射殺をやってきたのであれば、今回もみごとな射撃ができるはずなのだが。

　将軍が大理石の階段をのぼっていき、てっぺんまであと一段となった。そこは、連邦最高裁判所のような造りだった。階段の頂上となる玄関口に高い支柱が立ちならんでいるが、モローが狙撃をするにはなんの支障もない。警護兵たちが防御の輪を狭める。軍団が将軍を守ろうとするかのような態勢だが、たぶん彼らはそのような意図なのだろう。一行が玄関扉のほうへ向きを変えたとき、将軍の頭部がわずかに見えた。

　画面に映しだされているライフルが跳ねあがる。どんな結果になったかがわかりもしないうちに、モローが手早く銃を分解していく。そして、数秒後には木の上からおりていった。画面のいちばん上のところに、宙へ舞ってロー・スクールの建物の白い扉にぶつかった、将軍の帽子が映しだされていた。黒ずんだ液体が飛び散るのが、つかのま見えた。明らかに、あれは血だ。モローは将軍の頭部に命中させたらしい。

　ニーナ・モローは、どこにでもいる看護師とはできがちがうのだ。

　警護兵たちが武器を放りだして、将軍の体に覆いかぶさる。ドローンがよりよい映像を捉えるべく、そのそばへ飛行したように見えた。あれは、軍隊で言う戦闘成果検証だ。画面に、歩行中に死を遂げたように見える、二つ星将軍の制服を着た男の姿が映しだされた。その顔、その目鼻立ちからして、それはビショップ将軍であるように見えた。モローは任務を完遂したのだ。

警護兵たちが無線交信を始める。おそらくは、応援と救急を要請しているのだろう。ドローンが旋回し、いまは、狙撃地点から数ブロック離れたところを、ライフルを収納したリュックサックを背負って走っているニーナ・モローの姿を追っていた。彼女が旧式のホンダ・シビックのドアを開き、車を発進させる。

ジャッキー・コルトが立ちあがり、定規と油性マーカーを手に取った。モニターの向こうへ手をのばし、殺害リストに掲載されたビショップ将軍の名の上に斜線を引く。

「これって、とても、とてもいい気分」彼女が言った。

# 24

マーカム退役将軍は闇を見つめていた。暗い天空に、ナイフで裂け目をつくったような黄色い三日月が浮かび、ジャック・オー・ランタンがあざ笑っているように見えた。かかってきた電話は、良き知らせではなかった。ビショップ将軍がロー・スクールの階段をのぼったところで射殺されたという。まさに、サンプソン将軍がフォートブラッグで殺害されたように。クラフト上院議員がメイコンで殺害されたように。ディルマンが自宅の玄関ポーチで殺害されたように。ディルマンは愚かにもそのとき、自宅にあの女たちのひとりを連れこんでいて、いまFBIがハンター陸軍飛行場にあるMLQMの本部を嗅ぎまわっているのだ。

身が締めつけられるような感触があった。マーカムはマッカランのスコッチを満たしたグラスを、指が痛くなるほど強く握りしめた。自分自身には、そして業務のすべてにも、ファイアウォールを築きあげている。MLQMはもっともらしい否認で切り抜けられる。理性的に見れば、案じることはなにもない。ロー・スクールを三年間で修了した有能な弁護士なら、さばききれないことはなにもない。女たちを追いはらうのは気が進まないし、ときおりアヘンでハイになることも習慣になってきているから、やめるわけにはいかない。自分は良き人生を手にした。そのために職務に邁進した。良き人生を手にするのが当然なのだ。

こうなれば、ザナドゥに、これまでやったことがないような処刑を実行させる必要がある。なにしろ、ザ・リーパーが自分を狙っているのだ。そうにちがいない。いまこのとき、あの月が自分をあざ笑っているように、ザ・リーパーが自分を付け狙っているはずだ。もしかすると、ダイヴスーツを着て、覆面をし、あの大洋の三角波の上に身を浮かべて、ワニのようにまばたきもせず、時が至るのを待っているのかもしれない。

「なにをつかんだか、話してくれ」マーカムは言った。イヤピースに、ザナドゥからの電話に特有の呼出音がまだこだましていた。

「つかめたと思います。罠を仕掛けるのに忙しかったんですが、ビショップ将軍の配下のひとりが電話をかけてきましてね。かつて所属していた部隊の同僚です。彼の言うには、何者かが北へ、そして東へ走っていったとのことで。ホンダ・シビックに乗りこみ、タイビー島へ向かったとか。そちらのほうへです。おれはドローンを一機飛ばし、あなたの家と幹線道路とのあいだにいる車のプレートナンバーをスキャンしています。ドローンで写真を撮り、自動車局《DMV》のデータベースを調べれば、ほんの数秒でその車に該当するかどうかを確認できます。カバーしなくてはならない道路が多すぎますが、まずはそちらに安全であることを知らせておこうと思いましてね」

「こちらはだいじょうぶだ。おまえがハーウッドを見つけだし、殺さなくてはならない」

「おれに伝えられてきた、狙撃現場から逃走した人物の人相風体は、ハーウッドらしくないように思えます。ことによると、やつはひとりもしくは複数の協力者を得ているのかも。拉致チームとして動ける即応部隊をヘリコプターに乗りこませ、待機させています。その車を運転しているのがだれであれ、それを見つけたら、数分以内に襲撃をかけましょう」

「数秒以内にしろ」とマーカムは命じた。

電話を切り、ふたたび、床から天井まである防弾ガラスの窓を通して大洋を見つめる。背後にある薄明かりが、彼の姿をガラスに投影していた。自分は難攻不落だろうか？　これまで多数のCEOや将軍たち、そして地元の保安官たちを、隠れ家のひとつや私有ジェット機に招待して、未成年の女たちとのセックスをやらせてきた。その貸しは、とりわけ保安官に対する貸しは、あてになるはずだ。

ザナドゥがまた電話をかけてきた。

「見つけました。いまヘリコプターがおれを乗せて離陸したところでして。ほかの手配もすべてできています。オールド・タイビー・ロードに面する倉庫コンプレックスのほうへ飛行しています。狙撃手《シューター》の姿は見えませんが、車は見えています。近づいてきた。そいつがどこへ行こうとしているにせよ、もうすぐのようです」

「そいつが車を乗り換えたのでなければの話だ」マーカムは言った。

「それはそうでしょうが、これは当たりという感触があります。眼下にいくつもの倉庫が並んでいます。レストランもたくさんある。マリーナがひとつ。だれでもチャーターできるクルーザーが数隻。柔軟な行動を維持しようとする人間のための選択肢がいろいろとあるというわけで」

一分ほど過ぎたころ、ザナドゥが言った。

「オーケイ、そこの上空に着いたので、倉庫群の裏手に着陸します。ドローンを使って、裏手一帯を偵察します。それから、倉庫を順番に調べていきましょう。待った、あれは倉庫群じゃない。いまそばで見ると、なにかの貯蔵庫のようです」

「錠前《ロック》は破壊しろ」マーカムは言った。「それらを順に、すべて調べるんだ。そして、すべてを焼きはらってしまえ」

「北のほうでなにかの動きがあるのがつかめました。ちょっとお待ちを」ザナドゥが言った。

その現地報告は、マーカムが空軍に所属していた時代を思い起こさせるものだった。三つ星の現役将軍だったころ、彼はタンパにある中央軍指令部作戦指揮室の革張り椅子にすわっていた。あの職務はいつも退屈に感じたが、作戦の背景をつかむ必要があったので、参謀会議のあいだも詳しく情報に耳をかたむけていた。うんざりする時間であったにもかかわらず、マーカムはあくびを漏らしはしなかった。当時の彼はエネルギーの塊で、恐怖が背すじに忍び寄ってくるのを感じずにはいられなかったのだ。

〈ロリータ・エクスプレス〉、隠れ家の数かず、アヘンの密売。そのどれに関しても、自分はもっともらしい否認で切り抜けられるし、関与した連中を脅す力も持っている。だが、もしプレスに情報が漏れたら、なにもかも手に負えない状況になるだろう。そうでなくても、目下の選挙サイクルの期間になされたウィキリークスの情報リリースのせいで、自分は電話によるコミュニケイションしかできなくなっている。このごろは、Eメールの送信はブログを公開するようなものなのだ。

「大当たり《ジャックポット》」ザナドゥが言った。

「詳しく話せ」とマーカムは応じた。

「やつらを見つけました」

マーカムは唇を細めて、蜥蜴《トカゲ》のような笑みを浮かべた。唇が大きく左右に開き、あざ笑う月に向かって、〝ファックユー〟と言いかえしていた。


ジャッキーがクルーザーへの帰り道をニーナ・モローに通知していた。一連の〝左へ〟、〝右へ〟、〝そのままでオーケイ、直進〟、〝隠れて〟の指示が送られた結果、ニーナが二百メートルほど西にある橋の下に身を隠した。ドローンのカメラが、そこに膝をつき、深呼吸をして酸素を補給し、つぎの行動に備えているニーナの映像を送ってきた。

「彼女を連れもどしに行きましょう」ジャッキーが言った。

彼女がセンター・コンソールに移動して、エンジンを始動する。ハーウッドは桟橋にひきかえして、サミュエルソンに呼びかけた。

「こっちに来てくれ。いまから船を出す」

選択肢はふたつだった。行くか、行かないか。行かなければ、なにが起こっているかをわが目できちんと見届ける機会を失うことになるだろう。ジャッキー・コルトとニーナ・モローはタッグチームを組んだふたりのシューターで、犯罪組織らしきものに私的制裁をおこなっている。性奴隷、アヘン。戦争を食いものにしているのか？　特権を得た男たちがその権力をほしいままにしているのだ。行かなければ、その中枢をたたきつぶすことに遅れを取るかもしれない。だが、行けば、共謀者になってしまう。殺人事件に加担することになる。とはいえ、それは悪に制裁を加えることだ。その結果がどうなるかはどうでもいい。

老いて死ぬより、ヒーローとして死ぬほうがいいだろう。

正しいことをなせ、と部隊最先任上級曹長マードックがいつも言っていた。またリンジーのことが頭に浮かぶ。彼女は料理をし、掃除をし、自分やほかの里子たちを慰めてくれた。まだ十七歳だったのに、すでにその精神は、感情は、とりわけ肉体は成熟していた。そしてある日、自分たちの育ての母が彼女にドレスを着せ、化粧を施して、見知らぬ男が待ち受ける住居兼納屋へ送りだした。一時間後、彼女は数枚の二十セント硬貨を握りしめ、すすり泣きながら戻ってきたのだ。

そのあとのある日、あの干し草用フォーク、あの拳銃、そしてザ・リーパーの誕生。うん、おれはこれをやってのけられるだろう。

もはや、これはジャッキー・コルトとニーナ・モローの問題ではなかった。しかも、これにはもっとでかい要因がからんでいる。究極的には、例の核爆弾を、もしそれが実際に存在しているのであれば、見つけだし……爆発を阻止すること。ジャッキーはニーナにつながり、ニーナはバサエフにつながり、バサエフはまちがいなく核爆弾につながるだろう。

サミュエルソンが桟橋の索留めからロープをはずし、大型クルーザに飛び乗ってきた。

「東海岸育ちなんでね。釣りが日常の一部だったんだ」サミュエルソンが言った。

「武器は船室のベンチの下。ＡＲ-15よ」とジャッキーが言って、クルーザーの左舷へ手をふってみせる。「左側」

ハーウッドがベンチのシートパッドを持ちあげると、シート下の収納庫は、真ん中のはロックされていたが、左右のはそうではないことがわかった。左右の収納庫から、二挺のＡＲ-15と二個の弾倉を取りだす。

「右側のを取れ。おれは左側のを取った」

「船では右舷《スタボー》と左舷《ポート》と言うんだ」とサミュエルソン。

ハーウッドはなにも言わず、サミュエルソンを見つめただけだった。サミュエルソンがうなずいて、言う。

「ラジャー、ボス」

ジャッキーが四基のマーキュリー・エンジンを始動すると、ハーウッドは、ニーナ・モローをモニターで観察でき、かつまたクルーザーの舳先の向こうを見てとれる場所に位置した。

頭上を一機のヘリコプターが飛んでいく音が聞こえた。メイコンで見た、あのラニーのマスタングにミニガンの銃撃を浴びせたヘリコプターと同じ、ツイン・ブレードの音を立てていた。ジャッキーがフルスロットルにして、穏やかな川面にクルーザーを進めていく。クルーザーの背後に高い水しぶきがあがっていた。サミュエルソンが本能的にハーウッドと反対側の位置につき、ライフルを構える。

橋が眼前に大きく迫ってきた。ニーナが橋の下の腿ほどの深さの水に足を踏み入れ、両手をふっている。ヘリコプターが揺らめいて、太いロープを落下させた。ファストロープ降下（ロープをつかんでの迅速な降下）だ。専用の手袋をはめた戦闘員どもがロープを伝って、川に面した土手に滑りおりてくる。

あれはザナドゥにちがいない。モニシャを撃ったやつ。そして、たぶん、アフガニスタンで拉致チームを率いていたやつだ。

最初に降下用ロープを滑りおりてきた男が、橋の下を走ってくる。ハーウッドはAR－15の金属製照準器《アイアンサイト》でその男の動きを追い、すばやい二連射《ダブルタップ》をおこなった。その男が倒れる。ハーウッドはつぎの男へ狙いを移した。ふたたびダブルタップ。その男も倒れた。クルーザーが橋の下に着いて、速度を落とす。ハーウッドは三人目の男に照準を向けた。だが、そいつは彼がトリガーを引く前に倒れたので、四人目の男に狙いを移し、二発を撃った。これで、四人の男たちを地に撃ち倒したことになる。サミュエルソンが左舷に移動して、ひとりを撃ったのだ。クルーザーが浅い水のなかでアイドリングする。ニーナ・モローが懸命に横泳ぎで近づいてきて、クルーザーに取りついた。彼女がリュックサックをジャッキーに放り投げ、ジャッキーがそれを足もとに丁寧に置いているあいだに、サミュエルソンとハーウッドがモローに手を貸して、舷側を越えさせた。ジャッキーがすぐさまコンソールの前に行って、エンジンの回転をあげ、橋の北側へクルーザーを移動させる。モローがハーウッドとサミュエルソンを見つめ、それと識別した。そのあと、彼女は問いかけるようにジャッキーに目を向けた。だが、議論をしている暇はない。彼らは彼女に手を貸して船に運びあげたのであり、重要なのはそれだった。当面は。

「まだヘリコプターがあそこにいて、待機している」ハーウッドは言った。「あれにはミニガンが搭載されていて、おれたちをずたずたにできるんだ」

ジャッキーがうなずく。ハーウッドは、彼女が試練に対峙《たいじ》する覚悟をしているのを見てとった。クルーザーがアイドリングし、スターティングゲートに就いた競走馬のように小刻みに揺れているのが感じられた。

「発進させるな」彼は言った。「発炎筒《フレア》はどこにある？」

彼女がスロットルを戻して、手を緩め、「あのなか」と言って、AR－15が収納されていたベンチシートのほうへ顎をしゃくる。

モローがハーウッドの前に立ちふさがったが、彼がベンチシートの下を開いて、フレアと発射機を取りだすと、気をやわらげた。ハーウッドは発射機の銃身にフレアを挿入し、装塡口を閉じた。

「やつを待つ」ハーウッドは言った。

エンジンがいらだたしげにうなっていた。ジャッキーがそうであるように。彼女の目は遠方の一点に据えられていた。殺害リストに載せているやつが近づいてくる。なすべき仕事が増えたのだ。

「ザナドゥはきみらの殺害リストにないんだろうが、やつもそれに載せられてしかるべきだろう」

「魔法のことば（ひとになにかを願うときに言うことば）を言ったわね、ヴィック。あれはわたしの殺害リスト。わたしが載せたいやつを載せるの」彼女が言った。

いまここにいるジャッキーは、ハーウッドが初めて出会い、デートを重ねていたときの蠱惑的な女性とはちがい、強く心を集中していた。その集中力は、ハーウッドがこれまで目にしてきたどの戦闘指揮官にもひけをとらないだろう。任務が第一。

ヘリコプターのブレード音が、安定した低いうなりから強力な咆哮《ほうこう》に変わった。ミニガンを発射すべく、橋の下をじりじりと近づいてくる。ハーウッドは射撃姿勢を取った。左足をわずかに右足の前に置く。最初に見えたのはブレードだった。ハーウッドは東を見ていた。目の前に、幅の広い川が見渡すかぎりどこまでもひろがっている。マリーナは二時方向の半マイルほど先にあった。ヘリコプターの黒い底部がハーウッドの視野に入ってくる。ついで、その貨物兼乗員室とコックピットが見えた。それは、やつらにもこちらが見えていることを意味した。

彼はヘリコプターの乗員室にフレア・ガンの狙いを定めた。そこにミニガンが搭載されているはずなのだ。ヘリコプターの内部へフレアを撃ちこむ必要があった。彼はトリガーを引いた。扱いにくく、ぎこちないトリガーだった。撃針が雷管を打ち、うつろな音が響く。太い銃口から射出されるなり、フレアが点火した。ミニガンがこちらを狙って火を噴いたが、その寸前にヘリコプターのパイロットがフレアを目にしたにちがいない。ヘリコプターが左へ急旋回し、ミニガンの銃弾はクルーザーのブリッジを嚙み裂いただけだった。

ハーウッドはつぎのフレアを装塡し、退いていくヘリコプターを狙って撃った。一発目のフレアは、はずれたか内部を通過したかのどちらかのように思われた。二発目は狙ったとおり乗員室に入りこみ、跳ねかえってコックピットに飛びこむと、燃えあがりながらそのフロントグラスを打った。ヘリコプターが南へ方向を転じ、ハンター陸軍飛行場のほうへ飛行していく。

「よし、ジャッキー。きみがつぎに行こうとしているところへ行こう」

「ラジャー」と彼女が応じた。

彼女がクルーザーを東へ疾走させる。高速でマリーナを通りすぎた。喫水の浅い船体が、水草の生えたなめらかな水面を滑るように進んでいく。月明かりが、ジャッキーの食いしばった顎と集中した目を浮かびあがらせていた。彼女が何度かクルーザーの針路を変える。左へ、右へ、また右へ、そして最後にまた左へ。ブル川をめざしてきて、それの河口にクルーザーを乗り入れたのだ。彼女がスピードを緩め、あたりを目で捜索する。

「あのベンチのなかに暗視ゴーグル《NVG》があるわ」彼女が言った。

ハーウッドは、銃が収納されていたのと同じベンチの下から暗視ゴーグルをつかみだした。PVS‐14暗視ゴーグルを、陸地を探す海賊のように目の上に装着する。

「ダック・ブラインド（カモを狙うハンターが身を隠す遮蔽物）と迷彩ネットがあるの」ジャッキーが言った。

「GPSによると、右手二十メートルほど先」

「見えた」彼は言った。

彼女がそのネットのなかへクルーザーを乗り入れ、エンジンを切った。だれもなにも言わなかった。エンジンが小さな音を立てながら冷えていく。ほんのかすかな波が芦の茂みに寄せて、消えていく。魚が川面を打つ。ジャッキーはまだ舵に取りついていた。ニーナ・モローは船室から動かない。サミュエルソンは右舷に、ハーウッドは左舷にとどまっていた。

五分が過ぎたころ、ハーウッドは言った。

「上にあるのはなんだ？」

「迷彩ネットと赤外線反射ブランケット。どんな赤外線探知装置を使っても、沼沢地のこの小さな部分は、たんに沼沢地の小さな部分にしか見えないってわけ」

「オーケイ、船室におりて、話しあおう。詳しく説明してもらわないといけないからね」

# 25

ハーウッドはクルーザーの下層にある船室の階段にすわった。ニーナ・モローは狭い船室のなかを行ったり来たりしている。

サミュエルソンは外にとどまり、AR－15を持って、センター・コンソールに陣取っていた。星ぼしがきらめいている。ハーウッドにとって、ガールフレンドとともにクルーザーにいるのは非の打ちどころのない夜であるはずだが……彼女は国際指名手配をされているテロリストに手を貸しているのだ。笑えない冗談だ、と彼は思った。冗談は抜きで、分析してみよう。ひとつには、ジャッキーは世情に疎《うと》いせいでバサエフのことをよく理解できず、さらにまた、モローの武力行使を阻止できなかった。そのふたりは長い犠牲者のリストを持つテロリストだ。定められた日に報酬をもらうためなら、だれにでも、なんでもやってのける傭兵なのだ。

「彼女の武装を解除してくれ」彼はジャッキーに言った。

ジャッキーがモローのポケットから小型拳銃を取りだし、船室の階段の、彼の右側に置かれているリュックサックのなかへ押しこむ。そのあとモローの両脚と両腕を軽くたたいて、あとずさった。

「ほかにはなにもないわ」

納得して、彼は言った。

「すわってくれ、モロー。きみらふたりから、説明をしてもらわないといけない」

ジャッキーがひとつ深呼吸をし、彼の胸が痛くなるほど真剣な顔つきになって、話しだす。

「ニーナは、あなたが負傷したのと同じ日に、ミルケムに拉致されたの」

「それはつまり、きみはサンギンでザナドゥのチームに拉致されたということだな」問いではなく、断定だった。

ザナドゥの名が口にされたとき、モローが激しく顔をこわばらせた。その目がハーウッドを凝視する。サンギンでザナドゥに拉致されたときの記憶がよみがえったのだろう。しばらくして、彼女がジャッキーにうなずきかけた。

「きみらがつながりを持った経緯を順序立てて説明してくれ」

船内は静まりかえっていた。ジョージア州沿岸部の沼沢地を、虫どものさえずりと、近くの陸をうろつく野生動物どもが立てる物音のみが満たしていた。あらゆる方角へ何マイルも、ガラスのようになめらかにひろがる水面に響く音はなにもない。二マイルほど離れたところにある跳ね橋が、車が通過するたびに上下する金属音が届いてくるだけだった。一マイル東方にあるタイビー島に打ち寄せて砕ける波の音が、遠い雷鳴のようにかすかに届いてくる。ハーウッドは、だれかが耳を澄ましているかもしれないと思って、押し殺した声でしゃべっていた。

　ジャッキーが目をそらし、モニターのほうへ顔を向けて、親指でいらだたしげにもう一方の手首をたたきだす。とはいえ、彼女はハーウッドに借りがあるので、彼の要求には、たとえ不十分で不明確であっても、それなりに応じなくてはいけないはずだとわかっていた。

「わたしがアフガニスタンに行った理由は、ふたつあるの。ひとつは、わたしは愛国者で、あなたやほかのすべての兵士を支援したいと思ったから。でも、不幸なことに、そのときにあなたと恋に落ちてしまって」

「不幸なことに？」

「お願いだから、黙って聞いて、ヴィック。あなたが問いかけ、わたしはそれに答えてるの」

　彼は無言でうなずいた。

「もうひとつは、前に言ったように、リチャードに関連したこと。わたしは憤慨し、ジョージア州コロンバスとフォートベニング捜査当局に問いあわせたり、ある民間軍事会社がカンダハルから麻薬を密輸しているという噂を手がかりにして、自分で調べたりしていた。わたしはすでに慰問協会《USO》のツアーに参加していたし、〝セレブリティ〟の立場にあったから、たぶんほかのひとなら行けなかったはずの、カンダハル飛行場にも行けた。わたしはキュートな若い女、オリンピック・チャンピオンだから。男たちは、わたしが見たがるものはなんであれ、よろこんで見せてくれた。なかには、わたしをひっかけようとして人目につかないところへ連れていく男もいた。実情がつかめてきた。そこにまる一年いたから。だれかと寝るとかといったようなことは、なにもせずに。そして、わたしは男たちの性的欲求につけこむことにした。基地の一部をなす傭兵に会いたいと頼みこんだの。彼らもまたよく任務に従事しているはずだからと言って。それだけじゃなく、彼らに謝意を表したいとも言ったわ。彼らの九十九パーセントはよき男女だから、それは本心だった。でも、わたしは、リチャードにアヘンを供給した、残りの一パーセントに目をつけたの。わたしはいろいろと質問をした。あちこちを案内してもらった。ちょっと失礼と言って、百ヤードぐらい離れたところにある女性用洗面所《レディース・ルーム》に行ったりもした。女性はわたしひとりだったから、だれにも付き添われず、道に迷ってふりをして、三十分ほどうろつくこともできた。そんなふうにうろうろしているとき、軍用棺が積みこまれている大きな灰色の航空機が目にとまった。彼らはそれを搬送ケースと呼んでいた。なかには、棺桶と呼ぶひともいたけど。そちらへそっと近寄ってみると、まだ蓋が開いたままのものが二、三個見えた。そのなかに死体は入っていなかった。黄麻布の袋があった。樹脂のにおいがしていた。フレッシュなケシの樹脂のにおいだった。甘やかで、芳《かぐわ》しく、それでいて、饐《す》えたようなにおい。その航空機の手近の扉を見ると、MLQMのシンボルがあった。彼らのオフィスにあるのと同じものが。航空機の内部にだれかがいて、そこへ目をやると、ガラスで仕切られた部屋のなかで輸送クルーがランチを食べているのが小さな窓を通して見えた」

ジャッキーがことばを切る。ハーウッドはなにも言わなかった。この船室への階段にすわり、ジャッキーの話を聞きながら、モローを見つめているだけだった。サミュエルソンはセンター・コンソールに陣取って、掩護をしてくれていた。そこは、この船室からじかに見てとれる場所だ。モローは、クルーザーの舳先の真下にある、柔らかいシートが置かれたベンチの上で丸くなっていた。ときおり、彼女がこっそりとハーウッドのほうへ目を向けてくる。落ち着きのない目だ。怯えている？　なにかをもくろんでいるのか？

「わたしはたっぷりと見て、ミルケムが麻薬の密輸をしているという確信を得た。それは、わたしたちが出会う直前のことだった」ハーウッドを指さして、彼女が言った。「わたしはほんとうにあなたを好きになり――いまもそうだし――心からあなたを愛してるの、ヴィック。あんな気持ちになるなんて、まさに思いもよらないことだったけど。あのあとコロンバスに帰ると、わたしはかなりの時間を費やして、サヴァンナにあるミルケムの本部を偵察した。そこを統轄しているのはダーウッド・グリフィンという男だとわかった。大物の策略家。以前は国防総省にいた根っからの軍人。仕えたあらゆるボスを呑みこんでしまう男。どんな政策変更があっても、そのつど政治的影響力を行使する。最終的に、元空軍参謀総長の退役将軍で、ミルケムの取締役会議長を務めるバズ・マーカムにつながって、そこの社長になった。彼らは軍備縮小というタフな時代に遭遇し、契約のいくつかを失った。業務が少なくなった。アフガニスタンやイラク、そしてシリアにも、彼らは多数の人員を配していた。でも、ハンター陸軍飛行場のゲートのすぐ外にある本社には、わずかな社員しかいなかった。せいぜいが五名ほど。民間軍事企業にしては、本社のセキュリティはたいしたものではなかった。

民有地からの侵入に関してはとても強力なセキュリティが施されていたけど、ハンター陸軍基地から入る場合はたいしたものではなかったの。わたしは陸軍基地側から入った。どこの基地に行っても、することは同じ。売店で何冊かの本にサインをし、そのあと身を隠した。そしてある夜、彼らの倉庫に忍びこんだの。あれは、わたしは本のサイン会のため、あなたはスナイパー訓練のために、フォートブラッグに行くことになった日の、一週間ほど前のことだった。コロンバスからあそこまで自動車で移動するのはきつかったけど、そうするしかなかったから」

モローが胎児のように身を丸め始めた。その目がジャッキーを凝視している。たぶん、しゃべるのをやめてくれと訴えているのだろう。その手が、救命具をつかむように、ベンチのシートを握りしめていた。おそらく、それは正しい行為なのだろう。そのシートの下の大きな収納庫には、碇《いかり》やライフジャケットといった船に必須の物品がおさめられているはずなのだ。収納庫は、頑丈な真鍮のロックと工業用の掛け金で封じられていた。

ジャッキーが話をつづける。

「その倉庫に入って、フラッシュライトをつけたら、棺《ひつぎ》サイズの銀色の金属ボックスがいくつか見えた。アフガニスタンで目にしたのと同じものが」

「きみが言ったように、それは搬送ケースだ」ハーウッドは言った。「戦死者がそれに入れて送りかえされるんだ」

「そうね。ミルケムが死んだ人員を本国へ送りかえす業務を請け負ってることは知ってた？

軍人は多くないけど、少しはいる。たいていは国防総省の民間人や傭兵だけど、なかには戦死したり、たんにその地で死んだりした軍人もいる。そういうひとびとの遺体を、ミルケムは本国へ送っているの」

「そして、その搬送ケースのいくつかに、麻薬をいっしょに入れている」ハーウッドは言った。「ミルケムが契約を取るのに手を貸したのはマーカムだ。それは空軍の業務だからね」

「そのとおり」彼女が言って、指をぱちんと鳴らし、彼を指さした。「大きな契約ではなかった。せいぜいが数百万ドルの契約。それだけでもうまい話だけど、その契約のおかげで、マーカムとグリフィンは本国へ送りたいものはなんでも送りだせるようになった。だって、国旗が掛けられた搬送ケースのなかになにが入ってるのかと問いかけるようなひとはいないでしょ？」

「国旗が掛けられた？」

「そうなの」彼女が言った。「この目で見たわ。あの夜、それが掛けられたケースをいくつか開けてみたら、そのすべてに麻薬が入っていた。ただひとつを除いて」

モローがもぞもぞしだし、身を起こそうとする。

「ノン」彼女が言った。「やめて。お願い」

「彼に聞いてもらう必要があるの、ニーナ。それで、わたしたちは前に進めるようになるから。わたしも、自分がしゃべってるのを聞いてるだけで、目が潤んでくるのよ」

「最後の棺にニーナがいたんだな」ハーウッドは言った。問いかけではなかった。ふたりのやりとりから、そうとたしかにわかったのだ。

ジャッキーがうなずく。

「余地はほとんどなくて、戦闘糧食《コンバット・レーション》が数個と、水のボトルがあるだけだった。なので、いまちょっとしたPTSDが起こってるかも」

　モローがどぎまぎして、目をそむけた。

「ザナドゥがその作戦を実行していたんだな」ハーウッドは言った。

「あなた《ヴー》が！」とモローが叫び、ハーウッドを指さした。

「いや、おれじゃない。おれはそのことには関与していない」と彼は応じた。

「嘘つき」こんどは、彼女は英語で言った。「若い女性たちが拉致されたとき、あなたはいつもあの山地にいた。ハサンがそう言ってたのよ」

「ハサンのまちがいだ。おれは自分の仕事をしていただけなんだ」

だが、そのとき、部隊最先任上級曹長マードックに声をかけられたかのように、あることがひらめいた。レンジャー部隊の指揮官か将軍のだれかが、ザナドゥの拉致チームの行動をもとにして、自分に戦闘地点を指示していたのではないだろうか？　自分はその意図もなく、やつらの行動を支援していたのか？

　モローは、彼の目に浮かんだ疑念の色に気づいたのにちがいなかった。

「ウィー。たとえ知らなかったにせよ、そうだったんでしょ」

「やったのはザナドゥだ。おれはいつも正当な狙撃をしていた。殺したのはほとんどがタリバンの指揮官だ。それと、少数のアルカイダを。そして、不幸にも、チェチェンから来た外国人戦闘員を撃ち損じた」

モローが飛びかかろうとしたが、ジャッキーがその体と強力な両腕で彼女を制止した。

「つまらないいさかいをしてる場合じゃないわ」とジャッキーが言って、彼女を詰めもののあるベンチへ押しもどす。モローはクッションの効いたベンチに背すじをのばしてすわり、燃えたぎるまなざしでハーウッドを見つめた。

「なにはともあれ、それには同意するわ。やったのはザナドゥ。あいつは悪党よ。でも、肝心なのは、ほかの女性たちが拉致される現場をニーナが目撃したということ」ジャッキーが言った。

「やつらは女と麻薬を密輸しているんだ。そのことはおれたちも突きとめた」ハーウッドは言った。

「そのとおり。わたしは地元の郡保安官のところに行ったわ。でも、彼は揉み消してしまった。マーカムにカネをもらったんだと思う。そのあと、わたしは国防総省の監察官に通じるホットラインを使って、電話をかけた。最初はそれなりに関心を引いたように思えたけど、突然、その件はブラックホールに吸いこまれてしまった。切迫感はまったく感じとれなかったわ」

「そこで、きみはニーナといっしょに、このクルーザーのなかで殺害リストをつくった。きみがフォートブラッグでおれと会ったときも、彼女はこのクルーザーにいたんだろう？」

「イエスでもあり、ノーでもありね。わたしが殺害リストに載せる名を決め、ニーナがそれを了承したの。彼女が狙撃手《シューター》。わたしは兵站《へいたん》担当者というわけ」

「まだ殺害すべき相手がいるんだろう、ジャッキー」

「そう、やつらが」ぼそっと彼女が言った。「リチャードを死なせたやつらが」

「なぜ、おれがやったように見せかけたんだ？　おれをカモにするとは。おれがあの全員を殺したんだと警察が考えるようになったせいで、おれはずっと逃げまわっていたんだぞ」

「ええと、少なくともわたしとしては、そんなつもりはなかったの」とジャッキーが応じ、こんどは怪しむような目をモローに向けた。

「あ、やめて。あなたは前から知ってたでしょ」モローが言った。

「いいえ、知らなかったわ。スポーツドリンクのことは、あとになるまで知らなかった。あのボトルはちがってたことを。それに、サンプソン将軍が撃たれ、その事件が大々的に報じられるまで、あなたのライフルが使われたことも知らなかった。あのあと、わたしの手には負えない状況になってしまった。なにもかもがあまりに速く動くようになって」

ハーウッドはモローを見つめて、問いかけた。

「いったいどうやっておれのライフルを手に入れたんだ？」

モローが首を横にふる。

代わりにジャッキーが答えた。

「わたしは彼女を救出したあと、ドローンを使って彼女の動きを追った。その前、わたししたちはマリーナに近いこの地点にいた。立ち去ったあと、彼女はオートランド島の野生動物保護区へ行ったわ」

モローが突き刺すような目でジャッキーを見る。

「このビッチ」

「ヴィックに教えるのが当然でしょ、ニーナ。とにかく、彼女は鷹だのハヤブサだのの鳥類が保護されているところへ行った。そして、リュックサックを背負って戻ってきた。きっとあのなかにライフルが入ってたにちがいないわ」

モローはなにも言わなかったが、その顔に激烈な憎悪が浮かんでいて、ハーウッドが知るべきことをすべて知ったことを示していた。

「バサエフが？」

「そう。ハサン・バサエフがあれをわたしのためにそこに置いてくれたの」モローが言った。いまは両手で膝をかかえてすわっている。「彼は偉大な男よ」

「彼は、アメリカ軍兵士を何人も殺したテロリストだ」吐き捨てるようにハーウッドは言った。「彼はどうやっておれのライフルを手に入れたんだ？」

「彼はあなたの仲間のサミュエルソンを救出した」とモローが言って、ハーウッドの背後を指さす。「そして、あなたのライフルを発見したの」

なめらかなフランスなまりの英語だった。

「いまバサエフはどこにいるんだ？」

「知らない。でも、バサエフはテロリストじゃないわ。彼はあなたと同じく、自由の戦士」モローが言った。「なんのちがいもない。説明して、リーパー。あなたがケシを栽培しているタリバンの指揮官を撃つのと、わたしがその同じケシを密輸している将軍どもを撃つのと、どこがどうちがうというの？」

ハーウッドはためらった。いい質問だった。法的な差異が少しあるだけで、たいしたちがいはないと、認めざるをえなかった。

「おれたちはアフガニスタンで戦争をしていたんだ」

「よく聞いて、リーパー。世界は戦争に満ちてる。前線なんてものはどこにもないの」彼女の目に影がさした。どこか別の場所へひきこもろうとするかのように見えた。

「ヴィック、わたしはあなたのライフルが使われることを知らなかったの。彼女がフォートブラッグに入りこむのに手は貸したけど。彼女がサンプソン将軍を殺したときに、あなたが同じ場所にいたのは、まぎれもない偶然だったの」

「おれにはこの件にひとつでも偶然があるとは思えないんだ、ジャッキー。最初から共謀していたのでなければ、きみは彼女に利用されたことになるんだぞ」彼は言った。

「それはたしかね」モローが言った。「わたしたちは利用しあってた。わたしは彼女の敵の連中を殺した。彼女はアクセスできるようにしてくれた」

「きみの敵でもある連中を殺したんだろう、ニーナ」ハーウッドは言った。

「たしかに。ザナドゥは何度もくりかえし、わたしをレイプした。際限なく。あの三カ月間、あいつがそばに来るたびに、わたしは死ぬ思いをしてきたの。ジャッキーのおかげで、いまわたしは自由になった。彼女の弟はあの連中に命を奪われた。彼女はその報復を求めていて、わたしは彼女に借りがあるというわけ。それ以上でも、それ以下でもないわ」

にわかに、それほど単純とは言えない話になった。どんな込みいった計略を練っていたのだろう、とハーウッドは思った。三カ月も棺のなかに押しこまれていたら、さまざまな計画や可能性を考える時間がたっぷりとあったはずだ……もちろん、そもそも棺のなかに押しこまれなければ、作戦などはなかっただろうが。

「あそこできみを目撃したとき」ハーウッドは言った。「きみはザナドゥとそのチームに抵抗していただろう」

「それは、ハサンがわたしを救おうとしていたのを、あなたがじゃましたときのことね」モローが言いかえした。

「バサエフとの対決は、きみとはなんの関係もないことだった」ハーウッドは、そのときの自分に関するモローのことばは見当ちがいあることを強調しようとして、そう言った。いまの彼女は事情がよくわかっているかもしれないが、あのときの彼女は、情報部の報告には興味深い人物と記述されていたのだ。

「ライフルを携えた男が四人、わたしたちの家に侵入してきた。やつらは十五歳と十六歳の女の子たちを連れ去った。きれいな若い女性たちだった。どちらもヴァージンで。拉致されてしまったから、彼女たちが結婚する年齢まで生きていられるとは、わたしにはどうしても思えないわ」モローの英語が、なめらかなフランスなまりから、より喉頭音の多いドイツ語かアラビア語的なものに変わっていた。

「だが、きみは、自分が拉致される何週間も前から、この事件が起こることを知っていたはずだ。なのになぜ、攻撃を受けたり拉致されたりするおそれのある場所に身をさらしたんだ？」ハーウッドは問いかけた。「そもそも、どうしてあそこに行ったんだ？」

また彼女がごまかすように目をそむけ、ふたたび彼に目を向けてきた。視線が落ち着かない。ことの真相は、たぶんこのボストン・ホエラー社製の大型モーター・クルーザーのなかではなく、あの地のどこかにひそんでいるのだろう。

「やつらは酸素循環装置をケースに入れていた。いわゆる遺体をではなく、生きた荷物を輸送するための、単純化された装置を。生かしておくのに必要な酸素を供給するために。あとは、食料と水だけだった」

「きみのその顔。その髪。いま思いだした。あの日、おれが逃げているときに見たんだ。きみはフォーセット公園の近くで車を運転していたな」

「そのとおりよ」モローが言った。

「だが、なぜ？　なぜおれを？」

それは鍵となる問いだった。なぜおれを？

ジャッキーが沈黙を破る。

「ニーナは、あの男たちにされたことをわたしに打ち明けた。やつらがリチャードになにをやったか、わたしはよく知ってる。やつらは唾棄《だき》すべき連中だけど、権力を持ってるわ。わたしたちが束になって当局に訴えても、どうにもならなかったでしょう。当初、わたしはなにも知らなかったの、ヴィック。どうか、わたしを信じて。ニーナは、サンプソン将軍を撃つんじゃなく、対決するつもりだと言ったの」

「おれはこのことにはいっさい関わりがないが、ジャッキー、話は聞こう。おれはいま、アメリカの最重要指名手配容疑者になってるんだ。いや、たぶん全世界の。きみは上院議員殺害に手を貸した。薬殺刑を宣告されることになるだろう」

「彼女もこのことにはいっさい関わってはいないの」モローが言った。「わたしをフォートブラッグまで車で送ってくれたのはたしか。でも、それだけのことよ。あの夜、ふたりのコップを撃ったのはわたしで、その前は、あなたの相棒の車のトランクに身をひそめていた。そして、あなたが車を降りる直前に、そこから這いだして、森のなかに隠れたの。わたしはやりたいことをやる。だから、メイコンまであなたを追跡した。それはさておき、あなたの言ったことは当たってるわ。わたしはアメリカに入りこみたかった。それで、やつらに拉致され、レイプされるようにしたってこと。そして、いまわたしはここにいる。あなたには動機が理解できないでしょう、リーパー。何年も前に完遂されていなくてはいけなかったことがあるの。だからこそ、わたしはこの国にやってきた。これは彼女にはなんの関係もないことと。あなたのガールフレンドは潔白よ」

「だが、なんのために？　そして、なぜ？」ハーウッドは問いかけたが、その答えはわかっているつもりだった。あるたくらみが進行中だと彼は考えていたが、モローがそれを認めることはないだろう。「今夜のことはどうなんだ、ジャッキー？　今夜、きみは彼女の逃走に手を貸した。そして、彼女はいまもこのクルーザーにいるんだ」

「それはちがう」モローが言った。「公式記録としては、わたしはここにいない。わたしがこのクルーザーに乗ったのを見たと証言する者はひとりもいないでしょう。このクルーザーが午前五時までにリヴァー・ストリート・マーケットプレイスのマリーナに係留されていれば、これがどこかへ姿を消していたことはだれにもわからない。そして、その時までに、わたしは死ぬか姿を消すかしているから、ジャッキーが関与した証拠はなにも残らないでしょう」

ハーウッドは言った。

「彼女は、おれがずっと愛していた女性だ」

「愛していた？」ジャッキーが問いかけた。

「それがどうだと？　おれたちは対等な立場だと考えているのか？」

「やめて、ヴィック。たしかに、これは向こう見ずな行為だけど、ミルケムがやってきたことほど悪辣じゃないわ。これはテロじゃないの」

「いや、まちがいなくテロだ。きみはテロリストをかくまってる。彼女は爆弾を身につけてはいないだろうが、六人のアメリカ人を殺したのはたしかなんだ」

彼はモローに目を向けてしゃべっていた。モローはいっそう目をそらすようになっていた。

爆弾は、彼女がいま持っていなくても、まちがいなくある。どこかに必ずあるはずだ。それを爆発させるたくらみが進行しているのだ。世界じゅうの目をこの自分に向けさせておいて。弟の死を悼むジャッキーの気持ちにつけこみ、彼女を巻きこんで。彼女を共犯に仕立て、そのアクセス権を悪用して。FBIや警察やメディアのすべてが、マジシャンのトリックを注視するような目を自分に向けているのだ。さて、この手をご覧あれ。いまから、わたしはもう一方の手へ、このコインを移動させましょう……いや、爆弾を。

「つぎはなにをするんだ。ニーナ?」彼は問いかけた。

モローが肩をすくめて、口もとを引き締め、目をそらして、口を開く。

「殺害リストにはまだ名前が残ってる。なにか方策を見つけるつもりよ」

「もう殺すのはやめろ」ハーウッドは言った。「おれはジレンマに陥ってる。もしきみを当局に突きだせば、ジャッキーが共犯者となってしまう。このまま行かせたら、きみはアメリカ人の殺害をつづけるだろう」

「ひとはみな困難な決断を迫られるものよ、リーパー」モローが言った。「殺害リストの名はすべて消されなくてはならない」

「ジャッキーは巻きこむな」

モローが肩をすくめる。

「自力で方策を見つけましょう。すべての元凶はマーカム将軍。そして、わたしを連日レイプしたのはラムジー・ザナドゥ。さて、あなたの考えを聞かせてもらおうかしら。もしジャッキーが巻きこまれなければ、あなたとしてはオーケイ？」

ハーウッドはためらった。いや、やはりオーケイとはいかないし、犯罪に関与した全員を自分が殺したことになる約束をするわけにはいかない。

「爆弾はどこにある？」ハーウッドは問いかけた。時間切れになる。答えを聞く必要があった。それを爆発させることが彼女のもくろみであり、おそらくはバサエフの取り引きなのだろう。

〝彼女を取りもどす！　取り引き？〟

「爆弾がどこにあるかはいずれわかるでしょう」モローが言った。

遠方でヘリコプターのブレード音がとどろいた。ハーウッドはデッキにのぼって、ようすをうかがった。モローがだしぬけに立ちあがって、階段のほうへ走り、体を左斜めにしながら一段飛ばしで階段をのぼって、クルーザーのデッキに出てきた。

「彼女に気をつけろ、サミー」肩ごしにハーウッドは呼びかけた。

サミュエルソンの返事に、小さな水音が混じる。

「彼女はもう水中へ飛びこんだ」

# 26

ハーウッドとジャッキーはデッキに立っていた。ヘリコプターは北へ転じ、この地点から遠ざかっていたが、まだ捜索をつづけている。最後にニーナ・モローを目にしたとき、彼女は足で水を蹴って、ほの暗い月明かりに照らされた沼沢地の奥へ消えていこうとしていた。

「彼女は、ダイビングによく使われるシードゥ製の水中スクーターを持ってた」サミュエルソンが言った。「彼女を撃とうかと思ったんだが、銃口炎をヘリコプターに目撃されたくなかったから、撃たなかったんだ」

「正しいことをしてくれたよ」ハーウッドは言った。モローに逃げられて残念とは思っていなかったのだ。

「まさか、こんなことになるなんて」ジャッキーが言った。「あのスクーターがあれば、少なくとも二、三マイルは行けるわ」

彼らは水の泡が消えていくのをながめた。彼女はどこかでバサエフと落ちあうのだろう、とハーウッドは推測した。いますぐ行動に移る必要がある。

「なぜ彼女は、このクルーザーをリヴァー・ストリート・マーケットプレイスに戻したいと思ったんだろう?」

「あそこにわたしの錨地があるから。警備員がいつもチェックするの。彼は午前五時に勤務に就く。そのときにこのクルーザーが見えたら、なんの問題も、なんの疑惑も生じないってわけ」

ハーウッドはうなずいて、考えをめぐらした。リュックサックのなかの小袋から携帯電話を取りだし、三日ぶりにSIMカードを挿入する。もはや、MLQMやFBIに地点を突きとめられることを気にしてはいられなかった。電話が起動すると、彼はFBIに電話をかけた。

「こちらはヴィック・ハーウッド、ザ・リーパーだ。特別捜査官ディーク・ブロンソンにつないでくれ」

内線がつぎつぎにまわされ、何度か切り換えの音やクリック音が聞こえたあと、バリトンの声が電話に出てきた。

「ブロンソンだ」

「三十分後、タイビー島のブレックファスト・クラブで落ちあおう。銃を抜いて入ってくるようなまねはしないように。好ましくない結末になるからね」

「改心したのか?」ブロンソンが問いかけた。

「おもしろい冗談だ。あんたにはおれが必要なんだ。おれは一部始終を知ってる。そこで会おう」

彼は電話を切って、ジャッキーに向きなおった。

「さあ、行こう。あそこには前に行ったことがあるだろう」

ジャッキーがうなずく。モローが、タイビー島のゲートとフェンスで囲まれたマーカム邸の監視塔にいる監視員たちを狙撃するためのプラットフォームを提供した事実を、隠しきれなくなったのだ。

「モローのことはどうでもいい」彼は言った。「きみは自由を取りもどせるんだ」

「正直、わたしは自分はオーケイだと感じてる。あなたを巻きこんでしまったから、ヴィック、ちょっぴり後ろめたさはあるけど。でも、彼女が殺したのはビショップ将軍で、その息子がリチャードに麻薬を与えたんだから」

目には目を。四カ月前に初めて会ったときは、ジャッキーからそんなふうなことばが出てくるとは思いもよらなかったが。

「オーケイ、行こう」

ふたりはセンター・コンソールへ移動し、ジャッキーがエンジンを始動した。

「彼女を撃とうとしたんだけど、撃っていいかどうかわからなかったんだ」サミュエルソンがさっきと同じようなことを言った。

「おまえは正しいことをしたんだ、サミー」

たぶん、サミュエルソンはまだストックホルム症候群から抜けだしきれていないのだろう。

ザ・リーパーを車に乗せろと命じられて、彼はそうした。とあるガソリンスタンドの給油スペースで彼をおろせと言われた。そうしよう。あいつらがしゃべっているのを監視しろ、了解、といったぐあいだったのだろう。サミュエルソンは、指示されなくてはなにもできなかったのだ。重度の脳外傷をこうむり、しかも洗脳までされたとなれば、そんなふうになるのはよくあることだ。認識機能は、自立した思考よりも他者の指示によく反応する。自分自身で考え、自主的に行動する能力は、失われてはいないまでも、低下していただろう。

だが、もっとも重要なのは、サミュエルソンが自主的に行動して、ベルトコンベアを停止させ、レンジャーのバディを救ったことだ。

ハーウッドはサミュエルソンの肩をぽんとたたいた。かつてのスポッターの目から涙がこぼれてくる。月明かりが淡い光を投げかけ、一瞬、涙がきらっと光った。サミュエルソンの目はどこか遠いところを凝視していた。自分のなかのなにかが失われていたことを悟ったのにちがいない。そしてたぶん、また完全な自分に戻ることはできるのかと考えているのだろう。

ほのかな月明かりのみを頼りに、ジャッキーが四十分ほどをかけて曲がりくねった水路にクルーザーを進め、大西洋に入った。その北側、タイビー島の突端に、スペインの要塞のようなマーカムの邸宅がそびえたっていた。赤い防弾タイルの屋根、漆喰《しっくい》の壁、やはり防弾になっている床から天井まである大きな窓、そして砂岩の地面からあらゆる方向に突きだしていて、まるで海軍艦艇の通過を妨げるために設計されたかのように見える翼棟の数かず。大砲や銃眼だけは見てとれないが、それよりもっと致命的な武器がいまこのときも、こちらを狙っている可能性はおおいにあった。

クルーザーがブレックファスト・クラブの桟橋に着いた。服装は乱れているが、体格はいいアフリカ系アメリカ人の男が、袖をまくりあげ、腰に携行した拳銃をむきだしにして、桟橋に立っていた。一機のヘリコプターが、エンジンをかけた状態でパーキングロットに鎮座している。野次馬が集まっていない理由はただひとつ、いまは夜中の一時だからだ。

「特別捜査官」とハーウッドは言って、桟橋に足を踏みだし、片手をさしだした。

「リーパー」とブロンソンが応じる。「それと、このクルーザーを操縦しているのはジャッキー・コルトのように思えるんだが？」

ハーウッドは肩ごしに背後へ目をやり、これは暗殺チームのように見えてもおかしくないだろうと悟った。ジャッキーとサミュエルソン、そして自分の姿は、まさにそのように見えるはずだ。

「そのとおり」

「それと、舳先にすわって海をながめているあの若い男は？」

「あれは、おれのかつてのスポッター、サミー・サミュエルソンだ。脳に外傷をこうむった。バサエフの手で拷問も受けただろう」

「例のチェチェン人か」

「そうだ。あのチェチェン人がここに来ているんだ」

「われわれもそれは知っている」

「そうであっても、その理由は知らないだろう」

「知っているつもりだ。やつはきみを殺したがっている」

「それはちがう。いやまあ、最終的にはそうだろうが、やつは陽動のためにおれを必要としていたんだ」

「なにから陽動するために？」

「おれは一兵卒だったころ、ハンター陸軍飛行場に配属されていた。二〇〇九年から二〇一〇年にかけてだ。戦闘状況になると、多数の人員の入れ替えがおこなわれる。おれも戦地へ送られることになったが、その前の二〇一〇年に、サヴァンナ市警がハンター飛行場近辺の道路をシャベルとリュックサックを携行して歩いているロシア人らしき三人の男を逮捕するという事件があった」

「その事件はよく知っている」ブロンソンが言った。「そのころわたしは、ハンター陸軍飛行場に隣接するＭＬＱＭの構内で発生した事案の捜査にあたっていたからね。さて、そろそろわたしの知らないことをしゃべってもらおうか。さもないと、わたしはその頭をふっとばして、帰途に就くことになるだろう」

「あんたはなにも知っちゃいない、特別捜査官。だから、黙って聞いてくれ。逮捕されたのは三人だが、実際には四人いて、逃走したそのひとりがバサエフだった。そして、やつはいまここにいる。仕事を完了させるために」

「きみはどうやってそのことを知ったんだ？」

「サヴァンナ市警があのホテルの捜索をした夜、おれはエレベーターのなかでやつを目撃した。やつが警察に通報し、逃走中のおれを逮捕させようとしたのにちがいない」

「なんできみは逃げたんだ？」

「おれは黒人で、ライフルが撃て、それは近ごろは身を守るのが困難な条件に相当するからだ」ハーウッドは言った。

ブロンソンは表情を変えなかったが、いまのことばは功を奏したようだ。

「また別の夜、サミュエルソンの車から降りたあと、その近辺で二名の警察官が殺され、なにかを掘ったり削ったりするような音が聞こえてきた。おれは一兵卒だった二〇一〇年に、サヴァンナ市警が四人目の男を捜索するのに協力した。だれもその男の名は口にしなかったが、そいつらはパラシュート降下してきて、一基のＲＡ－１１５をどこかに埋めたという噂がひろがった」

「スーツケース型核爆弾のことか？」

「そうだ。といっても、合衆国の情報関係者はだれひとり、それを見たことすらなかった。実際には砲弾みたいなものかもしれない。あるいはブリーフケースみたいなものだとか。そのところはだれも知らなかった。わかっていたのは、携行できるほど小さいということだけだ。重量は五十ポンドほどと想定されていた。どういうものを探せばいいかはだれにもわからなかったが、それでもおれたちは探した。その道路をうろうろし、おれたちはそいつをこう呼んでいた」その当時、大隊番号が縫いつけられた、羊皮紙のように見えるくすんだオリーブ色の徽章《きしょう》を付けたレンジャー隊員たちが、そう呼んでいたのだ。「スタニスラフ・ルネフ」

「公式には、わたしはルネフのことはなにも知らない。非公式には、彼がわが国の政府に、四名の男からなるチームが戦術核を合衆国にひそかに持ちこんだと申し立てたことを知っている。非公式には、彼は証人保護プログラムを適用されて、どこかに身を隠していることを知っている。なので、彼は安全だと思っている」

「だが、おれたちは安全じゃない」

「つまり、こう言いたいのか。バサエフがこの国に戻ってきたのは、以前に埋めた核爆弾を掘り起こすためであり、それはサヴァンナのどこかに埋められているのだと」

「それはことの経緯の半分でしかない。やつは戻ってきて、その妻ニーナ・モローを使っておれを陥れ、あらゆる法執行機関がやつをではなく、おれを追うように仕向けたんだ。古典的な誤誘導だ」

「モローが狙撃犯《シューター》なのか？」

「そうだ。彼女を見つけたら、その近辺でラムジー・ザナドゥかマーカム将軍を目にすることができるだろう。そのふたりが、彼女のつぎのターゲットなんだ」

「ミルケム？」ブロンソンが問いかけた。「そこの本拠へ総動員をかけよう」

「やつらはそこにいるか、航空機に乗っているかだ」ハーウッドは言った。

「ミルケムの航空機に？」

「それか、あるいはマーカムの私有機のどちらかに」

「両方とも見たことがある。どちらもボーイング737だった」

「そこのところをよく考えてくれ、特別捜査官。やつはあちこちの隠れ家に麻薬と女たちを置いているとすれば、航空機に乗るのはなんのためと考えられるのか？」

彼らが立っているところからは、街路をはさんで、あのレストランが見てとれた。モニシャのイメージが、ハーウッドの頭に浮かんでくる。あの生意気な口の利きかたや、唇をゆがめたわけ知り顔の笑みが。あの騒々しい笑い声が。モニシャのことを思うと、ともに里子として育ち、姉のように接してくれたリンジーのイメージが浮かびあがってくる。どちらも、下劣な男によって虐待されたのだ。マーカムとザナドゥもまた、倫理的に下劣な男たちだ。

だが、だからといって、彼らはバサエフを凌《しの》ぐ脅威ということにはならない。バサエフはこれまでに何度も、その臨機応変さと豪胆さを示してきている。やつはパラシュート降下で、おそらくは核爆弾を携えて、合衆国に侵入した。アフガンの峻厳な地でタリバンと戦っていた。その男が、ニーナ・モローのようなタフな女と恋に落ちた。

「マーカムとザナドゥがどこにいるかは、たいした問題じゃない」ハーウッドは言った。

「わたしにはたいした問題なんだ」ブロンソンがぴしっと言いかえした。

「対象はバサエフに絞りこんだほうがいいぞ。ほかのあれこれはすべて、陽動だ」

ブロンソンが立ちどまり、ハーウッドと目の高さを合わせた。

「わたしはきみを逮捕すべきなんだ。それはわかってるな？」

「だが、あんたはそうはしないだろう。あんたはおれをヘリコプターでハンター飛行場へ連れていき、そこでおれといっしょに、核爆弾の発見とその無効化に全力を傾注する。ミルケムの航空機は飛行停止にしよう。そのようにしたら、あんたはマーカムとザナドゥに対象を絞りこめるだろう」

「われわれはすでに、バサエフがコミュニケイションに用いていると思われるインスタグラムのアカウントを発見している。そのアカウントのページに掲載されている写真は、ハヤブサと、オートランド島野生動物保護区のシンボルだった。三、四人のひとびとが、ある晩遅く、そこのセンターを徒歩で出入りする人物を目撃しており、それはニーナ・モローの人相風体に合致していた。それにとどまらず、鳥類飼育所の裏手近辺に地面が荒らされた場所があり、その場所のサイズはダッフルバッグほどであることも突きとめている。われわれはオートランドをキーワードにしてソーシャルメディアを調べ、そのアカウントを見つけだした。そして、それをたどっていくと、ひとつの携帯電話に行き着いた。それが最後にあった地点は、バサエフが宿泊していたホテルだとわかった」

「つじつまが合ってるように思えるね」ハーウッドは言った。

遠方からヘリコプターの音が聞こえ、ふたりがそちらをふりむくと、一マイルほど南にあるマーカムの邸宅の屋上からそれが離陸したところだった。点滅する航空灯の動きから、それが西のサヴァンナのほうへ急旋回し、暗い夜空のなかへ消えていくのがわかった。

「やつらは持ち時間が少なくなったことを悟ったんだ。マーカムは私有ジェットに乗りこみ、別荘のあるいくつかの国のどれかへ逃亡するつもりなんだろう」ハーウッドは言った。

そのときサミュエルソンの声が聞こえ、ブロンソンがびくっとした。かつてのスポッターが彼らのほうへ静かに歩いてくる。

「彼女に言ってやって――」

手遅れだった。彼女が、そしてクルーザーが、さっきのヘリコプターと同じく、夜の闇のなかをサヴァンナのほうへ消えていく。

「おれたちはあんたといっしょに行く、捜査官」ハーウッドは言った。

「問題は、きみらに手錠を掛けるべきか、自由にさせておくべきかだな」ブロンソンがいった。

「その答えはわかってるだろう」

彼らはヘリコプターに乗りこみ、同じくサヴァンナをめざした。

# 27

バサエフはMLQMの構内へ、陸軍基地の側ではなく、民有地の側の金網フェンスから侵入し、そこの倉庫に入りこんでいた。フェンスのゲートのロックをボルトカッターを使って切断し、開いた扉から、若い女をかかえて侵入した。

時間が重要な要素だった。バサエフは若い女を両腕でかかえ、二機の航空機が収納された格納庫の裏手にある倉庫に入りこんだ。彼はそれまでずっと、百メートルほど離れた森のなかで待機していたのだ。あのヘリコプターが炎上しながらハンター飛行場へよろよろとひきかえしてきたあと、バサエフは徒歩で移動して、この倉庫に入りこみ、ごたごたと並べられた軍用搬送ケースのあいだを歩きまわって、ようやくしかるべき一個を見つけだしていた。

このケースに爆弾を残していったとき、それの両側面に小さな黒い楕円形がスプレーペンキで描かれていることに注目しておいたのだ。ケースを開くと、爆弾を入れたブリーフケースとカー・バッテリーがいまもそこにあることが確認できた。すべてが良好のように見えた。

彼は若い女をそのケースのなかに入れ、まだ蓋は閉じずにおいた。いまごろはもう、ハーウッドは手強い敵対者に変じ、FBIの捜索に手を貸しているだろう。この計略はそもそもその当初から、でかい報酬の支払日を計算に入れていた。それぞれの殺害が実行されると、そのあとすぐリーパーの銀行口座に十万ドルずつ振りこんだのはおそらく不必要なことではあっただろうが、それでも用心するに越したことはない。バサエフは若い女を見おろし、そのあと、床に雑に並べられたほかのケースを見まわした。ニーナがまさにこのようなケースに入れられていたことが、そしてアフガニスタンやイラクから輸送されて、新たな主人に仕えさせられることになった、名もなき若い女たちのことが、思い起こされた。だが、頭にあるのはニーナだけで、カー・バッテリーのかたわらに寝かせたあの若い女には、そしてまた、拉致されてきた女たちには、なんの感情も湧いてこなかった。というより、彼女たちには、この念入りな計画に突破口と基礎をもたらしてくれたことに対して感謝したいぐらいだ。

バサエフはモニシャの頭部の横にある金属製ブリーフケースにタイマーを仕掛け、ボタンを押して、カウントダウンを開始させた。それから、モニシャの棺《ひつぎ》となるであろうケースの蓋を閉じる。軍隊が棺桶をどう呼ぼうが関係ない。棺は棺だ。死体をおさめて、運ぶための。

巨大な波形金属製のドアがチェーン滑車方式で持ちあげられる音が聞こえたので、バサエフは来た道をひきかえしにかかった。そして、並んでいる棺のあいだを通りぬけ、戸口から外に出て、ゲートを抜けた。ゲートのロックが掛けられているように見えたので、ちょっと手間取ったが、よく見ると、閉じられてはいないことがわかった。

バサエフはハマーに乗りこんで、アイル・オヴ・ホープ・マリーナをめざした。そのマリーナに、バハマでチャーターした大型のモーター・クルーザー、マーキス690が係留されていた。そこのパーキングロットのはずれに駐車し、ハマーを隅々まで拭いて、すべての指紋とDNAの痕跡を消しておく。リアの荷物スペースに置いていた核爆弾から、あの短い時間のあいだに放射能漏れがあったかどうかはわからないが、もしあったとしてもほんのわずかだろうから、気にすることはない。

まもなく自分は自由の身になるのだ。

桟橋の突端へ歩いていくと、ほかにも多数のヨットが波止場沿いに係留されているのが見てとれた。自分の大型クルーザー、〈ブリーズ・マシン〉が見つかったので、それの水泳用プラットフォームに足を置いて、手すりを乗り越え、オープンデッキに立って、夜の空気を吸いこむ。

ニーナを拾いに行く時間だった。ようやく、彼女がコンタクトしてきたのだ。

ラムジー・ザナドゥは、ハンター陸軍飛行場に隣接するMLQMの暗い格納庫のなかに立っていた。彼の前に、MLQM所有のボーイング737貨物ジェットと、マーカム将軍所有の贅沢な737があった。その二機の背後、開け放たれた扉の向こうには、渦巻く霧とよどんだ空気が立ちこめていた。737貨物ジェットは、後部の傾斜路《ランプ》が、口の開いたくるみ割り器のように、コンクリートの床へおろされている。

もしこの面倒な問題を解決しなかったら、マーカムはおれをくるみのようにたたきつぶすだろう、とザナドゥは思った。

彼はほのかな灯《あか》りがともされているほうへ向きなおり、薄闇のなかに並んでいる二十人の女たちをながめた。ついさっき、マーカムの豪華なヘリコプターが、最後の女たちの集団をタイビー島から運んできたのだ。これで彼は、前にマーカムに説明した計画を完全に実行に移せるようになった。

彼はあの爆弾を発見したことで、この女たちを海外へ運ぶための準備に取りかかる決断ができたのだった。この女たちは、前にやったように、シリアかISISに売るのがいいだろう。養豚農家がするように、ザナドゥは〝産物〟のどの部分も損なわれることがないようにしてきた。これまでこの女たちはMLQMとCLEVERの職員や会員たちに価値あるサービスを提供してきたが、そろそろ定例の入れ替え周期なので、ISISかどこかへ売り飛ばすことにしよう。だが、彼はあの爆弾とザ・リーパーの行動を考慮して、別の計画を立てていた。

ザナドゥは女たちの列のほうへ歩いていった。女たちはみな、両手を体の前に垂らして、下腹部《フィグ・リーフ》を隠すポーズをし、つねに辱《はずかし》めを受けていたために、目を伏せてコンクリートの床を見つめていた。多様な西欧スタイルの服装をしている。ドレス、スカート、ブラウス。一般市民の目には、彼女たちはハンター陸軍飛行場の見学にやってきた中東の高校生のように見えるだろう――といっても、左右の足首がチェーンでつながれていなければだが。

言うまでもなく、彼女たちは拉致された性奴隷であって、高校生ではなく、本来なら性奴隷になるような身の上とは程遠い女たちだ。未来に挑戦する気構えを持つ、若い、ひたむきな女たちだった。ザナドゥは、そのそれぞれが人生を破滅させられたことを心得ていた。この六ヵ月間だけでも、すでに四人が自殺している。だが、それでもなお、彼女たちは見映えがよかった。若く、純潔に見える。もちろん、そんなふうなものでないことは、彼はよく知っていたが。この女たちは、十七歳かそこらだろう。彼自身が、この一ヵ月のあいだに拉致してきた女たちだ。残存グループのなかでは最良の部類に入る。

ザナドゥは若さときれいさと新鮮さを基準にして、五人の女たちを選んだ。眉間のしわと見開かれた目、そしてすすり泣きが、性奴隷たちの恐怖と困惑を表していた。

彼は選びだした五人を引き連れて、マーカム将軍の私有ボーイング737に乗りこんだ。その内部には、長旅のために、いくつもの寝室とシャワー室がしつらえられていた。どのダブルベッドにも白いダウンの羽布団とエジプト綿のシーツが掛けられ、柔らかな枕がヘッドボードに立てかけられている。彼は女たちをひとりずつ、それぞれの寝室に入れて、外からドアを閉じた。

機内に敷かれたフラシ天の絨毯《じゅうたん》と、世界をめぐるビジネス旅行のために最新鋭のテレコミュニケイション設備が施された社長《プレジデント》用オフィスを見て、ザナドゥは嫉妬を覚えた。

女たちを機内に閉じこめたところで、彼は航空機のタラップをくだっていき、それのクルーと二名のパイロットとスチュワードに無線を入れて、マーカム将軍と二名の下院議員、そしてCLEVERに属する二名の最高経営責任者《CEO》が——ひとりは製薬会社のCEOで、もうひとりは別の大手民間軍事会社の社長だ——まもなく到着するので、三十分後に離陸する準備をしておくようにと指示を出した。ヘリコプターが最後の輸送業務として、マーカムと彼への投資家たちをタイビー島からここへ運んでくることになっていた。

そのあと、彼は格納庫のなかに残していた十五人の女たちを連れだし、貨物ランプの先端に並ばせた。一列になった女たちがザナドゥのあとにつづいて、貨物機に改造されたMLQM所有のボーイング737のなかへ入っていく。彼はあらかじめ、MLQMのフォークリフト運転手を使って、十六個の搬送ケースをその機内に運びこませていた。女たちが、また棺のなかに押しこまれるという恐怖に駆られて、声もなく悲鳴をあげ、ほかのだれかにしがみつく。だれもが棺に閉じこめられる苦痛を味わったきたのだ。そして、その何人かは、またそこに閉じこめられるのは耐えられないと思ったように見えた。最初に足首のチェーンをザナドゥに解かれた女が、逃げだした。ザナドゥは消音器が装着された拳銃を抜いて、その女の背中を撃ち、残った十四人に恐怖をたたきこんだ。若い女の死体がランプを転がって、格納庫の床に落ちる。

「おまえたちが死のうが生きようが」ザナドゥは言った。「おれにとってはどうでもいいことだ」

「わたしたちはオーケイなの？　これからどこへ行くの？」すすり泣く女たちのひとりが言った。

「もちろん、おまえたちはオーケイだ。いまから国へ帰るんだ。だが、このやりかたで運ぶしかない。水を飲み、糧食を食べていれば、なんの問題もないだろう」

彼は女たちをひとりずつ順に、棺に入れていった。彼が蓋を開くと、その先には試練が待ち受けていることを、彼女たちは知っていた。なかに入り、音を立てず、眠ったように横たわっておけ。食べものと水はどこにあるのと問いかけてきた女がふたりいたので、ザナドゥはそれの貨物パレットが届くのが遅れているだけで、離陸するまでにじゅうぶんな水と食糧がもらえるはずだと言って、安心させた。

あの爆弾が収納された搬送ケースは、機内のはるか前方にあたる場所に積みこまれていた。それは、大洋のなかへ、すなわちサヴァンナとＭＬＱＭ本部からできるだけ離れたところで、始末されるだろう。万が一、それが考えられている以上に破滅的なものであった場合に備えてだ。ザナドゥは、こけおどし的な爆発にすぎないだろうと考えていたが、それでも危険を冒すわけにはいかない。

すでにパイロットたちには、大西洋の上空を数百マイル飛んだところで、すべてのケースを海へ投棄しなくてはならないと伝えていた。ケースはどれも空《から》なのだが、内部に残ったＤＮＡの痕跡を消し去るのは不可能で、そんなケースが残っていると将来の輸送に支障をきたすおそれがあるので、海へ投棄するようにと、軍に要請されたのだと説明したのだ。

ザナドゥは、埋葬の場を見るような目で海を見つめた。離陸後、パイロットたちは海抜一万フィートの上空へこの機を飛行させ、百六十ノットほどに速度を落とすことになる。その時点で、輸送業務責任者《ロードマスター》がランプをおろしていき、それがわずかな下り傾斜になったところで、それぞれの搬送ケースのところへ足を運び、金属製のスナップ式フックを解く。ケースはどれも、そのスナップ式フックからのびている短いナイロン製ストラップで機内のフロアに固定されていた。その仕掛けによって、ローラー式レールに載せられたケースは一時的に停止していて、やがてロードマスターがパイロットたちに指示を送って、ランプをおろし、投棄作戦が開始されることになるのだ。搬送ケースはどれも、酸素供給のために穴が開けられているので、内部へ急激に海水が浸入し、大洋の底へ沈んでいくだろう。問題が解消される。目撃者は出ない。爆弾はなくなる。

いま彼が必要としているのはクルーのみだ。あらかじめ無線を使って、マーカムの私有ジェットのクルーに対し、これは重要な召集であり、三十分後には離陸させるようにとの指示を出していた。航空機の準備はできている。クウェートへみずからフライトプランを送り、これは、ＭＬＱＭの業務を継続させるためにカンダハルへ飛行する途中でおこなう通常の給油であると伝えていた。そこで燃料補給をするのが通常だったが、今回は省略することになるだろう。

ひと組のヘッドライトの光がフェンスのラインを通過した。貨物機のクルーを運んできたサバーバンだった。パイロットが二名、そしてロードマスターが一名。

ザナドゥが貨物機のパイロットたちと短い会話を交わしているあいだに、ロードマスターが棺の固定ぐあいを点検する。ザナドゥが貨物機のランプをくだって、コンクリートの床に降り立ったとき、ロードマスターがヘルメットとパラシュートの装着をすませ、ＯＫの印にノーメックスの手袋をはめた手の親指を立てて見せた。

ザナドゥは、自分の肩から重荷がおりるのを感じつつ、同じジェスチャーを返した。

そのとき、彼の人生を破滅させる事態が降りかかってきた。FBIのヘリコプターがマーカムの私有ジェットの前方に、横滑りしながら強行着陸したのだ。

# 28

ハーウッドはヘリコプターから飛び降り、ラムジー・ザナドゥのほうへ走りだした。ザナドゥが拳銃を抜いて、発砲した。

銃弾が大きくそれ、ＦＢＩのヘリコプターに当たって、跳ねかえる。

ハーウッドはヘリコプターがハンター陸軍飛行場に着陸する前に、ジャッキーに教えられた形状に合致する車、ハマーを目撃した。それは高速で格納庫から遠ざかろうとしていた。あのようすからすると、チェチェン人はモニシャの面倒を見るという約束を守るつもりはなく、ＭＬＱＭで起こっている事態のただなかに彼女を置き去りにした可能性が高いように思えた。

かつてラインバッカーをしていたときのように、ハーウッドは全力をこめてザナドゥに――けっして小柄な男ではない――タックルをした。ザナドゥの頭部がコンクリートに激突すると、ハーウッドは片手でナイフを抜き、もう一方の手でザナドゥの銃を持つ手をつかんだ。左の肘を張って、ザナドゥの右手首をがっちりと押さえこみ、体重をかけてザナドゥの動きを封じこんでから、相手の喉もとにナイフを突きつける。

「あの少女はどこにいる？」歯を食いしばってハーウッドは問いかけた。

「くそくらえだ、ハーウッド」

ハーウッドはザナドゥの喉の横にナイフを突き刺した。頸動脈が切断され、壊れた消火栓のように血が噴出する。肩ごしに背後へ目をやると、貨物ジェット機のタービンが回転していて、こちらに背を向けて貨物室のなかに立っているロードマスターの男がランプをあげるボタンを押すのが見えた。ロードマスターの向こうに搬送ケースが並んでいるのが目に入った。

ハーウッドは推測した。あの搬送ケースのなかに、女たちが、それだけでなくモニシャも押しこまれているのかもしれない。彼は、ザナドゥの死体からさっと身を離し、いまは動きだしている貨物ジェット機のほうへ走りだした。牽引ではなく、それ自体のパワーで格納庫からエプロンへタキシングをしているとあって、ジェット・エンジンの熱風が顔に吹きつけてくる。ランプはすでに四十五度の角度にあがっていたので、すぐにそこにたどり着かなければ、搬送ケースのなかに入っているものを確認するチャンスは永遠に失われてしまうだろう。

いまはもう、機体がターマック・エプロンに完全に入りこんでいた。ブロンソンがやめろと叫び、ランプがじりじりとせりあがっていく。ハーウッドは残ったエネルギーをふりしぼって十メートルの距離を疾走し、機体に迫った。跳躍し、両手でランプをつかんで、懸垂の要領で身を持ちあげ、片脚を跳ねあげてランプの端を乗り越え、いまにも閉じようとしているランプの、三フィートほどしかない隙間から機内へ転がりこむ。

貨物室の床に体が落下し、爪先にスチールが入っているチェチェン人のブーツで蹴りつけられた肋骨が、床にぶつかった。宇宙服のようなフェイスシールドをつけたロードマスターを見あげると、そいつは、この男はいったいなにをやってるんだといぶかしんでいるようにしか思えない顔をしていた。ぐずぐずしてはいられないので、ハーウッドは身を跳ね起こし、ロードマスターのみぞおちにキックをたたきこんだ。こいつが味方なのか敵なのかはわからなかったが、それをたしかめている時間はなかった。隅に丸めて置かれていた、二十フィート長の黄色いパラシュート自動開傘索を二本ひっつかみ、それを使ってロードマスターの両手、両脚をがっちりと縛りあげてから、開傘索についているスナップ式フックのそれぞれを機内側面の固定ポイントに留めつける。これで、ロードマスターは動けなくなった。ハーウッドは、ランプの操作ボタンを押した。

ランプがさがりだしたところで、彼はポケットからマグライトを取りだした。リュックサックはブロンソンのFBIヘリコプターに置いてきたが、電話とナイフとマグライトは携行していて、ザナドゥを襲ったときに奪いとった拳銃も持っていた。

貨物ジェット機がエンジンをフルスロットルにし、ブレーキを解除する。ハーウッドが最初の搬送ケースを開くと、若い女が仰向けに横たわっているのが見えた。黒髪とアーモンド形の目が貨物室の薄明かりを受けて、淡く光っていた。生きている。搬送ケースはローラーコンベアの基部に固定され、両側がスナップ式フックで二インチ幅のナイロン製ストラップにつながっていた。

　機がスピードをあげていくのが感じとれた。滑走路のでこぼこが伝わってくる。ランプがなかばまでさがった。フルスロットルになったエンジンが、高速で回転する。ハーウッドは背後へ目をやった。あとまだ、少なくとも十個か十五個のケースがある。この機がどこへ向かっているのかはわからないが、搬送ケースのなかには食料も水もないように見えた。

　自分が受けたパラシュート訓練のことを思いかえす。レンジャー部隊はさまざまなやりかたで水や食料を受けとることができた。そのひとつに、一万から一千フィートの高度を飛行する航空機からパラシュート投下された水と糧食の束を受けとるという方法があった。だが、この搬送ケースにはどれも、パラシュートは装着されていない。別の方法として、LAPESと呼ばれるやつもあった。低空物量投下《ロー・アテイチユード・パラシユート・エクステンション・システム》の略称だ。そのテクニックはむずかしいので、空軍は実行をほぼ中止している。それをするには、航空機がタッチ・アンド・ゴー（滑走路に触れたあと、すぐまた加速して離陸すること）のような飛行をし、ロードマスターが、機体後方の風をつかまえられるタイミングで、人員もしくは物量の補助パラシュートを開き、そのあとすぐ主パラシュートを開くという手順を踏まなくてはならないのだ。LAPESされる戦車だの大砲だのなんだのは、これとまったく同じタイプのローラーコンベアで動かされて、ランプの端から土の滑走路へと投下され、パラシュートによって落下の慣性が低減されて地面に降り立つ。ヴェトナム戦争で頻繁に使われたやりかただ。だが、二十年ほど前、フォートブラッグ基地でおこなわれた実演で物量が地面に激突したあと、空軍はすぐさま、物資補給のさまざまな選択肢からそれを除外することにしたのだ。

なんにせよ、ハーウッドには選択の余地はなかった。パラシュートはひとつもないのだ。ランプの先端が貨物室より低いところまでさがったところで、ハーウッドはいま開いた搬送ケースを閉じてロックし、二本のストラップを切断した。搬送ケースが機体後方から滑走路へ飛びだし、花火大会のような火花がケースを包みこむ。

だが、それはうまくいった。

彼は急いでほかのケースのほうへ移動し、貨物ジェット機が振動しながらスピードをあげて、滑走路を走っているあいだに、つぎつぎにストラップを切断して、ケースを解放していった。おそらくパイロットたちは、なぜまだランプが開いているのかといぶかしんでいるだろうが、もはや離陸の中断はできないところまで来ていた。いまスロットルを戻すと、この機はフェンスに激突するか川に転落するかになってしまうだろう。それは、彼らの履歴において不都合な材料になる。彼らにすれば、離陸の途中でパワーをダウンして、機体を破壊するよりは、クレイジーなロードマスターがランプを開けっぱなしにした状態で離陸したほうがいいだろう。

さらにストラップを切断。さらにケースを解放。どのケースにも、おそらくは若い女が入っているだろう。モニシャはいるのか？　すでに彼女が収納されたケースを解放したのか？　十個が終わった。つぎは十一個目。ナイフを二度ふるってから、十二個目に取りかかる。十三個目。滑走がなめらかになったことから、リアの車輪が地面を離れたのがわかった。十四個目。

貨物ジェット機が離陸する。そのときには、ハーウッドはコックピットとの隔壁のところまで来ていた。残ったケースは一個。背後へ目をやると、滑走路がどんどん小さく見えていくのがわかった。解放した搬送ケースが、コンクリートの滑走路の上に点在している。子どもたちの積み木の山が崩されたときのように、てんでんばらばらに並んでいた。全員が生きていてくれればいいのだが、それはそれ、最後の搬送ケースを解放するわけにいかないことはわかっていた。解放したら、なかにいる人間は死んでしまうだろう。この機はおそらく五百フィートの高度にあって、上昇をつづけているのだ。彼はコックピットのほうへ目をやって、考えた。

この機は民間の旅客機のようには見えない。ここは、旅客機の下部にある貨物スペースのようでもあるが、上方に旅客シートがあるわけではない。コックピットに通じるラダーがあった。それをのぼろうかと思ったが、いまはもう最後の搬送ケースとともに空中にあるのだから、ケースのなかを見てみるのが先決だろう。

掛け金をはずし、蓋を持ちあげると、棺《ひつぎ》のなかの三分の二ほどを占めるかたちで、モニシャがぐったりと横たわっているのが見えた。胎児のように身を丸めていて、きのうと同じ、血にまみれた服を着ていた。内部のほかの部分は、金属製のブリーフケースとバッテリーが占めていた。ブリーフケースにタイマーが接続され、赤いカウントダウンの数字が光っている。あと五分足らずで、なにかが起こるだろう。バサエフが三名の仲間とともにパラシュート降下でアメリカに持ちこんだ、RA－115核爆弾が爆発するのか？　いちばんましなのは、この即席爆弾はあと五分もしないうちにこの貨物機をふっとばすというものだろう。

ハーウッドは、大きく開いた貨物ランプの開口部を通して、滑走路を見た。搬送ケースに目を戻すと、モニシャがごそごそ動いていた。彼はロードマスターのパラシュートを見つめた。あれは、搬送ケースが大西洋上空のどこかで投下される予定であることを明確に示すものだ。

「リーパー」モニシャがつぶやいた。「そこにいるのはあんたなのか、あんたみたいに見えるだけで、ほんとは神様なのか」

「おれだ、モニシャ。じっとしてろ。おれは解決策を見つけた」

彼女の目はぼうっとしていた。衰弱し、水分が欠乏しているのだろう。

「オーケイ、リーパー」

「きみがごろごろしたり外に飛びだしたりしないように、いまからケースの蓋を閉じる」

「オーケイ、リーパー」夢見るような口調で彼女が言った。

バサエフがモルヒネかなにかを投与したのか？

機体が右へバンクして、さらに高度をあげていく。ハーウッドがその慣性に身を任せると、ひとりでに機内の右舷側へ移動していた。機内の肋材や網状《ウェブ》シートをつかんでバランスを取りながら、ロードマスターを縛りつけてある尾部のほうへ進んでいく。そして、ロードマスターのヘルメットをはずしてから、拳銃でその男の頭部を殴って、気絶させた。縛ったときと逆の手順でロープを緩めていき、縛めを解いた。拘束物がなくなったところで、ロードマスターのパラシュートをはずして、自分の身に装着していく。ハーネスをつけ、脚と肩のストラップをしっかりと締めた。胸のストラップを留める。いったんストラップをのばしてやってから、しっかりと締めつけた。予備はないだろうかと、まわりへ目をやる。ひとつも見つからなかった。機がふたたびバンクし、下方の大洋が見えるようになった。どうやら一万フィートの高度に迫っているようだ。この高度になると、酸素マスクか、貨物室の与圧が必要になってくるだろう。黄色い自動開傘索が目に入り、役に立つだろうと考えて、それを三本拝借した。

支えになるものをたどりながら、ジャングルジムのなかを移動するような調子で、また機内の右舷へ移動する。機はいまも上昇中で、少なくとも水平から二十度の角度を成していた。一度でも足を踏みはずしたら、機外へ放りだされるだろう。

モニシャが収納された搬送ケースのところにたどり着くと、ハーウッドはその蓋を開いた。ケースからモニシャをかかえあげ、「おれにへばりついているんだぞ、モニシャ」と声をかける。小さな体が押しつけられてくるのが感じられた。彼は黄色い自動開傘索を彼女の腰から自分の腰へと二重に巻きつけ、即席のタンデム降下装備をしつらえた。機内後部にある物入れを調べると、ライフジャケットが一ダースほど収納されているのがわかった。おそらく、連邦航空局の規則に従って用意されているものだろう。それを二着つかみあげて、モニシャに手渡す。

「手放すんじゃないぞ、モニシャ。このあと、それが必要になるんだからな」

万が一、彼女の手から力が抜けたときに備え、彼はもう一本の開傘索でライフジャケットと彼女の体をひと巻きにした。こうしておけば、彼女の腕を安定させることにもなるだろうと考えたのだ。降下のあいだに彼女の腕がばたばたするのは望ましくない。

「戦場へ降下するの、リーパー？」モニシャが問いかけた。

「戦場の外へ降下するんだ。さあ、おれと力を合わせてがんばれ」

「わたし、がんばってる」

「オーケイ。いまからこの貨物機の尾部へ歩いていき、空へ飛びだす。おかしな感触を味わうことになるだろう。だが、いまあの爆弾のタイマーを見たら、あと五十八秒以内にこの機から脱出しなくてはならないとわかったんだ」

彼らは長い貨物室のなかをぎこちない足取りで歩いていき、ランプにたどり着いたところで立ちどまった。ハーウッドは片手でモニシャを抱き寄せ、もう一方の手で右舷にあるランプの油圧操作アームを握った。

もう残り時間は三十秒もないだろう。ハーウッドは降下前点検ルーティンをおこなった。両腕を後方に開き、胸筋に力をこめる。柔軟性を保つために二度、スクワットをする。モニシャの体の動きが新たな要素になってくるだろう。これまで、自分が主になってのタンデム降下は一度もやったことがない。従としての――いまモニシャがなっている立場での――降下は一度やったことがあるが、あのとき自分はスカイダイビングの技術を学ぶことだけを考えていたし、それは軍隊のパラシュート降下とはまったく別ものだった。

「怖い、リーパー」モニシャが言った。

その体が震えているのが感じられた。とにかくつながっていたいと思って、彼の名を口にしたのだろう。彼女は絆《きずな》をはっきりと意識する必要があるのだ。ハーウッドとしてはそれでよかった。必要とされるのはうれしいことだ。

「準備はいいか、モニシャ？」

ハーウッドは彼女をかかえて、ランプの縁へ歩いた。あいにくモニシャが自分の前にいるので、その顔は見てとれなかったが、口を大きく開いて、肝をつぶした顔になっているにちがいなかった。彼女にすれば、これはわくわくするようなものではない。ジェット機の離陸速度は約百五十ノットで、それはまずいことに降下速度とほぼ同じなのだ。

ハーウッドはそんなことを考えるのはやめて、モニシャをかかえあげ、いっしょに空へ飛びだした。頭のなかで三十秒を数える。それはあの爆弾が爆発すると思われる時間だったが、なにも起こらず、白い機影が小さくなって、消えていくのが見えただけだった。

モニシャが悲鳴をあげる。

「わたしをどうしようっていうの、リーパー！」

風がふたりの顔を打つ。眼下に見えるのは大洋の海面だけだった。ありがたいことに、いまは八月で、メキシコ湾流が北へ大きくのびているから、ここの海水温はあがっているはずだ。鮫の餌にならなければ、七時間ほどは生きのびられるだろう。ハーウッドは暗算をした。

いまは午前二時なので、日の出はあと四時間も待たなくてはならないだろう。

三十秒を数えたあと、いまは海面まで四千フィートの距離になったはずだと推測して、彼は開き綱《リップコード》を引いた。パラシュートが開き、そのキャノピーが空気をつかんで、安定したとき、遠方にサヴァンナの街が見えた。脚のストラップが股間に食いこんできて、彼は顔をしかめた。トグルを操作して、タイビー島の灯りのほうへ向きを変える。そこまでの距離は三マイルほどだろうが、この高度ではそんな遠くまで滑空することはできないだろう。ほんのかすかな風に押され、彼とモニシャはほぼ西の方角へと空を漂っていた。

ほどなく、ふたりは水しぶきをあげて暗い大洋に落下した。すぐさま行動にかからなくてはならないのはたしかだった。ハーウッドは、自分とモニシャをつないでいた索を切断し、彼女の両腕をライフジャケットに通させて、それのファスナーを閉じた。自分もライフジャケットを装着し、離ればなれに漂流することがないようにと、自動開傘索の一本を使って、彼女と自分の体を結びつける。

モニシャが早々と震えだしたので、ハーウッドはシャツを脱ぎ、それを彼女のライフジャケットと胴体にかぶせてやった。これで、彼は上半身が裸になった。ズボンのポケットからiPhone7を抜きだし、あのコマーシャルが――これは防水だという宣伝が――まちがいではないことを祈りつつ、それの〝ロケーション・サービス〟アプリを起動する。

運よくなのかどうか、iPhoneは生きていた。

彼は背後へ目をやり、あの貨物機があるはずの暗い空を見つめた。爆発の光景は見当たらなかった。

その瞬間、彼は悟った。爆弾はジャッキーのクルーザーにあるのだ。

ハサン・バサエフは高速クルージングボートの水泳用プラットフォームから身をのりだし、ニーナのほうへ手をのばした。彼女が〈テン・メーター・レディ〉の船縁に立って、両手をのばしてくる。

その手をつかんだあと、バサエフはそのかなり強力な前腕で、彼女をふりまわすようにしてチーク材のデッキへ持ちあげた。彼女がバサエフの腕のなかへ飛びこんでくる。饐《す》えたような水のにおいが漂ってきた。〈テン・メーター・レディ〉のデッキの上に、ブロンドの髪が扇のようにひろがっていた。

彼らは抱きあい、ニーナが彼にキスをした。

「すぐにシャワーを浴びろ。わたしは船長のところへ行って、大洋へ船を出してもらう」

「あと二時間ね」ニーナ・モローが言った。

バサエフはそのことを考えた。そのあいだになにかまずい事態が生じるおそれはおおいにあるように思えた。だが、そもそも自分たちはすべての計画に基づいて、旅行客でにぎわう夏のあいだずっと、このチャーター・クルーザーをサヴァンナのダウンタウンに係留していたのだし、大洋に出られるようになるにはまだ一時間ほどかかることはわかっていた。とにかく、この船が注目されるはめになるのは避けたい。彼はうなずいて、その時間設定への同意を示した。

「あの金メダリストは？」

ニーナが、〈ブリーズ・マシン〉の船縁の向こうへ顎をしゃくってみせる。〈テン・メーター・レディ〉のデッキに、ジャッキー・コルトの動かない体があった。〈ブリーズ・マシン〉の船長はすでに河口へ船首を向けていた。

「もしだれかが爆発の前にやってきても、すべては彼女とそのボーイフレンドの犯行とするでしょう。コンピュータの記録をもとに。使われた銃をもとに。すべての材料がそろってる。クラウドの記録もそうだから、FBIが捜査をしても、やはり彼らの犯行となるはずよ。完璧」

「オーケイ。シャワーを浴びて、マイ・ラヴ。もう決着はついた」

モローはすみやかに主船室へ行き、バサエフは梯子《はしご》をのぼってブリッジに入り、船長に指示を出した。

「できるだけ速く大洋に出てくれ。あんたの命はそれができるかどうかに懸かってるんだ」

船長は、レーダーに探知されたくない連中の危険な仕事を請け負うことに慣れているので、口をつぐんだまま三基のディーゼルエンジンのスロットルレバーをハーフにし、そのあとすぐフルスロットルにして、時速三十ノットで曲がりくねる川に船を進めた。バサエフが見守るなか、船がタイビー島の北端を通りすぎていく。そして十分後、一マイルほど進んで、大洋に入った時点で、船長が船を南西へ向けた。

舳先にいる彼に、ニーナが合流した。バサエフはそこにお気に入りのシャンパン、グー・ド・ディアマンのボトルをアイスバケツに入れて、置いていた。そして、二個のクリスタルの脚付きグラス《ステムウェア》を。

「あと一時間。あの爆弾の威力は二十キロトンだ」

「わたしたちはもうすぐ安全なところに身を置けるってわけね」彼女が言って、バサエフの胸に強く顔を押しつけてきた。

彼は黒のダンガリーパンツに青いコットンのTシャツ、そしてボタンをはずしたドレスシャツという姿だった。モローは着替えをすませ、ネイヴィーブルーのクロップドパンツにプルオーヴァーのセーター、そしてヴァンズの白いボートシューズという身なりになっていた。バサエフは、ふたりがチャーター・クルーザーでクルージングをしているヨーロッパからの旅行客に見えるような服装を用意しておいたのだ。

「きみはみごとにやってのけた」彼女のことばには取りあわず、バサエフは言った。彼はほんとうに安全になるとはまったく感じていなかったが、モローを怯えさせるのは避けたいと思っていた。なにしろ、彼女は怯えやすい心理状態にあるのだ。

「ありがとう、ハサン。ふたりそろって、すばらしい報酬の支払日を迎えられるわね」

「それだけじゃなく、一万五千ほどの死者と、二万ほどの負傷者が出るだろう、ニーナ」

「もしそれが現実になれば、ボーナスまでもらえるんじゃない？」

バサエフはほほえんだ。わがニーナは自分と同じく、まぎれもない傭兵なのだ。

「そうなるだろう。しかし、いまは待つしかない。すでにわたしの口座には五千万ドルが入金されている。出資者たちは爆弾がどこにあるかを、そしてその爆発が迫っている事実を、確認できるからね。これから指令センターである下の船室に降りたら、わたしはきみの口座に二千六百万ドルを振りこむつもりだ。そのあとケイマン諸島に着いたときに、きみは残るか行くかの選択をすればいい」

「わたしはあなたといっしょにいたいの、ハサン。報酬の支払日より、わたしたちの結婚生活のほうが大切。レジェンドになることよりもね」

「わかった」と彼は言い、ふたりが愛を交わしたいくつもの日々を思いかえした。それはよき思い出だった。重ねられた彼女の体は温かく、安らぎを与えてくれた。とはいうものの、ニーナはラムジー・ザナドゥに捕らえられ、ほしいままにされたのだ。それは計画の一部ではあったが、だとしても彼女といままでのようにやっていけるとは思えなかった。それは理屈に合わないことではあった。彼女は自分と出会う前に、ほかの男たちとセックスをした経験がある。だが、ザナドゥにレイプされたあとの彼女を愛しつづけられるとは思えなかった。彼女は自己の意思でザナドゥとセックスをしたのではなくてもだ。あるいは、それは自己の意思だったのか？　それは自分にはけっしてわからないだろう。そこがやっかいな点だ。彼女は自殺に等しい任務に志願し、生きのびた。だが、彼女への自分の愛着は、そうはならないだろう。

「話題を変えよう」彼は言った。「ハーウッドとコルトがきみを制止せず、そのまま行かせたのはなぜだと思う？」

「わたしが敏捷《びんしょう》に動いたから。彼らがまさかわたしが逃げるとは考えもしないうちに、水に飛びこんだの」

「きみは敏捷だからね、マイ・ラヴ」

低い空に輝く月が、大洋の水面に横長の淡い光を照り映えさせていた。穏やかな海を泡立てながら、船が進んでいく。

バサエフは、モローが敏捷なことは知っていたが、ハーウッドがうっかり彼女を行かせてしまったとは、にわかに信じることはできなかった。たぶん、あの男にはまだなにか打つ手があるのだろう。バサエフは希望を頼りにしたことは一度もない。その一例が、誤誘導としてあの貨物機に入れさせた囮《デコイ》の爆弾だ。いま自分にできるのは、待機することと、こう信じることだけだ。MLQMは混乱に陥っていて、モニシャの行方が捜索されているだろうと、そして最終的に核爆弾の爆発が彼らを狂乱させるだけでなく、おそらくは彼らを絶命させ、それによって、自分たちは安全なところへの移動をつづけられるようになるだろうと。

彼は首にぶらさげているアムールファルコンのメダルを親指で撫でて、ニーナに目を向け、あることを決断してから、口を開いた。

「船長のところに行って、ちょっとチェックしなくてはいけないことがあるんだ」

「まだ不安なの？」

「いや、不安じゃない。楽しんでるが、用心はしなくてはいけない。すぐに戻ってくるよ」

ブロンソンはジレンマに陥っていた。ハンター飛行場にとどまってマーカム将軍の逮捕をもくろむべきなのか、それとも逃走している国際指名手配テロリストを追跡すべきなのか？警察はすでに、滑走路に散在する棺から若い女たちを助けだす仕事に着手している。ハーウッドが彼女たちを解放したのだろう、と彼は推測した。

彼女たちのそれぞれが情報の宝庫だろうが、ブロンソンとしては状況をさらに進展させる必要があった。ゲームの大詰めは迫っているが、まだ完全に決着がついたわけではないのだ。

彼はヘリコプターに乗りこんで、フェイ・ワイルドの隣にすわっていた。ワイルドとは反対側のシートにサミー・サミュエルソン伍長がいて、それが彼にひとつのアイデアをもたらした。

「きみはいまも射撃ができるか、サミュエルソン？」

「イエス、サー」

彼らはヘッドセットを通して会話していた。ヘリコプターのブレードが騒々しく回転している。ブロンソンはランディ・ホワイトのほうへ顔を向けて、言った。

「ランディ、きみとマックスはここに残れ。あの航空機を離陸させてはならない。マーカム将軍が到着したら、逮捕し、会議室へ連行してくれ。棺から助け出された女たちのそばへは、けっして近寄らせないように。彼を乗せたヘリコプターが、すぐにでも着陸するだろう」彼は滑走路の上空を旋回する白いライトを指さした。「おそらく、彼は脱出を試みるだろう」

「どういう容疑で彼を逮捕するんですか、ボス？」ホワイトが問いかけた。

「人身売買。麻薬密輸。法務担当者を呼べ。彼らなら、将軍の逮捕ができる容疑をあと十件は見つけてくれるだろう」

「ラジャー」ホワイトとコレントがコンクリートの路面に降り立ったとき、ワイルドの電話が鳴りだした。

「オー・マイ・ガッド」彼女が言った。

「どうした？」

「ハーウッドの電話が信号を送ってきたんです。彼は岸から三マイル離れた海上にいます」

「なにかのまちがいだろう。わたしは彼があの貨物機に乗りこむのを見たんだ」

「チェックしても支障はないでしょう」彼女がやりかえした。

ブロンソンはうなずいた。

「その緯度経度をパイロットに教えて、離陸しよう」

ワイルドがヘッドセットのチャンネルを機内通話《インターコム》に切り換え、パイロットにその座標を教える。ふたたび相互通話に戻して、彼女が言った。

「その座標へ飛んでくれます。十分足らずで、答えがわかるでしょう」

「ラジャー」

「さ、さ、寒い、リーパー」モニシャが、取り乱したささやき声で言った。

モニシャの歯がカタカタ鳴っていて、ハーウッドはそれはよき徴候と受けとめた。彼女の体が寒さに反応して、熱を生みだそうとしているのだ。あまりに長時間、水中にいれば、たとえ水温が摂氏二十五度ほどでも、低体温症になりかねない。彼女は負傷しているので、すでに体液が減少している。脱水が伴うと、さらに速く低体温症が進んでしまう。せいぜい、あと三十分ほどしかもちこたえられないだろう。

ハーウッドは片腕で彼女を抱き寄せ、もう一方の手に持つ電話機をできるだけ高く掲げた。信号を送れているかどうかはわからない。できるだけ強く、あおり足で水を蹴って、体を高く持ちあげる。汗まみれになってそうしているあいだにも、モニシャが生きのびようとする力を失っていくのが感じられた。

「きっと、だれかが来てくれる。きみはこの二日ずっと、おれに会いたいと思いつづけていたんだろう。そのおれがいま、ちゃんとここにいるんだ！」

「そ、それはオーケイよ、リーパー。あんたはよくしてくれたわ」またもやモニシャのささやき声。

そのささやきはそよ風程度で、ほとんど声になっていなかった。ハーウッドはそれを末期のことばと受けとめたが、そのまま放置するつもりはなかった。

神はリンジーを見捨てたんだと思ったあのときのように、神は自分とモニシャを見捨てたんだと思い始めたとき、遠方にちらつく光が見えた。そのあと、ブラックホーク・ヘリコプターの緩やかに回転するローター音が聞こえてきた。ハーウッドは希望を取りもどし、携帯電話の画面を親指でスワイプし、フラッシュライトの機能を起動した。そして、携帯電話をふりまわしていると、パイロットがヘリコプターをこちらに向けたことがわかった。

ブラックホークがホヴァリンググリングに入り、ローターのダウンウォッシュが激しく吹きつけてくる。かつてのスポッター、サミュエルソンが滑車式《ホイスト》ケーブルを使って、おりてくるのが見えた。サミュエルソンが目の前まで来たとき、ハーウッドは言った。

「ありがとう、サミー。この子を引き揚げて、体を温めてやってくれ。そのあと、おれのためにもう一度、ケーブルをおろしてくれるか」

「あんたも引き揚げるさ、ヴィック。心配するな」サミュエルソンが少女を受けとって、やさしく抱き寄せ、腕のなかにかかえこんだ。

「彼女は衰弱しているんだ、サミー」

サミュエルソンがうなずく。ホイストがケーブルを巻きあげ始め、ふたりがヘリコプターのなかへ消えていく。要請したとおり、サミュエルソンが機内から身をのりだして、ハーウッドのほうへケーブルの向きを誘導した。ハーウッドは十メートルほど泳いでそれをつかみ、その先端にあるT字状のシートにすわって、準備ができたことを知らせるためにケーブルをひっぱった。

ヘリコプターのなかへ引きこまれると、モニシャが保温毛布にくるまれているのが見えた。若い女性が彼女を床に寝かせ、肩ごしにこちらを見て、首をふっている。ハーウッドはこのままモニシャを死なせるつもりはなかった。ブロンソンに向かいあうシートにすわって、彼は言った。

「もう結末は読めてる。まずこの少女を病院に連れていき、そのあとジャッキー・コルトを見つけだすようにしなくてはいけない」

「バサエフはどうするんだ?」ブロンソンが問いかけた。

「いまはとにかく、病院へ行くようにとパイロットに指示してくれ。議論はそのあとでいい」ハーウッドは言った。

ブロンソンがうなずき、ヘッドセットをインターコムに切り換えて、パイロットに話しかける。ヘッドセットのチャンネルをもとに戻して、彼が言った。

「もう病院へ向かってる。さあ、話を始めてもらおうか」

# 29

地域医療支援病院の屋上に着くと、救命救急医たちがモニシャを車輪付きストレッチャーに乗せて、エレベーターのなかへ運んでいった。

「よし、川の上空へ飛び、北のほう、インターステート・ハイウェイ95の近辺から捜索を開始してくれ」ハーウッドは言った。

「なぜそこなんだ?」ブロンソンが問いかけた。

「例の爆弾はジャッキーのクルーザーにあるからでしょう」フェイ・ワイルドが言った。

「バサエフのインスタグラム・アカウントの写真が、いまはリヴァー・ストリート・マーケットプレイスのマリーナに変わってるんです」

「彼女が言ったとおりだ」ハーウッドはブロンソンに答えた。「ニーナ・モローはジャッキーのクルーザーの船室にあるベンチシートにすわっていたんだが、そのようすがどこか妙だった。その真ん中のベンチにはロックが掛けられていた。彼女はなにかを守ろうとしているように見えた。そう、そこにあれがあったんだ。ターゲットは山ほどある。インターステート・ハイウェイ。港。市街。マーカムの邸宅。その周囲一帯」

「じゃあ、あの話はほんとうなのか？　RA－115があるのか？」

「あるはずだ。おれが一兵卒だったころ、隊員がみんなでそれを探したのはたしかだ。バサエフがこの国に戻ってきて、あんたたちを欺くためのデコイにおれを使い、それを爆発させようとしてるんだと思う。バサエフらはさまざまな困難を排して、おれをこのすべてをやった悪党に仕立てた。それだけじゃなく、おれは核爆弾に見せかけたケースを貨物機のなかでこの目で見た。モニシャが入れられた棺《ひつぎ》のなかにあったんだ」ハーウッドは言った。「おれたちが海中にいた時間は十五分ほどだ。デコイの棺のなかに仕掛けられたタイマーの残り時間は、おれたちが飛びおりたとき、三十秒を切っていた。だが、爆発の光景は見えなかった。つまり、あれは不発に終わったか、見せかけだったかというわけだ」

「なぜわざわざ偽物《フェイク》を仕掛けたんだ？」

「大勢の人間がおれを探しまわっていた。殺された将軍たちや上院議員もみんなそうだ。これはでかい話でね。バサエフには、当局がミルケムの内情を探り始めることがわかっていた。それなら、あそこにフェイクを仕掛け、この国の爆発物専門家の全員の目を、本物の爆弾があるところではなく、そこに向けさせるようにするのがいいんじゃないかというわけだ。古いことわざに、〝多数のなかのひとつ〟ってやつがあるだろう。ひとつじゃなく、いくつもあるのだとみんなに思わせるようにすれば、本物がどこにあるかの答えを出すのに長い時間がかかる。バサエフは抜け目がないんだ。それに加え、おれの直感では、やつはどうにかしてミルケムを怯えさせようとしているだろう」

ブロンソンがパイロットに指示を送り、ヘリコプターが離陸してバンクし、北西へ向かった。

「なにを探したらいいんだ?」

「〈テン・メーター・レディ〉という船名の、でかいボストンホエラー社製のモーター・クルーザーだ」ハーウッドは言った。

ヘリコプターは市街地上空を斜めに飛んでいき、やがて港の北にあたる地点に達すると、そこから川に沿って飛行を開始した。川の上に霧が渦巻いていて、迷い出た幽霊たちが水を押しているように見えた。

「ここにはなにもない」ハーウッドは言った。「さっき彼女が言った場所、マーケットプレイスのマリーナへ向かおう」

パイロットがブラックホークの機首をそちらへ向け、数分後には、ヘリコプターはリヴァー・ストリート・マーケットプレイスのマリーナ上空に達していた。

「あそこにある。あれだ」ハーウッドは言った。「おれをあの桟橋におろしてくれ。あの船に乗りこむ」

ジャッキーの姿が見えなかった。クルーザーはそこにあったが、ライトはともされず、まったく動いていない。ヘリコプターから飛び降りたとき、そのデッキに黄色いものがちらっと見えた。ジャッキーだ。

「ついていくよ」サミュエルソンが言った。

ハーウッドは言いかえさなかった。シードゥ製の水中スクーターが桟橋に棄てられているのが見えて、気が滅入った。クルーザーに飛び乗ると、その白いデッキの上、ジャッキーの顔の周囲に、ブロンドの髪が扇のようにひろがっているのが見えた。その胸の上に、ハーウッドのスナイパー・ライフルが控え銃《ポート・アームズ》のかたちで斜めに置かれていた。

「モロー」ハーウッドは言った。「あの逃走は、目先をそらさせるためのフェイクだったんだ」

ジャッキーの首に手をあてて、脈を探ってみる。その目は閉じられていて、ハーウッドは思った。彼女が弟の死への復讐をどれほど強く欲していたにせよ、こんな目にあわされるいわれはない。ハーウッドは急いで船室に入りこむと、真ん中のベンチのロックを拳銃の銃尾でたたき壊し、モローがすわっていたシートを持ちあげた。

内部には、四角い金属ケースがあった。その上に時計が置かれ、赤い数字で三十七分十七秒が表示されていた。カウントダウンが進んでいる。ハーウッドはあわただしく考えた。ジャッキーに目をやる。

「こっちに来て、手を貸してくれ」彼はサミュエルソンに呼びかけた。「おまえは大隊にいたとき、よくエンジンの直結をやってただろう。このクルーザーでもそれができるんじゃないか？　キーがどこにも見当たらないんだ」

「あんたはこっちに戻ってこい」サミュエルソンが言った。

ハーウッドはジャッキーとライフルを両手でかかえてヘリコプターに運んでいき、そのあいだにサミュエルソンがエンジン区画を開いた。

「病院へひきかえしてくれ、ブロンソン」ハーウッドはヘリコプターのローター音に負けない大声で言った。「それがすんだら、あんたの指揮センターに行き、過去一、二時間のあいだに川から海へ向かった、そこそこのサイズの船を探してくれ。ありとあらゆる監視カメラの映像を使って、見つけだすんだ。船名がつかめたら、衛星だのなんだの、あんたらが持ってるいろんな機器を使って、それを見つけることができるだろう。そのあと、サミュエルソンとおれを、さっきあんたと会った、あのブレックファスト・クラブのところで拾いあげてくれ」

「それは、一介の捜査官が出す指示としては多すぎる」ブロンソンが言った。

「いまは階級がどうのこうのと言ってる場合じゃない、ブロンソン。この件だけに集中するんだ。それと、これはヘリコプターに残しておいてくれ」彼は〝リンジー〟をぽんとたたいた。

ブロンソンがハーウッドを見つめて、うなずき、クルーザーを指さす。

「爆弾はあのなかに？」

ハーウッドはうなずいた。

「おれたちは半時間ほどであのクルーザーを大洋へ出すつもりだ。エンジンを始動できるかどうかもわからないうえに、五十ノットで川を航行できるかどうかもわからないが。とにかく、できるだけここのダウンタウンから遠く離れたところまで進めようと思う。さあ、あんたはいっしょに来るのか、それともいま頼んだことをするのか」

「話はわかった。あの携帯電話はいまもちゃんと持ってるな？」

「もちろん。さあ動きだしてくれ」

ヘリコプターが離陸し、そのローターの轟音のせいで聞きとれなかったが、クルーザーのエンジンがかかったようだった。サミュエルソンが問題を解決してくれたのだ。

クルーザーに飛び乗って、ハーウッドは言った。

「この船を走らせてくれ」

サミュエルソンが舵を取り、ハーウッドは船室におりて、爆弾を見つめた。初歩的な即席爆弾の無力化ならやったことがあるが、これほど威力の大きい爆弾を扱った経験はない。ハーウッドは、本来はライフジャケットや釣り具を入れておくためだが、いまは核爆弾が入っている収納スペースに手をのばし、金属ケースの周囲を両手でなぞってみた。ワイヤが二本あったので、それをたどっていくと、収納スペースの継ぎ目へつづいていた。おそらく、クルーザーのバッテリーに接続されているのだろう。この爆弾は常時バッテリーを必要とするのか、それとも充電式で、ワイヤを切り離しても作動するようになっているのか？　それより重要なのは、と彼は考えをめぐらした。もしだれかが操作しようとすると即座に起爆する、処理防止装置がついているのか？

どれもこれも、自分のような階級の兵士には不明なことだが、この状況に対処できる人間は自分しかいないのだから、なんとかする責任は自分にかかっているように感じられた。ハーウッドはどうしようもない気分になり、やはり爆発による損害を最小限にする以外、適切な方法はないのだと覚悟を決めた。

残り時間をチェックする。七分と三秒。

「いまはどこを走ってるんだ、サミー?」

「タイビー島に近づいてる。その北側へ」サミュエルソンが答えた。

ハーウッドはつかのま、かつてのスポッターがこの時までに正気を取りもどしたことをうれしく思った。

彼はコックピットに入って、サミュエルソンのかたわらに立ち、GPSマップを立ちあげて、真東にあたる緯度経度の座標を入力した。そして、タイビー島の北側を通りすぎたとき、ディスプレイ画面にあるオートパイロット機能アイコンを押すと、クルーザーがわずかに進路を変えた。その時点で、ハーウッドは係留索を操舵輪に巻きつけてからシートの背もたれに結びつけて固定し、もしクルーザーがなにかにぶつかっても進路を大きく変えることなく、いま設定した進路に沿って航行するようにした。

「スロットルをフルにし、そのまま放置するんだ、サミー」ハーウッドは言った。

サミュエルソンがレバーを前に押して、フルスロットルにすると、それに応じて、スピードメーターが六十ノットを、タコメーターが六千五百回転を——どちらもレッドゾーンにふりきれて——表示した。ハーウッドとサミュエルソンは身を支えあってバランスを保ちながら、四基合わせて三百馬力にのぼるマーキュリー・エンジンでフル回転しているプロペラを避けるようにして、海に飛びこんだ。

体が海中へ没していく。口のなかが塩水でいっぱいになった。ハーウッドは深く潜り、一秒ほど水をかいてから、方角をつかんで、水面に浮上した。二十メートルほど向こうにサミュエルソンの姿が見えた。彼もまた水をかいている。

ハーウッドはサミュエルソンのほうへ泳ぎながら、タイビー島との距離は半マイルほどだと目測した。泳ぎきれる距離だが、核爆弾が爆発するときまでに海から出ておくようにしたい。洋上で核爆発が起こったときの化学的反応はよくわからないし、ひどい目にあってその答えを知るというはめにはなりたくなかった。

飛びこんだとき、爆弾のタイマーの残り時間は七分を切っていた。時速六十ノットは時速五十五マイルほどに相当するから、計算すると、核爆発が起こる時点で、あのモーター・クルーザーは少なくともここから五マイルは離れた海上にあるだろう。ふたりは、干潮から満潮へ変わっていく海の流れに乗って、泳いでいった。ひとかきごとに、島が大きく見えてくる。レンジャー隊員のふたりは、相互の距離がけっして五フィート以上は離れないようにしていた。

海面の向こうで、ストロボをたいたような光がまたたいた。数秒後、爆発の音が届いてくる。彼らは泳ぎつづけた。島に心を集中して。水平線の上に、ヘリコプターの回転するブレードが見えてくる。ブロンソンのヘリコプターだ。ふたりがタイビー島の北岸に近づいたとき、ブロンソンがその姿を眼にしたにちがいなかった。ふたりは海から岸にあがり、ヘリコプターのほうへ走っていった。ローターの風が熱い空気を吹きつけてくる。

ヘリコプターに乗りこむと、ふたりはヘッドセットを装着した。

「あれが見えたか？」ブロンソンが問いかけた。

「ああ。見えた。つぎの用件へいこう。例の船は捕捉できたか？」ハーウッドは問いかけた。

「捕捉したと思う」とブロンソン。「ここから二十マイルほどのところだ。船名は〈ブリーズ・マシン〉。岸から十二海里のアメリカの領海内にいるとの判断を下すつもりだ」

ハーウッドは理解した。その船は実際には公海にあるが、ブロンソンはなんとしてもバサエフを捕まえたいと思っているのだ。

「よし、行こう」ハーウッドは言った。アドレナリンが湧きあがるのが感じられた。ようやく、あのチェチェン人との最終対決の時が至ったのだ。

# 30

ハーウッドはブロンソンに向かって言った。

「対象物と半マイルの距離を保っておくようにと、パイロットに指示してくれ」向きを変え、貨物収納ネットから自分のリュックサックをつかみあげる。なかに手をつっこんで、赤外線スポッティングスコープを取りだし、サミュエルソンに手渡した。いまは午前五時で、夜明けの兆しはあるものの、太陽はまだ暗い地平線の下にあった。ヘッドセットを通して、彼は言った。「なにをすべきかはわかってるな」

サミュエルソンがうなずいて、スコープの起動に取りかかる。ハーウッドはヘリコプターの床へ手をのばし、〝リンジー〟を取りあげた。リュックサックから七・六二ミリ弾のボックスを取りだし、弾薬をこめた弾倉を銃に装塡してから、ATNオーディン32－DWマイクロン暗視スコープをマウントする。バイポッドの脚をのばし、女性捜査官とブロンソンの足をよそへどかせて、床に身を伏せた。銃を構え、薬室に初弾を送りこむ。

サミュエルソンが左側に来て、インターコムを通して話しかけてきた。ヘリコプターのエンジンが騒々しく、ヘッドセットを使わなくては会話が成り立たないのだ。ハーウッドはスコープをのぞきこみ、貨物室の振動する床の上にバイポッドを据えつけた。この地点からいい射撃ができるわけはないが、例の大型クルーザーが南東の方角へクルージングしているのは見てとれた。距離は約半マイル。

解放された扉から、温かい夜風が吹きこんでくる。ヘリコプターから半マイル先のものを撃つのは、容易なことではない。とりわけ、バサエフはほぼまちがいなく撃ちかえしてくるとなれば。ハーウッドはインターコムをブロンソンとワイルドのチャンネルに切り換えて、問いかけた。

「このヘリコプターにはロケット砲とかミサイルはないんだな？　そういうのがあれば、あのクルーザーをふっとばせるんだが？」

「なにもない。これは人員輸送用のヘリで、ガンシップじゃないんだ、リーパー」

ハーウッドはうなずいた。

「となれば、戦略は再考する必要があるな」

彼はスコープのイメージをチェックした。撃っても、振動する床とローターの風のせいで、弾がそれるだろう。

「セイフティハーネスはあるんだろう？」

「話はわかった」ブロンソンが言った。ヘリコプターの左舷からクルー・チーフが姿を現わし、ハーウッドの体にヴェスト式のセイフティハーネスを装着して、胸の前でファスナーを閉じ、そのあと、長さ十フィートのナイロン製係留索でハーネスと貨物室の床に設置されているDリングを結びつけた。ハーウッドが係留索の強度を試そうと、ヘリコプターの外へ身をのりだすと、ローターの風が吹きつけてくるのが感じられた。振動する床よりはこのほうがましだろう。ヘリコプターの床と外殻の継ぎ目に靴の踵《かかと》を置くと、クルー・チーフがナイロン製係留索を張りつめるところまで引いた。ハーウッドはナイロン製係留索に全体重をかけ、六十度の角度で機外へ、微風のなかへ、身をのりだした。

「もっと安定させるか？」サミュエルソンが問いかけた。

「そうしてくれ。床から放りだされるのは願い下げだ」

ハーウッドはどのような姿勢でもうまく撃ってきた。伏せ撃ちより、立射や膝撃ちのほうが得意だった。伏せ撃ちのほうがより安定するのはたしかだし、潜伏場所からの狙撃はたいていその技術を用いることになるのだが、ハーウッドはライフルの全体を感じながら撃つのが好みなのだ。おのれの射撃の腕に全幅の信頼を置いていて、それ以外に頼りにするものはスポッターの指示だけだった。

「なにが見える、サミー？」

「ここは、目標のクルーザーの四時方向、ちょうど一キロメートルの地点にあたってる。それの舳先にふたりの人間がいるのが見える。男と女だ。バサエフとモローのプロファイルに該当する。ふたりはなにかを飲んでいるように見える。落ち着いたようすだ。まんまと逃げのびたと思ってるようだな。船長用ブリッジに男がひとり。船上にはほかにはだれも見当たらない」

「オーケイ。おれはまずバサエフを撃ち、つぎにモローを撃つ。ワン・ツーで。バサエフを射殺し、すぐさま銃口をめぐらしてモローを撃つ必要がある」

「ラジャー。バサエフは遠いほうのターゲットだ。といっても、ふたつのターゲットは重なりあってるが。彼女はこちらに背を向けている。一発でバサエフを仕留めるには、その頭部のてっぺんか胴体上部を狙うしかない。そのあとモローを、夫がどこから撃たれたのかがわからずにいるうちに撃つようにするんだ」

「ラジャー」ハーウッドはまたインターコムを切り換えた。「ブロンソン、まだあそことの距離はたっぷり一キロメートルはある。一発で仕留めなくてはならない。パイロットに、あの船の上空へ向かうようにと指示してくれ。あとちょっとだけ接近すれば、もっとよくターゲットが見えるようになるだろう」

「了解」ブロンソンが答えた。

「それと、このヘリにチャフ（電波妨害のために撒布する金属箔）はあるだろうか？　バサエフはマジシャンみたいなやつだから、なにかを隠し持ってるかもしれない」

「チャフはある」

「万が一、あれに乗船することになった場合に必要なロープは？」

「それもある」とブロンソン。

「オーケイ。こっちは準備万端だ。サミュエルソンとおれが責務を担う。ここがおれたちの狙撃潜伏所だ。全員がおれの指示に従うように」

ブロンソンがなにも言いかえさずにいるうちに、ハーウッドはインターコムを切った。ヘリコプターが前進する。彼はふたたびサミュエルソンに向かって言った。

「こっちに注意を戻してくれ、サミー。おれにはこの銃の零点規制《ゼロイン》をするチャンスがなかったし、モローがゼロインを変えたかどうかもわからない。なので、これがどうなってるかをたしかめようと思う」

「それのボアライト（銃口に装着して赤外線などを照射する装置）と熱源探知を使ったら、なにが見えるだろう？」

ハーウッドが信頼するライフルのレールにあるスウィッチを入れると、その銃口から赤外線が照射された。ATNオーディン32－DWマイクロン・スコープのダイヤルを動かして、機能を熱源から赤外線に切り換え、見えない光の定常ビームがクロスヘアに重なるところまで、照準ボタンを押していく。船の後部にその光を向けてみた。その周辺にはほかのターゲットはなにもなかった。ハーウッドは、スコープのサイトを通して見るイメージと、ライフルの銃口からの光を連携させるテクノロジーを利用して、銃弾が狙ったところに着弾するようにしたのだ。

「ボアライトとスコープの連携ができた。ここに身をのりだしているので、射撃プラットフォームは可能なかぎり安定した。いま、チェチェン人の頭部が見えている。その三分の二ほどの部分だが、これでじゅうぶんだ。ダブルタップをし、そのあとすぐモローに狙いを移すつもりだ。この弾倉には四発入ってる」

「うまくいきそうだ。やつらはシャンパンを飲んでる。十マイル先で核爆弾が爆発したのに、祝杯をあげるってのは、おもしろい。爆発の結果がどうであれ、やつらはたっぷり報酬がもらえるんだろう」サミュエルソンが言った。

「オーケイ、おれたちは位置に就いた。おれはターゲットを捉えた。価値あるターゲットだ。おまえもそう思うだろう、サミー？」

「たしかに価値あるターゲットだ、リーパー。悪党どもを撃ち殺してくれ」

ハーウッドはさらに身をのりだして、可能なかぎりヘリコプターの機体から身を遠ざけた。肩に銃床をあてがってライフルを安定させると、しかるべきターゲットを捕捉したことが即座にわかった。上体を曲げて、堅固な射撃姿勢をかたちづくる。機体の振動の大半を軽減できるよう、膝に柔軟性を持たせる。スコープを通して見るターゲットのイメージは、わずかにジャンプしていた。機能を赤外線から熱源に切り換えると、熱源映像に特有の白黒の世界に変じ、バサエフとモローの顔つきまでは見分けられなくても、最高のイメージが得られた。もちろん、そのふたりのイメージはプロファイルに合致していた。

それでもなお、なにかひっかかるものがあった。サミュエルソンが言った、〝やつらは祝杯をあげている〟というやつが。想定外の場所で核爆弾が爆発したというのに？

「ちょっと待った、サミー」

ヘリコプターはいま、岸から二百ヤード沖に出ていた。

ハーウッドはインターコムを切り換えた。

「あれは、リヴァー・ストリート・マーケットプレイスのマリーナでニーナ・モローを拾いあげたのと同じ船なのかどうか、確認してくれ」

「同じだ。船名が同じ。〈ブリーズ・マシン〉。同じサイズ。なにが問題なんだ?」

「なにも。射殺できたかどうかを確認する必要ができた場合に備え、ファストロープ降下の用意をしておいてくれ」ハーウッドは言い、ふたたびインターコムをサミュエルソンとのチャンネルに切り換えた。

「どうしたんだ?」

「なんとなく妙な感じがする。あのチェチェン人があんなふうに船の上でのんびりしているのはおかしい。おまえが言ったように、さっき核爆弾が爆発したばかりなのに。やつはその爆風は感じなかったとしても、爆発の光は見たはずだ。やつは、このあとなにかが起こるのを知ってるんだ」

「そういう対《カウンター》スナイパーの心構えはいいね。やつはなにかの陰謀に関わってるんだろうか?」

「かもしれない。ちょっと試してみよう」

ハーウッドはまた機外へ身をのりだし、射撃姿勢をつくった。背中がナイロン製係留索にひっぱられる。上半身が固定され、安定した射撃プラットフォームが形成された。スコープを通して、シャンパンのボトルが突きだしているバケツが見えた。彼はそのバケツにクロスヘアを重ねた。じゅうぶんにでかいターゲットだ。トリガーを引き絞ると、バケツとシャンパンボトルが破裂し、舳先にいるカップルの全身に飛び散るのが見えた。

そいつらは動かなかった。

「動いたら死ぬぞ」バサエフは船長と、妻のニーナに言った。シャンパンボトルが破裂し、びくともしない〝カップル〟に飛び散っていた。ハーウッドに先に撃たせ、その狙撃地点を暴露させるようにしてよかったとバサエフは思った。ヘリコプターが近づいていることは、その音を聞きつけて察知していたし、つねにそうであるように、彼はまず自分を救うことを選択した。ニーナは特別ではあったが、すでに判断したように、ザナドゥがその輝きをくもらせてしまっている。

バサエフはあらかじめニーナと船長の足首と手首を縛り、ヘリコプターがやってくる方角にニーナが背を向けた格好で、ふたりが顔を向きあわせてすわっているようにと命じておいた。そして、ふたりの足のあいだに、ピンは抜かれたが、スプーンレバーはまだそのままの手榴弾《グレネード》を一個、据えつけた。そのグレネードは、バサエフがヘリコプターを対空兵器で狙うための時間的余裕を与えてくれるものでもあった。それはロシアが新たに開発した携帯式《マン・ポータブル》対空ミサイルランチャーで、〝ウィロー〟と呼ばれており、アメリカの軍事用語ではSA-25となる。アップグレードされたそのミサイルには、飛来するミサイルに対して航空機から発射されることがよくあるチャフやフレアによって、あっさりだまされはしない三個のセンサーが内蔵されていた。

バサエフは船長のブリッジに体を半分入れた格好にして、船のフロントグラスとその枠を遮蔽に使いながら、狙いをつけて、武器のシステムを起動し、スコープを通してヘリコプターの追尾を始めた。

「やつはブリッジにいる。スティンガーかなにかのミサイルランチャーを持ってる」サミュエルソンが言った。

ハーウッドはその船のいちばん高い部分に銃の狙いを移した。サミュエルソンが指示したブリッジが見つかり、そのなかにいる男が地対空ミサイルランチャーをこちらに向けているのが見えた。彼はその男の体の真ん中にクロスヘアを重ね、トリガーを引いた。そいつが遮蔽に使っているフロントグラスを砕くだけでもいい。最悪の場合は、フロントグラスが銃弾をそらしてしまうだろう。彼はこれまで幸運をあてにしたことは一度もないし、いまも一発目でバサエフを仕留められるとは思っていなかった。

フロントグラスが砕けるのが見えたちょうどそのとき、ミサイルがランチャーから放たれ、煙を噴きながら、こちらにまっすぐ飛んでくるのが見えた。彼はバサエフを狙って二発目を撃ち、その間に、ヘリコプターがチャフとフレアを撒き散らし、海面へと急降下しつつ、全速力でクルーザーの舳先へと直進していく。ハーウッドは、ナイロン製係留索でしっかりとひっぱられた態勢を維持したまま、塩水が顔にふりかかってくるのを感じた。

パイロットは抜け目がなかった。サミュエルソンが〝ミサイル〟という語を口にし、ハーウッドが二発目を撃った直後、チャフとフレアを射出して、高度を落としたのだ。海面が泡立ち、冷たい水が霧のように機体を包みこんだので、空中にあるもっとも熱い粒子はチャフとフレアとなった。数学はえこひいきをしない。ミサイルはマッハ2で飛翔し、ヘリコプターの最高速は時速二百マイルだ。ヘリコプターは、あと十秒足らずで船にたどり着くだろう。そして、あと二秒足らずで、通常のミサイルならばターゲットを見失うことになる。なににも当たらず、爆発せずに終わる。ミサイルは爆発せず、どこまでも追尾をつづけることになるだろう。

ヘリコプターは、すぐに船の上空に達した。ハーウッドはいまも、床板のアンカーボルトをもぎとってしまいそうなローターの風に抗して、機外に身をのりだしていた。ヘリコプターがかなりの低空を飛行したので、舳先の上を通りすぎたとき、そこに金属製バケツとシャンパンボトルの破片が飛び散っているのが見えた。

その直後、通りすぎたヘリコプターの背後に、まばゆいオレンジ色の火球が出現した。ミサイルが反転してきて、ヘリコプターではなく大型クルーザーのエンジンルームを捕捉したのだ。

ヘリコプターのパイロットが速度を落とす。計略がうまくいったことを誇らしく思っているにちがいなかった。下方の海面にクルーザーの破片が散乱していた。最初に口を開いたのはサミュエルソンだった。

「ゾディアック製救命ボートが九時方向にある。東へ移動している。反転し、応戦しようとしている。やつは武器を持ってる」

「ラジャー。のみこめた」

彼我の距離は三百メートルほどか。ハーウッドが射撃をおこなえるように、パイロットがヘリコプターを水平にして、姿勢を安定させる。ハーウッドに仕事をやり遂げさせようとして、こう言っているようだった。〝こっちの仕事は終わった。こんどはあんたの出番だ〟。

ハーウッドはバサエフをクロスヘアに捉えた。クルーザーの壊滅的な火災が、スコープの熱源解像能力に支障をきたしていた。機能を切り換える暇はなかったので、彼はそのまま狙いをつけた。チェチェン人も同じことをやっているのが見えたが、あの救命ボートはおそらく、こちらより射撃プラットフォームとしての安定性は低いだろう。だが、そんなことはどうでもいい。ハーウッドはけっして敵を過小評価しないのだ。

そんなわけで、彼は弾が尽きるまで、トリガーを引いた。

ヘリコプターから身をのりだしたまま、彼は待った。風が顔を打って、涙が出てくる。両足の踵が貨物室の床にめりこみそうだった。海面に煙が漂っている。悪臭を帯びたガスが立ちのぼってきて、咳が出た。漂う破片のなかで、救命ボートが揺れていた。なんとか元形をとどめているのはそれだけだった。もしニーナ・モローと船長が舳先にいたのなら、まずまちがいなく死んだだろう。

「やつが倒れた」サミュエルソンが言った。スポッターはいまもやはりヘリコプターの床に伏せていて、ハーウッドにそれを伝えてきたのだ。

「オーケイ、おれをおろしてくれ」

パイロットが慎重な操縦で、ヘリコプターを救命ボートの上へ移動させた。サミュエルソンがファスト降下ロープを落として、真っ先におりていく。ハーウッドは機内へ身を戻して、フックを解き、チームメートを追って、海面へおりていった。サミュエルソンがやっているのと同じく、片手にベレッタを持っていた。

彼らは十メートルほど泳いで、救命ボートにたどり着いた。ハーウッドはフラッシュライトの光をゴムボートに向けて、すばやく調べてみたが、なにも見つからなかった。

船内に死体はひとつもなかった。

「やつは死んだんだ」サミュエルソンが言った。

「おびただしい血だ」ハーウッドは言った。

「たしかに」

ロープをひっぱると、クルー・チーフが回収ホイストをおろしてきたので、彼らはひとりずつ順にブラックホークの機内へ戻った。

そのあと一時間ほど、パイロットがスポットライトで船の残骸を照らしながら、その上空にホヴァリングをした。

「なにもない」ハーウッドは言った。

「やつらは死んだんだ、リーパー。さあ、ひきかえそう」ブロンソンが言った。

「ヘリの燃料が切れそうだ。そうしたほうがいい」パイロットが応じた。

ハーウッドはうなずいた。

「ラジャー」

　彼はサミュエルソンとこぶしを打ちあわせたが、それはむなしいジェスチャーだった。どちらも、チェチェン人の死体を見つける必要があると思っていたのだ。確認すれば、決着がつく。

　だが、そうはならず、疑問が残った。やつは鮫の餌になったのか、あるいは、さらなる逃走計画を用意していて、それを実行したのか？

　ヘリコプターが大洋の上空をすべるように飛行していき、彼らはハンター陸軍飛行場に帰還した。そこのあらゆる建物に、パトカーの青い点滅灯が反射していた。

「十名の、きみには聞き覚えがなさそうな有名人が逮捕されたとのことだ」ブロンソンが言った。

「マーカムは？」ハーウッドは問いかけた。

　ブロンソンが首をふる。

「そのなかにはいなかった」

　ハーウッドはしばらく、二十マイルほど北東の、マーカムの邸宅があるタイビー島のほうをながめて考えをめぐらしてから、言った。

「棺《ひつぎ》に入れられていた若い女たちはどうなったんだ？」

「それは……」

退役将軍バズ・マーカムは、ヘリコプターでハンター陸軍飛行場へ行きはしなかった。そこにFBIが待ち構えているのがわかったので、そうはせず、CLEVERの仲間たちをそのヘリコプターに乗せて離陸させ、自分はタイビー島の要塞めいた建物の地下司令室に退避したのだ。

彼はいま、高価な革張り椅子にすわり、ワックスがかけられたばかりの高価なマホガニー材の会議テーブルに置いたベレッタ九ミリ拳銃をくるくるまわしていた。気を滅入らせる部屋だった。天井が低く、壁に窓がないせいで、閉所恐怖になりそうだ。ジェット機のコックピットにいるのは慣れているが――あそこなら、少なくとも窓から外の世界が見える――この地下司令室は、いくら安全を提供してくれるとはいえ、気にくわなかった。

不安で汗ばみ、息苦しさを感じながら、彼は実行可能な三通りの選択肢に思いをめぐらした。弁護士を呼んで、この窮屈な場所から救いだしてもらうか。口に拳銃の銃口をつっこむか。それとも、下の洞穴のリフトに載っている、全長四十一フィートのSD‐GT3シガレットレーシングボートで脱出するか。バットマンの地下洞窟《バットケイブ》のバットモービルのようなあのモーターボートで、ジェイムズ・ボンドのごとく、洞穴を抜けて、湾岸にひろがる沼沢地をめざすというのは。

彼は以前から、ジェイムズ・ボンドの映画が好きだった。自殺はまったく気が進まない。そして、弁護士を呼ぶのは、まあ、つまるところ、シェイクスピアの考えが正しいだろう。彼らには、この窮状から自分を救出することはできない。それなら、生きのびて、いつかまた戦うのがいいのではないか？　カネは、海外の銀行口座に秘匿している。あのボートは燃料が満タンになっている。あれを使えば、どこかへ逃げのびられるだろう。

マーカムは、ボートケイブと呼んでいる洞穴に通じる階段へ足を運んだ。ライトは消したままだ。自分はあのヘリコプターに乗っていなかったことが、すぐにＦＢＩに知られてしまうのがわかっていたからだ。洞穴におりると、彼はボートを水面へおろすボタンを押した。そして、そのモーターボート、〈ビー・ワン・ボマー〉が塩気の混じっているタイビー川の水面に浮かぶと、それに乗りこんだ。

マーカム将軍はイグニションに手をのばし、エンジンを始動した。


遠方に、まばゆい火球が出現し、上空へ立ちのぼっていく。

「ほぼ予想どおり」とハーウッドは言って、そことの距離を計算した。数秒後、爆風が海を越えてこの飛行場までやってきた。ハーウッドはわずかにうなずいて、考えた。あのときボートに仕掛けたＣ－４爆薬が爆発したのだ。ラニーのキットバッグには爆発物がたっぷりと詰まっていた。

「あれはいったいなんだ？」ブロンソンが言った。

「よくわからない」ハーウッドは言った。「マーカムがみずから命を絶ったのかもしれない。それより、あの若い女たちがどうなったかを教えてもらいたいんだが」

ブロンソンが首をふって、ハーウッドを見つめ、また火球のほうへ目を戻し、ふたたびハーウッドを見つめる。そして、ハーウッドの無表情な顔を見て、話しだした。

「棺に入れられていた女たちのひとりは死んだが、ほかの女たちは生きのびた。第一報によると、死んだ女は自殺したのかもしれないとのことだ。とにかく、その全員が回収されている。そして、事情聴取に応じている」

「それはよかった」ハーウッドは言った。「よし、ヘリコプターに乗りこもう。確認しておかなくてはいけない人間がふたりいるんだ」

# エピローグ

ハーウッドはベンチチェアにすわり、モニシャは砂の城をつくっている。彼女の向こうにひろがる大洋が引き潮になり、沖へと水が流れていた。海はリズミカルにうねるだけで、波頭が崩れるようなことはなかった。西風が——温かな西風が——吹き、海は穏やかという、典型的なタイビー島の九月の日だ。

大洋の十マイルほど沖で小さな核爆弾が爆発してから、一ヵ月が過ぎていた。その筋の専門家たちはみな、いまもまだ北東の方角、ラブラドル海までの空中と海中に放射能が残っているが、それより向こうでは汚染はほとんど認められないと表明している。もしハーウッドとサミュエルソンがその爆弾を海上で爆発させられていなければ、一万五千人の死者と二万人の負傷者が出て、北米の東岸がひどく汚染されだろうと、その同じ専門家たちが推定していた。三万五千もの死傷者が出るところだった。大きな町か、小さな都市の人口に相当する数だ。

ジャッキーとモニシャの、そして彼自身の回復を待ってすごしたこの一ヵ月のあいだ、ハーウッドは、未来になにが待ち構えているのだろうと考えていた。自分はいまもジャッキーを愛している。メディアが〝ゴーストガール・スキャンダル〟と名づけた事件に関わった連中を殺害する計画に、彼女が加担したことがわかっていてもだ。

これまでの経緯を、ブロンソンと、自分が所属する部隊の指揮系統に説明しなくてはいけなかったが、ハーウッドはその苦難に耐えてきた。よきレンジャー隊員らしく、弁護士は呼ばず、自分の口ですべてを語るようにと部隊最先任上級曹長マードックに指示され、そのとおりにした。ただし、供述しなかった事柄がひとつだけあった。それは、自分の知るかぎりにおいて、ジャッキーがどの程度まで加担していたのかということだ。

先週、ハーウッドはジャッキーと連れだって、コロンバスにあるリチャードの墓所を訪れ、そのとき彼女は自賛はせず、懺悔をした。それだけでなく、毅然としていた。彼女は気持ちに決着をつけたのだ。そのあと、彼女はひとり旅客機に乗って、西海岸へ飛び立った。あれ以後、なんの知らせもない。

今後もないのだろうか、とハーウッドは思った。

フォートベニング基地におけるアヘンの取り引きを助長し、その悪行を隠蔽したビショップ将軍は、ニーナ・モローに狙撃されて死に、その息子は麻薬取引という重罪を犯したことで起訴された。FBIはいまも、今回の謀略に関与した容疑者たちを追っていて、捜査網をのばし、ひろげている。リーパーに救出された〝ゴーストガール〟たちは、アフガニスタンやイラクの家族のもとへ送りかえされた者もいるし、アメリカの永住権を得た者もいる。

頭上で鷗たちがギャーギャーと鳴いて、物思いが途切れた。彼が目をあげると、モニシャが笑みを浮かべて、こちらを見ていた。モニシャは白いTシャツの裾をまくりあげていて、腹部の真ん中あたりにある瘢痕《はんこん》がわずかに露出していた。青のショートパンツのすぐ下のところには、ザナドゥにミニガンで撃たれたときにできた深い傷痕があったが、それもいまは治癒しかけていた。彼女がほほえんでいる。もちろん、傷痕を誇らしく感じ、それだけでなく見せびらかしているのだ。

「おれたちはどちらも肌が黒いが、だからといって、日焼けしないわけじゃないんだぞ」ハーウッドは言った。

「わたしは平気」モニシャが言った。「SPF50の日焼け止めを塗ってるから」ウォーターマンのサンスクリーン・チューブを掲げてみせた。

ハーウッドはほほえんだ。

「オーケイ、キッド。楽しんでるか?」

モニシャがほほえむ。

「前に言ったでしょ。わたしはビーチが大好きなの、リーパー」

サミュエルソンがクーラーボックスを持って、砂丘をこちらへ歩いてくる。頭の両側を剃りあげて、頭頂部だけ髪の毛を残す、レンジャー・ヘアカットに戻していた。医師たちが、頭蓋骨のひしゃげた部分に人工頭蓋をはめこむ整形手術を施してくれたのだ。そこに目を向けても、事情をよく知っている人間でないかぎり、ごくふつうに見えるだろう。瘢痕はあったが、モニシャと同じく、彼もそれを誇らしく感じているようだった。

「いまはここが放射能ビーチと呼ばれるようになったのを知ってるかい？」サミュエルソンがジョークを飛ばした。

「まあ、おれたちはビーチのオープンの初日になるまで、ここに来られなかったんだから、それは当たってるんだろう」ハーウッドは言った。

サミュエルソンがモニシャへ目をやる。

「だからおれは、ここに来たら、だれもが死んでしまうと思ってたんだぞ」

「わたしは別よ、フランケンシュタインさん」モニシャがやりかえした。

彼らは笑った。とても気分がよかった。モニシャはリンジーの身代わりなのか、それとも彼の失敗や、正しい行為をしたこと——彼女を救ったこと——のシンボルにすぎないのか、そのあたりはよくわからないが、モニシャはこれからもつねに、ザ・リーパーを本来のありように引きもどす〝触媒〟でありつづけるだろう。

「きみがその口でザ・リーパーをかばってくれるのはいいことだな」サミュエルソンが言った。

「リーパーはわたしの兄貴だもん」モニシャが言った。「わたしに必要なのはそれだけ」

その瞬間、ハーウッドは、自分は正しいことをしたのだと悟った。自分の行動は、ともに里子として育ったリンジーに報いるためだったかもしれず、おのれの心の傷を癒やすためだったのかもしれないが、モニシャを助けようという思いが大半を占めていたことが、いまやっとわかったのだ。

「それでいいんだ」ハーウッドは言った。「おれはもう必要な書類の準備に取りかかってる」

しばしの沈黙。風が砂丘の上を西から東へと吹いていく。鷗たちが、ベビーカーに乗せられた子どもたちのように、羽ばたきもせず、そよ風に乗って宙に浮かんでいた。

「なんて言った？」モニシャが問いかけた。

「おれのことばを聞いただろう。公式の縁組みだ。きみを義理の妹にする。きみの面倒を見られる人間は、ほかにいないんだ。おれのお荷物になるかもしれないがね」

「どういうこと？」

「おれはきみのことばづかいをなおしてやり、医大かどこかへ行かせてやるようにするってことだ」

「医大に？　だれがそのおカネを払うの？」

ハーウッドはほほえんだ。

「あのチェチェン人がおれの銀行口座に振りこんだカネがある。もしおれが、きみを大学に進学させるための基金にするのなら、その半分は残してやると、おれたちの友、ブロンソンが言ってくれたんだ。半分でも、二十五万ドルになるんだぞ、お嬢ちゃん」

モニシャが震えだし、ついにはどっと涙をあふれさせた。ビーチチェアにすわっているハーウッドに抱きついてくる。サミュエルソンが彼のかたわらに膝をついて、二本のビールの蓋を開けた。

「それは乾杯するだけの値打ちがあるね」スポッターが言った。

片側にモニシャがいて、反対側にはサミュエルソンがいた。ハーウッドは大洋をながめながら、つかのま、あのチェチェン人は死んだのか、生きているのかと思い、いや、いまは腕の届くところにいるこのふたりのことだけを考えていようと心を決めた。

# 解説

書評家
古山裕樹

〝狙撃手《スナイパー》〟という存在について、どんなイメージをお持ちだろうか？

姿を見せずに敵を狙い撃つ、単独、あるいは少数で行動する孤高の存在。

その卓越した射撃技術から、時にスナイパーは伝説のヒーローめいた存在に仕立て上げられることもある。フィクションの世界でも、そんなスナイパーを主人公として描いた作品は少なくない。

たとえば、映画《山猫は眠らない》と、それに続くシリーズ。あるいは、実在のソ連軍スナイパーを主人公にした映画《スターリングラード》。

小説では、スティーヴン・ハンターの『極大射程』（染田屋茂訳、扶桑社ミステリー）に始まる、いわゆる〈スワガー・サーガ〉が忘れがたい。ベトナム戦争で超人的な活躍を見せた元スナイパー、ボブ・リー・スワガーを中心に、その父アール・スワガー、さらにはボブの次の世代や、祖父チャールズまでをも含めた、銃の扱いに長けたスワガー一族の物語である。

本書『狙撃手リーパー ゴースト・ターゲット』も、そんなスナイパーの物語の系譜に連なる作品だ。著者のひとりニコラス・アーヴィングは、元アメリカ陸軍のスナイパーであり、主人公の人物像には彼自身の姿が色濃く反映されている。冒頭の謝辞にも記されているとおり、本書はアーヴィングの自伝のスピンオフとして書かれた小説なのだ。

主人公ヴィック・ハーウッドは〝ザ・リーパー(死に神)〟のニックネームを持つ、アメリカ合衆国陸軍最高のスナイパーだ。彼は標的のチェチェン人傭兵バサエフを追う任務の最中に負傷した。意識を失ったまま救助されたものの、相棒の観的手《スポッター》サミュエルソンを、そして愛用のスナイパー・ライフルを失って帰国した。

三カ月後、ハーウッドは肉体こそほぼ回復したものの、記憶の欠落とPTSDを抱えていた。フォートブラッグ陸軍基地でスナイパーの訓練にあたっていたが、その基地で狙撃事件が起きる。撃たれたのはJFK特殊戦センター司令官である将軍だった。そして、ハーウッドの行く先々で、さらに狙撃事件が起きる。FBI捜査官ブロンソンは、狙撃の分析結果からハーウッドの犯行を疑う。やがてハーウッドは追われる身に。

果たして狙撃犯は何者なのか? 記憶に欠落のあるハーウッド自身なのか? そして、被害者たちのつながりはなにか? ハーウッドは追跡を必死にかわしながら真相を追う。

一方、アフガニスタンでハーウッドと対決したバサエフもまた、ある思惑を抱いてアメリカに潜入していた……。

自身の記憶に欠落を感じているスナイパーが、自らにかけられた嫌疑を晴らすために奔走し、狙撃事件の謎を追う。小説家のブラッド・ソーは本書を「ジェイソン・ボーンとボブ・リー・スワガーが出会った」と評している。身に覚えのない罪で追われるスナイパーが記憶の欠落を抱えているという状況は、まさにそのとおりだ。軍事アクション小説の典型ともいうべき、与えられた任務に挑む物語とは少し趣が異なる展開である。

事件の背後に潜む、「敵」ともいうべき黒幕の姿は、読者には比較的早い段階で明かされる——だが、重要な部分は伏せられたまま、「どのような真相なのか」「どう決着するのか」という興味で読者を引っ張っていく。

冒頭から伏線とミスディレクションが幾重にも配置されて、それが物語が進むにつれて回収される。アフガニスタンでのバザエフの不可解な行動、あるいはハーウッドが愛用のスナイパーライフルにつけた名前。「あれはそういう意味があったのか！」と、欠落していたパズルのピースがぴたりと嵌められていく快楽を満喫できる。

ところで、この分野の作品ではアクションに凝るのが通例だが、本書はアクションに対しては抑制気味である。

前半でのハーウッドはひたすら逃げる。力で状況を打開しようとする前に、逃げながら状況を把握することに努める。暴力を行使せざるを得ない場合も、あくまで自分を（あるいは誰かを）守るために限られる。

また、ハーウッドによる狙撃シーンそれ自体を大きな読みどころとしているわけでもない。例えばスティーヴン・ハンターが描くボブ・リー・スワガーの狙撃シーンは、物語の重要な見せ場だが、本書でのハーウッドの狙撃は、一連のアクションシーンのひとこまであり、見せ場を支える重要な役割を担っているものの、必ずしも「主役」ではない。

こうした展開と深く結びついているのが、主人公の造形だ。前述のとおり、黒人の凄腕スナイパーというハーウッドの設定は、作者の一人ニコラス・アーヴィングの姿が反映されている。

スナイパーとして、殺人の技術に長けているものの、その技術を行使することについてはきわめて慎重――それがハーウッドというキャラクターである。

その慎重さは、もちろん彼自身の性格によるところも大きいが、スナイパーという職業のありかたともいえる。スナイパーに求められる技術は多岐にわたる。射撃は重要な要素だが、決してそれだけではない。機会をつかむまで寡黙に待ち続ける忍耐強さ、戦場で身を守るための様々な技術と行動、そして考えかた。狙撃に限らない、スナイパーの全体像を描こうとしていると言えるだろう。

また、それ以外の要因もある。

後半、警察から逃げた理由を問われたハーウッドはこう答える。

「おれは黒人で、ライフルが撃て、それは近ごろは身を守るのが困難な条件に相当するからだ」

彼の出自とアメリカ社会の現状とが、慎重な行動を促している。スナイパーや特殊部隊員が活躍する小説は多いが、その主人公の多くが白人男性であることを思えば、ハーウッドの立場と視点が、この小説に独特の緊張をもたらしているのがわかるだろう。

作中で語られる彼の生い立ちもまた興味深い。後半に語られるハーウッドの過去の思い出が、作中での企みと響き合い、彼の戦う動機を生み出す。事件に巻きこまれ翻弄《ほんろう》された男が、やがて自らの意思で状況に立ち向かい、自らが定めた任務の達成を目指して動き出す。そう、これはハーウッド自身の戦いを描いた物語なのだ。

抑制されてきたアクションが大盤振る舞いされるクライマックス。それはハーウッド自身の心情と重なり合い、心地よいカタルシスをもたらすはずだ。

ここで作者たちについて述べておこう。

本書はニコラス・アーヴィングとA・J・テイタの合作である。

ニコラス・アーヴィングは前述のとおり、主人公ヴィック・ハーウッドとほぼ重なる元スナイパーだ。本書とヴィック・ハーウッドが生まれるきっかけとなった彼の自伝は未訳だが、ブランドン・ウェッブ&ジョン・デイヴィッド・マンの『キリング・スクール　特殊戦狙撃手養成所』（村上和久訳、原書房）でその生い立ちから実戦経験までの一端を知ることができる。ちなみに同書によると、アーヴィング自身のニックネームも〝ザ・リーパー〟、戦場で葬った敵の数も三十三人と、主人公のハーウッドにそのまま投影されている。さらにアーヴィングがアフガニスタンで死闘を繰り広げた相手はチェチェン人だそうで、ハーウッドにはそんなところまで投影されている。

退役後は自伝がベストセラーとなり、また二〇一七年の映画《ザ・ウォール》ではアドバイザーを務めた。この映画は、イラク側のスナイパーとアメリカ兵との心理戦を、限定された状況と少ない登場人物で描いている。地味ながらも緊張に満ちた作品だ。

もうひとりのA・J・テイタは元アメリカ陸軍准将。退役後は会社を経営し、ノースカロライナ州の運輸長官を務めたこともあるという。一方で、退役と同じ二〇〇九年から軍事アクション小説を発表し続けて、ニコラス・アーヴィングとの共著を除いても九冊の著書がある。

つまるところ、スナイパーとしての自伝がヒットした人物と、すでにこの分野で実績のある小説家が手を組んで作り上げたのが本書ということになる。

元スナイパーと実績のある作家の合作による作品という点では、ジャック・コグリン&ドナルド・A・デイヴィスの『不屈の弾道』（公手成幸訳、ハヤカワ文庫NV）と同じだ。

冒険小説の書き手が元軍人、というケースは珍しくない。スナイパーなど、特殊な訓練を受けた軍人に限っても、古くは元グリーン・ベレーのJ・C・ポロックがいる。英国陸軍特殊部隊SASも、アンディ・マクナブやクリス・ライアンといった作家を輩出している。特にクリス・ライアンは、様々なSAS隊員を主人公に、多数の良質な冒険アクション小説を書き続けている。前述のジャック・コグリンも、順調に続篇を発表している。

本書のニコラス・アーヴィングも、こうした小説家たちの系譜に連なっているのだ。

本書の主人公、ヴィック・ハーウッドの今後について少し紹介しておこう。

二〇一八年の本書に続き、翌年には二作目の *Reaper: Threat Zero* が刊行されている。また、二〇二〇年五月には第三作 *Reaper: Drone Strike* が刊行される予定だ。

本書の冒険を乗り越えたヴィック・ハーウッドは、次作以降では国外で活躍する模様。どのような戦いを見せるのか期待したい。

# ナイト・マネジャー（上・下）

The Night Manager

ジョン・ル・カレ

村上博基訳

名門ホテルのナイト・マネジャーであるジョナサンは、武器商人のローパーを捕らえんとするイギリスの新設情報機関にリクルートされた。ローパーは彼が愛した女性を死に追いやった男だった。彼は復讐に燃え、ローパーの懐深く潜り込んでいく。悪辣な武器商人と、腐敗した政界を仮借なく描く大作。解説／楡　周平

ハヤカワ文庫

# 繊細な真実

A Delicate Truth

ジョン・ル・カレ

加賀山卓朗訳

極秘の対テロ作戦に参加することになった外務省職員。新任大臣の命令だが不審な点は尽きない。一方、大臣の秘書官は上司の行動を監視していた。作戦の背後に怪しい民間防衛企業の影がちらついていたのだ。だが、秘書官の調査には官僚の厚い壁が立ちはだかる！　恐るべきはテロか、それとも国家か。解説／真山　仁

# 古書店主

The Bookseller

マーク・プライヤー
澁谷正子訳

パリのセーヌ河岸で露天の古書店を営む年配の男マックスが悪漢に拉致された。アメリカ大使館の外交保安部長ヒューゴーは独自に調査を始め、マックスがナチ・ハンターだったことを知る。さらに別の古書店主たちにも次々と異変が起き、やがて驚くべき事実が浮かび上がる。有名な作品の古書を絡めて描く極上の小説

ハヤカワ文庫

# 窓際のスパイ

Slow Horses

ミック・ヘロン
田村義進訳

ミスをした情報部員が送り込まれるその部署は〈泥沼の家〉と呼ばれている。若き部員カートライトもここで、ゴミ漁りのような仕事をしていた。もう俺に明日はないのか？　だが英国を揺るがす大事件で状況は一変。一か八か、返り咲きを賭けて〈泥沼の家〉が動き出す！　英国スパイ小説の伝統を継ぐ新シリーズ開幕

ハヤカワ文庫

# 不屈の弾道

Kill Zone

ジャック・コグリン&ドナルド・A・デイヴィス
公手成幸訳

アメリカ海兵隊の准将が謎の傭兵たちに誘拐され、即座に海兵隊チームが救出に赴いた。第一級のスナイパー、カイル・スワンソン海兵隊一等軍曹は「救出失敗の際、准将を射殺せよ」との密命を帯びて同行する。だが彼はその時から巨大な陰謀の渦中に。元アメリカ海兵隊スナイパーが放つ、臨場感溢れる冒険アクション

ハヤカワ文庫

# 襲撃待機

Stand By,Stand By

クリス・ライアン

伏見威蕃訳

湾岸戦争での苛酷な体験により、帰還後悪夢に悩まされているＳＡＳ軍曹ジョーディ・シャープ。ＩＲＡの爆弾テロに巻き込まれて妻が死亡した時、彼は首謀者を自ら処刑する決意をした。北アイルランドの荒野から南米を舞台に展開する復讐戦。元ＳＡＳ隊員の著者が豊富な経験と知識を駆使して描く冒険小説の話題作

ハヤカワ文庫

# 暗殺者グレイマン

The Gray Man
マーク・グリーニー
伏見威蕃訳

身を隠すのが巧みで、〝グレイマン（人目につかない男）〟と呼ばれる凄腕の暗殺者ジェントリー。CIAを突然解雇され、命を狙われ始めた彼はプロの暗殺者となった。だがナイジェリアの大臣を暗殺したため、兄の大統領が復讐を決意、様々な国の暗殺チームが彼に襲いかかる。熾烈な戦闘が連続する冒険アクション

ハヤカワ文庫

訳者略歴　1948年生，1972年同志社大学卒，英米文学翻訳家　訳書『脱出山脈』ヤング，『不屈の弾道』コグリン＆デイヴィス，『スナイパー・エリート』マキューエン＆コールネー（以上早川書房刊）他多数

HM=Hayakawa Mystery
SF=Science Fiction
JA=Japanese Author
NV=Novel
NF=Nonfiction
FT=Fantasy

## 狙撃手《そげきしゅ》リーパー
## ゴースト・ターゲット

〈NV1463〉

二〇二〇年三月二十日　印刷
二〇二〇年三月二十五日　発行
（定価はカバーに表示してあります）

著　者　ニコラス・アーヴィング
　　　　A・J・テイタ
訳　者　公《く》手《で》成《しげ》幸《ゆき》
発行者　早　川　　浩
発行所　株式会社　早　川　書　房
郵便番号　一〇一 - 〇〇四六
東京都千代田区神田多町二ノ二
電話　〇三 - 三二五二 - 三一一一
振替　〇〇一六〇 - 三 - 四七七九九
https://www.hayakawa-online.co.jp

乱丁・落丁本は小社制作部宛お送り下さい。
送料小社負担にてお取りかえいたします。

印刷・信毎書籍印刷株式会社　製本・株式会社川島製本所
Printed and bound in Japan
ISBN978-4-15-041463-4 C0197



本書は活字が大きく読みやすい〈トールサイズ〉です。

# 第二部